飞花令里赏诗词

情志篇

王红利 著

时代文艺出版社
SHIDAI WENYI CHUBANSHE

图书在版编目（CIP）数据

飞花令里赏诗词.情志篇/王红利著.-- 长春：时代文艺出版社，2024.1
　　ISBN 978-7-5387-7069-8

　　Ⅰ.①飞… Ⅱ.①王… Ⅲ.①古典诗歌－诗歌欣赏－中国 Ⅳ.①I207.2

中国版本图书馆CIP数据核字(2022)第185067号

飞花令里赏诗词·情志篇
FEIHUALING LI SHANG SHICI · QINGZHI PIAN

王红利　著

出 品 人：吴　刚
选题策划：刘瑀婷
责任编辑：余嘉莹
装帧设计：任　奕
排版制作：隋淑凤

出版发行：时代文艺出版社
地　　址：长春市福祉大路5788号　龙腾国际大厦A座15层　（130118）
电　　话：0431-81629751（总编办）　0431-81629758（发行部）
官方微博：weibo.com/tlapress
开　　本：880mm×1230mm　1/32
字　　数：306千字
印　　张：10.5
印　　刷：三河市万龙印装有限公司
版　　次：2024年1月第1版
印　　次：2024年1月第1次印刷
定　　价：46.80元

图书如有印装错误　请寄回印厂调换

闲来且读古人诗

王红利

中国是一个诗歌的国度，早在春秋时期即形成了中国最早的诗歌总集——《诗经》。《诗经》为中国文学总集之祖，是中国古代现实主义文学的源头，战国时期楚人屈原所作《离骚》，辞采瑰丽，结构宏大，是中国古代浪漫主义文学的奠基之作。二者风骚并举，共同成为我国古典诗歌的典范。至唐代，诗歌终于迎来了艺术巅峰。

在中国古典文学里，诗歌是最重要的文体之一。诗歌不仅地位独特，而且形成了良好的诗教传统。《毛诗序》称："故正得失，动天地，感鬼神，莫近于诗。先王以是经夫妇，成孝敬，厚人伦，美教化，移风俗。"诗歌是美学的集中反映，语言之美、音韵之美、意境之美、情感之美在诗歌中均有体现。因此，我们唯有学会鉴赏诗歌，才能领略诗歌之美。鉴赏诗歌大致可以从以下几个角度来把握。

言约意丰　含蓄蕴藉

诗歌由于受到平仄、对仗、节奏、韵脚等诸多限制，其词汇、语法、修辞、乃至逻辑与散文同中有异，而不同之处尤为显著。诗歌通常都有字数限制，即所谓"螺蛳壳里做道场"，即便是古风，也绝非以长取胜，务须凝练，达到语约而意丰的艺术效果。这种对语言高度凝练、刻意营造奇崛不平的极致追求，形成了所谓的"诗家之语"。诗歌的内容或有一定的跳跃性，当省则省之，有时甚至会看似无理，形成一种独属于诗歌的无理之妙。

除了追求言约意丰的艺术效果，诗歌的语言也讲求含蓄蕴藉。所谓含蓄，就是不把意思直截了当、明明白白地说出来，而是借助形象思维引发读者的联想与思考，进而体会到作者想要表达的情感，激起心灵的共鸣。简而言之，即诗贵含蓄，忌直白。所谓"不着一字，尽得风流"，此之谓也。试举一例，南宋诗人林升有一首《题临安邸》："山外青山楼外楼，西湖歌舞几时休？暖风熏得游人醉，直把杭州作汴州。"这首诗乍一看好像在描写杭州西湖的旖旎风光，山水楼阁、歌舞宴饮，无不令人沉醉，到了第三句依然并不直言主题，而是虚晃一枪，以"游人"出之，实则剑指苟且偷安、寻欢作乐的南宋统治者。作者并未直斥南宋君臣，而是说这里不是"你们"的家，"你们"不过是到此一游的"游人"，汴梁（北宋都城）才是"你们"应该回去的地方。可惜，南宋统治者已经丧失了克复神州、一统河山的勇气和斗志，他们竟然将杭州当作汴京，终日只顾在这东南形胜之地过着醉生梦死、声色犬马的奢靡生活。区区二十八个字，竟然包含了如此丰富的意蕴，这正是含蓄蕴藉的语言魅力。

音律谐美　声韵铿锵

诗歌鉴赏是一个审美过程，我们应该充分把握诗歌的特质，如中国古代诗歌一向讲究声律之美，如《史记·孔子世家》："古者诗三千余篇，及至孔子，去其重，取可施于礼义……三百五篇，孔子皆弦歌之。"也就是说《诗经》三百零五篇,皆合乐。再如乐府本是汉代音乐机构的名称。乐府的职能主要是掌管、制作、保存朝廷用于朝会、郊祀、宴飨时用的音乐,还要兼采民间歌谣和乐曲,加以修改、润色,"略论律吕,以合八音之调",制订乐谱,配上乐曲,使之合乐,以便于歌唱。后人把乐府机关配乐演唱的诗歌,也称为乐府。乐府便由一个音乐机构的名称,变成一种可以入乐的诗体的名称。

到了南朝,诗坛上出现了"永明体"这种新体诗,在沈约等人的大力提倡下,诗歌创作越发注重平仄声韵,"永明体"成为唐代格律诗的先声。律诗至初唐时期始定型,五言律诗定型于沈宋之手,当然在他们之前杜审言的创作已经基本符合律诗的黏式律了。在杜审言、李峤、沈佺期、宋之问等人的努力之下,唐代近体诗的各种声律体式已经定型,并创作出一批较为成功的作品。平仄的交错就是为了使声调产生变化,不至于太过单调,从而达到平仄谐合的效果,读起来也就朗朗上口了。

至于宋词,更是如此,词最初是作为配合歌唱的音乐文学而出现的,词在唐五代时期通常被称作"曲子"或"曲子词",正是其音乐性的体现。不论是诗还是词,都需要注重音律声韵,平仄、韵脚和节奏都可以令诗词作品声韵铿锵,音律谐美。这些虽然都是形式上的要求,却与内容珠联璧合,缺一不可。吴熊和先生指出:"作词则要先选择一个词调。从千百个词调中选择一个与内容相适合的词调,有时并不简单。因为大多数词调,其适用范围有一定限度,不像诗体的适应性那么广泛。除了调体的长短,还要考虑调情的哀乐,调声的美听与否。有些词调,如其调名所示,所咏内容还有所专属。择调不当,或声、文乖戾,或有误美听,或不合曲名与传统作法,都将妨碍内容与形式的完美结合。"(《唐宋词通论》)旨哉斯言。

王力先生曾说:"不了解诗歌的形式格律,将影响对诗歌内容的理解,也谈不上充分地欣赏。"(《古代汉语》)因此,我们应该从平仄、韵部等音乐角度切入,去理解分析一首诗词作品。我建议大家可以尝试进行诗词创作,这样可以更好地把握诗词的格律和艺术特质。

驱驾典故　浑然无痕

葛兆光先生认为:"作为艺术符号的典故,乃是一个具有哲理或美感内涵的故事凝聚形态,它被人们反复使用、加工、转述,而在这种使用、加工、转述过程中,它又融摄与积淀了新的意蕴,因此它是一些很有艺术感染力的符号。它用在诗歌里,能使诗歌在简练的形式中包容丰富的、多层次的内涵,而且使诗歌显得精致、富赡而含蓄。"(《论典故——中国古典诗歌中一种特殊意象的分析》)同时,他也指出,典故在诗歌中的镶嵌,造成了诗句不顺畅、不自然,因而造成了诗歌的生硬晦涩、雕琢造作。

不论典故的使用究竟是使诗歌意蕴变得更加丰厚还是使诗歌变得更加晦涩,我们都不得不承认一点,那就是古人写诗用典是一个极为普遍的现象,我们要想读懂诗歌,就必须尽可能多地掌握典故,特别是常用典故。所谓典故就是诗文等作品中引用的古代故事和有来历出处的词语,一般可以分为事典和语典两大类。南宋魏庆之《诗人玉屑》认为:"论者谓莫不用事,能令事如己出,天然浑厚,乃可言诗。"《西清诗话》曰:"作诗用事,要如释语'水中着盐,饮水乃知盐味'。"清代顾嗣立《寒厅诗话》云:"作诗用故实,以不露痕迹为高,昔人所谓使事如不使也。"由以上称引可见,用典最佳的状态就是不着痕迹、浑然天成。通过用典,最终所要追求的艺术效果就是呈现出一种言简意赅、妥帖恰切、典雅精致和含蓄蕴藉的审美效果。

知人论世　诗必有我

"知人论世"最早由战国时期的孟子所提出。他说:"颂其诗,读其书,不知其人,可乎?是以论其世也。是尚友也。"(《孟子·万章下》)所谓"知人",就是要了解作家的生平经历和作品风格。每一位作家都有自己独特的艺术风格,这既是作家成熟的标志,也是一个诗人自觉的审美追求。在洞悉诗人的生平和风格后,即可由此及彼地推知作家的其他作品风格和内涵;所谓"论世",就是要了解作家所处的时代风貌,进而把握同时代作家的共性,所谓"文变染乎世情,兴废系乎时序"是也。

"知人论世"经由后世的学者不断引申论述,已经成为中国文学批评的一个基本模式,历代学者都以考证作者生平和时代背景作为文学批评的前提。"知人论世"作为传统诗歌鉴赏的重要范式,我们必须遵循。举例而言,我们倘若不了解李白的家庭背景、个人志向乃至时代风貌,就无从理解他作品的浪漫飘逸、神采飞扬以及所谓的盛唐气象;我们倘若不了解杜甫出身于"奉儒守官"的官宦世家,素有"致君尧舜上,再使风俗淳"的宏伟抱负,既经历过"忆昔开元全盛日"的大唐全盛景象,又经历过"孟冬十郡良家子,血作陈陶泽中水"的安史之乱,就无从理解他沉郁顿挫、雄浑壮阔的诗风,就无从理解他的《悲陈陶》《春望》以及"三吏""三别"等一系列感时伤世之作。

诗必有我,诗由"我"作,必然要抒发"我"之情感,所谓"以我观物,故物皆着我之色彩"。不论咏物还是写景,咏史还是送别,皆是如此。所以鉴赏诗词一定要做到"知人论世",一定要细心揣摩作者之用心,因为诗必有我。

推荐书单

以《唐诗三百首》作为枕边书、案头书，多读多背，形成一定量的诗词积累是诗词鉴赏的前提，要想进阶，还可以通过阅读文学史上比较有名的诗话、词话类著作来提高诗词鉴赏能力。譬如南宋严羽的《沧浪诗话》，张戒的《岁寒堂诗话》，清代袁枚的《随园诗话》，陈廷焯的《白雨斋词话》，近代王国维的《人间词话》，况周颐的《蕙风词话》都值得认真阅读。除此之外，各种唐诗选注本对于普通读者品读诗词、鉴赏诗词也具有极佳的入门引领之功用，如上海辞书出版社的《唐诗鉴赏辞典》，一纸风行，许多诗词爱好者得其沾溉。中国社科院文学研究所编的《唐诗选》被誉为"新中国第一部唐诗权威选本"，名为"选"，实则有注，且注释精当。马茂元先生的《唐诗选》是新中国成立后第一部唐诗选集，亦深受好评。还有施蛰存先生的《唐诗百话》，刘学锴先生的《唐诗选注评鉴》也都独具只眼，各有千秋。

目录

【情】

情人怨遥夜	望月怀远 [唐]张九龄	003
无情最是台城柳	台城 [唐]韦庄	006
近乡情更怯	渡汉江 [唐]宋之问	009
便引诗情到碧霄	秋词·其一 [唐]刘禹锡	011
徒有羡鱼情	望洞庭湖赠张丞相 [唐]孟浩然	013
落红不是无情物	己亥杂诗·其五 [清]龚自珍	016
禅榻经时杜牧情	感旧·其二 [清]黄景仁	019

【喜】

喜鹊桥成催凤驾	蝶恋花 [宋]晏幾道	025
送喜何曾有凭据	鹊踏枝 [五代]佚名	028
魑魅喜人过	天末怀李白 [唐]杜甫	030
乱罹且喜身俱在	送梅处士归宁国 [唐]罗隐	033
一壶浊酒喜相逢	临江仙 [明]杨慎	036
赚得行人错喜欢	过松源晨炊漆公店·其五 [宋]杨万里	040
问何物能令公喜	贺新郎 [宋]辛弃疾	043

001

【怒】

怒发冲冠　　　　　　满江红·写怀　　　　　　　[宋]岳　飞　049
叫怒索饭啼门东　　　　百忧集行　　　　　　　　[唐]杜　甫　052
野夫怒见不平处　　　　偶书　　　　　　　　　　[唐]刘　叉　055
江头风怒　　　　　　　念奴娇·登建康赏心亭呈史留守致道　[宋]辛弃疾　058
吏呼一何怒　　　　　　石壕吏　　　　　　　　　[唐]杜　甫　061
八月秋高风怒号　　　　茅屋为秋风所破歌　　　　[唐]杜　甫　065
来如雷霆收震怒　　　　观公孙大娘弟子舞剑器行并序　[唐]杜　甫　068

【哀】

哀怨起骚人　　　　　　古风·其一　　　　　　　[唐]李　白　077
哀哀寡妇诛求尽　　　　白帝　　　　　　　　　　[唐]杜　甫　082
胡雁哀鸣夜夜飞　　　　古从军行　　　　　　　　[唐]李　颀　085
佳节缠哀不自持　　　　感怀·其二　　　　　　　[南唐]李　煜　089
猿声天上哀　　　　　　长干行·其一　　　　　　[唐]李　白　092
忽闻江上弄哀筝　　　　江城子·湖上与张先同赋，时闻弹筝　[宋]苏　轼　096
贫贱夫妻百事哀　　　　遣悲怀三首·其二　　　　[唐]元　稹　099

【惧】

惧君不识察　　　　　　古诗十九首·其十七　　　[东汉]佚　名　105
所惧非饥寒　　　　　　咏贫士·其五　　　　　　[东晋]陶渊明　108
宁有惧豺狼　　　　　　浣花亭陪川主王播相公暨僚同赋早菊　[唐]薛　涛　112
周公恐惧流言日　　　　放言·其三　　　　　　　[唐]白居易　115
当令外国惧　　　　　　送刘司直赴安西　　　　　[唐]王　维　118
闻声而惊反惧祸　　　　饥鹰行寄孙星衍　　　　　[清]洪亮吉　121
泾溪石险人兢惧　　　　泾溪　　　　　　　　　　[唐]罗　隐　124

002

【爱】

爱上层楼　　　　　　丑奴儿·书博山道中壁　[宋]辛弃疾　129
吾爱孟夫子　　　　　　赠孟浩然　　　　　　　[唐]李　白　132
不是爱风尘　　　　　　卜算子　　　　　　　　[宋]严　蕊　134
非关癖爱轻模样　　　　采桑子·塞上咏雪花　　[清]纳兰性德　136
树阴照水爱晴柔　　　　小池　　　　　　　　　[宋]杨万里　139
不是花中偏爱菊　　　　菊花　　　　　　　　　[唐]元　稹　141
红颗珍珠诚可爱　　　　种荔枝　　　　　　　　[唐]白居易　143

【恶】

恶竹应须斩万竿　　　　将赴成都草堂途中有作
　　　　　　　　　　　先寄严郑公五首·其四　[唐]杜　甫　147
酒恶时拈花蕊嗅　　　　浣溪沙　　　　　　　　[南唐]李　煜　150
人情恶　　　　　　　　钗头凤　　　　　　　　[宋]唐　琬　153
杀之受恶名　　　　　　望鹦鹉洲悲祢衡　　　　[唐]李　白　156
信知生男恶　　　　　　兵车行　　　　　　　　[唐]杜　甫　160
争奈人间善恶分　　　　春风　　　　　　　　　[唐]罗　隐　164
断香残酒情怀恶　　　　忆秦娥　　　　　　　　[宋]李清照　166

【欲】

欲回天地入扁舟　　　　安定城楼　　　　　　　[唐]李商隐　171
我欲与君相知　　　　　上邪　　　　　　　　　[汉]佚　名　174
单车欲问边　　　　　　使至塞上　　　　　　　[唐]王　维　177
乱花渐欲迷人眼　　　　钱塘湖春行　　　　　　[唐]白居易　180
可汗问所欲　　　　　　木兰诗　　　　　　　　[北朝]佚　名　183
黑云压城城欲摧　　　　雁门太守行　　　　　　[唐]李　贺　187
男儿生世辘轲欲何道　　拟行路难十八首·其十四　[南朝]鲍　照　190

003

【志】

志在千里	龟虽寿	[三国]曹　操	195
猛志固常在	读《山海经》·其十	[东晋]陶渊明	198
惊壮志成虚	双头莲·呈范至能待制	[宋]陆　游	201
歌以咏志	观沧海	[三国]曹　操	205
因知松柏志	咏廿四气诗·寒露九月节	[唐]元　稹	207
老去从教壮志灰	鹧鸪天·不寐口占	[近现代]顾　随	210
扬雄自负功名志	咏史十首·晁错	[宋]朱淑真	213

【性】

性本爱丘山	归园田居·其一	[东晋]陶渊明	219
花性飘扬不自持	怨情	[唐]李　白	222
为人性僻耽佳句	江上值水如海势聊短述	[唐]杜　甫	224
谁知艳性终相负	杏花	[唐]薛　能	227
山光悦鸟性	题破山寺后禅院	[唐]常　建	230
暗淡轻黄体性柔	鹧鸪天·桂花	[宋]李清照	232
生情赋得春心性	惜花	[宋]朱淑真	235

【忆】

忆君清泪如铅水	金铜仙人辞汉歌	[唐]李　贺	239
空忆谢将军	夜泊牛渚怀古	[唐]李　白	242
未解忆长安	月夜	[唐]杜　甫	244
令人长忆谢玄晖	金陵城西楼月下吟	[唐]李　白	246
十年征戍忆辽阳	独不见	[唐]沈佺期	249
憔悴支离为忆君	如意娘	[唐]武则天	251
此情可待成追忆	锦瑟	[唐]李商隐	254

【感】

感君缠绵意	节妇吟 [唐]张　籍	259
但感别经时	古诗十九首·其九 [东汉]佚　名	262
萋萋感楚吟	登池上楼诗 [南朝]谢灵运	264
茫茫百感	百字令·宿汉儿村 [清]纳兰性德	269
高楼风雨感斯文	杜司勋 [唐]李商隐	272
更值秋来百感并	都门秋思·其二 [清]黄景仁	274
心非木石岂无感	拟行路难十八首·其四 [南朝]鲍　照	277

【怀】

怀故国	满江红·金陵怀古 [元]萨都剌	281
永怀愁不寐	岁暮归南山 [唐]孟浩然	284
长歌怀采薇	野望 [唐]王　绩	286
出入君怀袖	怨歌行 [汉]班婕妤	289
长逝入君怀	七哀 [三国]曹　植	292
不知何事萦怀抱	采桑子 [清]纳兰性德	295
半笺娇恨寄幽怀	浣溪沙·闺情 [宋]李清照	298

【断】

断竹	弹歌 [先秦]佚　名	303
坐断东南战未休	南乡子·登京口北固亭有怀 [宋]辛弃疾	305
不可断绝	短歌行 [三国]曹　操	308
还乡须断肠	菩萨蛮·其二 [唐]韦　庄	312
不信妾肠断	长相思·其二 [唐]李　白	315
料得年年肠断处	江城子·乙卯正月二十日夜记梦 [宋]苏　轼	318
红颜未老恩先断	后宫词 [唐]白居易	321

【情】

采采流水,蓬蓬远春。
窈窕深谷,时见美人。

望月怀远①

[唐] 张九龄

海上生明月,天涯共此时②。
情人怨遥夜③,竟夕起相思④。
灭烛怜光满⑤,披衣觉露滋⑥。
不堪盈手赠⑦,还寝梦佳期⑧。

【注释】

① 怀远:思念远方的亲人。
② "海上"两句:所思之人虽远在天涯,却与我同赏一轮明月。
③ 情人:有怀远之情的人,这里当是作者自谓。遥夜:长夜。
④ 竟夕:彻夜,通宵。
⑤ "灭烛"句:为了更好地赏月而吹灭蜡烛。怜,爱惜。
⑥ 露滋:露水沾湿衣物。表示夜已深,此时诗人已经从吹灭蜡烛来到室外,不直言相思,只说无眠,含蓄婉曲,深得风人之旨。
⑦ 盈手:满手。西晋陆机《拟明月何皎皎》:"照之有余辉,揽之不盈手。"
⑧ 还寝:回到卧室。梦佳期:期望在梦中欢会。

【鉴赏】

　　张九龄,字子寿,号博物,韶州曲江人。唐玄宗时期著名的政治家、文学家、思想家,著有《曲江集》。他为官以刚正不阿、贤明正直、敢于进谏而著称于世。他耿直温雅,风仪甚整,时人誉为"曲江风度"。张九龄有一组《感遇》诗,向与陈子昂的《感遇诗三十八首》并论。开元二十五年(737年),张九龄由尚书右丞相贬荆州长史,《感遇十二首》便作于荆州。张九龄晚遭谗毁,却不变初衷,在诗中托物言志,讽喻时政,如《感遇十二首》第一首运用比兴手法,以兰桂自喻，不仅表达了诗人甘于淡泊、不慕荣利的高洁品格，更写出了一代贤相遭逢不偶的愤懑之情。中唐诗人刘禹锡在《读张曲江集作并引》中云九龄"自退相守荆门，有拘囚之思。托讽禽鸟，寄词草树，郁然有骚人风"，可谓知者之言。

张九龄不仅在当时的政坛上有着举足轻重的地位，更以独特的诗文创作影响了一代盛唐文人。张九龄首创"清澹之派"，最主要的艺术特征就是善用比兴，情韵深婉，语言清丽省净，风格清澹典雅，古朴沉郁，具有很高的艺术价值。在诗歌创作上，张九龄擅长五言古诗，排斥齐梁以来的颓靡的文风，提倡"风骨""兴寄"的汉魏传统，使诗歌具有丰沛而充实的思想内容。胡震亨在《唐音癸签》卷五云："张曲江五言以兴寄为主，而结体简贵，选言清冷，如玉磐含风，晶盘盛露，故当于尘外置赏。"严羽在《沧浪诗话》中曾誉其诗为"曲江体"，可见张九龄的诗歌具有独特的艺术特色。

这首《望月怀远》为张九龄的代表作，由于其所营造的情境具有典型性，虽然作年已不可考，但是其所包含的意蕴深广，历来脍炙人口，清人姚鼐就曾赞誉《望月怀远》"是五律中《离骚》"。这个评价不可谓不高。这首诗开篇即以月起兴，首联便描绘出一幅恢宏辽阔的海上明月图，看似寻常却奇崛，着一"生"字，一下便赋予明月以勃勃生机，仿佛是海孕育了明月，朗月高悬，又照耀着万顷波涛。所思之人远在天涯，却因这一轮明月而顿觉相亲，明月拉近了两个人的距离。南朝乐府《子夜四时歌·秋歌》有"仰头看明月，寄情千里光"的诗句，这里化用其意，而境界之雄阔或有过之。类似意境还有南朝宋时期的谢庄《月赋》："隔千里兮共明月。"月亮作为一种重要的诗歌意象在中国传统诗歌美学中具有典型意义，意象是主客观相互交融的产物，正如王国维所说"一切景语皆情语"。中国古代有许多关于月亮的神话传说以及月神崇拜，如拜新月仪式即起源于原始先民的月亮崇拜。月亮是圆的，于是人们将亲人团圆与月亮联系起来，明月千里寄相思，所思念的那个人纵使远隔千山万水，在月圆之夜，共浴同一轮明月之光辉，明月也成了维系情感的一根纽带。

张九龄还有一首《秋夕望月》，其中"清迥江城月，流光万里同"的诗句与《望月怀远》中的"海上生明月，天涯共此时"的诗句异曲而同工。方东树《昭昧詹言》云："张曲江以风雅之道，兴寄为上，故一篇一咏，莫非兴寄。"自屈原在《离骚》中大力营造"美人香草"的象征意象之后，后世诗人无不得其沾溉，因此也有人将这首《望月怀远》视作思君恋阙之作，正因为首联二句寄托遥深，高华浑融，才成为后世传颂的名句。紧接着，诗人笔锋一转，由写景转为写人。这里的情人不是对方，而是诗人自己：漫漫长夜，无心睡眠，所思所想都在对方身上，奈何海天阻隔，无法相聚，因此生怨。这两句将客居他乡的无奈以及望月怀远的绵绵愁思刻画得淋漓尽致。颈联写诗人看到月光皎洁，不由来到室外，披衣伫立，"觉露滋"写诗人深宵伫立之久，杜甫《月夜》也写怀人，"香雾云鬟湿，清辉玉臂寒"一句，或是从张九龄的这句"觉露滋"得来的灵感。月华虽好，却不能够把握，正如曹操《短歌行》中所言"明明如月，何时可掇"，人们总是希望与自己所思所爱之人共享美好的东西，但月辉"不堪盈手赠"，正是这种看似无理的想法才是诗人最真挚的情感表达。既然明月千里寄相思成了空想，诗人万般无奈只好回到房间就寝，诗人就这样放弃了吗？不，诗人依然寄希望于梦中欢会。全诗含蓄蕴藉、深情委婉，令人回味无穷。

台 城①

[唐] 韦 庄

江雨霏霏江草齐②,六朝如梦鸟空啼③。
无情最是台城柳④,依旧烟笼十里堤⑤。

【注释】

① 诗题一作《金陵图》,误。台城,在今南京城内鸡鸣寺南,为六朝国都建康宫城。南宋洪迈《容斋随笔》卷五:"晋宋间谓朝廷禁省为台,故称禁城为台城。"

② 霏霏:细雨纷飞貌。《诗经·小雅·采薇》:"昔我往矣,杨柳依依。今我来思,雨雪霏霏。"

③ 六朝:史称东吴、东晋以及南朝的宋、齐、梁、陈为六朝。

④ 最是:正是,恰是。

⑤ 笼(lǒng):笼罩。十里堤:指玄武湖堤,台城在玄武湖侧。

【鉴赏】

韦庄,字端己,京兆杜陵(今陕西西安市东南)人。京兆韦氏是魏晋以来的名门望族,"城南韦杜,去天尺五",何其显赫。韦庄是唐代著名诗人韦应物的四世孙。韦庄也是晚唐五代时期一位重要的诗人、词人。他的诗作真实而深刻地反映了唐末腐朽黑暗的社会现实,如著名的长篇叙事诗《秦妇吟》即糅史笔于诗情,记录了唐末混战下百姓的苦难和不幸。施蛰存先生说《秦妇吟》"是反映唐代政治现实的最后一首史诗。正如杜甫的《北征》是盛唐的最后一首史诗"。《秦妇吟》是唐诗中最长的一首诗,与《孔雀东南飞》《木兰诗》并称"乐府三绝"。这首诗在当时即广为流传,韦庄也被时人誉之为"秦妇吟秀才"。

韦庄不仅是诗人,还是花间派中创作成就较高的词人,与温庭筠并称"温韦"。韦庄的词作清丽淡远,在花间词派中独树一帜,对后世词人的创作风格产生了深远影响。同时，韦庄又是一位具有独特审美眼光的鉴赏家和文学批评家，他所选编的《又玄集》是唐人选唐诗中比较有影响力的选本之一。葛兆光先生在《唐诗选注》中这样称誉韦庄："他是晚唐后期最好的诗人之一。"总之，韦庄在我国古代文学史上占有十分重要的地位。

韦庄的诗音韵和谐、跌宕起伏、自然流畅、意境淡远，总体上表现为一种清丽风格。韦庄的咏史怀古诗则显得凄迷感伤，正如郭预衡先生所说："韦庄的咏史吊古，带有末世感伤的印记。"韦庄的这首《台城》在蘅塘退士编选的《唐诗三百首》中被题为《金陵图》，这很可能是错误的，因为作者另有一首《金陵图》："谁谓伤心画不成，画人心逐世人情。君看六幅南朝事，老木寒云满故城。"《金陵图》显系题画诗，《台城》诗中有"无情最是台城柳"可为写台城的明证。

台城遗迹有千百种，韦庄的这首《台城》则以台城柳为切入点，正是诗人匠心独具之处。起句并不直言台城，而是先说江雨霏霏，江草齐岸，虽说是描摹了眼前之景，却很好地渲染了氛围，诗人只用了七个字便描绘出一幅如梦如幻的江南烟雨图。《诗经·小雅·采薇》有"昔我往矣，杨柳依依。今我来思，雨雪霏霏"的句子，后面紧跟着四句是"行道迟迟，载渴载饥。我心伤悲，莫知我哀"。"雨雪霏霏"所暗示的心情正是"我心伤悲"。刘禹锡有一首同题之作《台城》，恰可与此诗对照而读："台城六代竞豪华，结绮临春事最奢。万户千门成野草，只缘一曲后庭花。"

"原来姹紫嫣红开遍，似这般都付与断井颓垣。"想台城曾是六朝时期的政治权力中枢，何等威严，何等繁华，何等风光，如今境况不仅是江边水草齐岸，更是千门万户皆为野草所掩，荒废之景可以想见，诗人睹此景象正可发荆棘铜驼之叹。故诗人道出"六朝如梦鸟空啼"，从东吴到南朝最后一个朝代陈被灭，三百多年间，六个短命政权你方唱罢我登场，宛如南柯一梦，却终不免人亡政息，归于覆灭。清代陆次云《五朝诗善鸣集》评此诗曰："多少台城凭吊诗，总被'六朝如梦'四字说尽"，可谓切中肯綮，洵为的评。

如果说前面两句总写金陵城，算是铺垫的话，后面两句才是抒情的重点，特别是"台城柳"更是作者所精心选择的意象。杨柳是中国文学作品中一个重要的意象，在长期的文化积淀中，人们赋予了杨柳以特定的情感指向与审美意义，如章台柳、隋堤柳、宫墙柳都在历代文学书写中逐渐形成了不同的特定含义。早在汉代，人们有折柳送别的风俗。久之，灞桥折柳赠别便成了一种特有的习俗，特别是唐代，"折柳送别"的习俗已经深入人心，如李白《忆秦娥》："年年柳色，灞陵伤别。"杨柳本是无情之物，是人们的缘情造境，体物入情，才使得杨柳具有了感情色彩。王国维在《人间词话》中说："以我观物，故物皆着我之色彩。"袁行霈先生也持同样的观点："物象是客观的，它不依赖人的存在而存在，也不因人的喜怒哀乐而发生变化。但是物象一旦进入诗人的构思，就带上了诗人的主观色彩。"（《中国诗歌艺术研究》）尽管六朝如梦，台城昔日的繁华不再，台城之柳却似无情，依旧"烟笼十里"，郁郁葱葱。故清代范大士《历代诗发》云："陵谷变迁之感，人自多情，故觉柳无情耳。"宋代谢枋得《注解选唐诗》云："台城乃梁武帝饿死之地。国亡主灭，陵谷变迁，人物换世，唯草木无情，只如前日。此柳必梁朝所种，至唐犹存，'无情''依旧'四字最妙。"

李商隐、杜牧、温庭筠、韦庄等晚唐巨擘皆有咏史怀古诗流传于世，仿佛是晚唐那动荡不已的时局成就了这些诗人。一般论诗者大多看到韦庄诗风清丽的一面，事实上通览韦庄诗集，集中不乏"沉郁"之作。清人余成教在《石园诗话》中评价韦庄《台城》诸作："感时怀旧，颇似老杜笔力。"明朝许学夷在《诗源辩体》中这样评论韦庄之诗："绝句在唐末诸人之上。"本诗通过台城柳的咏叹，唱出了一首针对晚唐衰微时局的挽歌，情调哀婉，凄迷感伤。

此诗与刘禹锡的《台城》以及杜牧《泊秦淮》这三首诗都是写金陵，各擅胜场，不容轩轾，可对照而读，知者当有会心之处。

情志篇 | 情

渡汉江[①]
[唐] 宋之问

岭外音书断[②],经冬复立春。
近乡情更怯[③],不敢问来人[④]。

【注释】

① 汉江:即汉水,长江最大支流,源出陕西省,经湖北由汉口汇入长江。
② 岭外:即岭南,五岭以南地区,以中原人的视角看,岭南地区即在五岭之外。五岭为越城岭、都庞岭、萌渚岭、骑田岭、大庾岭的总称。位于湖南、江西、广东、广西四省边境。音书:音讯,书信。
③ 近乡:临近家乡。怯:畏缩不前貌。
④ 来人:从家乡方向来的人。

【鉴赏】

蘅塘退士编《唐诗三百首》将这首诗置于李频名下,李频并无贬谪岭南之经历,故当以宋之问作为是。

宋之问,又名少连,字延清,与同时的沈佺期同为初唐时期著名宫廷诗人。《全唐诗》云:"回忌声病,约句准篇,如锦绣成文,学者宗之,号为沈宋。"五律的定型是由宋之问和沈佺期最后完成的。清人钱良择在《唐音审体》中说:"律诗始于初唐,至沈、宋而其格始备。"各种文学史都对沈、宋二人在律诗定型过程中所做出的贡献给予高度评价,元代方回在《瀛奎律髓》中甚至称宋之问为"唐律诗之祖",因此沈、宋二人不仅在唐代名噪一时,就是置诸中国诗歌发展史上也是非同一般。

宋之问"弱冠知名,尤善五言诗,当时无能出其右者","龙门夺袍"的故事可为明证。据《旧唐书》记载："则天幸洛阳龙门，令从官赋诗，左史东方虬诗先成，则天以锦袍赐之。及之问诗成，则天称其词愈高，夺虬锦袍以赏之。"

宋之问的诗写得确实很好，但其人品有待商榷。他为了得到武则天的宠幸，想方设法地巴结张昌宗、张易之兄弟，他不仅给张易之做枪手，甚至甘心情愿为张易之捧溺器。宋之问在中宗神龙元年（705年）因谄事张氏兄弟，被贬为泷州（今广东罗定）参军。这首《渡汉江》就是神龙二年（706年）他自岭南逃归洛阳途中所作。

宋之问作为宫廷诗人，特别擅长应制之作，十分注重锤炼语言，文字多精丽圆润，其中不乏格律精工而内容空洞的作品；而这首《渡汉江》则一反其惯常的风格，不事雕琢，仿佛直接从口中道出，真情流露，清新质朴。正因其真，方见其美，无数人在读此诗时都有着强烈的共鸣。好诗当如是：人人心中共有，人人笔下皆无。《渡汉江》前两句是追叙自身贬谪岭南的悲惨境遇，音书断绝，度日如年。在唐人眼中，岭南实在是一个充满瘴疠的荒蛮之地，自然气候与北方大不相同。作为一个北方人，宋之问初来乍到岭南自然水土不服，加上内心的羞辱感、恐惧感，他念兹在兹的就是"但令归有日，不敢恨长沙"。

"近乡情更怯，不敢问来人"两句写得妙极，乍听好似无理，细忖之下，宋之问将那种游子归乡内心激动与惶恐之情刻画得入木三分。清代朱之荆《增订唐诗摘钞》曰："'怯'字写得真情出。"宋之问离别家乡岁月已久，因为失去联系，他担心家人有什么变故，生恐来人会带来什么不好的消息，是以"不敢问来人"。基于此，这种矛盾心理也就变得可以理解了。无怪乎清人施补华在《岘佣说诗》赞誉这首诗"五绝中能言情，与嘉州'马上相逢无纸笔'同妙"。

秋词·其一

[唐] 刘禹锡

自古逢秋悲寂寥①,我言秋日胜春朝。
晴空一鹤排云上②,便引诗情到碧霄。

【注释】

① 寂寥:冷落萧条。宋玉《九辩》:"悲哉,秋之为气也!萧瑟兮草木摇落而变衰。憭栗兮若在远行,登山临水兮送将归。泬寥兮天高而气清,寂寥兮收潦而水清。"被誉为"千古言秋之祖"。
② 排:推排,这里是冲霄而上的意思。

【鉴赏】

悲秋是一种积淀深厚、具有原型意义的观念意识。悲秋作为中国文学史上的一个抒情母题,是中国文人挥之不去的千年情结,无数文人骚客为后世留下了大量悲秋主题的文学作品。悲秋大抵是在悲士不遇。然而刘禹锡的这首诗则一反悲秋的传统,发言议论,独标已见,大声喊出"我言秋日胜春朝",这也恰恰反映出刘禹锡的率性洒脱、不同流俗的性格。

这首《秋词》家喻户晓,堪称歌颂秋天的典范之作。此是《秋词》其一,还有《秋词》其二:"山明水净夜来霜,数树深红出浅黄。试上高楼清入骨,岂如春色嗾人狂。"秋日登高楼,清气入骨,春光烂漫,让人轻狂。这有力的吟唱展现了诗人的旷达。刘禹锡还有一首《秋声赋》,一样的骨力遒劲,其积极向上、壮志凌云的情怀跃然纸上:"聆朔风而心动,盼天籁而神惊。力将痑兮足受绁,犹奋迅于秋声。"刘禹锡二十一岁中进士,连中三科,意气风发,期望有一番作为,可惜从永贞革新开始,他被一贬再贬,但刘禹锡从未放弃自己的理想,他坚信"莫道谗言如浪深,莫言迁客似沙沉。千淘万漉虽辛苦,吹尽狂沙始到金"(《浪淘沙九首·其八》)。

刘禹锡不管身处何处，永远豪情万丈，始终乐观向上，时刻保持着昂扬的战斗精神。这种精神自然也在其作品中有所反映，这首《秋词》就是一个很好的例证。诗人开篇即直抒胸臆，旗帜鲜明地亮出自己的态度，"自古逢秋悲寂寥，我言秋日胜春朝"，悲秋是别人的事，你说秋天肃杀萧瑟，我偏不那么认为，我就是认为秋天比春天更可爱。诗人在《春词》中说"深锁春光一院愁"，在这首诗中却以"一鹤排云"的气势横扫万古悲秋气象，不落窠臼，别开生面。紧接着，诗人阐明了理由，"晴空一鹤排云上，便引诗情到碧霄"，你看啊，秋日晴空，排云一鹤，凌厉矫健，简直就是一幅绝佳的秋鹤图。鹤以其俊逸优雅的外形赢得了古人的青睐，在文人骚客的眼中一直是美好的象征，如《诗经·小雅·鹤鸣》中即有"鹤鸣于九皋，声闻于天"的句子，鹤鸣于湖泽的深处，它的声音很远都能听见，后人以此喻指贤士身隐名著，"鹤鸣九皋"遂成为一个成语。鹤形象在后世的文学书写中不断得到丰富，逐渐成为隐士、君子、诚信、情义的象征，进而形成了其特有的艺术生命和审美价值。《世说新语·言语》载："支公好鹤，住剡东岇（左山右印）山，有人遗其双鹤，少时翅长欲飞，支意惜之，乃铩其翮。鹤轩翥不复能起，乃反顾其翅，垂头视之，如有懊丧意。林曰：'既有凌霄之姿，何肯为人作耳目近玩。'养令翮成，置使飞去。"支道林有感于鹤有凌云之志，于是"养令翮成，置使飞去"，这才是真正爱鹤的人。什么是真爱？很简单，就是给它自由。

刘禹锡渴望身体自由、精神自由，更渴望建功立业、报效国家。《秋词》中的鹤排云而上，拥有天空，拥有自由，难道不正是刘禹锡的理想吗？因此，该诗所体现出的明朗格调正是刘禹锡洒脱人格的体现。沈德潜《唐诗别裁集》云："七言绝句，中唐以李庶子（李益）、刘宾客（刘禹锡）为最，音节神韵，可追逐龙标（王昌龄）、供奉（李白）。"刘禹锡的这首《秋词》确实体现了其豪迈俊爽、刚健雄劲的诗风，难怪白居易目之为"诗豪"，中唐时期能与王昌龄、李太白相颉颃者，刘禹锡一人而已。

望洞庭湖赠张丞相①

[唐] 孟浩然

八月湖水平②,涵虚混太清③。
气蒸云梦泽④,波撼岳阳城⑤。
欲济无舟楫⑥,端居耻圣明⑦。
坐观垂钓者,徒有羡鱼情⑧。

【注释】

① 诗题一作《临洞庭》,又作《临洞庭上张丞相》。张丞相,即张九龄,当时九龄从尚书左丞相降官为荆州长史。
② 湖水平:指湖水上涨与堤岸齐平。八月为秋汛之期,故云。
③ "涵虚"句:意谓湖面极为广阔,仿佛涵容天空,水天相连,混而为一。涵,包容,涵容。虚,太虚。东晋孙绰《游天台山赋》:"太虚辽廓而无阂,运自然之妙有。"太清,天空。西晋左思《吴都赋》:"鲁阳挥戈而高麾,回曜灵于太清。"
④ "气蒸"句:意思是说洞庭湖一带皆为水汽所笼罩。气蒸,水汽蒸腾。云梦泽,古薮泽名。汉魏之前所指范围并不很大,后世则将云梦泽的范围越说越广,把洞庭湖都包括在内。《周礼·夏官·职方氏》:"荆州……其泽薮曰云瞢。"一说本为二泽,江北为"云",江南为"梦"。
⑤ "波撼"句:波涛汹涌,岳阳城似乎都在晃动。宋范致明《岳阳风土记》:"孟浩然洞庭诗有'波撼岳阳城',盖城据湖东北,湖面百里,常多西南风。夏秋水涨,涛声喧如万鼓,昼夜不息。漱齿城岸,岁常倾颓。"撼,一作动。岳阳,位于洞庭湖东岸,今属湖南。
⑥ "欲济"句:欲渡洞庭却苦无舟楫,喻指想要出仕而无人引荐。济,渡水。楫,船桨。《尚书·说命上》:"若济巨川,用汝作舟楫。"
⑦ "端居"句:意思是说在这样一个圣明时代选择隐居实在是一种耻辱。端居,独处,闲居,此指隐居。圣明,圣明之时,即太平盛世。《论语·泰伯》:"邦有道,贫且贱焉,耻也;邦无道,富且贵焉,耻也。"
⑧ "坐观"二句:意谓希望得到张丞相的援引。典出《淮南子·说林训》:"临河而羡鱼,不如归家织网。"

【鉴赏】

　　这是一首干谒诗。何谓干谒？对人有所求而请见。那么干谒诗就是那些未仕的士子在进行干谒活动时所投献的诗歌。干谒的目的很简单，就是希望那些达官贵人予以延誉、援引，进而获得入仕机会。钱穆《记唐文人干谒之风》开篇即云："唐代士人干谒之风特盛。"唐代的科举制度并不完善，譬如尚未实行糊名、誊录等制度，这就使得主考官除了阅卷之外，还可以参考文人平时的习作来决定文人的科举命运。宋人葛立方《韵语阳秋》云："盖自唐以来，主司重素望，故文场一启，而投递纷然，举子之升黜固自有定议矣。"这里所说的是干谒方式的一种，即"行卷"。唐代士人在应试前将所作诗文投献于公卿为"行卷"，逾日又投为"温卷"。无论是"行卷"还是"温卷"都是当时约定俗成的做法。

　　孟浩然在盛唐诗坛是一个异类，他一生布衣，未曾入仕，然而在那个诗人灿若繁星、名家辈出的时期，他居然能够成为大诗人李白的偶像，惹得李白大声高呼"吾爱孟夫子，风流天下闻"（《赠孟浩然》），杜甫则说"赋诗何必多，往往凌鲍谢"（《遣兴五首》之五）。孟浩然与王维并称"王孟"，是盛唐山水田园诗派的代表人物，这样的文学成就实在令人叹服。王士源在《孟浩然集·序》中称其"学不为儒，务掇菁藻；文不按古，匠心独妙。五言诗天下称其尽美矣"。孟浩然出生于书香门第，幼读诗书，早年隐居鹿门山。唐玄宗开元十六年（728年）赴长安应进士举，落第而归，遂南游吴越。在京城活动期间，孟浩然"尝于太学赋诗，一座嗟伏，无敢抗"（《新唐书·文艺下》）。

　　在《新唐书》中还记录了这样一件事，事之真伪姑且置之不论，但也可以从中窥到孟浩然性格率真任诞的一面："维私邀入内署，俄而玄宗至，浩然匿床下，维以实对，帝喜曰：'朕闻其人而未见也，何惧而匿？'诏浩然出。帝问其诗，浩然再拜，自诵所为，至'不才明主弃'之句，帝曰：'卿不求仕，而朕未尝弃卿，奈何诬我？'因放还。"

孟浩然遇明皇事始载于王定保《唐摭言》，后被收入《新唐书》，千百年来，各种诗话、笔记都津津乐道此事。其诗《岁暮归南山》又作《归故园作》曰："北阙休上书，南山归敝庐。不才明主弃，多病故人疏。白发催年老，青阳逼岁除。永怀愁不寐，松月夜窗虚。"当着至高无上的皇帝的面公然发起了牢骚，真是"慷慨以任气，磊落以使才"。清人冯舒评价此诗："一生失意之诗，千古得意之作。"孟浩然错失了这样一个千载难逢的机缘，就彻底放弃了入仕的理想吗？当然不是。孟浩然的名字便取自《孟子》"我善养吾浩然之气"。在家族儒风的影响之下，经世致用的理想深植孟浩然心底，他虽然寄情山水，但始终心存魏阙，譬如这首《望洞庭湖赠张丞相》便表现出其积极用世的思想以及渴望得到赏识和汲引的心情。沈德潜在《唐诗别裁集》中说："读此诗知襄阳非甘于隐遁者。"

首联写洞庭湖之阔，烟波浩渺，水天相连。颔联写洞庭湖之壮，恢宏大气，自然雄浑，不输杜甫的"吴楚东南坼，乾坤日夜浮"（《登岳阳楼》）。沈德潜评价说："起法高浑，三四雄阔，足与题称。"（《唐诗别裁集》）蔡绦《西清诗话》云："洞庭天下壮观，骚人墨客题者众矣，终未若此诗颔联一语气象。"前两联都用来描绘洞庭湖的壮观景象，诗人固然在模山范水，却恰可衬托出心胸之宽广。颈联一转，转入抒情言志，巧妙而自然。"欲济无舟楫"看似写实，但诗人之用心绝非如此，而是抒发渴求汲引的隐衷，在这样一个圣明的时代，他并不甘情愿做一个隐士。曲终奏雅，诗人在尾联以"羡鱼"之语，终于把自己有意出仕却苦无援引的窘迫心情表现了出来。这首诗取景设象十分雄壮阔大，加上积极进取的人生态度，这正是盛唐精神的一种生动体现。

己亥杂诗① · 其五

[清] 龚自珍

浩荡离愁白日斜②,吟鞭东指即天涯③。
落红不是无情物,化作春泥更护花④。

【注释】

① 清道光十九年(1839年)是己亥年,这一年四十八岁的龚自珍辞官离京返回故乡杭州,后又北上迎取眷属,往返途中共写成七绝三百一十五首,总题为《己亥杂诗》。
② 浩荡:深广的样子。
③ 吟鞭:诗人的马鞭。东指:诗人当日从北京外城东面的广渠门出城,故曰东指。
④ "落红"两句:言外之意是说,自己虽然辞官,但仍会关心国家的前途和命运。落红,即落花。

【鉴赏】

龚自珍不仅是清代诗歌发展过程中最后一位里程碑式的人物,更是我国近代"开一代风气之先"的著名文学家和思想家。学者朱则杰在《清诗史》中誉其为"旧时代的殿后,新时代的开山",良非虚誉。与他同时代的许多诗人乃至政治家还沉浸在"乾嘉盛世"的美梦中不愿醒来,而龚自珍则敏锐地察觉到"日之将夕"的清王朝国势衰颓,危机四伏。他不满于当时死气沉沉的社会局面,勇敢地站出来批判封建统治的腐朽,言人所不敢言,并为清王朝开出了一系列的"医国之方",热情呼唤社会改革之风雷。

龚自珍出生在一个书香世家,外祖父乃是著名的文字学家段玉裁,母亲段驯也是著有传世诗集的诗人。良好的家教奠定了龚自珍非常扎实的学术根基,然而现实是严峻而残酷的,直到嘉庆二十三年(1818年),二十七岁的龚自珍第四次应乡试才终于中式第四名举人,二十九岁以举人身份选为内阁中书,之后便屡试不第,直到三十八岁才考中进士。为官期间,他依然壮志难酬,受尽排挤,仕途不顺,于是在四十八岁时毅然辞官南归。道光十九年(1839年)的四月二十三日傍晚,龚自珍"不携眷属,独雇两车,以一车自载,一车载文集百卷,夷然傲然,愤而离京"。龚自珍在辞官返乡这一路上吟诗会友,那首著名的"九州生气恃风雷"诗即作于镇江。自从道光六年(1826年)离开家乡杭州以后,龚自珍一直居住在北京,十四年从未返乡。在将羽琌山馆修整好以后,龚自珍于九月十五日自杭州扬帆启程北上,迎取眷属。次年春天,龚自珍自述作诗经过:"弟去年出都日,忽破诗戒,每作诗一首,以逆旅鸡毛笔书于账簿纸,投一破簏中。往返九千里,至腊月二十六日抵海西别墅,发簏数之,得纸团三百十五枚,盖作诗三百十五首也。"(《与吴虹生书》)

雄奇与哀艳并存的《己亥杂诗》是龚自珍一生中最为重要也最具代表性的作品。《己亥杂诗》语言典雅醇厚,想象奇特,寄托遥深,瑰丽奇美,不拘一格,历来为人们所称赞。正如程金凤女士所评:"天下震矜定庵之诗,徒以其行间璀璨,吐属瑰丽……若其声情沉烈,恻悱道上,如万玉哀鸣,世鲜知之。"这段文字形象而准确地概括出龚自珍诗歌语言给人们的印象——典雅瑰丽。大型组诗《己亥杂诗》是一个空前绝后的创造,组诗不仅涉及政治、经济、文化、时事等诸多方面,而且对研究龚自珍乃至清代的历史也具有极为重要的作用。

试看本诗第一句"浩荡离愁白日斜",离愁用浩荡来形容,可以想见离愁之深广。李后主说"问君能有几多愁?恰似一江春水向东流";秦少游说"春去也,飞红万点愁如海";秦少游还说"便做春江都是泪,流不尽,许多愁"。这些都是将愁具体化、形象化,进而可以明确感知。"白日斜",即日之夕矣,更加重了诗人的愁绪。崔颢说"日暮乡关何处是,烟波江上使人愁";陆游说"已是黄昏独自愁,更著风和雨";李清照说"梧桐更兼细雨,到黄昏、点点滴滴。这次第,怎一个愁字了得"。在这样一个黄昏时刻,龚自珍告别仕途,愤而离京。"吟鞭东指即天涯"是说从此以后就与京城天各一方，远离朝廷那些纷乱扰攘。

后两句是说落花不是无情的东西，它化为春泥以后依然可以起到呵护新花的作用。诗人是说虽然我辞官归乡，但是依然愿意为这个社会尽一份绵薄之力。在中国古典诗词创作的实践中，落花无疑是一个起源极早的原型意象。花朵本是美好事物的象征，但是"落花"则代表了一种伤感，不仅仅是伤春、惜春的情绪寄托，更是韶华即逝、容颜不再的深惋悲戚。龚自珍在继承传统诗歌审美的基础上，进一步对落花的生命价值在美学层面上进行拓展与提升，赋予落花以积极意义。诗人还有一首《西郊落花歌》可以作为这一认知的注脚。诗人以自己的旷达情怀一扫落花的哀怨阴柔之气，代之以明艳热烈、昂扬振奋的生命基调。在龚自珍的笔下，落花不是生命的终结，而是生命的存在方式，甚至是最高方式。这正是诗人虽然身处末世，却试图"挽狂澜于既倒，扶大厦之将倾"的悲壮情怀的外化与写照。

感旧·其二

［清］黄景仁

唤起窗前尚宿酲①，啼鹃催去又声声②。
丹青旧誓相如札③，禅榻经时杜牧情④。
别后相思空一水⑤，重来回首已三生⑥。
云阶月地依然在⑦，细逐空香百遍行⑧。

【注释】

① 唤起：鸟名。唐代韩愈《赠同游》诗："唤起窗全曙，催归日未西。"明李时珍《本草纲目·禽三·伯劳》："古有催明之鸟，名唤起者，盖即此也。"宿酲（chéng）：犹宿醉，即隔宿醉酒未醒。东汉徐幹《情诗》："忧思连相属，中心如宿酲。"

② 啼鹃：杜鹃，又名子规，传说为蜀帝杜宇所化。其鸣若"不如归去"，啼声凄切。

③ 丹青旧誓：丹青指丹砂和青䂩（huò），可作颜料，因丹青色艳而不易泯灭，故用以比喻始终不渝的誓言。相如札：晋人葛洪《西京杂记》载："司马相如将聘茂陵人女为妾，卓文君作《白头吟》以自绝，相如乃止。"司马相如《报卓文君书》："诵子嘉吟，而回予故步。当不令负丹青，感白头也。"

④ "禅榻"句：这句及上句是说丹青旧誓空在，但如今我却已像禅榻旁的杜牧那般落寞了。杜牧《题禅院》："今日鬓丝禅榻畔，茶烟轻飏落花风。"禅榻，即禅床。

⑤ "别后"句：谓别后相思之情如同流水，一则昼夜不息，二则永无竟时。徐幹《室思·其三》："思君如流水，何有穷已时。"

⑥ "重来"句：意思是说回首前尘往事，已是恍如隔世。三生，佛教语。指前生、今生、来生。唐牟融《送僧》诗："三生尘梦醒，一锡衲衣轻。"

⑦ 云阶月地：原指仙境或美境，这里指的是诗人当日与情人相会的地方。唐牛僧孺《周秦行纪》："香风引到大罗天，月地云阶拜洞仙。"杜牧《七夕》诗："云阶月地一相过，未抵经年别恨多。"

⑧ "细逐"句：因为思念对方，诗人在曾经欢会之所徘徊不已，想要追寻当时对方留下的香气，可是那香气早已随风而散，故曰"细逐空香"。

【鉴赏】

　　《感旧》组诗共四首，这种组诗的形式起源很早。古代一般把这种一题多首的组诗叫"连章诗"，自屈原《九歌》始，唐代杜甫发扬光大之。中国古典组诗通常是把杜甫的组诗视为典范，杜甫的《戏为六绝句》《秋兴八首》《解闷十二首》等都是采用"连章诗"的形式。这些组诗中每一首诗作均可独立成篇，合而观之，它们之间又相互联系，进而构成一个有机的统一体。元稹曾称赞杜诗为"尽得古今之体势，而兼人人之所独专"，此之谓集大成也。老杜创作的组诗堪称中国古代连章诗发展的最高峰。黄景仁十分钟爱这种组诗的创作形式，他先后创作了《感旧》四首、《感旧杂诗》四首、《杂感》四首、《绮怀》十六首、《都门秋思》四首，等等。由此可见黄景仁的诗情之澎湃，才力之丰赡。

　　黄景仁，字仲则，清代中期著名诗人，虽然三十五岁即辞世，但是在他短暂的一生中却创作了两千余首诗作，两百余首词作。包世臣称其"声称噪一时，乾隆六十年间，论诗者推为第一"（《齐民四术》）。乾嘉时期声名显赫的学者翁方纲亦曾高度评价黄仲则："其诗尚沉郁清壮，铿锵出金石，试摘其一二语，可通风云而泣鬼神。"张维屏在《国朝诗人征略》中称赞黄仲则："仲则天分极高，无所不学，亦无不能至，下笔时要皆任其天之自然，称其心所欲出，乾坤清气，独来独往，此仲则之所以不可及也。"又说："夫是之谓天才，夫是之谓仙才，自古一代无几人。近求之百余年以来，其惟黄仲则乎！"可以这样说，黄仲则是他那个时代的孤独者，一生倾力为诗，虽然才情天纵，诗名广播，奈何生性孤傲狂狷，加之造化弄人，黄仲则一生四应江宁乡试，一应省试，三应顺天乡试，均铩羽而归，竟未中一第，恰如毕沅所云，"高才无贵仕"。

　　黄仲则一生命途多舛、坎廪不遇，一发于诗，其惯用的意象为星月与夜、马与剑（铗）、独鹤与秋虫等，表现出一种进退失据、透骨的悲凉之感。黄仲则的总体诗风可以用"沉郁清壮"四个字来概括。黄仲则的生前至交洪亮吉曾谓"黄二尹景仁诗，如咽露秋虫，舞风病鹤"。"咽露秋虫，舞风病鹤"这八个字的评语拿来评价黄仲则的诗歌总体风貌再精准不过。洪亮吉不愧是黄仲则生前的至交好友。"咽露秋虫"是说黄仲则诗风凄苦幽怨，融入诗人的身世之感、不遇之叹，"舞风病鹤"是说黄仲则人格俊逸横放，反映了诗人孑然傲立、不趋时世的性情。

组诗《感旧》可以说是黄仲则的代表作，从整体来看，诗人是在回忆一段恋情，可是不知什么缘由，不得不与所爱的女子分手，后来这个女子另嫁他人，诗人满腹惆怅，不胜叹惋之情，纵使有珊瑚百尺、珍珠千斛，也换不回女子未嫁之身。单独看这一首诗，首联写宿醒未醒，却啼鹃催归，诗人不得不离去。颔联写丹青旧誓仍在，诗人却已鬓生二毛，满腔落寞。颈联极写别后相思之情，如同流水一般，永无竟时。尾联写诗人重到当初欢会之地，追怀衣香鬓影，奈何佳人芳踪已渺，再续前缘已是空想，只能"细逐空香"，聊以自慰。"细逐"是无了无休的追寻，是无法忘怀的牵念，是无可逃遁的失落。

黄逸之年谱称："又按先生《感旧》诗，乃是自述沈里时之回忆。是篇极悱恻柔绵之致。"许隽超先生认为这组诗"似述三十一年冬扬州冶游之往事"(《黄仲则年谱考略》)，读诗不必桩桩件件将本事都凿实，至于这个女子究竟为谁，已渺不可考矣。

【喜】

取语甚直,计思匪深。
忽逢幽人,如见道心。

蝶恋花

[宋]晏幾道

喜鹊桥成催凤驾①，天为欢迟，乞与初凉夜②。乞巧双蛾加意画③，玉钩斜傍西南挂④。

分钿擘钗凉叶下⑤，香袖凭肩⑥，谁记当时话。路隔银河犹可借，世间离恨何年罢。

【注释】

① 喜鹊桥成：《淮南子》载："乌鹊填河成桥而渡织女。"唐韩鄂《岁华纪丽·七夕》："鹊桥已成，织女将渡。"原注引《风俗通》："织女七夕当渡河，使鹊为桥。"凤驾：仙人的车乘。南朝梁何逊《七夕》诗："仙车驻七襄，凤驾出天潢。"

② 乞与：给与。初凉夜：七夕正值初秋，故称初凉夜。

③ 乞巧：旧时风俗，农历七月七日夜（或七月六日夜）妇女在庭院向织女星乞求智巧，称为"乞巧"。南朝梁宗懔《荆楚岁时记》："七月七日为牵牛织女聚会之夜。是夕，人家妇女结彩缕，穿七孔针，或以金银鍮石为针，陈瓜果于庭中以乞巧，有蟢子网于瓜上则以为符应。"双蛾：指妇女的双眉。蚕蛾之须弯曲细长，因以喻女子长而美的眉毛。《诗经·卫风·硕人》："螓首蛾眉。"

④ 玉钩：喻指新月。南朝宋鲍照《玩月城西门廨中》诗："蛾眉蔽珠栊，玉钩隔琐窗。"

⑤ 分钿擘钗：钗为妇女头饰，钿指用金翠珠宝嵌成花纹的盒子。唐白居易《长恨歌》："惟将旧物表深情，钿合金钗寄将去。钗留一股合一扇，钗擘黄金合分钿。"后因以"擘钗分钿"比喻夫妻之爱忠贞不渝或指爱侣生离死别。晏幾道《风入松》："心心念念忆相逢，别恨谁浓？就中懊恼难拚处，是擘钗分钿匆匆。"

⑥ 香袖凭肩：手挽手，肩并肩。唐陈鸿《长恨歌传》："秋七月，牵牛织女相见之夕……上凭肩而立，因仰天感牛女事，密相誓心，愿世世为夫妇。"此处化用此事。

【鉴赏】

这是一首七夕词，自然免不了用牛郎织女的民间传说。词人开篇即说喜鹊在银河之上已经为织女搭好了桥，催促她赶紧渡河与牛郎相会。以起兴的手法引出词人所思所恋的女子。这个女子对着铜镜着意打扮了一番，特别用心地画眉。古代女子十分重视画眉，也许是为了能够"得巧"，也许是"女为悦己者容"，总之，展现了女子的喜悦心情。上片最后一句"玉钩斜傍西南挂"，待到月亮来到西南方向的时候，显然已是夜深。想来词人与这个女子欢情缱绻，度过了一段美好时光。

到下片，词人笔锋一转，写自己与该女子分离之痛。"分钿擘钗"用了唐玄宗与杨玉环的典故。陈鸿《长恨歌传》云："定情之夕，授金钗钿合以固之。"钗钿本为男女定情之信物，分离时则掰钗分钿，各执一半，用作伤离期合之赠。白居易《长恨歌》诗曰："钗留一股合一扇，钗擘黄金合分钿，但教心似金钿坚，天上人间会相见。"并提醒对方，你我曾在花前月下"香袖凭肩"，万万不要忘记当时曾说过的话。最后两句是说牛郎织女纵使一年一度才相会一次，毕竟有鹊桥可通，可是我们何日才能重逢相会呢？可谓语淡而情深。冯煦在《蒿庵论词》中说道："淮海、小山，真古之伤心人也。其淡语皆有味，浅语皆有致，求之两宋词人，实罕其匹。"洵为确论。

晏幾道的"幾"字读 jī，典出《老子》："上善若水。水善利万物而不争，处众人之所恶，故几于道。"几于道，即近于道。从中可以看出其父晏殊对他寄予的厚望。虽然晏幾道出身清贵，生于相门，可谓钟鸣鼎食之家，早年度过了一段锦衣玉食、诗酒风流的生活，可是在其父晏殊亡后，晏幾道的境遇可谓一落千丈，"仕宦连蹇"，甚至连衣食都难以自给，但晏幾道性情耿直，孤傲狷介，只是"欲将沉醉换悲凉"。据他在《小山词·自跋》所述，沈廉叔、陈君龙家有莲、鸿、蘋、云四位歌妓，他会将自己创作的新词交由她们来演唱。然而，随着政坛的风云变幻，曾经的美好时光也一去不返，歌女相继离去，依依惜别的曲调暗藏了词人的身世之感，这些在他的作品中都有所反映。晏幾道作为富家子弟，对于那些歌妓却抱有十分尊重的态度。他对女性的刻画和描写更多的是率真情感的自然流露，由此也形成了晏幾道"清壮顿挫""哀感顽艳"的词风。

鹊踏枝

［五代］佚　名

叵耐灵鹊多谩语①，送喜何曾有凭据②？几度飞来活捉取，锁上金笼休共语③。比拟好心来送喜④，谁知锁我在金笼里。欲他征夫早归来⑤，腾身却放我向青云里。

【注释】

① 叵（pǒ）耐：不可忍耐。叵，"不可"二字的合音。灵鹊：即喜鹊。俗称鹊能报喜，故称。《禽经》："灵鹊兆喜。"张华注："鹊噪则喜生。"五代王仁裕《开元天宝遗事·灵鹊喜事》："时人之家，闻鹊声，皆为喜兆，故谓灵鹊报喜。"漫语：谎话。

② 凭据：凭证，证据。

③ 金笼：坚固而又精美的鸟笼。休共语：不要和他说话。即不相信灵鹊所报消息。

④ 比拟：本待，打算。刘永济说"比拟"当是"本拟"之误。

⑤ 征夫：从役之人；出征的士兵。这里指捉住灵鹊的女子的丈夫。

【鉴赏】

　　敦煌曲子词自上世纪初被发现以来，经过历代学人的深入研究，已经取得了丰硕的成果，其最重要的贡献就是为词体的起源和成熟提供了新的坚实的文献依据。敦煌曲子词现存约一千首，作为早期词体，它不仅成为后世词体的直接源头，更成为《花间集》乃至宋词的最早范式。五代后蜀赵崇祚编选的《花间集》一直以来被视作最早的文人词集，正是敦煌写本中的曲子词的出现，学术界才得以对词的起源和风格有了全新的认知。在敦煌文献中有一个比较重要的发现就是民间词集《云谣集杂曲子》（共三十首）。王重民先生在其《敦煌曲子词集叙录》中有这样一段话："今兹所获，有边客游子之呻吟，忠臣义士之壮语，隐君子之怡情悦志，少年学子之热望与失望，以及佛子之赞颂，医生之歌诀，莫不入调。"这些曲子词大部分为底层文人所作，就文学技巧而言不是那么游刃有余，甚至略显粗糙，但其所反映的社会生活则丰富多彩，且语言朴素清新、真切生动，是俗文学的重要组成部分。无怪乎朱祖谋这样称赞敦煌曲子词："其为词朴拙可喜，洵倚声中椎轮大辂，且为中土千余年来未睹之秘籍。"

这首《鹊踏枝》即是敦煌曲子词中的一首优秀作品。作品抒发了一个闺中少妇对远戍边疆的丈夫的思念之情，这种感情的描写在历代文学作品中不胜枚举，然而这首曲子词却能脱颖而出，实在是因为描写手法独出机杼、别具匠心。词作上阕从少妇的角度出发，埋怨灵鹊不灵，叽叽喳喳叫个半天，结果自己盼望的人并未归家。少妇认为喜鹊送喜没有凭据，终于发怒，将灵鹊关在笼子里，不再相信灵鹊。下阕则从灵鹊的角度出发，采用了拟人的创作手法描绘了灵鹊一肚子的委屈。我本是好心来送喜，结果被少妇捉住关进金笼，只得盼望少妇的丈夫尽早归家，他一定会把我放掉，让我脱身金笼，翱翔蓝天。其实，困守闺中的少妇何尝不是一只被锁在金笼中的鸟雀呢？所以，丈夫归来，不仅是解救了灵鹊，从某种意义上说，更是解救了思念成灾的少妇。

这首词的上阕与下阕分别描写了少妇与灵鹊的心理活动，读来生动有趣。郑振铎先生就曾说"这样有趣的'词'，我们在唐宋人的作品里是很少遇见的"（《中国俗文学史》）。夏承焘先生认为"整首词通过人和灵鹊的对话写出妇人对和平幸福生活的热烈向往"，或许不然。首先，上阕显然不是妇人的话语，而是从书写者或者第三方的角度出发而言之；其次，下阕也并非灵鹊的话语，如果是灵鹊在与妇人对话，就应当是"欲你征夫早归来"，而非"欲他征夫早归来"，因此，把下阕视作灵鹊的心理活动比较妥当。不论是否采用了对话体描写，总之，这种随心所欲地灵活变换描写角度，显得十分活泼新颖，夏承焘先生认为这是"民间词里的一首好作品"的判断是没有任何疑义的。

天末怀李白[1]

[唐] 杜 甫

凉风起天末[2],君子意如何[3]。
鸿雁几时到[4],江湖秋水多[5]。
文章憎命达[6],魑魅喜人过[7]。
应共冤魂语[8],投诗赠汨罗[9]。

【注释】

[1] 天末:天的尽头,指极远的地方,犹言天边。东汉张衡《东京赋》:"眇天末以远期,规万世而大摹。"陆机《为顾彦先赠妇二首》(其二):"佳人眇天末。游宦久不归。"时杜甫在秦州,秦州为唐代西北之边疆。
[2] 凉风:秋风。《礼记·月令》:"凉风至,白露降,寒蝉鸣。"
[3] 君子:这里指李白。
[4] 鸿雁:《汉书·苏武传》载有大雁传书之事,后因以指书信。
[5] 江湖秋水多:赵次公曰:"两句似通句言书信耳,问鸿雁几时可到白之处,江湖秋水既多,则鸿雁游泳,其到恐迟也。"一说喻指世途险恶。
[6] "文章"句:好的文学作品往往产生于穷困之时,与通达的命运相龃龉。
[7] 魑魅:传说山林中害人的怪物。亦喻各种坏人。《左传·文公十八年》:"流四凶族浑敦、穷奇、梼杌、饕餮,投诸四裔,以御魑魅。"杜预注:"魑魅,山林异气所生,为人害者。"过,经过。朱鹤龄注:"上句言文章穷而益工,反似憎命之达者。下句言小人争害君子,犹魑魅喜得人而食之。即《招魂》'雄虺九首,吞人以益其心'意也。"
[8] 冤魂:这里指屈原。
[9] 投诗:赠诗。汉贾谊迁谪长沙,过汨罗江,有《吊屈原赋》。

【鉴赏】

  从杜甫写给李白的十多首诗作中可以看出二人的深厚交谊。天宝三载(744年),李白被唐玄宗"赐金放还",怀着满腔的愤懑失望之情离开长安,来到洛阳,在洛阳遇到杜甫,二人结下了千古传诵的友谊。杜甫用"醉眠秋共被,携手日同行"(《与李十二白同寻范十隐居》)这样的诗句描写他们之间兄弟般的情谊。

闻一多先生在《唐诗杂论》中称这次相遇在我们这四千年的历史里"除了老子见孔子没有比这两人的会面,更重大,更神圣,更可纪念的",就像"青天里太阳和月亮走碰了头"。二人同游梁、宋,在那里又遇到高适,三位大诗人携手登临、纵游酣饮。这一年李白四十三岁,杜甫三十二岁,相差十一岁。李白当时已是名满天下,而杜甫还只是崭露头角。虽然相处时间并不长,但是杜甫一生都对李白念念不忘,屡次在诗作中回忆这位兄长。

杜甫对李白当真是推崇备至,他称赞李白"李侯有佳句,往往似阴铿"(《与李十二白同寻范十隐居》);他在《春日忆李白》中又称:"白也诗无敌,飘然思不群。清新庾开府,俊逸鲍参军。"对李白"清新俊逸"的诗风大加赞赏;杜甫在《寄李十二白二十韵》一诗中又称赞李白"笔落惊风雨,诗成泣鬼神",指出李白作品具有极强的艺术感染力。每一首诗都写得情真意切,感人至深。安史乱起,李白误以为这是一个报国良机,入永王李璘幕,结果因反叛罪蒙冤入狱,落得长流夜郎(今贵州桐梓一带)。杜甫为此十分担心,他在诗中说"三夜频梦君,情亲见君意"(《梦李白二首》),对李白的不幸遭遇深表同情,并果决地站在李白这一边,大声呐喊"世人皆欲杀,吾意独怜才"(《不见》)。杜甫与李白的这种真挚情谊足堪范式,诚为楷模。

首联以凉风起兴,基调已定,然后开门见山,直截了当,"君子意如何"意思就是你最近心情怎么样?表达了作者对李白深切的挂念和同情。颔联写盼望得到友人音讯的急切心情,奈何路途遥远,秋水正多,鸿雁何时才能把自己的书信捎到李白的手中啊。颈联历来为世人所传诵,邵长蘅曰:"一憎一喜,遂令文人无置身地。""文章憎命达"与司马迁的"发愤著书"、韩愈的"不平则鸣"以及欧阳修的"穷而后工"等,具有相似的内涵。这两句诗之所以广为传颂,盖因道出了自古以来才士的共同命运,是对无数历史事实的高度概括和理论总结,后世读者莫不读之而鼻酸。尾联乃作者悬想之词。屈原乃楚之忠臣,却两遭放逐,最终自投汨罗而死,千载之下,虽死犹存,而李白也是怀着"但用东山谢安石,为君谈笑静胡沙"的政治热情入永王李璘幕,结果却获罪远谪,两人的命运何其相似。因此"应共冤魂语"一句生动地表现出李白的内心一定与屈原产生共鸣。"投诗赠汨罗"是说屈原不死,精神永存,李白自当会投诗汨罗以吊屈原,故黄生说:"不曰'吊'而曰'赠',说得冤魂活现。"(《读杜诗说》)

这首《天末怀李白》和《梦李白二首》大约作于同时,一般认为是乾元二年(759年)杜甫流寓秦州(今甘肃天水)时所作。这首《天末怀李白》以秋风起兴,虚实结合,悲歌慷慨,作者对李白的关切之情溢于言表,充分表达了杜甫与李白之间的深厚情谊。恰如仇兆鳌所说:"说到流离生死,千里关情,真堪声泪交下,此怀人之最惨怛者。"(《杜诗详注》)

送梅处士归宁国①

［唐］罗　隐

十五年前即别君，别时天下未纷纭②。
乱罹且喜身俱在③，存没那堪耳更闻④。
良会谩劳悲曩迹⑤，旧交谁去吊荒坟⑥。
殷勤为谢逃名客⑦，想望千秋岭上云⑧。

【注释】

① 梅处士：生平不详，罗隐布衣之交，据诗题当为宁国人，宁国即今安徽省宁国县。处士，即隐士。
② 纷纭：纷争，混乱。
③ 乱罹（lí）：即纷乱忧惧，一作"乱离"。罹，忧惧，忧惧的事，苦难。
④ 存没（mò）：生和死。没，通"殁"，死。那堪：怎堪，怎能禁受。
⑤ 良会：美好的聚会。《古诗十九首·其四》："今日良宴会，欢乐难具陈。"谩劳：徒劳。谩，通"漫"。曩（nǎng）迹：过去的行踪。
⑥ 旧交：老朋友。《战国策·秦策三》："竭智能，示情素，蒙怨咎，欺旧交。"吊：凭吊。
⑦ 殷勤：频繁，反复。逃名：逃避声名而不居。逃名客指隐士。《后汉书·逸民传·法真》："法真名可得而闻，身难得而见；逃名而名我随，避名而名我追。"又赵岐《三辅决录》："蒋诩字元卿，舍中三径，唯羊仲、裘仲从之游，二仲皆推廉逃名不出。"
⑧ 想望：犹仰慕。千秋岭：在今安徽宁国东南，崇山峻岭，地势险要，为皖浙通道。《宁国府志》称千秋岭"冈峦纚属，溪谷幽深，道通西浙"。

【鉴赏】

　　罗隐是晚唐后期的一位重要诗人，与罗虬、罗邺合称"江东三罗"而居其首。罗隐虽出身寒素，却稚齿能文，诗笔俊拔，奈何生逢末世，政治黑暗，"十上不中第"，落拓江湖求食，历尽坎坷，因而对唐末社会的黑暗和腐朽有极为深刻的感受和清醒的认知。罗隐性格狂放，诗文锋芒毕露得罪不少权贵；再加上相貌丑陋，因而屡考不中，仕进机会一次次与之擦肩而过，直至五十五岁东归吴越，投靠吴越王钱镠，命运才有所改观。钱镠不但重用罗隐，而且对其十分礼遇，推崇备至。

罗隐存诗近五百首，题材内容广泛，具有明显的现实主义倾向。这些诗歌大多直接或间接地反映了晚唐的社会现实，是全面、真实地反映那个病态社会的一面镜子；同时也不同程度地折射出晚唐社会下层文人的生存状态。罗隐诗歌主要是通过愤激之情的直接宣泄，对黑暗的社会现实进行勇敢揭露和辛辣批判，他批判的矛头无远弗届，"诗文凡以讽刺为主，虽荒祠木偶，莫能免者"（《唐才子传》），就连一个娼妓的调侃他都会奋力反击。在当初赴举之日，罗隐在钟陵筵上与一个娼妓云英同席。结果十二年过后，二人再度相逢，云英笑嘻嘻地说道："罗秀才犹未脱白矣。""脱白"的意思就是脱去白衣，进入仕途，也就是说罗隐还是没有考中进士。罗隐闻言自然内心升腾起一种耻辱感，他立刻写了这么一首诗作为反击："钟陵醉别十余春，重见云英掌上身。我未成名君未嫁，可能俱是不如人。"当然，这首诗与其看作是在反讽云英，不如看作是在自我伤悼，与其看作是在自我伤悼，不如看作是在讽刺整个科举制度，语似调侃，而内心的愤激可以想见。

罗隐诗情韵激昂，雄健峭直，誉之者称其"三百篇后颇寓讽谏之意"；毁之者称其"然唐人蕴藉婉约之风，至昭谏而尽。宋人浅露叫嚣之习，至昭谏而开"。在诗歌艺术上，罗隐尤擅七律，语言浅切，议论风发，实开宋人先声。还是洪亮吉的评价最中肯："七律至唐末造，惟罗昭谏最感慨苍凉，沉郁顿挫，实可以远绍浣花，近俪玉溪。盖由其人品之高，见地之卓，迥非他人所及。"（《北江诗话》）

这首《送梅处士归宁国》诗题即点明主旨，送一个姓梅的处士回宁国，关于梅处士究竟为谁，史料无考。首联所云"天下纷纭"当指黄巢之乱，在十五年前罗隐就曾送过一次梅处士，这是再送。旧友重逢，天下乱离，自然不胜唏嘘之感。"安史之乱"已经给予了唐朝以沉重打击，令唐朝陷入了藩镇割据的局面，土地兼并十分严重，广大农民流离失所，而统治者政治昏暗，赋税苛繁，农民起义已经不可避免。黄巢起义持续时间前后长达十年之久，沉重打击了晚唐王朝，而战争对普通百姓的伤害更大，所以罗隐才有痛定思痛之后的惊喜，兵燹之后，你我还都苟存于世，真是一件值得庆幸的事。故人重逢，自然要谈论起昔日那些共同的朋友，有的侥幸活了下来，有的则已亡故。杜甫在《赠卫八处士》中也写过类似的感受："访旧半为鬼，惊呼热中肠。"抚今追昔，感慨万千，良会难再，思量过去的行迹已是徒劳，又有谁会去凭吊旧友的荒坟？尾联是说在这临别之际，我反复告诉你这个逃名客，不用在乎名利。因为梅处士依然是处士，不知他在京城待了多久，考了几次，总之未能博得一第，想来这次黯然归乡也是彻底放弃了功名之想。其实罗隐这话不仅是对梅处士说的，更是对自己说的，因为罗隐与梅处士是同病相怜。最后一句"想望千秋岭上云"表达了对朋友的真挚情感，其实我很羡慕你啊，在与你分别之后我一定会遥望你的故乡千秋岭上的白云，一则表达了对朋友的思念之情，二则也表达了隐士的淡泊情怀。

临江仙

[明] 杨 慎

滚滚长江东逝水①,浪花淘尽英雄②。是非成败转头空。青山依旧在,几度夕阳红。

白发渔樵江渚上③,惯看秋月春风④。一壶浊酒喜相逢⑤。古今多少事,都付笑谈中⑥。

【注释】

① 滚滚:水涌流貌。唐杜甫《登高》诗:"无边落木萧萧下,不尽长江滚滚来。"宋辛弃疾《南乡子·登京口北固亭有怀》词:"千古兴亡多少事,悠悠,不尽长江滚滚流。"
② "浪花"句:此句当是化用苏轼《念奴娇·赤壁怀古》中的句子:"大江东去,浪淘尽,千古风流人物。"
③ 渔樵:渔人和樵夫。这里指隐居。江渚:江中小洲,亦指江边。《三国志·吴志·陆凯传》:"江渚有事,责其死效。"
④ 惯看:即看惯。秋月春风:秋夜的月,春日的风。指美好的时光。唐白居易《琵琶引》:"今年欢笑复明年,秋月春风等闲度。"
⑤ 浊酒:用糯米、黄米等酿制的酒,较混浊。三国魏嵇康《与山巨源绝交书》:"时与亲旧叙阔,陈说平生,浊酒一杯,弹琴一曲,志愿毕矣。"
⑥ 笑谈:笑谑;谈笑。宋曾巩《访石仙岩杜法师》诗:"君琴一张酒一壶,笑谈衮衮乐有余。"

【鉴赏】

杨慎的这阕《临江仙》名满天下,妇孺皆知,盖因《三国演义》这部小说的缘故。罗贯中创作《三国演义》这部小说的时候其实并未将其作为开篇词,而是由毛宗岗,将这阕词放在开篇的位置,才使其流布天下、广为人知的。杨慎《廿一史弹词》中还有一首《西江月》因为被冯梦龙用在《东周列国志》的开篇,也广为流传,不妨照录于此:"道德三皇五帝,功名夏后商周。英雄五霸闹春秋,顷刻兴亡过手。青史几行名姓，北邙无数荒丘。前人田地后人收，说甚龙争虎斗。"

清代康熙年间，毛纶、毛宗岗父子在李卓吾评本的基础上对罗贯中的《三国志演义》做了较大程度的润饰修改以及增删并详细评点。毛宗岗旗帜鲜明地指出："吾谓才子书之目，宜以《三国演义》为第一"，并以"第一才子书"的名头刊印此书。自毛本《三国演义》问世以后，鲁迅先生说："一切旧本乃不复行。"（《中国小说史略》）毛本《三国演义》正统的道德色彩更加浓厚，艺术水平更高，评点文字也十分精彩独到，因而在社会上广为流传，受到广大读者的欢迎，世间遂以毛本为定本。我们今天所看到的一百二十回本《三国演义》就是毛本《三国演义》。毛宗岗继金圣叹等人评点《水浒传》之后，对《三国演义》的艺术成就做了系统研究和全面总结，促成了小说批评体系的成熟，为中国小说理论的建设做出了重要贡献。杜贵晨先生认为："中国古代小说理论的真正形成，是以金圣叹和毛宗岗二人的小说评点为标志的。"（《毛宗岗对中国古代小说的理论贡献：兼论古代小说理论真正形成》）

杨慎是有明一代的著名才子，父亲杨廷和曾担任内阁首辅，有着旁人无可比拟的家学渊源。杨慎自幼机警聪敏，十一岁即能写诗，正德二年（1507年），十八岁的杨慎参加四川乡试，名列榜首。正德六年（1511年），二十四岁的杨慎参加殿试，还是第一名，考中状元后被授予翰林修撰，后任经筵讲官，任嘉靖帝的老师。在"大礼议"事件中，杨慎不仅两上议疏，还联合朝中大臣二百九十人请愿跪伏于左顺门，"撼门大哭""声震阙廷"，杨慎慷慨陈词曰："国家养士百五十年，仗节死义，正在今日。"嘉靖帝十分恼怒，杨慎不仅因此两次惨遭廷杖，还被贬谪戍云南永昌卫。杨慎以罪卒身份在云南这个"蛮荒之地，瘴疠之乡"长达三十五年之久，忍受着漫漫无期的孤寂落寞。幸得当地长官的优容庇护，甚至专门修葺了云峰书院给他居住，因此杨慎很少到永昌卫戍边服役。他利用大量闲暇发奋读书著述,《明史》载其"投荒多暇,书无所不览"。我国古代文学理论有"发愤著书"和"穷而后工"的说法,杨慎为此理论增加了一个生动注脚。他一生主要著作有:经学类《丹铅总录》,诗词类《升庵诗话》,音韵类《古音猎要》,史学类《古音丛目》《古今风谣》《滇程记》《云南山川志》《全蜀艺文志》《春秋地名考》等。《四库全书总目提要》称"慎博览群书,喜为杂著。计其平生所叙录,不下二百余种。"从以上介绍可以知道,杨慎著述之宏富,不仅在明代首屈一指,就算是放在整部中国文学中也是名列前茅。无怪乎《明史》称其:"明世记诵之博,著作之富,推慎为第一。"李卓吾甚至将杨慎与李白、苏轼并称,他在《续焚书》中这样说:"升庵先生固是才学卓越,人品俊伟,然得弟读之,益光彩焕发,流光百世也。岷江不出人则已,一出人则为李谪仙、苏坡仙、杨戍仙,为唐代、宋代并我朝特出,可怪也哉。"著名学者陈寅恪先生也这样说:"杨用修为人,才高学博,有明一代,罕有其比。"(《柳如是别传》)

杨慎这阕《临江仙》是其长篇弹唱叙史之作《廿一史弹词》第三段"说秦汉"的开场词。《廿一史弹词》原名《历代史略十段锦词话》,也叫《历朝史说》或《历朝史记》,只是在后来的不断刊刻过程中才改名为《廿一史弹词》的。所谓弹词,是一种讲唱文学,杨慎利用这一曲艺形式,在谪戍云南期间创作了这部雅俗共赏的通俗历史读物。该书讲述了从远古到元代的历史大事,共分作十段,每段段首是一阕词,词后有诗,正文则以浅显文言讲述各个历史时期大事以及朝代更迭,唱文皆十字句,再以词或曲收束。因为形式活泼,语言浅近,该书自问世以后流布甚广,以至于达到"贩夫田父,樵童牧叟,皆欣欣而喜听之"的程度。这部弹词"以浅近发其该博""凡礼制之沿革,年号之变更,国家之成败,兴王亡主之贤愚,忠良奸谀之功罪,犁然如指诸掌"(阴武卿《杨升庵史略词话序》)。

《临江仙》第一句檃栝苏轼的《念奴娇·赤壁怀古》(大江东去),把时间比作流水，古已有之，取其一去不回之意，另外亦有青春易逝、韶华难再的感叹。孔子就曾发过这种感叹："子在川上曰：逝者如斯夫，不舍昼夜。"（《论语·子罕》）滚滚大江，万古奔流不息，即便是英雄人物，也只是时间长河中的浪花一朵，终归零落。"是非成败转头空"写尽了苍凉与落寞，是觑破世相的旷达超脱，更是阮籍的穷途之哭。"青山依旧在，几度夕阳红"这两句与刘禹锡《西塞山怀古》中的"人世几回伤往事，山形依旧枕寒流"颇有几分神似，但各臻其妙。青山永恒静穆，夕阳绚烂多彩。诗人并未将世间一切价值和意义都抹杀，"夕阳红"是一种审美体验，在经过百转千回之后才发现，生命存在本身就是价值和意义，天地有大美而不言，我们能够看到的自然之美才是永恒之美。

下阕开头两句"白发渔樵江渚上，惯看秋月春风"是洞察世事、勘破人情后的从容与圆明，豁达与优雅。读至此处，不由让人想到苏轼的《前赤壁赋》中"况吾与子渔樵于江渚之上，侣鱼虾而友麋鹿"的句子。"一壶浊酒喜相逢。古今多少事，都付笑谈中"似取材于陈与义《临江仙·夜登小阁忆洛中旧游》中的句子："古今多少事，渔唱起三更。"词中所用字句乃至情致都很相近。写至此处，作者已将胸中感慨诉说完毕，而词中所宣泄的那种怀古之情、兴亡之叹则余音缭绕，达到了声渐远而情愈切、曲有尽而韵无穷的艺术境界。

全词并无任何一个特定历史人物与事件，却包罗万有，囊括古今，融哲思于意象，于旷达中见悲凉，留给读者以无限的想象空间。这阕《临江仙》真可谓千古绝唱，震古烁今。时人推许杨慎为"当代词宗"，后人赞誉杨慎为"明人第一"，不亦宜乎。

过松源晨炊漆公店①·其五

[宋] 杨万里

莫言下岭便无难②,赚得行人错喜欢③。
政入万山围子里④,一山放出一山拦⑤。

【注释】

① 松源:松源、漆公店在今江西弋阳与余江之间。晨炊:早餐。
② 莫言:不要说。
③ 赚(zuàn)得:骗得。唐代吴融《王母庙》诗:"鸾龙一夜降昆丘,遗庙千年枕碧流。赚得武皇心力尽,忍看烟草茂陵秋。"错喜欢:空欢喜。
④ 政:同"正"。围子:本指四周用土石或树木等建成的障碍物,这里指的是层峦叠嶂,阻住去路。
⑤ 放出:这里是把行人放过去的意思。

【鉴赏】

　　杨万里是南宋时期著名诗人,"中兴四大诗人"之一。杨万里平生作诗达万首,今存四千二百余首,创作数量惊人。张浚曾勉以"正心诚意"之学,杨万里遂以"诚斋"名其书斋,世称诚斋先生。杨万里在绍兴三十二年(1162年)自焚少作诗篇千余首,决心抛弃从前专门学"江西诗派"的拗峭艰涩路数,诗格至此一变,始存稿为《江湖集》。

　　杨万里敢于自出手眼,在脱离了"江西诗派"的藩篱之后,其诗风几经转变,最终形成了独具面目的"诚斋体"。正如钱锺书先生所说:"在当时,杨万里却是诗歌转变的主要枢纽,创辟了一种新鲜泼辣的写法,衬得陆和范的风格都保守或者稳健。"(《宋诗选注》)清代的著名学者黄宗羲曾这样总结杨万里的学诗历程:"昔诚斋自序,始学江西,既学后山五字律,既又学半山老人,晚乃学唐人

绝句。后官荆溪，忽若有误，遂谢去前学，而后焕然自得。"(《黄梨洲文集》)

杨万里自三十六岁始存诗，至八十岁去世，现存四千二百首诗作，共编成九部诗集，即《江湖集》《荆溪集》《西归集》《南海集》《朝天集》《江西道院集》《朝天续集》《江东集》《退休集》，大致以其仕宦生涯为序。其"一官定一集"，几乎成为其人生经历的写照，同时也可大致反映杨万里诗风转变的过程。

"诚斋体"以"活法"著称，诗歌活泼自然，谐趣十足。杨万里摒弃典故成语，师法自然与民歌，信手拈来，语言不避俚俗，俗语及口语均可入诗，不避重字，呈现出活泼灵动、风趣幽默的诗歌风格，与黄庭坚所提倡的"无一字无来处"大异其趣。周必大说："诚斋（杨万里）大篇短章……状物姿态，写人情意，则铺叙纤悉，曲尽其妙，笔端有口，句中有眼。"(《宋诗纪事》五十引) 然而杨万里的短处也正在于过分活泼，有时未免流于粗率浅俗，有些作品诗味嫌不足，不耐咀嚼。"诚斋体"的最大特色便是以自然景物作为独特的审美对象，得出自身的了悟。

杨万里尝自言"闭门觅句非诗法，只是征行自有诗。"(《下横山滩头望金华山四首》其一) 他以诗人之眼观照自然万物，于是万物皆可入诗，正所谓"万象毕来，献予诗材"。钱锺书先生有一个观点非常有名："唐诗多以丰神情韵擅长，宋诗多以筋骨思理见胜。"(《谈艺录》)

这首《过松源晨炊漆公店》便是一首"以筋骨思理见胜"之作。诗句明白如话，朴实平易。第一句完全没有铺陈，有如当头棒喝，不要说从山岭上下来便没有困难可言。其实这一句里包含的意蕴深广，因为爬山者往往认为向上攀爬是艰难的。结果没想到的是，下得岭来竟然是空欢喜一场。前两句只是提出一个命题，即"下岭也难"，并未给出论证过程。后两句以拟人的手法，雄辩地证明了为何说"下岭也难"。也许下岭本身并不难，但是下岭以后才发现，自己身处崇山峻岭之中，万山横亘，莽莽苍苍，即便越过这一道山岗，前面还有下一道山岗，一个"放"字，一个"拦"字，那山仿佛是故意刁难山行者似的。表面看，诗人写的是山行，其实人生之路何尝不是如此呢？

这首诗背后所隐藏的哲理就是：人生之路正如山行，不要被眼前的顺境所迷惑，打起精神，困难总是在不经意间到来，但是困难并不可怕，我们要做的就是正视困难，解决问题。正所谓"生于忧患，死于安乐"，人人渴望顺境，然而顺境不常有，逆境却如影随形。《诗经》中也有"战战兢兢，如临深渊，如履薄冰"之说，我们只有着眼未来，未雨绸缪，强化危机意识、忧患意识，才能取得真正的胜利。

贺新郎

［宋］辛弃疾

邑中园亭，仆皆为赋此词。一日，独坐停云①，水声山色，竞来相娱。意溪山欲援例者，遂作数语，庶几仿佛渊明思亲友之意云。

甚矣吾衰矣②。怅平生交游零落③，只今余几？白发空垂三千丈④，一笑人间万事⑤。问何物能令公喜⑥？我见青山多妩媚，料青山见我应如是⑦。情与貌，略相似。

一尊搔首东窗里。想渊明停云诗就⑧，此时风味。江左沉酣求名者⑨，岂识浊醪妙理⑩。回首叫云飞风起⑪。不恨古人吾不见，恨古人不见吾狂耳⑫。知我者⑬，二三子⑭。

【注释】

① 停云：停云堂，在瓢泉别墅。
② "甚矣"句：《论语·述而》："子曰：'甚矣吾衰也！久矣吾不复梦见周公。'"
③ 交游：朋友。零落：喻指死亡。
④ "白发"句：谓岁月蹉跎，白发徒长。唐李白《秋浦歌十七首·其十五》："白发三千丈，缘愁似个长。"
⑤ "一笑"句：将人间万事付诸一笑。唐杜甫《送韩十四江东觐省》："兵戈不见老莱衣，叹息人间万事非。"
⑥ "问何"句：设问，而今什么东西能博得你的喜爱？公，指词人自己。《世说新语·宠礼》："王珣、郗超并有奇才，为大司马所శ拔。珣为主簿，超为记室参军。超为人多须，珣状短小。于时荆州为之语曰：'髯参军，短主簿。能令公喜，能令公怒。'"
⑦ "我见"二句：我看青山的姿态如此美好，料想青山看我应该也是一样的吧。《新唐书·魏徵传》："帝曰：'人言徵举动疏慢，我但见其妩媚耳。'"妩媚，姿态美好可爱。
⑧ 停云：东晋陶渊明《停云》："有酒有酒，闲饮东窗。愿言怀人，舟车靡从。"
⑨ "江左"句：宋苏轼《和陶渊明饮酒》："道丧士失己，出语辄不情。江左风流人，醉中亦求名。渊明独清

真，谈笑得此生。"
⑩ "岂识"句：唐代杜甫《晦日寻崔戢李封》："浊醪有妙理，庶用慰沉浮。"
⑪ 云飞风起：汉刘邦《大风歌》："大风起兮云飞扬，威加海内兮归故乡，安得猛士兮守四方！"
⑫ "不恨"二句：《南史·张融传》："融善草书，常自美其能。帝曰：'卿书殊有骨力，但恨无二王法。'答曰：'非恨臣无二王法，亦恨二王无臣法。'……常叹云：'不恨我不见古人，所恨古人又不见我。'"
⑬ 知我者：《论语·宪问》："子曰：'莫我知也夫！'子贡曰：'何为其莫知子也？'子曰：'不怨天，不尤人。下学而上达。知我者，其天乎！'"
⑭ 二三子：《论语·八佾》："仪封人请见。曰：'君子之至于斯也，吾未尝不得见也。'从者见之。出曰：'二三子，何患于丧乎？天下之无道也久矣，天将以夫子为木铎。'"

【鉴赏】

辛弃疾是中国文学史上一个罕见的文武双全式的人物，他出生在金国建立初期的济南。宋高宗绍兴三十一年（1161年），济南人耿京聚众数十万反抗金朝的残暴统治，当时仅有二十二岁的辛弃疾也揭竿而起，组织了两千多人的队伍投奔耿京，并在军中担任掌书记。金主完颜亮南侵失败后，辛弃疾力劝耿京与南宋朝廷取得联系，在军事上配合行动。受耿京的委派，辛弃疾赴建康（今江苏南京）面见宋高宗。在他完成使命北归后发现耿京已被叛徒张安国谋杀，张安国率部分起义军投降了金人。怒不可遏的辛弃疾率领五十名骑兵驰入金营，在拥兵五万之众的金军大营之内，生擒活捉了叛徒张安国并疾驰建康将其处死。这是何等的英雄气概！

在词的创作上，辛弃疾继承并发扬光大了苏轼所开创的豪放词风，别开天地，横绝古今，雄深雅健，俊爽流利，具有一种英雄之气和阳刚之美。刘克庄曾经这样评价辛弃疾："公所作大声鞺鞳，小声铿鍧，横绝六合，扫空万古，自有苍生以来所无。其秾纤绵密者，亦不在小晏、秦郎之下。"（《辛稼轩集序》）《四库全书总目提要》评价辛弃疾曰："其词慷慨纵横，有不可一世之概，于倚声家为变调，而异军特起，能于剪红刻翠之外，屹然别立一宗，迄今不废。"

虽然"了却君王天下事，赢得生前身后名"是他的终极梦想，但是梦想终究只是梦想，不是每一个梦想都能实现。请缨无路、怀才不遇的辛弃疾只能选择"却将万字平戎策，换得东家种树书"（《鹧鸪天》）。辛弃疾以归正人的身份投奔南宋政权，却并未得到重用，四十余年宦海生涯三起三落，这首词即是其在退居江西铅山瓢泉期间所作。

词前小序说他是仿陶渊明《停云》诗，寄托思亲友之意，实则抒发的是从福建再次罢官，知交零落，白发空垂，只得与青山为伴的愤懑之感。起句即用典，《论语·述而》："子曰：'甚矣吾衰也！久矣吾不复梦见周公。'"朱熹在《论语集注》中这样解释这句话："孔子盛时，志欲行周公之道，故梦寐之间，如或见之。至其老而不能行也，则无复是心，而亦无复是梦矣，故因此而自叹其衰之甚也。"辛弃疾同样也慨叹马齿徒增，人生已至暮年而功业无成，英雄迟暮之感扑面而来。"怅平生"两句则是目睹身边至交好友如陈亮、韩元吉、范如山、王自中、朱熹、洪迈等人纷纷辞世而发出的浩叹。"白发空垂"两句用的是李白"白发三千丈，缘愁似个长"之典（《秋浦歌十七首·其十五》），依然是承上所言，英雄已老而壮志未酬，面对人间万事，唯有一笑了之。"问何物能令公喜"一句典出南朝宋刘义庆《世说新语·宠礼》："王珣、郗超并有奇才，为大司马所眷拔。珣为主簿，超为记室参军。超为人多须，珣状短小。于时荆州为之语曰：'髯参军，短主簿。能令公喜，能令公怒。'"句中的"公"是辛弃疾自指，世上还有什么能让我愤怒抑或欢喜呢？这里以设问引出下文。"我见青山多妩媚，料青山见我应如是"是千古传诵的稼轩名句，辛弃疾不愧是"词中之龙"，陈廷焯称许他"气魄极雄大，意境却极沉郁。"（《白雨斋词话》）这两句将青山拟人化，意思是我看青山觉得青山姿态妩媚动人，料想青山看到我也是一样的想法吧。词人为何会将情感投注到青山之上？答案显然是世间无物能令公喜，词人才不得不去爱青山，词人与青山"相看两不厌"，其实也暗含着词人的自信乃至自负。当然，这句背后所隐藏的悲凉之感是我们在理解这首词时不能忽视的。"情与貌，略相似"则是承上进一步阐释了为何我与青山皆妩媚。

下阕起句则化用陶渊明《停云》诗，陶渊明在辛词中应该算是出现频率最高的历史人物了，因为辛弃疾固然一生坚持抗金理想，有建功立业的雄心，但由于现实社会的打击，他不得不退而求其次，期望在心灵上寻找一个灵魂的归宿。为了化解内心的悲凉，追求心境的平和，他自然而然地慕陶、学陶、写陶。陶渊明除了具有不为五斗米折腰的气节，他那质朴真淳、洒脱恬静的诗风、乐天旷达的人生境界无不感染着辛弃疾。接下来，他痛斥"江左沉酣求名者"不懂得饮酒的真谛，那些人纵酒寻欢，醉心名利，自然为辛弃疾嗤之以鼻。表面是在讽刺那些"醉中亦求名"的南朝所谓名士，辛弃疾实则是在借古讽今，意在讥刺南宋统治者终日醉生梦死。"回首叫云飞风起"化用了刘邦《大风歌》中的诗句，表现了自己期望终有一日能统率三军克复神州的豪情壮志。"不恨古人"句与"我见青山"句语义略嫌重复，但这种重复更加渲染了词人的那种气吞山河、雄视古今的豪迈之情。据岳珂《桯史》记载，辛弃疾对自己这阕词十分得意："稼轩以词名，每燕必命侍妓歌其所作。特好歌《贺新郎》一词，自诵其警句曰：'我见青山多妩媚，料青山见我应如是。'又曰：'不恨古人吾不见，恨古人不见吾狂耳。'每至此，辄拊髀自笑，顾问坐客何如，皆叹誉如出一口。"由此可见，这阕词也是作者自鸣得意的一篇佳构。末句"知我者，二三子"典出《论语》，同时也呼应了开篇的"只今余几"，一方面抒发了故交零落的悲痛之情，一方面也表达了知音难觅的高洁之志。

昔人评价辛弃疾"掉书袋"，以这阕词看，确实引用典故颇多，但是辛弃疾驱驾典故，熔铸经史，在他的笔下这些典故都很好地发挥了应有的作用，并无堆砌之感，反而增强了作品的丰富性和表现力。

【怒】

大用外腓,真体内充。
反虚入浑,积健为雄。

满江红·写怀

[宋]岳 飞

怒发冲冠①,凭栏处、潇潇雨歇②。抬望眼③,仰天长啸,壮怀激烈。三十功名尘与土,八千里路云和月④。莫等闲⑤,白了少年头,空悲切!

靖康耻⑥,犹未雪。臣子恨,何时灭!驾长车⑦,踏破贺兰山缺⑧。壮志饥餐胡虏肉,笑谈渴饮匈奴血⑨。待从头、收拾旧山河,朝天阙⑩。

【注释】

① 怒发冲冠:头发直竖,顶起帽子。形容盛怒。语本《史记·廉颇蔺相如列传》:"相如因持璧却立,倚柱,怒发上冲冠。"
② 凭栏:亦作"凭阑"。身倚栏杆。处:时候,时刻。潇潇:风雨急骤貌。歇:停止。
③ 抬望眼:抬头遥望。
④ "三十"二句:刘永济《唐五代两宋词简析》:"盖言年已三十,功名未就,直同尘土之无价值,但空经过八千里路之云月,言远征无成也。"胡云翼《宋词选》释前句:"年已三十,虽然建立了一些功名,像尘土一样地微不足道。"释"八千里":"似是以摧毁'八千里'外金国的根据地作为目标来说的。"意思就是为了抗金事业曾长途跋涉,转战南北。

⑤ 莫等闲:不要虚度年华。等闲,轻易。
⑥ 靖康耻:靖康元年(1126年)末,金兵攻破汴京,翌年春夏,徽宗、钦宗、皇后、皇太子等尽皆被掳赴金营。
⑦ 长车:即战车。
⑧ 贺兰山:主峰在宁夏贺兰县境,这里借指金人所在地。缺:山口。
⑨ "壮志"二句:形容对敌人的刻骨仇恨。
⑩ 天阙:帝王所居之处,代指朝廷。

【鉴赏】

岳飞作为一员武将，精忠报国，千古传颂。一般认为这阕词作于宋高宗绍兴三年（1133 年），当时岳飞担任神武后军统制。岳飞的诗词流传极少，但这首将词人那种悲壮苍凉、激昂慷慨的爱国热忱抒发得酣畅淋漓的《满江红》却脍炙人口，千古之后依然令人荡气回肠、赞叹不已。无怪乎陈廷焯赞扬道："何等气概，何等志向。千载下读之，凛凛有生气焉。'莫等闲'二语，当为千古箴铭。"（《白雨斋词话》）《满江红》这个词牌声情激越，本就适宜抒发豪壮情感和恢张襟抱。所以读来音韵铿锵，壮怀激烈。

上片开篇即写冲冠之怒，壮怀激烈，登高望远，仰天长啸，究竟是何等之怒？自然是山河破碎，壮志未酬。"莫等闲，白了少年头，空悲切"成为千古传诵的名句不足为奇，因为确实催人奋进，令人感慨。下片明言之，靖康之耻，臣子之恨，常在心头萦绕，直欲踏破贺兰山缺，这是何等的英雄气概，"壮志饥餐胡虏肉，笑谈渴饮匈奴血"两句是夸张的文学表达，表达出作者强烈的愤激之情，《左传》里即有食肉寝皮之典，切不可凿实而看。"收拾旧山河，朝天阙"正是作者的理想志向，金戈铁马，万里驱驰，不过是想要"还我河山"，虽然岳飞最终的命运十分悲惨，令人唏嘘，这首作品却极为成功，将作者胸中的豪迈之情、雄壮之气体现得淋漓尽致，真可谓英风凛凛，神完气足。

针对这阕词的真伪，学术界曾有过一番讨论，余嘉锡、夏承焘、张政烺等先后提出质疑，余嘉锡先生认为这阕词"沉霾数百年，突出于明中叶以后"，"来历不明，深为可疑"（《四库提要辨证》）。特别是岳飞之孙岳珂"不遗余力"访求父祖遗稿，但在《金陀粹编·鄂王家集》却未收录此词。夏承焘先生在余嘉锡先生的基础上进一步指出《满江红》作者"可能会是王越一辈有文学修养的将帅，或者是边防幕府里的文士"，唐圭璋、邓广铭、缪钺、喻朝刚等人则先后撰文反驳，支持岳飞就是《满江红》作者的说法。周汝昌先生在《唐宋词鉴赏辞典》中也指出《满江红》词不可能是他人作伪："今之考证家，动辄敢断此词不见宋人称引，至明始出于世，则伪作何疑，云云。不思作伪者大抵浅薄妄人，笔下能有如许高怀远致乎？"不论岳飞是不是这阕词的作者，都不妨碍这阕词的伟大。另外，我们必须承认的是学术论争有利于学术研究与发展，论争本身就是对学术最大的尊重。

据《宋词排行榜》这本书的统计，《满江红》在全部宋词中排名第二，仅次于苏轼的《念奴娇·赤壁怀古》。正如邓广铭先生所说，"现在《满江红》就是岳飞，岳飞就是《满江红》"，岳飞身上所体现出的那种伟大的爱国主义精神一直在激励着一代又一代的中国人，成为中国人的一笔巨大精神财富。

百忧集行①

[唐]杜　甫

忆年十五心尚孩②，健如黄犊走复来③。
庭前八月梨枣熟，一日上树能千回。
即今倏忽已五十④，坐卧只多少行立⑤。
强将笑语供主人⑥，悲见生涯百忧集。
入门依旧四壁空⑦，老妻睹我颜色同⑧。
痴儿未知父子礼，叫怒索饭啼门东⑨。

【注释】

① 诗题取自王筠《行路难》诗："百忧俱集断人肠。"
② 心尚孩：犹有童心。赵次公曰："孩者，可提之童也。十五乃志学之时，心未免于孩，故云'尚孩'。"
③ 黄犊：小牛。《韩非子·内储说上》："南门之外，有黄犊食苗道左者。"
④ 倏忽：疾速貌。
⑤ 行立：行走和站立。
⑥ 强：勉强。供：应付。有奉承巴结之意。主人：很多注本都认为主人是指当地人或当地长官。赵次公曰："主人盖《卜居》诗所谓'主人为卜林塘幽'之主人，岂地主者乎？学者多妄指以为府尹，非也。"
⑦ 四壁空：形容家境贫寒，一无所有。《史记·司马相如列传》："文君夜亡奔相如，相如乃与驰归成都。家居徒四壁立。"
⑧ 颜色同：谓老妻与诗人同有忧色。
⑨ 啼门东：古代庖厨之门在东，非偶就韵也。

【鉴赏】

　　这首诗作于上元二年（761年），时杜甫移居成都草堂。据诗中"即今倏忽已五十"，杜甫这一年年满五十岁，却贫病潦倒，客居他乡。诗作前四句回忆自己少年时事：回想我十五岁的时候还有一颗孩子心，健硕如小牛犊，整日奔走不停。庭前梨枣成熟的时候，一天上树不下千回。这当然是夸张的说法，非实指。杜甫写诗最妙于形容，一个贪吃顽劣孩子的形象活脱毕见。读者若不知晓诗人此时的悲惨境遇，只读这四句甚至会忍不住笑出来。仇兆鳌在《杜诗详注》中说："此章三韵，分三段。首叙少年得意之状。"至此为第一段。

接下来，诗人笔锋一宕，倏忽之间，诗人已经年届五十，《淮南子·原道训》中说："蘧伯玉年五十而知四十九年非。"五十岁实在是一个尴尬的年龄，年龄越大，阅历越多，越应该不断反省自己。诗人对于自己的五十岁内心充满懊丧和惆怅，多坐卧，少行立，是说自己的身体差。"强将笑语供主人"是说诗人强颜欢笑，内心之酸涩苦楚自不待言。关于"主人"究竟为谁，从古至今有过一番争论，有人认为是崔光远，有人认为是严武，还是浦起龙的见解比较公允高明，他说："黄鹤多方考察，谓主人是成都尹李若幽、崔光远辈。愚按：公在成都，与李、崔曾无往还之文，何得强派？且此诗是总慨入蜀以来落寞之况。居草堂席不及暖，之蜀州，之新津，之青城，又尝闻彭州高适、唐兴王潜。凡所待命，皆主人也。凡面谈简寄，皆笑语也。奚泬泬胶柱为？"（《读杜心解》）凡是诗人曾向之求援者都称得上主人。前一句还是"强将笑语供主人"，下一句就是"悲见生涯百忧集"，一笑一悲，这样两相对比，将诗人的生存窘境揭露无遗。仇兆鳌说"此叹身老拙于逢世，'笑语供主人'，说穷途作客之态最苦。"（《杜诗详注》）年过半百，奔走天涯，却落得百忧并集，一筹莫展，几无可容身之处，怎能不令人掬一抔同情之泪？诗意至此为第二段。

"入门依旧四壁空，老妻睹我颜色同"两句是说夫妻二人面对困窘生活皆束手无策。学者李植评此二句曰："自外来者疑在家者有所得，而四壁依旧空匮；在家者疑外来者有所得，而睹其忧色不减。"（《纂注杜诗泽风堂批解》）"痴儿未知父子礼，叫怒索饭啼门东"两句是说幼儿不知父母之难处，只知一味叫喊发怒索饭，五十岁的老父亲无法责怪孩子不懂事，只有深深的自责。卢元昌说："曰'叫怒索饭啼门东'，公之忧，形诸稚子，虽饥饿不能出户，但啼门东，不敢向人也。犹曰'未知父子礼'，其固穷乐道，可想见云。"(《杜诗阐》)

  杜甫青少年时代正逢"开元全盛日"，他曾满心期望能够通过进士考试展示自己的才华，实现自己"致君尧舜上，再使风俗淳"的政治理想，其理想之高远，信念之执着，超出绝大部分同时代的诗人。然而现实一再击碎杜甫的梦想，杜甫困居长安十载，"朝扣富儿门，暮随肥马尘。残杯与冷炙，到处潜悲辛。"(《奉赠韦左丞丈二十二韵》)虽然担任了左拾遗这样的官职，却因为疏救房琯，触怒肃宗，被贬为华州司功参军。在华州目睹人民生活的凄惨，加之关中饥馑，他不得不弃官，一路辗转来到成都，在浣花溪畔筑草堂定居下来。杜甫一生忧国忧民，其诗有"诗史"之誉，诗歌到现在流传下来的约一千五百首，杜诗的主要风格就是"沉郁顿挫"，其感情基调就是悲慨。这首《百忧集行》很好地诠释了这种风格。

偶　书

[唐] 刘　叉

日出扶桑一丈高①，人间万事细如毛。
野夫怒见不平处②，磨损胸中万古刀。

【注释】

① 扶桑：神话中的树名。《山海经·海外东经》："汤谷上有扶桑，十日所浴，在黑齿北。"
② 野夫：草野之人，农夫。这里指诗人自己。

【鉴赏】

　　林庚先生曾拈出"盛唐气象"这个词作为诗学的理论概念来标举盛唐诗歌。刘永济在《唐人绝句精华》中说："盛唐雄浑宏阔气象，一变而为韩愈之奇险，再变而成为白居易之刻露。"明人高棅的"四唐说"亦绝不仅仅是时代的先后，其中更重要的区分标则是诗风的递嬗。唐代诗坛上有形形色色的诗人，上至帝王将相，下至贩夫走卒，好像人人皆能诗，所作皆有可观之处。这样就形成了不同的艺术风格和特色。中唐时期名家辈出，流派分立，其中韩孟诗派是这种新变的第一诗人群体。孟郊与韩愈互相影响，逐渐形成一种相近的艺术趣味和风格特色，那就是追求奇险，而在韩孟诗派当中有一个十分奇特的诗人，就是刘叉。

　　刘叉，生平事迹不甚了了，一生贫寒，却不乐仕进，其诗也大多散佚。刘叉在《答孟东野》中曾自言"生涩有百篇"，这就证明刘叉至少也有百首以上的作品。《直斋书录解题》著录他有诗两卷，可惜流传至今的仅有二十七首。

　　《唐才子传》称其为"河朔间人"，然而刘叉自称"彭城子"，未知孰是。刘叉任侠重义，被称为"节士"，曾因酒杀人。他在一首《烈士咏》中这样写道："烈士或爱金，爱金不为贫。义死天亦许，利生鬼亦嗔。胡为轻薄儿，使酒杀平人。"可以看出，刘叉是以"烈士"自许的，在他的价值观中，为了心中的义而使酒杀人并无不妥。刘叉甚至狂傲到看不起荆轲，在《嘲荆卿》中他评价荆轲"报恩不到头，徒作轻生士"。李商隐文《齐鲁二生》其中一篇便是写刘叉平生事，文中称刘叉"亦或时因酒杀人，变姓名遁去。会赦得出。后流入齐、鲁，始读书，能为歌诗。然恃其故时所为，辄不能俯仰贵人。穿屦破衣，从寻常人乞丐酒食为活。"从这段描述之中可以看出刘叉是一个多么特立独行的人！

刘叉很可能是为生计故，投奔韩愈，因为他听说韩愈"善接天下士，步行归之。既至，赋《冰柱》《雪车》二诗，一旦居卢仝、孟郊之上。"追求"奇屈险怪"的韩愈读罢这两首诗，十分欣赏刘叉，奈何刘叉"相逢不多合"，"后以争语不能下诸公，因持愈金数斤去，曰：'此谀墓中人所得耳，不若与刘君为寿。'愈不能止，复归齐鲁"。韩愈是当时写墓志铭的名家，刘叉认为韩愈吹捧墓中人所获钱财多有不义，还不如自己拿去生活，这种行径真是令人哭笑不得。

刘叉的作品除了《冰柱》《雪车》之外，就是这首《偶书》，气象阔大，用语奇警，最有声色。正所谓人如其诗，诗如其人。首句"日出扶桑一丈高"，以日出起兴，太阳每天都会照常升起。扶桑是神话中的树名。《山海经》中有这样的记载："汤谷上有扶桑，十日所浴，在黑齿北。"屈原《九歌》中亦有"暾将出兮东方，照吾槛兮扶桑"的诗句。传说日出于扶桑之下，拂其树梢而升，因谓为日出处，亦代指太阳。到了汉代，东方朔的《海内十洲记》载："扶桑在东海之东岸，岸直，陆行登岸一万里，东复有碧海……扶桑在碧海之中，地方万里……是以名为扶桑仙人。""扶桑"一词则成为东方美丽奇幻仙境的代名词。"人间万事细如毛"，是说人间万事都不重要，细如鸿毛。只有眼空四海、雄视古今的人才会生出此种感受。

"野夫怒见不平处，磨损胸中万古刀"，多么奇崛的想象力。诗句中的"野夫"是作者自称，一个乡野村夫看到人世间的不平之事，他会怎么办？是路见不平一声吼，该出手时就出手呢，还是置若罔闻、隐忍不发？诗人曾经为了匡扶正义而出手，结果只能改易名姓、亡命天涯。人世间有太多的不公平，刘叉既不能坐视不管，又不能拍案而起，故而"磨损胸中万古刀"。将面对社会不公的愤懑情绪比作一把万古流传的宝刀，然而无能为力的巨大无奈却将宝刀磨损。这种奇特诡谲的想象力，真是匪夷所思，令人拍案叫绝。真可谓"酒肠宽似海，诗胆大如天"（《自问》）。诗人放下的是手中刀，放不下的是胸中刀。这样就将诗人那种侠肝义胆刻画得生动传神。贾岛有一首《剑客》："十年磨一剑，霜刃未曾试。今日把示君，谁有不平事？"比较下来，刘叉胸中磨损的万古刀较诸贾岛的手中剑更要高明。

　　刘克庄说："卢仝、刘叉以怪名家。"（《后村诗话》）这种评价是理性的，客观的。刘叉自己在《答孟东野》一诗中也有过这样的表白："酸寒孟夫子，苦爱老叉诗。生涩有百篇，谓是琼瑶辞。"所以，生涩拗折成为刘叉的主要诗风。然而，就是有人喜欢刘叉的诗，譬如苏轼就曾说："老病自磋诗力退，寒吟冰柱忆刘叉。"（《雪后书北台壁二首》）由此可见其想慕之情。其《冰柱》《雪车》也以其豪宕劲直、直露无遗成为文学史上的名篇，并且成为一个固定的词汇"冰柱雪车"，专门用来指代那些好诗，这恐怕是刘叉自己也想象不到的。

念奴娇·登建康赏心亭呈史留守致道①

[宋] 辛弃疾

我来吊古②,上危楼③、赢得闲愁千斛④。虎踞龙蟠何处是⑤?只有兴亡满目。柳外斜阳,水边归鸟,陇上吹乔木。片帆西去,一声谁喷霜竹⑥?
却忆安石风流⑦,东山岁晚,泪落哀筝曲⑧。儿辈功名都付与⑨,长日惟消棋局⑩。宝镜难寻⑪,碧云将暮⑫,谁劝杯中绿⑬?江头风怒,朝来波浪翻屋⑭。

【注释】

① 建康:今南京。赏心亭:《景定建康志》:"赏心亭在下水门之城上,下临秦淮,尽观览之胜。丁晋公谓建。"遗址在今南京水西门。史留守致道:《宋诗纪事》:"史正志,字致道,江都人,绍兴二十一年进士。累除司农丞。孝宗朝仕至右文殿修撰。知靖江府。归老director苏,号吴门老圃。"《景定建康志》:"乾道三年九月二十四日,左朝奉郎充集英殿修撰史正志知府事,兼沿江水军制置使,兼提举事。"《宋史》无传。

② 吊古:凭吊往古之事。

③ 危楼:高楼。

④ 赢得:犹言剩得。闲愁千斛:言愁之多。宋李邴《念奴娇》:"对影三人聊痛饮,一洗离愁千斛。"

⑤ 虎踞龙蟠:形容地势险要。《太平御览》引晋张勃《吴录》:"刘备曾使诸葛亮至京,因睹秣陵山阜,叹曰:'钟山龙蟠,石头虎踞,此帝王之宅。'"唐李白《永王东巡歌十一首·其四》:"龙蟠虎踞帝王州,帝子金陵访古丘。"

⑥ 喷霜竹:吹笛。霜竹,竹名。竹皮白如霜,大者为篪,细者为笛。因借指笛。宋黄庭坚《念奴娇》:"老子平生,江南江北,最爱临风曲。孙郎微笑,坐来声喷霜竹。"

⑦ "却忆"句:《南齐书·王俭传》:"俭常谓人曰:'江左风流宰相,唯有谢安。'盖自比也。"谢安,字安石。

⑧ "泪落"句：此处用桓伊事，《晋书·桓伊传》载："帝召伊饮燕，安侍坐。帝命伊吹笛。伊神色无忤，即吹为一弄，乃放笛云：'臣于筝分乃不及笛，然自足以韵合歌管，请以筝歌，并请一吹笛人。'帝善其调达，乃敕御妓奏笛。伊又云：'御府人于臣必自不合，臣有一奴，善相便串。'帝弥赏其放率，乃许召之。奴既吹笛，伊便抚筝而歌《怨诗》曰：'为君既不易，为臣良独难。忠信事不显，乃有见疑患。周旦佐文武，《金縢》功不刊。推心辅王政，二叔反流言。'声节慷慨，俯仰可观。安泣下沾衿，乃越席而就之，捋其须曰：'使君于此不凡！'帝甚有愧色。"宋钱惟演《泪二首·其一》："夜半商陵闻别鹤，酒阑安石对哀筝。"
⑨ 儿辈功名：《晋书·谢安传》："时苻坚强盛，疆场多虞，诸将败退相继。安遣弟石及兄子玄等应机征讨，所在克捷……玄等既破坚，有驿书至，安方对客围棋，看书既竟，便摄放床上，了无喜色，棋如故。客问之，徐答云：'小儿辈遂已破贼。'"
⑩ "长日"句：唐张固《幽闲鼓吹》："宣宗坐朝，次对官趋至，必待气息平均，然后问事。令狐相进李远为杭州，宣宗曰：'比闻李远诗云："长日唯销一局棋。"岂可以临郡哉？'对曰：'诗人之言不足为实也。'"
⑪ 宝镜：各家注本众说纷纭，邓广铭先生《稼轩词编年笺注》注引唐李浚《松窗杂录》，是书载：有渔人在秦淮河下网得宝镜一枚，光浮于波际，渔人持而照之，能照见五脏六腑，渔人大惊，宝镜脱手，复坠入水中，后遂不能再得。这里借用此典，意在说明自己的赤胆忠心可昭日月，奈何无人省察。吴企明先生《辛弃疾词校笺》认为这里的宝镜当指明月。
⑫ 碧云将暮：江淹《休上人怨别》："日暮碧云合，佳人殊未来。"
⑬ 杯中绿：杯中酒。唐白居易《和梦得游春诗一百韵》："行看须间白，谁劝杯中绿。"
⑭ 波浪翻屋：唐杜甫《观李固请司马弟山水图·其三》："高浪垂翻屋，崩崖欲压床。"

【鉴赏】

　　这是一首登临吊古之作，大约作于宋孝宗乾道四年至五年（1168—1169）间。辛弃疾当时任建康通判（地方长官副职），这首词是写给建康留守（地方长官）史正志（即史致道）的。词作首句即言"我来吊古"，开门见山，坦坦荡荡，由登临而怀古乃自然之事，所谓"登山则情满于山，观海则意溢于海"（刘勰《文心雕龙·神思》）。词人登上赏心亭，本来江山胜景应该豁人眼眸、阔人心胸，孰料"把吴钩看了，栏杆拍遍，无人会，登临意"。建康本是虎踞龙盘之地，诸葛亮曾言："钟山龙蟠，石头虎踞，此帝王之宅。"可是金陵王气何在？眼前"只有兴亡满目"，只一句"兴亡满目"就道尽了六朝以来多少悲欢旧事。"柳外"三句写景，词人睹的是眼前之衰景，发的是思古之幽情，叹的是当下之无奈。所谓："风景不殊，正自有山河之异。"（《世说新语·言语》）上阕以"片帆西去，一声谁喷霜竹"作结，有举重若轻之感。孤船远去，流水无情，笛声清越，正所谓"笛里声声不忍听，浑是断肠声"（连静女《武陵春》）。许多政治上的无奈，诗人并不敢直言之，只说是"闲愁"，其实却掩饰不住那满腔的"国恨"。

下阕用东晋时运筹帷幄、风度超逸，最终匡扶社稷的谢安事，前人注解说这里是用谢安来比拟史正志，其实何尝不是自比呢？谢安名重一时，曾在国运垂危之际力挽狂澜，可是却不免"泪落哀筝"，以棋局消磨时日。"儿辈功名都付与"是"功名都付与儿辈"的倒装，"儿辈功名"一句表面看是化用了谢安主持"淝水之战"之典故，谢安坐镇都城，指挥若定，取得胜利之后的驿书驰至，正在与客人对弈的谢安了无喜色，弈棋如故，在回答客人的提问时云淡风轻地说："小儿辈遂已破贼。"词人这里用的并非典故之本意，用的是字面义，嗟叹的是己身，只得寄希望于儿辈。"宝镜难寻"用的是渔人宝镜不可复得的典故，自己的报国忠心明比日月，奈何无人能知。"碧云将暮"是说天色已晚，"谁劝杯中绿"是说万般无奈之下只能寄情酒杯，可是劝酒的知己何在？词人内心的孤苦凄凉于此可见一斑。词人以"江头风怒，朝来波浪翻屋"作结，情景交融，暗喻形势严峻。

在辛弃疾的全部六百多首词作中最能代表其创作特色的恐怕就是登临怀古之作。辛弃疾的登临怀古词境界开阔、用典精当、刚柔相济、瑰奇多姿。力图恢复中原的爱国热情与报国无门、英雄失路的悲愤交织在一起，构成了辛弃疾词作的深刻意蕴以及于雄豪中见悲婉的艺术特色。

石 壕 吏①

[唐] 杜 甫

暮投石壕村②,有吏夜捉人。
老翁逾墙走③,老妇出门看④。
吏呼一何怒⑤!妇啼一何苦。
听妇前致词⑥,三男邺城戍⑦。
一男附书至⑧,二男新战死⑨。
存者且偷生⑩,死者长已矣⑪!
室中更无人⑫,惟有乳下孙⑬。
有孙母未去⑭,出入无完裙⑮。
老妪力虽衰⑯,请从吏夜归⑰。
急应河阳役⑱,犹得备晨炊⑲。
夜久语声绝⑳,如闻泣幽咽㉑。
天明登前途,独与老翁别㉒。

【注释】

① 石壕吏:石壕,村名,在今河南陕县东观音堂镇西北,今名甘壕村。吏,小官,这里指差役。
② 投:投宿。
③ 逾:越过。
④ 出门看:项楚云:"看"字是唐宋俗语语词,指接待、应付客人。出门看,或作"出看门""出门首"。
⑤ 一何:何其,多么,起到加重语气的作用。《古诗十九首·其五》:"上有弦歌声,音响一何悲。"
⑥ 前致词:走上前去(对差役)说话。汉乐府《陌上桑》:"罗敷前致辞。"
⑦ 邺城:即相州,今河南安阳。戍:防守,这里指参加了九节度使围攻邺城叛军之战。
⑧ 附书至:捎信回来。
⑨ 新:最近。
⑩ 偷生:苟且活着。
⑪ 长已矣:永远完了。已,停止。
⑫ 更无人:再没有别的(男)人了。
⑬ 乳下孙:还在吃奶的孙子。
⑭ "有孙"句:(因为)有孙子在,(所以)他的母亲还没有离去(即改嫁)。
⑮ 无完裙:没有完整的衣服。裙,泛指衣服。
⑯ 老妪:老妇。

⑰ "请从"句：请让我今晚跟你一起回营去。请，请让我。
⑱ "急应"句：赶快到河阳（河南孟县）去服役。应，应征。
⑲ "犹得"句：若赶赴河阳还来得及为军队做早餐。
⑳ "夜久"句：到了深夜，说话的声音没有了。
㉑ 泣幽咽：低声地哭。幽咽，形容低微而断续的哭声。
㉒ "天明"二句：天亮以后，（诗人）登程赶路，独与老翁告别（老妇已被抓去服役）。

【鉴赏】

杜甫在我国文学史上被称为"诗圣"，其诗亦被誉为"诗史"。杜甫的诗真实记录了当时的许多重要历史事件，具有史的认识价值。杜甫因疏救房琯，于乾元元年（758年）被贬为华州司功参军，在他从洛阳奔赴华州任所的途中，亲见了安史之乱给人民带来的深重灾难。在此期间，他据沿途之所见闻写下两组新题乐府诗，即《石壕吏》《新安吏》《潼关吏》与《新婚别》《垂老别》《无家别》，世称"三吏""三别"。"三吏""三别"具有高度的人民性与现实主义精神，堪称杜甫现实主义诗作之巅峰。

乾元元年冬，安庆绪退保邺城（即相州，今河南安阳），唐肃宗命郭子仪、李光弼、王思礼等九节度使围攻邺城，自冬至春，未能攻破邺城。乾元二年三月，史思明从魏州（今河北大名）引兵来增援安庆绪，双方大战于邺城。九节度军大败，"官军溃而南，贼溃而北，弃甲仗辎重委积于路"（《资治通鉴·唐纪》）。郭子仪率领朔方军拆断河阳桥，才阻止了安史军队南下。这一战，唐王朝一方损失惨重，"战马万匹，惟存三千；甲仗十万，遗弃殆尽"（《资治通鉴·唐纪》）。郭子仪退守河阳（今河南孟州），其余各节度使也逃归本镇。唐王朝为了补充兵力，到处抽丁拉夫，杜甫在途中目睹了"有吏夜捉人"的一幕，于是有了这首《石壕吏》。

诗作前四句为一段，叙述诗人在石壕村投宿后的所见所闻，老翁跳墙逃走，老妇出门应对。杜甫不愧是语言文字使用的大师,一个"暮"字,一个"夜"字,一个"走"字,一个"看"字,用字省净,但准确而又犀利,读者一下子就被那种危急的情境所吸引。清代浦起龙评价说"起有猛虎攫人之势"(《读杜心解》),可谓知者之言。从"吏呼一何怒"可知县吏来势汹汹,诗人通过精心剪裁的艺术手段略去了县吏的怒喝,而读者却分明感受到县吏的那种穷凶极恶,这些从老妇的"致词"中可以分明感受到。

且看老妇如何出门应对:诗人主要采用老妇陈述的形式将与县吏的对话呈现出来。老妇哭诉着将自己家里的情况说了个遍,三个儿子都在战场上,一个儿子刚刚捎信儿回来,另外两个儿子已经战死,一个儿媳还勉强留在家里,因为还带着一个吃奶的孩子,言下之意若是没有孩子或者等到孩子长大,恐怕还会改嫁。儿媳妇出入连件像样的衣服都没有,衣不蔽体,所以不敢出来见人。也许老妇是怕县吏将儿媳带走,遂勇敢自荐:如果有需要,就把我这个老太太带走吧,我今晚就跟你们走,明天早上还来得及给河阳的军队准备早饭。正如杨伦所说:"独匿过老翁,家中人偏一一敷出。"(《杜诗镜铨》)也就是说,老妇并未将真实情况和盘托出,老妇在这种危急情境之下,应对自如,并无一字言及老翁。故而王嗣奭如是评价老妇:"此老妇盖女中丈夫,至今无人识得。'吏夜捉人',老翁走,此妇出门,便见胆略,而胸中已有成算。老翁之逃,妇教之也。吏呼则真,而妇啼一半装假,前致辞未必尽真也……此妇当仓卒之际,而智如镞矢,勇如贲、育,辩似仪、秦,既全其夫,又安其孤幼,而公详述之,已默会到此矣。"(《杜臆》)后世的解诗者多不赞同王嗣奭此论,认为这样的解释就将老妇弄得"机巧狡狯"了。其实,无人否认这是一场惨绝人寰的悲剧,但在悲剧之中,并不妨碍我们认为老妇的应对确实是明智之举。

从"夜久语声绝"到末句是全诗的收束,结局就是老妇被抓走,天亮以后诗人与老翁告别,登上前途。全诗并无一个字议论,作者的情绪仿佛全部被隐藏,陈贻焮先生认为这是"来自生活的妙手偶得"(《杜甫评传》)。

陆时雍在称赞这首诗时说："其事何长，其言何简。'吏呼一何怒，妇啼一何苦'二语，便当数十言写矣。"(《唐诗镜》)诗人只用了一百二十个字，就将整个故事叙述得如此生动，不仅首尾俱全，而且惊心动魄、细致入微。胡适先生甚至认为这首诗可以视作一篇短篇小说："到了唐代，韵文散文中都有很妙的短篇小说。韵文中，杜甫的《石壕吏》是绝妙的例。""这首诗写天宝之乱，只写一个过路投宿的客人夜里偷听得的事，不插一句议论，能使人觉得那时代征兵之制的大害，百姓的痛苦，丁壮死亡的多，差役捉人的横行，一一都在眼前。捉人捉到生了孙儿的祖老太太，别的更可想而知了。"(《论短篇小说》)

这首诗在体裁上属于新题乐府诗，杜甫的新题乐府诗"率皆即事名篇，无复依傍"(元稹《乐府古题序》)。对于杜甫新题乐府诗的成就，前人评价极高，明人胡应麟曰："少陵不效四言，不仿离骚，不用乐府旧题，是此老胸中壁立处。然风骚乐府遗意，杜往往深得之。"(《诗薮》)除此之外，杜甫的新题乐府诗还熟练运用组诗的形式，这样就使得他的乐府诗在形式和内容上均达到了新的高度。

茅屋为秋风所破歌①

[唐]杜 甫

八月秋高风怒号②,卷我屋上三重茅③。
茅飞渡江洒江郊④,高者挂罥长林梢⑤,
下者飘转沉塘坳⑥。
南村群童欺我老无力,忍能对面为盗贼⑦。
公然抱茅入竹去⑧,唇焦口燥呼不得⑨,
归来倚杖自叹息。
俄顷风定云墨色⑩,秋天漠漠向昏黑⑪。
布衾多年冷似铁⑫,娇儿恶卧踏里裂⑬。
床头屋漏无干处⑭,雨脚如麻未断绝⑮。
自经丧乱少睡眠⑯,长夜沾湿何由彻⑰?
安得广厦千万间⑱,大庇天下寒士俱欢
颜⑲!风雨不动安如山⑳。
呜呼!何时眼前突兀见此屋㉑,吾庐独
破受冻死亦足㉒!

【注释】

① 茅屋:成都近郊浣花溪畔杜甫所居草堂。
② 怒号:愤怒呼号;大声叫号。《庄子·齐物论》:"夫大块噫气,其名为风,是唯无作,作则万窍怒号。"
③ 三重茅:几层茅草。三,虚指,泛指多。
④ 江:这里指浣花溪。
⑤ 罥(juàn):缠挂。长:高。
⑥ 沉塘坳(ào):落到池塘水中。坳,低洼的地方。
⑦ "忍能"句:竟然狠心当面做偷窃的事。忍,狠心。能,如此。对面,当面。为,做。
⑧ 竹:竹林。
⑨ 呼不得:喝止不住。
⑩ 俄顷:一会儿。
⑪ 秋天:秋季的天空。漠漠:阴沉迷蒙的样子。向昏黑:渐渐黑下来。向,接近。
⑫ 衾:被子。
⑬ "娇儿"句:孩子睡相不好,把被里蹬破了。恶卧,睡相不好,一说孩子不愿意睡。
⑭ 屋漏:古代室内西北隅施设小帐,安藏神主,为人所不见的地方称作"屋漏"。
⑮ 雨脚如麻:形容雨点不间断,像下垂的麻线一样密集。

⑯ 丧乱：战乱，这里指安史之乱。
⑰ 沾湿：谓被淋湿，浸湿。何由彻：如何挨到天亮。何由，怎能，如何。彻，到，这里是"彻晓"（到天亮）的意思。
⑱ 安得：焉得，从何处得到。广厦：宽敞的房屋。
⑲ 庇：遮护。寒士：贫寒之人。
⑳ "风雨"句：此句的意思是说广厦坚牢，虽经风雨也不动摇，安稳如山。
㉑ 突兀：高耸的样子。见：同"现"，出现。
㉒ 庐：茅舍，即指杜甫所居之草堂。足：满足，满意。

【鉴赏】

这首诗是文学史上脍炙人口的名篇，各种杜诗选本乃至唐诗选本都会选录这首诗，同时也一直是中学语文教材的必选篇目，盖因此诗确实反映了杜甫那种忧国忧民的真挚情怀以及推己及人、民胞物与的博大胸襟。

这首诗写于唐肃宗上元二年（761年）秋八月。年已四十八岁的杜甫于乾元二年（759年）底，辗转来到成都，得友人的资助在浣花溪畔营造了一座草堂作为栖息之所。草堂营建结束之后，杜甫写了《堂成》一诗，其中有"暂止飞鸟将数子，频来语燕定新巢"的诗句，用"燕定新巢"来描述自己当时的喜悦心情。

上元二年这一年秋，秋风乍起，将杜甫茅屋上的茅草卷走，一个"怒"用得准确形象，不仅是秋风之怒，更是诗人之怒。茅草被秋风裹挟着飞得到处都是，有的挂在树梢上，有的飘落池塘。诗人在这里用了一系列的动词，"卷""飞""洒""挂罥""飘转"将秋风卷走茅草的场景以及诗人目睹此景的无奈刻画得细致形象。开头五句为一小节，正如浦起龙所说"起五句完题，笔亦如飘风之来，疾卷了当"（《读杜心解》）。最可恨的是南村群童，他们不仅没有帮助诗人抱回茅草，反而当着诗人的面公然抱起茅草迅速跑到竹林里。诗中所说"盗贼"，也并非诗人真的认为这帮熊孩子是盗贼，而是一种气恨之词。诗人"唇焦口燥呼不得","呼不得"是喝止不住的意思，奈何孩童顽劣，完全不顾诗人失去茅草就要挨雨淋的痛苦。诗人无可奈何，只能拄着拐杖叹息。至此为第二小节。

俗话说"屋漏偏遭连夜雨，船迟又遇打头风"，斯之谓也。果然，狂风过后，暴雨来临。在这里谈一下对诗中两个词的理解，第一个是"恶卧"，一般认为是指睡相不好，也有人认为是在说孩子不愿意睡。第二个是"屋漏"，过去的注家一般释为屋子漏雨，近年有学者称"屋漏"乃特定称谓，指的是房屋的西北角，《尔雅·释宫》："西北隅谓之屋漏。"用床头和屋漏两个不同方位来泛指整个屋子是比较符合诗歌的惯常写作手法的。当然，一定要解释成屋子漏雨也并不妨碍对诗意的理解。"自经丧乱少睡眠，长夜沾湿何由彻"两句既承上，复启下，"丧乱"指的自然是安史之乱，自从战争爆发以后，诗人常常夜不成寐，为国事担忧，并很自然地从小我联想到普天下所有受苦的人们。至此为第三小节。

最后六句为一小节。诗人从自己的悲惨遭遇推己及人，不禁感喟，倘若天下寒士俱能免受雨淋，该是多么美好的一件事啊。所谓"人溺己溺，人饥己饥"，说的正是杜甫这种博大胸襟与理想情怀。吴农祥评曰："因一身而思天下，此宰相之器，仁者之怀也。"(《杜诗集评》)孙季昭在《喜雨》诗后评曰："杜诗结语，每用'安得'二字，皆切望之词；'安得广厦千万间，大庇天下寒士俱欢颜''安得壮士挽天河，净洗甲兵长不用'，此云'安得鞭雷公，滂沱洗吴越'，皆是一片济世苦心。"(《杜诗详注》)这些注家都充分认识到了杜甫这种闪耀着人性光辉的仁民爱物思想的可贵之处。

观公孙大娘弟子舞剑器行并序①

[唐]杜 甫

大历二年十月十九日②，夔府别驾元持宅③，见临颍李十二娘舞剑器，壮其蔚跂④，问其所师，曰：余公孙大娘弟子也。开元五载，余尚童稚，记于郾城观公孙氏⑤，舞剑器浑脱⑥。浏漓顿挫⑦，独出冠时⑧。自高头宜春、梨园二伎坊内人⑨，洎外供奉舞女⑩，晓是舞者，圣文神武皇帝初⑪，公孙一人而已。玉貌锦衣，况余白首！今兹弟子，亦匪盛颜。既辨其由来，知波澜莫二⑫。抚事慷慨⑬，聊为《剑器行》。昔者吴人张旭⑭，善草书书帖，数尝于邺县见公孙大娘舞西河剑器⑮，自此草书长进，豪荡感激⑯。即公孙可知矣！

昔有佳人公孙氏，一舞剑器动四方。
观者如山色沮丧，天地为之久低昂⑰。
㸌如羿射九日落⑱，矫如群帝骖龙翔⑲。
来如雷霆收震怒⑳，罢如江海凝清光㉑。
绛唇珠袖两寂寞㉒，晚有弟子传芬芳㉓。

【注释】

① 公孙大娘：唐玄宗开元年间著名的教坊舞伎。公孙是姓，大娘是对年长妇人的敬称。弟子：徒弟，学生，即序中所云李十二娘。剑器，古舞曲名，属健舞（武舞）之一，舞者为女子，作男子戎装，空手而舞。表现出一种力与美相结合的武健精神。陈寅恪《元白诗笺证稿》释舞剑器为舞双剑。

② "大历"句：黄生云："观舞细事尔，序首特纪岁月，盖与开元三年句打照；并与诗中五十年间句针线。无数今昔之悲，盛衰之感，俱于纪年见之。"

③ 别驾：州刺史的佐吏，随刺史出行时得别乘一车，故称。元持：生平事迹不详，当时任夔州别驾。

④ 壮：激赏。蔚跂：雄浑多姿。浦起龙注曰："蔚跂，言其光彩蔚然，而有举足凌厉之势。"

⑤ 郾（yǎn）城：县名，即今河南省郾城县。

⑥ 浑脱：舞曲名。《资治通鉴》："上数与近臣学士宴集，令各效伎艺以为乐。工部尚书张锡舞《谈容娘》，将作大匠宗晋卿舞《浑脱》。"胡三省注："长孙无忌以乌羊毛为浑脱毡帽，人多效之，谓之赵公浑脱，因演以为舞。"剑器浑脱，是剑器与浑脱二舞的综合。

临颍美人在白帝㉔，妙舞此曲神扬扬㉕。
与余问答既有以㉖，感时抚事增惋伤㉗。
先帝侍女八千人㉘，公孙剑器初第一㉙。
五十年间似反掌㉚，风尘澒洞昏王室㉛。
梨园子弟散如烟㉜，女乐余姿映寒日㉝。
金粟堆前木已拱㉞，瞿唐石城草萧瑟㉟。
玳筵急管曲复终㊱，乐极哀来月东出。
老夫不知其所往，足茧荒山转愁疾㊲。

⑦ 浏漓顿挫：形容舞姿妍妙活泼而富有节奏。浏漓，同流离、陆离，光彩分布貌。

⑧ 冠时：为一时之冠。

⑨ 伎坊：即教坊。崔令钦《教坊记》："西京右教坊在光宅坊，左教坊在延政坊，右多善歌，左多工舞，盖相因成习。""妓女入宜春院，谓之'内人'，亦曰'前头人'，常在上前头也。"浦起龙注曰："高头，疑即前头之谓。"程大昌《雍录》："开元二年，置教坊于蓬莱宫，上自教法曲，谓之梨园弟子。"

⑩ 洎（jì）：及也。外供奉：指设在宫禁外的左、右教坊，以及其他杂应官伎。宜春、梨园设在宫禁内，是内教坊，也可谓内供奉。《新唐书·礼乐志》："玄宗既知音律，又酷爱法曲，选坐部伎子弟三百，教于梨园。声有误者，帝必觉而正之，号'皇帝梨园弟子'。宫女数百，亦为梨园弟子，居宜春北院。"

⑪ 圣文神武皇帝：指唐玄宗。开元二十七年（739年）群臣为唐玄宗上尊号曰"开元圣文神武皇帝"。其后又四次加尊号，始终有"圣文神武"四字。黄生云："特书尊号于声色之事，非微文刺讥，盖欲与上文文势相配耳。"

⑫ 波澜莫二：李十二娘与公孙大娘系一脉相传，源流不二。波澜，指舞蹈艺术风格。莫二，没有两样。

⑬ 抚事：追念往事。

⑭ 张旭：苏州人，唐代著名书法家，善草书，"吴中四士"之一。

⑮ 邺县：今河北省临漳县。西河剑器：西河，《教坊记》所载曲名。陈寅恪《元白诗笺证稿》："西河，疑即河西或河湟之异称，乃与西域交通之孔道……足以证明此伎实出西胡也。"

⑯ 豪荡感激：言张旭书法豪放跌荡，系受公孙舞姿之感染。《国史补》："始吾闻公主与担夫争路，而得笔法之意；后见公孙氏舞剑器，而得其神。"

⑰ "观者"两句：因公孙氏名动四方，故而观者如堵；因惊心动魄，故观者为之变色，以至于目眩神摇，天旋地转。《礼记·射礼》："盖观者如堵墙。"仇兆鳌《杜诗详注》："沮丧，谓

神奇可骇。低昂，言高卑易位。"

⑱ 爗（huò）：光亮闪烁。羿：即后羿。

⑲ 矫：夭矫，矫健。群帝：群仙。骖龙翔：驾龙车飞翔。仇兆鳌曰："爗然下垂，如九日并落；矫然上腾，如驾龙翔空。"

⑳ "来如"句：形容起舞时的气势迅猛。《诗经·大雅·常武》："如雷如霆，徐方震惊。王奋厥武，如震如怒。"收，聚也。

㉑ "罢如"句：以水色喻剑光，形容收舞时的意态安详。

㉒ 绛唇：红唇，指人。珠袖：指舞蹈。两寂寞：指公孙大娘人与舞俱亡。

㉓ 弟子：即李十二娘。芬芳：喻指公孙大娘的舞技。仇兆鳌曰："寂寞，伤公孙已逝；芬芳，喜李氏犹存。"

㉔ 临颍美人：即李十二娘。白帝：白帝城，指夔州。

㉕ 神扬扬：神采飞扬。

㉖ 既有以：既有根由。即序中"辩其由来"之意。

㉗ 时：时局，时势。事：指此次观舞之事。惋伤：惋惜，悲伤。

㉘ 先帝：指玄宗。八千人：极言后宫嫔妃之多。

㉙ 初：本，始。意思是原本就推她为第一。

㉚ 五十年：自开元五年（717年）至诗人作此诗之大历二年（767年），凡五十年。反掌：犹言转瞬。喻时间之短暂。

㉛ 风尘：指安史之乱。顽洞（hòngtóng）：浩大无际貌。

㉜ "梨园"句：安史之乱后，京师梨园弟子及乐工杂伎多流落江南，故云"散如烟"。

㉝ 余姿：历经丧乱之后的憔悴容颜。

㉞ 金粟堆：即金粟山，在今陕西省蒲城县东北二十五里处，玄宗陵墓在其上，号泰陵。木已拱：两手合围曰拱。玄宗以广德元年（763年）三月葬泰陵，至大历二年（767年）十月近五年，故曰"木已拱"。《左传·僖公三十二年》："尔何知？中寿，尔墓之木拱矣。"

㉟ 瞿唐石城：指夔州。夔州近瞿塘峡。

㊱ 玳筵：犹言盛宴。"筵"，一作"弦"。急管：急促的音乐。管，管乐。

㊲ "老夫"二句：意谓诗人离开元持宅后，心绪茫然，不知去往何处。老夫，诗人自称。足茧，脚掌因磨擦而生出的硬皮，喻指跋涉辛劳。浦起龙曰："结二语，所谓对此茫茫，百端交集，行失其所往，止失其所居，作者读者，俱欲噭然一哭。"

情志篇 | 怒

【鉴赏】

　　这首诗是杜甫大历二年（767年）寓居夔州时所作的一首"感时抚事"之作。诗人在序中交代了写作背景，因为在夔州别驾元持宅看到了临颍李十二娘舞剑器，所以立刻回想起五十年前诗人在郾城曾观看公孙大娘舞剑器浑脱的场景。因为公孙大娘舞技精湛，冠绝一时，给童年的杜甫留下了极为深刻的印象。

　　小序所说"开元五载"有两点辨析如下：第一点，唐玄宗于天宝三年始改"年"为"载"，从天宝三载至天宝十四载，再至肃宗至德二载，共十四年均改"年"为"载"。故当作"开元五年"为是。第二点，开元五年，杜甫六岁，故序中云"余尚童稚"。一本作"开元三载"，则杜甫年才四岁。钱谦益云"公七龄思即壮，六齿观剑似无不可。"钱谦益所说不无道理，杜甫《壮游》诗曰："七龄思即壮，开口咏凤皇。九龄书大字，有作成一囊。"这说明杜甫之早慧。但四岁观看剑舞，并能留下深刻印象，五十年后依然不忘，似觉年龄确实小了一些，故当以"开元五年"为是。最后用草圣张旭的例证充分说明公孙大娘的舞技之高妙，所谓进乎技矣！姊妹艺术之间可以互为给养，这一点毋庸置疑，而张旭居然可以从公孙大娘的舞蹈中悟到书法的奥妙，进而提高自己的书法艺术水平，这确实是预料之外的。宗白华先生认为："中国的绘画、戏剧和中国另一特殊的艺术——书法，具有着共同的特点，这就是它们里面都是贯穿着舞蹈精神（也就是音乐精神），由舞蹈动作显示虚灵的空间。"（《美学漫步》）该诗气势雄浑，浏漓顿挫，豪荡感激，沉郁悲壮，充分反映了五十年来大唐王朝兴衰治乱的历史，堪称杜甫七言歌行体之代表作。

　　诗歌开门见山，对公孙大娘不吝赞美之词，公孙大娘在内外教坊独享盛名，耸动四方，而观者如堵，眼花缭乱，为之失色。特别是"四如"句，更是想落天

071

外,瑰丽奇壮,对雄浑多姿、飘逸流畅的舞姿的描写只能通过比喻、夸张、通感等修辞方式来实现。"绛唇珠袖两寂寞,晚有弟子传芬芳"两句收回笔触,从对公孙大娘的描摹与回忆中抽身而出,回到现实世界中,转而开始描摹李十二娘的舞姿,并以"妙舞此曲神扬扬"的诗句给予高度赞扬。

描摹李十二娘舞姿的这四句清丽典雅,然而一种感时抚事的惆怅情绪却郁结在诗人胸中。果然,诗人以一句"先帝侍女八千人"再度将自己的思绪调整至五十年前。"先帝侍女八千人,公孙剑器初第一",公孙大娘的剑器舞在八千人中数第一,这是何等的风光!这一句同时也成为大唐王朝全盛时期宫廷舞乐空前繁盛的一个佐证。正如孔子所云"礼云礼云,玉帛云乎哉?乐云乐云,钟鼓云乎哉?"文学艺术的繁盛正是盛唐气象的具体反映,其背后则是大唐政权强大国力的体现。

奈何纵有烈火烹油、鲜花着锦之盛,盛筵必散,盛极必衰,"五十年间似反掌,风尘澒洞昏王室。梨园子弟散如烟,女乐余姿映寒日。"梨园子弟星散流离,《碧鸡漫志》载:"灵武刺史李灵曜置酒,坐客姓骆,唱《何满子》,皆称妙绝。白秀才者曰:'家有声妓,歌此曲音调不同。'召至令歌,发声清越,殆非常音。骆遽问曰:'莫是宫中胡二子否。'妓熟视曰:'君岂梨园骆供奉邪?'相对泣下,皆明皇时人也。"安史之乱后在灵武刺史李灵曜的宴会上,骆供奉唱了一首《何满子》,皆称妙绝。白秀才即召令家中声妓出来献唱,发声清越,殆非常音。文中所载"胡二子"即胡二姐,与骆供奉同为唐玄宗时期梨园弟子,同是天涯沦落人,他乡遇故知,不免"相对泣下"。就连大名鼎鼎的李龟年不是也流落到潭州(今长沙)了吗?人世沧桑,物是人非,诗人将内心那种浓重的感伤情绪诉诸笔端,溢于言表。

从"金粟堆南木已拱"句以下是最后一个小节,诗人遥想玄宗墓木已拱,但见草木萧瑟,石城秋深,愈觉悲凉。恰在此刻,盛宴结束,曲终人散,月出东山，诗人不禁乐极哀来，生出无限感伤。王嗣奭对此诗有这样一段评价："此诗见剑器而伤往事，所谓抚事感慨也。故托李氏，却思公孙；咏公孙，却思先帝；全是为开元天宝五十年治乱兴衰而发。不然，一舞女耳，何足摇其笔端哉！"（《杜诗详注》）

　　杜甫的诗被誉为"诗史"，良非虚誉。杨伦曾评价说："自六朝以来，乐府题率多模拟剽窃，陈陈相因，最为可厌，子美出而独就当时所感触，上悯国难，下痛民穷，随意立题，尽脱去前人窠臼。"（《杜诗镜铨》）杜甫的这类新题乐府诗正是继承了《诗经》、汉乐府等古代诗歌"缘事而发"的现实主义优良传统，在复古与创新之间找到了一个完美的平衡点。辛晓娟认为"全诗通篇不做号哭绝望之态，而是以盛唐诗歌中的峥嵘气骨、丰丽辞彩，抒写盛衰之叹，沉郁悲壮，格调高标，情悲而词丽，也让悲剧更加深沉。"（《杜甫七言歌行艺术研究》）这个评价是准确而客观的。

【哀】

壮士拂剑,浩然弥哀。
萧萧落叶,漏雨苍苔。

古风·其一

[唐]李　白

大雅久不作①，吾衰竟谁陈②。
王风委蔓草，战国多荆榛③。
龙虎相啖食，兵戈逮狂秦④。
正声何微茫⑤，哀怨起骚人⑥。
扬马激颓波，开流荡无垠⑦。
废兴虽万变，宪章亦已沦⑧。
自从建安来，绮丽不足珍⑨。
圣代复元古⑩，垂衣贵清真⑪。
群才属休明，乘运共跃鳞⑫。
文质相炳焕⑬，众星罗秋旻⑭。
我志在删述，垂辉映千春⑮。
希圣如有立，绝笔于获麟⑯。

【注释】

①"大雅"句：谓《诗经》传统废弃已久。《毛诗序》云："言天下之事，形四方之风，谓之雅。雅者，正也，言王政之所由废兴也。政有小大，故有小雅焉，有大雅焉。"这里是用《大雅》代指《诗经》。作，兴起，兴盛。
②"吾衰"句：语出《论语·述而》："子曰：'甚矣吾衰也！'"意谓孔子年老衰迈，还有谁能编辑《大雅》这样的诗歌向天子陈述呢？诗人自比孔子，在这里有"舍我其谁"。陈，陈述，即陈诗于朝。《礼记·王制》："命太史陈诗以观民风。"
③"王风"二句：谓战国时代诗坛荒芜。王风，《诗经》十五国风，为周王室东迁后，东都洛邑（今河南洛阳）一带的民歌，如《黍离》之类。这里的"王风"同样代指《诗经》，且与上文"大雅久不作"照应。委蔓草，委弃于蔓草之中，埋没无闻、凋零衰飒之意。荆榛，泛指丛生灌木，多用以形容荒芜情景。
④"龙虎"二句：战国时期诸侯连年争战，直至暴秦才消灭六国，统一天下，结束了混战局面。龙虎，指战国七雄。班固《答宾戏》："于是七雄虓阚，分裂诸夏，龙战虎争。"相啖食，喻互相吞并。啖，吃。逮，及，到。

兵戈，战争。狂秦，暴秦。陶渊明《饮酒二十首并序·其二十》："洙泗辍微响，漂流逮狂秦。"
⑤ 正声：意谓以《诗经》为代表的平和雅正之音衰微。正声，平和雅正的诗歌。
⑥ 骚人：指屈原、宋玉等楚国诗人。屈原的《离骚》是楚辞的代表作，后称楚辞体为骚体，称诗人为骚人。
⑦ "扬马"二句：时至西汉，诗道衰微，司马相如与扬雄以汉赋取而代之。扬马，指西汉著名辞赋家扬雄、司马相如。汉赋一体，起于扬马，此后衍为大观，故曰"开流荡无垠"；汉赋具宏丽外表，故曰"激颓波"。
⑧ "废兴"二句：谓从先秦至汉代，诗、骚、赋屡有废兴变化，但《诗经》的传统终归沦丧。宪章，此处指以《诗经》为代表的诗歌法度。
⑨ "自从"二句：谓自建安以来诗歌趋于绮丽，已不足珍。建安，东汉末年献帝年号（196—219），其时以曹操父子和建安七子为代表的诗歌内容充实，刚健遒劲，后世称之为"建安风骨"。但建安诗歌也重视辞藻，已有绮丽之倾向，影响直至唐初，故曰"不足珍"。
⑩ 圣代：指唐代。元古：上古，这里指《诗经》时代。句谓唐代诗坛一变六朝以来的绮靡文风，恢复了远古时期的淳厚质朴。
⑪ 垂衣：化用《易·系辞下》"黄帝、尧、舜垂衣裳而天下治"之语，赞颂唐代政治清明。"垂衣裳"谓定衣服之制，示天下以礼。后用以称颂帝王无为而治。清真：朴素纯真。
⑫ "群才"二句：谓诗人遭逢清明之世，乘运共起，如鱼得水，腾跃于文坛。属，恰逢，正值。休明，指政治清明。
⑬ "文质"句：唐代诗歌文质相兼，互相辉映。语出《论语·雍也》："质胜文则野，文胜质则史，文质彬彬，然后君子。"文，辞藻。质，指内容。
⑭ 秋昊：秋日的天空。
⑮ "我志"二句：我将效法孔子，为一代文化做出重要贡献，垂光辉于永久。用孔子事。据说古有诗三千余首，孔子删而存三百零五首。又，孔子尝云其"述而不作，信而好古"（《论语·述而》）；朱熹注："孔子删《诗》《书》，定《礼》《乐》，赞《周易》，修《春秋》，皆传先王之旧，而未尝有所作也，故其自言如此。"
⑯ "希圣"二句：倘能如孔子那样，即使有绝笔之时亦将无憾。希圣，指追慕孔子。晋夏侯湛《闵子骞赞》："圣既拟天，贤亦希圣。"有立，有所成就。获麟，指春秋时鲁哀公十四年（前481年）猎获麒麟事，孔子认为祥瑞之物不应出现在乱世，麒麟被人捕获，象征着自己将要死亡，哀叹道："吾道穷矣！"相传孔子作《春秋》至此而辍笔。

【鉴赏】

　　李白的《古风五十九首》这一鸿篇巨制并非一时一地所作,然而这一组诗却成为李白的代表作。《古风·其一》之所以会成为李白最重要的诗篇之一,是因为这首诗不仅表达了李白的诗歌发展观,更表达了他的志向,即"我志在删述,垂辉映千春"。正如裴斐先生所说:"这是一首论诗诗,又是一首言志诗。"郁贤皓先生甚至认为这首诗"实为中国文学史上最早的一首论诗诗"。论诗诗是中国古代独特的一种诗学批评文体,即以诗的形式来论诗。詹锳先生主编的《李白全集校注汇释集评》如是评价此诗:"此太白对诗史的叙述和评论。上祖风雅,下扫梁陈,贵清真、贱绮丽,具体地反映了李白的文学思想。"

　　李白不愧是李白,大巧自然,神乎技矣。开门见山,无一丝一毫的兜兜转转,直抒胸臆,开篇前二句"大雅久不作,吾衰竟谁陈"实为全诗之纲领。诗人开宗明义,亮出自己的观点,即以《大雅》为代表的雅正之声久已不作,这句话背后诗人的不满已经昭然若揭。"吾衰竟谁陈"一句典出《论语·述而》:"子曰:'甚矣吾衰也,久矣吾不复梦见周公。'"关于诗句里的"吾"究竟是指孔子还是李白自己,古人聚讼纷纷,莫衷一是。一种观点认为是李白自指,如王琦释曰:"太白自叹吾之年力已衰,竟无能陈其诗于朝廷之上也。"唐汝询在《唐诗解》中则认为"吾"指的是孔子,俞平伯、袁行霈先生皆认为指孔子。据"我志在删述,垂辉映千春"两句,这里的"吾"应该是指孔子,否则前后龃龉,情志不一,"吾衰竟谁陈"一句显得颓唐沮丧,而"我志在删述,垂辉映千春"则豪情万丈,志在千载。

　　从第三句开始诗人开始展开论述"大雅久不作"。春秋时期,周王室衰微,诸侯争霸,各自为政,"王风"不振,西周时期"礼乐征伐自天子出"的良好政治局面被打破,转为"礼乐征伐自诸侯出"。战国时期更是"邦无定交,士无定主",虽然出现了百家争鸣的思想繁荣局面,但是诗道不昌,七国争雄的结局是狂秦一统天下。"正声何微茫"是对战国时期整个诗坛的总结,然而诗人并未将战国诗坛全部否定,迅速以一句"哀怨起骚人"做出补救。战国末期楚国最伟大的诗人莫过于屈原,《离骚》为其代表作,后人遂以骚人指称诗人。这里的骚人当指屈原、宋玉等创作骚体的诗人。显然,诗人是将骚人的创作归为"哀而不伤""怨而不怒"的正声之列。到了汉代,出现了扬雄和司马相如等人,他们的作品堆砌辞藻、铺张恣肆,虽然继楚辞之后,激起中流,衍为大观,然而却荡而不返,正如《汉书·艺文志》所载:"竞为侈丽闳衍之词,没其风谕之义。""废兴虽万变,宪章亦已沦"是总说,虽然朝代更迭,兴废万变,但以《诗经》为代表的诗歌法度却已不彰,《诗经》的传统终归沦丧。

"自从建安来,绮丽不足珍"两句是说自从建安以来,诗歌趋于绮丽,已不足珍。以曹操父子和建安七子为代表的建安文学诗歌内容充实,格调刚健,慷慨悲凉,后人誉之为"建安风骨",但建安之后的诗歌审美渐入绮靡之倾向,《文心雕龙·明诗》也批评说"晋世群才,稍入轻绮""采缛于正始,力柔于建安"。从开篇到这里都是在写"大雅久不作",从"圣代复元古,垂衣贵清真"至收尾都是写"吾衰竟谁陈"。

诗人认为唐代恢复了上古时代的淳朴风气,垂拱而治。"清真"则可以视作与绮丽相对应而言之,绮丽繁缛自然与清真自然背道而驰,"清水出芙蓉,天然去雕饰"乃李白心中的审美极致。"群才属休明,乘运共跃鳞。文质相炳焕,众星罗秋旻"则是对诗人所处时代的美誉,许多文学才士赶上了政治清明的伟大时代,乘运而起,鱼跃于渊,正如殷璠在《河岳英灵集》中所论,"文质半取,风骚两挟",诗人们同明相照,同气相求,各逞才华,如秋夜之繁星,璀璨夺目。末四句"我志在删述,垂辉映千春。希圣如有立,绝笔于获麟"则抒发了诗人的远大抱负。诗人希望自己能够追踪孔子的脚步,整理编订盛唐诗歌,使其辉耀千古，垂宪万世。倘能如愿，即使如孔子般有绝笔之时也将无憾。

　　《古风五十九首》在李白的全部诗作中占有特殊地位，特别是这第一首旗帜鲜明地表达了李白的诗歌主张，对于理解把握李白的全部诗作具有指导性作用，因此显得尤为重要。清代赵翼在《瓯北诗话》中称："青莲一生本领，即在五十九首《古风》之第一首。"正是基于以上所论而做出的恰如其分的评论。

白　帝[①]

[唐]杜　甫

白帝城中云出门[②]，白帝城下雨翻盆[③]。
高江急峡雷霆斗[④]，翠木苍藤日月昏[⑤]。
戎马不如归马逸[⑥]，千家今有百家存。
哀哀寡妇诛求尽[⑦]，恸哭秋原何处村[⑧]。

【注释】

① 白帝：白帝城，故址在今重庆奉节东白帝山上。东汉末公孙述据此，据称殿前井内曾有白龙跃出，因自称白帝，称山为白帝山，城为白帝城，山峻城高，如入云霄。
② 云出门：云气从城门中散出。白帝城在高山之上，故云。
③ 翻盆：即倾盆，形容雨势很猛。
④ 高江：雨水大而急，洪水暴涨，因此江水水位升高。急峡：山狭陡窄，水大流急。雷霆斗：水急峡窄，江水冲击山石，响如雷霆。
⑤ 日月昏：言树木皆为乌云暴雨所笼盖，不见日色，此处的"日月"并用，属于偏义复词，单指日光而言。
⑥ "戎马"句：谓渴盼战争早日停歇，不再用兵。语出《尚书·武成》："乃偃武修文，归马于华山之阳，放牛于桃林之野，示天下弗服。"孔颖达疏："此是战时牛马，故放之，示天下不复乘用。"戎马与归马同指战马，在战场上服役的就叫戎马，战争结束之后在山下安逸吃草的即为归马。
⑦ 诛求：需索；强制征收。《左传·襄公三十一年》："以敝邑褊小，介于大国，诛求无时，是以不敢宁居，悉索敝赋，以来会时事。"
⑧ 恸（tòng）哭：即痛哭。极悲哀，大哭。

【鉴赏】

　　这首诗作于大历元年（766年），当时杜甫寓居夔州。据《资治通鉴·唐代宗永泰元年》记载：永泰元年（765年）闰十月，检校剑南西山都知兵马使崔旰率领五千余人攻袭成都，节度使郭英乂大败，全家被杀，郭英乂只身逃走。邛州牙将柏茂琳、泸州牙将杨子琳、剑南牙将李昌夔均举兵讨旰，蜀中大乱。大历元年二月，朝廷特任命杜鸿渐为山南西道、剑南东西川副元帅、剑南西川节度使，期望平息蜀乱。三月，山南西道节度使兼剑南东川节度使张献诚与崔旰战于梓州，结果张献诚大败。杜鸿渐听闻张献诚兵败而心生恐惧，加上崔旰对甫到成都的杜鸿渐"卑辞重赂"，杜鸿渐"无一言责其干纪"，反而将州府事"悉以委旰"。且"请以节制让崔旰，以柏茂琳、杨子琳、李昌夔各为本州刺史"，"以旰为成都尹、西川节度行军司马"，代宗不得已而从之。写蜀中之乱，杜甫还有"前年渝州杀刺史，今年开州杀刺史"（《三绝句·其一》），可见祸乱之烈。

这首诗属于以歌行体手法写的律诗，有人称之为拗体律诗，崔颢的名作《黄鹤楼》即属此类。

诗歌前四句都是描写白帝城雨景。白帝城建在白帝山上，高耸入云，因此诗人才会说"白帝城中云出门，白帝城下雨翻盆"。诗人故意打破律诗的惯常作法和格律体制，使用复沓的句法，同样的文字，以加深印象，渲染气氛，同时也增强了语言的节奏感。仇兆鳌曰："杜诗起语，有歌行似律诗者，如'倚江柟树草堂前，古老相传二百年'是也；有律体似歌行者，如'白帝城中云出门，白帝城下雨翻盆'是也。然起四句一气滚出，律中带古何碍？"（《杜诗详注》）这也恰体现出杜甫"语不惊人死不休"的艺术追求。

下一联承首联而言之，危ояпmann 峡窄流急，声如雷霆，日色昏暗，分别从听觉与视觉两个角度写这场雨景。这一联对仗十分工稳，不仅上下句相对，还运用了当句对，宋洪迈《容斋续笔》："唐人诗文，或于一句中自成对偶，谓之当句对。"即用"急峡"对"高江"，用"苍藤"对"翠木"，显得铢两悉称，颔联之工稳与首联之朴拙两相对照，工拙相间，别饶姿致，彰显出诗人高超的文字驾驭能力。宋人范温在《潜溪诗眼》中就明确指出："老杜诗，凡一篇皆工拙相半，古人文章类如此。"

写暴雨之狂意在起兴。以"翻盆"大雨营造出一种压抑甚至是惶恐的气氛，引出国之乱象，抒发生民之恨、家国之忧。因此，颈联一转，从自然景象转到社会现实，"戎马不如归马逸，千家今有百家存"是诗人的由衷感喟，以"戎马"和"归马"两相对照，言"归马"之安逸，反衬出"戎马"之疲乏劳累。往昔幸福团圆的"千家"经历战乱后仅余"百家"，战乱造成的生灵涂炭、十室九空的悲惨景象自然就呈现在读者眼前。

"哀哀寡妇诛求尽，恸哭秋原何处村"一联语极悲痛，读来令人鼻酸。哀哀，极言哀之深也。寡妇的儿子何在？死于战乱。徒剩下一个寡妇苟存于世，她怎么活？用兵不息，赋敛愈重，当此之际，唯有恸哭。由"何处村"可知，村村皆有哭声。兵戈之惨烈，民生之凋敝，于斯可见一斑。

古从军行①

[唐]李颀

白日登山望烽火②,黄昏饮马傍交河③。
行人刁斗风沙暗④,公主琵琶幽怨多⑤。
野云万里无城郭,雨雪纷纷连大漠⑥。
胡雁哀鸣夜夜飞⑦,胡儿眼泪双双落⑧。
闻道玉门犹被遮⑨,应将性命逐轻车⑩。
年年战骨埋荒外⑪,空见蒲桃入汉家⑫。

【注释】

① 古从军行：乐府古题有《从军行》，加一个"古"字即拟古之意。
② 望烽火：瞭望边塞上的烽火台。古时边防报警的烟火叫烽火。
③ 交河：古河名，在今新疆维吾尔自治区吐鲁番市境内。因河水被小岛分开后又合流，故称。交河故城即建在交河交叉环抱的岛上。唐贞观十四年（640年）置交河县，曾为安西都护府治所。《汉书·西域传》："车师前国，王治交河城。河水分流绕城下，故号交河。"
④ 行人：征人，戍边的士兵。刁斗：古代行军用具。斗形有柄，容量一斗，铜质，白天用作炊具，晚上击以巡更。《史记·李将军列传》："及出击胡，而广行无部伍行陈，就善水草屯，舍止，人人自便，不击刁斗以自卫。"
⑤ 公主琵琶：用汉武帝时遣宗室江都王刘建女细君以公主身份远嫁乌孙和亲事。《文选·石崇·王明君词序》："昔公主嫁乌孙，令琵琶马上作乐，以慰其道路之思。"《释名·释乐器》："枇杷，本出于胡中，马上所鼓也。推手前曰'枇'，引手却曰'杷'，象其鼓时，因以为名也。"
⑥ 连大漠：遍布大沙漠。
⑦ 胡雁：北方的大雁。中国古代称北边的或西域的民族为胡。
⑧ 胡儿：此指北方少数民族匈奴人。
⑨ 玉门：即玉门关，西汉武帝时置，因西域输入玉石时取道于此而得名。汉时为通往西域各地的门户。故址在今甘肃省敦煌市西北小方盘城。《史记·大宛列传》："拜李广利为贰师将军，

发属国六千骑,及郡国恶少年数万人,以往伐宛。期至贰师城取善马,故号'贰师将军'……使使上书言:'道远多乏食;且士卒不患战,患饥。人少,不足以拔宛。愿且罢兵,益发而复往。'天子闻之大怒,而使使遮玉门,曰军有敢入者辄斩之。贰师恐,因留敦煌。"又,《后汉书·班超传》:"超自以久在绝域,年老思土。十二年,上疏曰:'……臣超犬马齿歼,常恐年衰,奄忽僵仆,孤魂弃捐。昔苏武留匈奴中尚十九年,今臣幸得奉节带金银护西域,如自以寿终屯部,诚无所恨,然恐后世或名臣为没西域。臣不敢望到酒泉郡,但愿生入玉门关。'"遮:阻断。

⑩ 逐轻车:追随轻车将军。逐,追随。轻车,轻车将军。《史记·李将军列传》:"广之从弟李蔡与广俱事孝文帝。景帝时,蔡积功劳至二千石。孝武帝时,至代相。以元朔五年为轻车将军,从大将军击右贤王,有功中率,封为乐安侯。元狩二年中,代公孙弘为丞相。"鲍照《代东武吟》:"后逐李轻车,追房穷塞垣。"

⑪ 荒外:塞外荒蛮之地。

⑫ 空见:只见。蒲桃:也写作"蒲陶",即葡萄。汉家:汉朝。《汉书·西域传》:"汉使采蒲陶、目宿种归。天子以天马多,又外国使来众,益种蒲陶、目宿离宫馆旁,极望焉。"

【鉴赏】

李颀为盛唐时期的一位重要诗人,他的边塞诗写得慷慨悲凉、流畅奔放、思想深刻,深为后人所称道。这首《古从军行》写于唐玄宗天宝年间,表面上看写的是汉朝史事,汉武帝穷兵黩武,远征西域的士卒死伤无数,换回的不过是将葡萄移植到中国而已,实际上是在暗讽唐玄宗对吐蕃长期用兵,得不偿失。这一点从诗歌的题目上也可以看出来,《从军行》本是乐府旧题,增一"古"字的实际用意无非就是要托拟古之名讽今而已。这种手法杜甫用得更加熟练,如他在《兵车行》中说的"边庭流血成海水,武皇开边意未已",正是剑指唐王朝的黩武政策。

诗歌前四句从塞外落笔,首句"白日登山望烽火"写边塞士卒不论严寒酷暑,都要观察烽火台,警惕敌人的攻袭。次句"黄昏饮马傍交河"写士卒每天黄昏时分到交河畔饮马。其实这两句使用了互文的修辞手法，也就是说，不论白天还是黄昏都要瞭望烽火台，到交河畔饮马。诗人不过撷取"白日"与"黄昏"两个时间点，高度概括出从军士兵一整日的生活，而这样的生活日复一日，年复一年，直至骨埋异域，魂返故乡。

"行人刁斗风沙暗"写士卒生活之困苦艰难，"行人"是指征人，即士卒，"刁斗"是军队中巡更用的铜器，白天用来煮饭，晚上用来打更。风沙漫天，天昏地暗，只能听到巡更之声与幽怨的琵琶之声。此情此景，焉能不令人思乡？"公主琵琶幽怨多"一句中的公主，指刘细君（一说刘解忧），她本是汉武帝宗室江都王刘建之女。汉武帝与西域乌孙国和亲，以细君为公主，远嫁乌孙国。刘细君到乌孙国后，言语不通，思念故土，十分悲愁，自作歌曰："吾家嫁我兮天一方，远托异国兮乌孙王。穹庐为室兮旃为墙，肉为食兮酪为浆。居常土思兮心内伤，愿为黄鹄兮归故乡。"（《汉书·西域传》）徐陵所编《玉台新咏》卷九"乌孙公主"条下，录有歌诗一首，其序云："汉武元封中，以江都王女细君为公主，嫁与乌孙昆弥。至国，而自治室宫，岁时一再会，言语不通，公主悲愁，自作歌曰……"和亲其实就是统治者为巩固少数民族关系、维护边疆稳定而采取的政治联姻，那些弱女子用自己凄苦哀怨的一生换回来边疆稳定，但是她们在深夜的啜泣，有谁听到？她们的思乡之痛，向谁诉说？

"野云万里无城郭"以下四句换韵，换为仄声韵，并且韵脚字皆为入声字。平声舒缓和谐，而入声则短促低沉，戛然而止，用在句末时会产生一种明显的低沉顿挫之感。正如不同的词牌适宜抒发不同的情感，而入声字作为韵脚最适合抒发压抑、沉郁、激愤、苍凉、孤寂等情感，具有特殊的声情效果，可以增强作品的感染力。并且诗人连用了"纷纷""夜夜""双双"三组叠词，"胡雁"与"胡儿"也是"胡"字重出，这样就使得诗作中所描绘的景物更加形象，不仅音律谐婉，而且生动活泼、质朴自然。"胡雁""胡儿"尚且哀鸣落泪，那么远征之人内心是何感受自不待言。

　　不论条件如何艰苦，战况如何凶险，班师是不可能的，"闻道玉门犹被遮"一句是帝王的态度。据《史记·大宛列传》的记载，汉武帝为了得到大宛的良马，派贰师将军李广利征伐大宛。奈何道远乏食，士卒死伤甚多，于是上书汉武帝希望撤兵，徐图再举，"天子闻之大怒，而使使遮玉门，曰军有敢入者辄斩之"。将士们想要休兵不得，只得拼将性命追随将军去作战。死战的结果就是埋骨荒外，那么累累白骨换回来了什么呢？所谓卒章显志，诗人最后一句"空见蒲桃入汉家"，举重若轻，仅仅用了一个"空"字，却似有雷霆万钧之力，充分彰显出诗人的价值判断，无数将士的鲜血白流了，性命白丢了。清人沈德潜也说："以人命换塞外之物，失策甚矣。为开边者垂戒。故作此诗。"（《唐诗别裁集》）

感怀① · 其二

[南唐] 李 煜

层城无复见娇姿②,佳节缠哀不自持③。
空有当年旧烟月④,芙蓉池上哭蛾眉⑤。

【注释】

① 题注:后主昭惠后周氏,小字娥皇,年二十九殂。后主哀苦骨立,杖而后起,每于花朝月夕,无不伤怀。
② 层城:重城,高城。无复:不再,不会再次。娇姿:美丽的姿容,这里指大周后。
③ 佳节:美好的节日。缠哀:沉溺在哀痛之中。自持:自我克制。
④ 烟月:云雾笼罩的月亮;朦胧的月色。
⑤ 芙蓉池:即植有荷花的池塘。《全唐诗》作"芙蓉城"。蛾眉:蚕蛾触须细长而弯曲,因以比喻女子美丽的眉毛。亦可作美女的代称。《诗·卫风·硕人》:"螓首蛾眉,巧笑倩兮。"这里借指大周后。

【鉴赏】

　　李煜,史称李后主,初名从嘉,字重光,五代十国时期南唐后主。他天资聪颖,神骨秀异,幼而好古,工书善画,尤工翎毛墨竹,收藏之富,笔砚之精,冠绝一时。且妙于音律,工于笔札,诗词俱佳,可以称得上是一位博学多才的艺术家。王国维在《人间词话》中评价他说:"词人者,不失其赤子之心者也。故生于深宫之中,长于妇人之手,是后主为人君所短,亦即词人所长处。"王国维先生的评价可谓切中肯綮,正因为李煜阅事之浅,遭遇之痛,方得感慨之深,作品之真。

　　李煜的一生以亡国为界,分为前后两个时期,特别是亡国之后,李煜"日夕只以眼泪洗面",国破家亡的沉痛悲苦造就了词家李煜,其词作当属此一时期成就最高。他的词作神情俊秀、情感充溢,极易引起读者强烈的情感共鸣,被王国维誉为"神秀"。李煜的作品存世不多,其文集和诗集几乎散佚殆尽。据《全唐诗》以及《全唐诗补编》等统计,李煜诗作现存二十首、断句二十则,其诗作主要有悼亡诗、感伤诗和送别题赠等杂类诗三大类。其中,悲逝悼亡诗的数量最多,包括《挽词二首》《感怀二首》《梅花二首》《悼诗》《书灵筵手巾》《书琵琶背》九首。

南唐保大十二年(954年),十八岁的李煜娶南唐大司徒周宗的长女娥皇为妻,即大周后。据陆游《南唐书》记载:"(大周后)通书史,善歌舞,犹工琵琶……至于采戏弈棋,靡不妙绝。"由是看来,李煜与大周后固然是政治联姻,但大周后多才多艺,与李煜可谓情趣相投。婚后,夫妻二人相互唱和,感情甚笃。李煜在即位之后立大周后为后,宠嬖专房。大周后得到《霓裳羽衣曲》的残谱,"以琵琶奏之,于是开元天宝之遗音复传于世",《霓裳羽衣曲》经过大周后的改造,"颇去洼淫,繁手新音,清越可听"(马令《南唐书》)。然而快乐的时光总是很短暂,十年后,大周后不幸患病,在得知幼子仲宣的死讯后,病情加剧,李煜"朝夕视食,药非亲尝不进,衣不解带者累夕"(马令《南唐书》),幼子仲宣亡后一个月,大周后即撒手尘寰,卒于瑶光殿,得年才二十九岁。大周后的去世对李煜打击十分沉重,因为大周后不仅是李煜的皇后,同时也是其生活的知己以及艺术方面的知音。据陆游《南唐书·昭惠传》记载:大周后去世后,"后主哀甚,自制诔刻之石,与后所爱金屑檀槽琵琶同葬。又作书燔之与诀,自称鳏夫煜。其辞数千言,皆极酸楚"。

这首诗是李煜怀念大周后而作的一首悼亡诗。"层城无复见娇姿,佳节缠哀不自持"中的"层城"是指南唐政权的皇城,陈子昂《感遇·其二十六》云:"宫女多怨旷,层城闭娥眉。"偌大的皇城之内再也看不到大周后的婀娜身姿。

《全唐诗》题注所云"花朝月夕"是指传统节日花朝节和中秋节。在这些美好的日子里，诗人都会不由自主地想起大周后来，那种沉痛悲苦袭来，总是无法自抑。"空有当年旧烟月，芙蓉池上哭蛾眉"是说烟月依旧，却玉殒香消、物是人非，纵是帝王也无法完全左右人的生死，这是何等的无奈。"芙蓉池"，《全唐诗》作"芙蓉城"，然而首句"层城无复见娇姿"已有"城"字，且马令《南唐书》、厉鹗《宋诗纪事》皆为"池"字，故当作"池"字为是。

我们在欣赏这首诗的时候，可以同时读一下《感怀·其一》："又见桐花发旧枝，一缕烟雨暮凄凄。凭阑惆怅人谁会，不觉潸然泪眼低。"因为这两首诗作于同时，有助于我们更好地理解这首诗。

李煜的诗词作品情感真实而炽烈，语言晓畅而蕴藉，风格自然而清丽，具有比较高超的艺术价值。作为一代帝王，李煜在政治上固然是一败涂地、乏善可陈，但他留下的文学遗产却令后世读者为之惊叹。

长干行·其一

[唐]李　白

妾发初覆额①，折花门前剧②。
郎骑竹马来，绕床弄青梅③。
同居长干里④，两小无嫌猜⑤。
十四为君妇，羞颜未尝开⑥。
低头向暗壁，千唤不一回。
十五始展眉⑦，愿同尘与灰⑧。
常存抱柱信⑨，岂上望夫台⑩！
十六君远行，瞿塘滟滪堆⑪。
五月不可触⑫，猿声天上哀⑬。
门前迟行迹⑭，一一生绿苔。
苔深不能扫，落叶秋风早。
八月蝴蝶黄⑮，双飞西园草。
感此伤妾心⑯，坐愁红颜老⑰。
早晚下三巴⑱，预将书报家。
相迎不道远⑲，直至长风沙⑳。

【注释】

① 妾：古代妇女自称。初覆额：头发刚刚覆盖住额角，意谓年纪尚小。古代女子十五岁束发待嫁，称为及笄。
② 剧：嬉戏。
③ 床：这里指井栏，一说坐具。
④ 长干：地名，今江苏省南京市秦河南。
⑤ 无嫌猜：嫌猜，嫌疑。以其无嫌疑猜忌之心，正见天真无邪情状。
⑥ "羞颜"句：指结婚后，就一直含着羞意了。
⑦ 始展眉：展眉，谓因喜悦而眉开。
⑧ "愿同"句：谓愿意永远在一起，至死不渝。
⑨ 抱柱信：《庄子·盗跖》："尾生与女子期于梁下，女子不来，水至不去，抱梁柱而死。"
⑩ "岂上"句：因相信对方有抱柱之信，所以自己不会成为望夫台上那个远望之人。《初学记》引刘义庆《幽冥录》："古传云：'昔有贞妇，其夫从役，远赴国难，携弱子饯送此山，立望夫而化为立石，因以为名焉。'"王琦注引苏辙《栾城集》，说望夫台在在忠州（今四川省忠县）南。望夫台、望夫石或望夫山的传说流传甚广，所在多有。岂上，一作"耻上"。
⑪ 瞿塘：长江三峡之一，在今重庆

奉节东。滟滪堆：险滩名，在瞿塘峡口。王琦注引《太平寰宇记》："滟滪堆，周回二十丈，在夔州西南二百步蜀江中心瞿塘峡口。冬水浅，屹然露百余尺。夏水涨，没数十丈。其状如马，舟人不敢进。谚曰：'滟滪大如马，瞿塘不可下；滟滪大如鳖，瞿塘行舟绝；滟滪大如龟，瞿塘不可窥；滟滪大如襆，瞿塘不可触。'"

⑫ "五月"句：阴历五月，江水上涨，滟滪堆被水淹没，船只不易辨识，容易触礁沉没，故曰"五月不可触"。

⑬ "猿声"句：三峡两岸，山极高峻，其上多猿，啼声哀切。古歌云："巴东三峡巫峡长，猿鸣三声泪沾裳。"一作"猿鸣"。

⑭ "门前"句：意谓女主人久盼丈夫不归，行迹稀少，故而门前小径上生满绿苔。迟（zhì），等待，一作"旧"。

⑮ 蝴蝶黄：明代杨慎在《升庵诗话》中认为秋天时黄蝶最多，并认为李白这一句深中物理，故以"黄"为胜。王琦注云："以文意论之，终以'来'字为长。"黄，一作"来"。

⑯ 感此：指因蝴蝶双飞而引起感触。

⑰ 坐：因而。

⑱ 早晚：犹言何时。三巴，指巴郡、巴东、巴西，在今重庆东部，这里泛指蜀中。

⑲ 不道远：不会嫌远。不道，犹言不管或不顾。

⑳ 长风沙：地名，在今安徽省安庆市东的长江边。据陆游《入蜀记》说，自金陵（南京）至长风沙有七百里。

【鉴赏】

《长干行》本是乐府旧题《杂曲歌辞》中的调名，原为长江下游一带民歌，其源出于《清商西曲》，内容多写船家妇女的生活，本为四句短诗，李白衍为长篇。这首诗是代言体，通过一个长干里商贾之女的口吻，写她对在外经商的丈夫的深切怀念。

李白颇为擅长代言体，并创作了许多这样的代言体诗歌。杨义先生曾经撰文指出："由于李白创作代言体诗的时候，面对的是多元性的诗学传统，这种多元性既联系原始宗教和乐府歌辞，又联系着文人写作和古诗，这就使他的代言体创造能够融汇众长，别出机杼，无论在形式的多样性上，还是精神探索的深广度上，都把这一诗体向前推进了一大步。"(《李白代言体诗的心理机制》)

纵观李白诗集，这首《长干行》不论是写作手法的创新性，还是诗歌中所体现出来的款款深情，都称得上是李白爱情诗中的典范之作。本诗开篇前六句为一节，从两个人青梅竹马、两小无猜的童稚时期写起，一种自然清新之感扑面而来。然后诗人以年龄前后为序，描绘了两个人从新婚燕尔的羞涩腼腆到丈夫离家经商以后的刻骨相思。《唐宋诗醇》云："儿女子情事，直从胸臆间流出，萦迂回折，一往情深。尝爱司空图所云'道不自器，与之圆方'为深得委曲之妙，此篇庶几近之。"

"抱柱信"这个典故出自《庄子》：尾生与一个女子约好在桥下见面，可是洪水袭来，尾生坚决没有离开，也许他认为约好在桥下见面就应该一直待在桥下，在桥上就是不守约吧，所以他宁可抱梁柱而死。现代人当然不免会说尾生这个人迂腐，可是那个时代的人们求的是人格的圆满，正所谓"人而无信，不知其可也"，也就是说，宁可死也要信守约定。这里是女子对自己的丈夫抱有期待，期待自己的丈夫能像尾生一样坚守信约。如果自己的丈夫能够坚守信约，那么自己又怎么会登上望夫台日日遥望自己丈夫的身影呢？可惜，丈夫还是抛弃了当初长相厮守的约定，告别了妻子离开了家，也许是"商人重利轻别离"，也许是为了多赚些钱更好地经营自己的家，总之，丈夫转身离去。

女子一个人寂寞深闺，独守空房，以至于门前都生了绿苔——那正是因为行迹稀少的缘故啊。苔痕不扫，秋风乍起，看到园子里蝴蝶双飞，更增添了妻子的一怀愁绪。青春逝去，红颜渐老，郎君你何日归来？若是有了回来的打算请一定提前给我信儿，我会到七百里之外的长风沙去迎接你。跑到七百里之外的地方去迎接自己的丈夫当然不太可能，可是女子确实太渴望能够早一点儿见到自己的丈夫了。这只是诗人的夸张手法，但正是这样的表达才能够充分体现出女子深切诚挚、炽热奔放的感情。

《长干行》在艺术上明显地受到乐府诗歌的影响。如按年龄序数来写少妇的生活历程这一段，便不由使人想起《孔雀东南飞》中的"十三能织素，十四学裁衣，十五弹箜篌，十六诵诗书，十七为君妇，心中常苦悲"。同时李白还大量运用民间俗语，使诗歌具有民歌风格，显得更加朴素自然。正如李白自己的诗所言："清水出芙蓉，天然去雕饰。"

江城子·湖上与张先同赋①,时间弹筝

[宋] 苏 轼

凤凰山下雨初晴②。水风清,晚霞明。一朵芙蕖③,开过尚盈盈④。何处飞来双白鹭⑤,如有意,慕娉婷⑥。
忽闻江上弄哀筝⑦。苦含情,遣谁听⑧。烟敛云收,依约是湘灵⑨。欲待曲终寻问取,人不见,数峰青⑩。

【注释】

① 张先:宋谈钥《吴兴志》:"张先,字子野,乌程人。天圣八年进士。诗格清丽,尤长于乐府。晚岁优游乡里,常泛扁舟,垂钓为乐,至今号张公钓鱼湾。仕至都官郎。卒年八十九,葬弁山多宝寺之右。有文集一百卷。"宋叶梦得《石林诗话》:"张先郎中字子野,能为诗及乐府,至老不衰。居钱塘,苏子瞻作倅时,先年已八十余,视听尚精强,家犹畜声妓,子瞻尝赠以诗云:'诗人老去莺莺在,公子归来燕燕忙。'盖全用张氏故事戏之。先和云:'愁似鳏鱼知夜永,懒同蝴蝶为春忙。'极为子瞻所赏。然俚俗多喜传咏先乐府,遂掩其诗声,识者皆以为恨云。"宋陈师道《后山诗话》:"尚书郎张先善著词,有云'云破月来花弄影''帘幕卷花影''堕轻絮无影',世称颂之,号'张三影'。"

② 凤凰山:在今浙江省杭州市。明成化《杭州府志》:"在县东南五里,高三十丈,周二里,形似凤,故名。"《西湖游览志》:"凤凰山,两翅轩翥,左薄湖浒,右掠江滨,形若飞凤,一郡王气,皆藉此山。"
③ 芙蕖:《尔雅·释草》:"荷,芙渠。郭璞注:别名芙蓉,江东呼荷。"
④ 盈盈:仪态美好貌。古乐府《日出东南隅行》:"盈盈公府步,冉冉府中趋。"《古诗十九首·其二》:"盈盈楼上女,皎皎当窗牖。"
⑤ 双白鹭:杜牧《晚晴赋》:"复引舟于深湾,忽八九之红芰。姹然如妇,敛然如女。堕蕊翘颜,似见放弃。白鹭潜来兮,邈风标之公子,窥此美人兮,如慕悦其容媚。"这里是化用杜牧此赋中意象,原典是写美景,作者这里移用来叙事。"双白鹭"喻指同舟中爱慕弹筝女的两个

男子,"一朵芙蕖"喻指舟中美丽的弹筝女子。
⑥ 娉婷:姿态美好貌。汉辛延年《羽林郎》诗:"不意金吾子,娉婷过我庐。"
⑦ 哀筝:悲凉的筝声。三国魏曹丕《与朝歌令吴质书》:"高谭娱心,哀筝顺耳。"汉应劭《风俗通·声音》:"《礼·乐记》:'筝,五弦,筑身也。'今并、凉二州筝形如瑟,不知谁所改作也。或曰秦蒙恬所造。"
⑧ "苦含情"二句:筝乐甚含凄苦之情,教谁听了都无法忍受。
⑨ 依约:隐约。湘灵:古代传说中的湘水之神。《楚辞·远游》:"使湘灵鼓瑟兮,令海若舞冯夷。"洪兴祖补注:"此湘灵乃湘水之神,非湘夫人也。"一说,为舜妃,即湘夫人。
⑩ "欲待"三句:这里化用了钱起赋《湘灵鼓瑟》诗事。《唐诗纪事》:"天宝十年,试《湘灵鼓瑟》诗云:'善鼓云和瑟,常闻帝子灵。冯夷徒自舞,楚客不堪听。苦调凄金石,清音入杳冥。苍梧来怨慕,白芷动芳馨。流水传湘浦,悲风过洞庭。曲终人不见,江上数峰青。'起从乡荐,居江湖客舍,闻吟于庭中曰:'曲终人不见,江上数峰青。'视之,无所见矣。明年,崔曙试《湘灵鼓瑟》诗,起即用为末句,人以为鬼谣。"

【鉴赏】

据学者考证,这首词被认为作于熙宁六年(1073年)六七月间,当时苏轼在杭州通判任上,与著名词人张先同游西湖见弹筝女而作。张先在北宋中前期词史上的地位堪与柳永相比肩,有"张三影"之称。此时张先已经八十余岁,晚年的张先在杭州和湖州一带游历,唱和吟咏,潇洒怡然,终年八十九岁。

关于这阕词有两则词本事流传。第一则据宋代袁文《瓮牖闲评》记载:"东坡倅钱塘日,忽刘贡父相访,因拉与同游西湖。时二刘方在服制中。至湖心,有小舟翩然至前,一妇人甚佳,见东坡,自叙'少年景慕高名,以在室无由得见。今已嫁为民妻,闻公游湖,不避罪而来。善弹筝,愿献一曲,辄求一小词,以为终身之荣,可乎?'东坡不能却,援笔而成,与之。"刘贡父即刘攽。刘攽官至中书舍人,为北宋时的著名史学家,曾助司马光纂修《资治通鉴》。苏轼在草拟刘敛任中书舍人的制书中称赞他"能读坟典丘索之书,习知汉魏晋唐之故"。苏轼任杭州通判时,刘敛为泰州通判,二人相友善,同游西湖之事容或有之。但若谓弹筝女慕东坡,而东坡作此词与之,实乃小说家姑妄言之。

  第二则词本事为宋张邦基在《墨庄漫录》中所记载:"东坡在杭州,一日游西湖,坐孤山竹阁,前临湖亭上,时二客皆有服,预焉。久之,湖心有一彩舟渐近亭前,靓妆数人,中一人尤丽,方鼓筝,年且三十余,风韵娴雅,绰有态度,二客竟目送之,曲未终,翩然而逝。公戏作长短句云……"

  两则词之本事,大同而小异,到底哪一个更接近事实,姑且置之不论,只要知道苏轼此词是在携友人游览西湖之际闻筝曲而作就足够了。

  词上阕写景,凤凰山在杭州,暮雨初霁,水净风清,晚霞满天,好一派湖光山色的佳景。一朵芙蕖虽已绽过花蕾,身姿依然盈盈动人,一双白鹭不知从何处飞来,仿佛是因为倾慕舟中美人翩然而至。词下阕写人,忽然听到一阵筝曲传来,曲调凄苦,悲不忍听。"烟敛云收"既可以理解为自然景物的描写,也可以理解为停止弹奏。这样哀婉动人的音乐仿佛出自湘灵,湘灵究竟所指为谁,有两说,一说为湘水之神,另一说为舜妃,即湘夫人。自秦汉之后,二者混同,其情节不断丰赡,其形象日益丰满,最终被塑造成一位凄艳动人的典型女神形象。末句"欲待曲终寻问取,人不见,数峰青"化用了唐代钱起省试诗《湘灵鼓瑟》的典故,钱起这首诗中有"曲终人不见,江上数峰青"的诗句。苏轼与友人本拟在筝曲结束之后一睹弹筝女的芳容,可惜女子竟然如湘灵般翩然远去。伊人芳踪已杳,徒留怅惘在心头,作者看到的只是青翠的山峰。

  这阕词曲折委婉,缠绵动人,作者以烘云托月的高妙写作手法,完全从虚处入手,却将一个丰满的弹筝女形象呈现出来。弹筝女始终未露面,但闻其声,不见其人,可是通过景物的烘托,我们分明感觉到她演奏技巧之高超,甚至会揣想她一定是一位"风韵娴雅,绰有态度"的佳人。

遣悲怀三首①·其二

[唐] 元 稹

昔日戏言身后事，今朝都到眼前来。
衣裳已施行看尽②，针线犹存未忍开③。
尚想旧情怜婢仆④，也曾因梦送钱财。
诚知此恨人人有⑤，贫贱夫妻百事哀⑥。

【注释】

① 遣悲怀三首：题目一作"三遣悲怀"。遣，排遣，抒发。悲怀，忧伤的情绪。
② 衣裳：古时衣指上衣，裳指下裙。后亦泛指衣服。《诗经·齐风·东方未明》："东方未明，颠倒衣裳。"《毛传》："上曰衣，下曰裳。"这里指妻子韦丛病故以后留下的衣服。
③ 针线：指缝纫刺绣的成品。
④ 旧情：旧日的情谊。婢仆：男女奴仆。
⑤ 诚知：明知，实知。人人：每个人，所有的人。
⑥ 贫贱：贫苦微贱。《管子·牧民》："民恶贫贱，我富贵之。"

【鉴赏】

元稹，字微之，行九，故白居易称他为"元九"。元稹从小就表现出极高的文学天赋，九岁能属文，十五岁的时候两经擢第。二十五岁中平判科第四等，授秘书省校书郎。二十八岁应制举才识兼茂、明于体用科，登第者十八人，元稹为第一。在中唐文坛上，元稹与白居易齐名，生前即有"元才子"之美誉。《旧唐书·元稹白居易传》称其"工为诗，善咏风态物色，当时言诗者，称元白焉。"至今文学史上也是"元白"并称。

元稹对中唐文学所做出的贡献是巨大的，并不逊色于白居易，甚至在某些方面或有过之，但对他的为人历史上的评价并不甚高，《旧唐书》称其"素无检操"，《新唐书》则称其"附宦贵得宰相"，直至近世，陈寅恪先生在《元白诗笺证稿》中还批评元稹"则其仕宦，亦与婚姻同一无节操之守"。令人欣喜的是近年学术界对元稹的品节问题有所修正。元稹作为一名才子，在年轻时确实有过艳遇，他的《莺莺传》传奇和《会真诗三十韵》以及大量的艳情诗皆是记录那段风流韵事的。

然而我们必须承认，元稹对待每一段感情都是真诚的。元稹的元配妻子韦丛是太子少保韦夏卿的小女，唐德宗贞元十八年（802年）和元稹结婚，当时韦丛二十岁，元稹二十五岁。虽然他们婚后生活比较贫困，但韦丛很贤惠，毫无怨言，夫妻感情很好。元和四年（809年）七月，元稹任监察御史时，韦丛不幸病死，年仅二十七岁。元稹悲痛欲绝，写下不少悼亡诗，陈寅恪先生认为《元氏长庆集》中有关韦氏的悼亡诗多达三十三首，其中最有名的就是《遣悲怀三首》以及《离思五首》。

《遣悲怀三首》这组诗作于元和五年（810年）。元稹《叙诗寄乐天》云："不幸少有伉俪之悲，抚存感往，成数十诗，取潘子悼亡为题。"句中的"潘子"即潘岳，潘岳的《悼亡诗三首》写得情深义重，悲戚动人，成为历代悼亡诗中的绝唱。潘岳的《悼亡诗三首》在文学史上具有范式意义，自潘岳之后，悼亡诗在中国文学史上具有了独特含义，特指男人为悼念亡妻而创作的诗歌。据赵翼《陔余丛考》记载，"悼亡"这一词最早是由南朝宋文帝提出："宋文帝时，袁皇后崩，上令颜延之为哀策，上自益'抚存悼亡，感今怀昔'八字，此'悼亡'之名所始也"。后来南齐的齐武帝，将悼亡诗的指向进一步明确，"齐武帝何美人死，帝过其墓，自为《悼亡诗》，使崔元祖和之。则起于齐、梁也"。

回顾文学史上的悼亡诗词名篇，窃以为元稹的《遣悲怀三首》与潘岳的《悼亡诗三首》以及苏轼的《江城子》（十年生死两茫茫）鼎足而三，不分轩轾。清代蘅塘退士曾经这样评元稹的《遣悲怀三首》："古今悼亡诗充栋，无能出此三首范围者,勿以浅近忽之。"

　　元稹的《遣悲怀三首》继承前人写法,三首诗皆语言朴实,哀音绵邈,缠绵往复,情真意切,着力描摹亡妻生前身后之细碎琐事,细节最能打动人心,写下"贫贱夫妻百事哀"这样的千古名句,令后人读之不免泫然泪下。陈寅恪先生早就认识到这一点,他在《元白诗笺证稿》中明确指出:"凡微之关于韦氏悼亡之诗,皆只述其安贫治家之事,而不旁涉其他。专较贫贱夫妻实写,而无溢美之词,所以情文并佳,遂成千古之名著。"

　　元稹的这组诗第一首追忆妻子生前的艰苦处境和夫妻之间的恩爱,并抒写妻子与自己同患难而未能共富贵的遗憾之情。此选为第二首,写妻子死后的"百事哀"。首联写昔日曾经戏言死后的安排,谁料想如今戏言竟然成真。颔联写诗人将亡妻的衣服施舍给穷人,而亡妻留下的针线却不忍打开,怕的是睹物思人,泪如雨下,然而封存起来的是针线,封存不住的是如潮水一般的记忆与遏制不住的思念之情。颈联写诗人依然记得妻子生前一直善待婢仆,不曾呵斥责骂,诗人曾凭借着梦境给妻子送去钱财,由此可见,韦丛生前是一位既贤淑又仁慈的女性。尾联说诗人深知生离死别人人都无法避免,然而诗人念及做贫贱夫妻时的每一件事情都会感到深深的悲哀。值得一提的是,尾联固然千古传诵,写尽诗人心中的悲凉凄苦,可是当下很多人在用这句诗的时候已经抛开了诗人的原意,认为夫妻二人生活在一起,若是缺乏钱财,便百事堪哀,毫无幸福可言。不得不说,这样的理解便与元稹的诗句原意相去甚远了。

【惧】

大风卷水,林木为摧。
适苦欲死,招憩不来。

古诗十九首·其十七

[东汉] 佚 名

孟冬寒气至①,北风何惨栗②。
愁多知夜长,仰观众星列。
三五明月满③,四五蟾兔缺④。
客从远方来,遗我一书札⑤。
上言长相思,下言久离别⑥。
置书怀袖中,三岁字不灭。
一心抱区区⑦,惧君不识察⑧。

【注释】

① 孟冬:冬季之第一个月,即初冬。一年有四季,每个季节有三个月,第一个月称孟,第二个月称仲,第三个月称季,如孟冬、仲冬、季冬。
② 惨栗:寒极貌。《诗经·七月》:"二之日寒冽。"毛苌曰:栗冽,寒气也。
③ 三五:《礼记·礼运》:"是以三五而盈,三五而阙。"后指农历每月之十五日。
④ 四五:指农历每月之二十日。蟾兔:蟾蜍与玉兔。旧说两物为月中之精,因作月的代称。
⑤ "遗我"句:谓赠送我一封书信。遗(wèi),给予、赠送。札,牒也,即木简,古代书写时用的小而薄的木片,引申为书信。
⑥ "上言"二句:书札之开端就叹长相思,书札之结尾又伤久离别。即写信人反复述说离别之后的相思之情。
⑦ 区区:犹言拳拳,即诚恳坚定之意。李陵《与苏武书》:"区区之心,窃慕此尔。"《广雅》曰:"区区,爱也。"
⑧ 识察:识知察觉。

【鉴赏】

《古诗十九首》出自汉代文人之手,具体作者不可考,非一人一时一地所作。《古诗十九首》作为一个整体收录在《文选》中,列在卷二十九"杂诗"类之首,后世遂将其视作组诗。《古诗十九首》多写游子思妇之情感,是古代抒情诗的典范之作。《古诗十九首》不仅是汉末文人五言诗的典范，更是文人五言诗成熟的标志，言近旨远，语浅情深，含蓄蕴藉，余味无穷，取得了卓越的艺术成就。历代评论家对其评论极高。钟嵘在《诗品》中称其"惊心动魄""一字千金"；刘勰在《文心雕龙》中誉之为"五言之冠冕"；明王世贞在《艺苑卮言》中视其为"五言之是《诗经》"；胡应麟在《诗薮》中评曰，"盖千古元气，钟孕一时"。《古诗十九首》于五言诗的创作具有范式意义，为后世文学提供了丰富的文学滋养，使五言诗在中国诗歌史上迎来了辉煌和鼎盛。

《古诗十九首》"以能言人同有之情也"，故而最易得到共鸣，后世的拟作亦不可胜计。沈德潜在《古诗源》中概括十九首的内容为"大率逐臣弃妻，朋友阔绝，游子他乡，死生新故之感。"当代学者张清钟评价《古诗十九首》说："可以兴感人之情意，可以考见得失，观察流俗。其辞温柔敦厚，和而不流，言情怨而不怒，哀而不伤，写家庭之情感，陈政治之得失，刺人伦之道，无不赅括，其中多托物比兴，用鸟兽草木为譬，足以资多识。凡诗之性情、倚托、比兴三者，莫不包涵，其所以能独高千古，尽得助于三百篇之遗意。"（《古诗十九首汇说赏析与研究》）这段评论高度概括了《古诗十九首》对《诗经》从内容到风格的创作接受。纵观诗歌发展史，《古诗十九首》上承《诗经》《楚辞》以及汉乐府民歌的优良传统，掀开了诗歌发展史上崭新的一页，散发着永恒的艺术魅力。

这首诗是《古诗十九首》中的第十七首。一般认为这是一首以思妇之口吻而作的诗。孟冬十月，朔风劲吹，正因为思念所致，愁绪满怀，孤枕难眠，故知长夜漫漫。百无聊赖之下，抬头遥望天上众星罗列。张庚说："'仰观众星'亦是愁极无聊。"（《古诗十九首解》）这种凄凉哀怨的心境非一朝一夕，而是漫长的日子。白天尚可消遣光阴，或是忙于生计，无暇分心，最可怕的就是耿耿长夜，形影相吊，思念如同潮水，奔涌不息。"三五"即十五，圆月当空，"四五"即二十，月相由圆变缺。月圆月缺，花开花落，远方的人始终未能归家，可谓"中心藏之,何日忘之"(《诗经·小雅·隰桑》)。他也曾托人捎回一封书信,在书信的开头写着长相思,在书信的末尾写着久别离,妇人将这封信置于怀袖之中,思念丈夫的时候就拿出来看看,以慰相思之情。反复阅读,书札当有一定的磨损,然而却字迹不灭,一方面是妇人倍加珍惜的缘故,每次阅读都会小心翼翼,故而字迹不灭,另一个方面也是意在说明妇人对丈夫的感情始终坚贞不渝,因为那是两个人感情的见证和载体。妇人对这份感情笃定而执着,生怕丈夫不能省察了解。清吴淇评价最后末两句"一心抱区区,惧君不识察"说:"'一心'二句,括尽一部《离骚》。"(《六朝选诗定论》)足见这两句诗的分量。

咏贫士·其五

[东晋] 陶渊明

袁安困积雪①,邈然不可干②。
阮公见钱入③,即日弃其官。
刍藁有常温④,采莒足朝餐⑤。
岂不实辛苦,所惧非饥寒。
贫富常交战⑥,道胜无戚颜⑦。
至德冠邦闾⑧,清节映西关⑨。

【注释】

① 袁安:字邵公,东汉汝南汝阳人。《后汉书·袁安传》注引《汝南先贤传》曰:"时大雪积地丈余,洛阳令身出案行,见人家皆除雪出,有乞食者。至袁安门,无有行路。谓安已死,令人除雪入户,见安僵卧,问何以不出,安曰:'大雪人皆饿,不宜干人。'令以为贤,举为孝廉也。"
② 邈然:高远貌。引申为品行高尚。干:求取。
③ 阮公:其生平事迹不详。据诗意当有弃官不受禄之佳话。
④ 刍:喂牲畜的草。藁(gǎo):草名。《荀子·正名篇》:"居室、芦庾、葭稾蓐、尚机筵而可以养形。注:'以藁为席,贫贱人之居也。'"《史记·秦始皇本纪》:"当食者多,度不足,下调郡县转输菽粟刍稿,皆令自赍粮食。"刍藁本供马食,而贫者藉之以眠,故曰"有常温"。

⑤ 莒(lǚ):同"稆",一种自生的谷物。《后汉书·献帝纪》:"州郡各拥强兵,而委输不至,群僚饥乏,尚书郎以下自出采稆。"
⑥ "贫富"句:安贫与求富两种思想在内心交织,产生斗争。韩非《韩非子》:"子夏曰:'吾入见先王之义,出见富贵,二者交战于胸,故臞;今见先王之义战胜,故肥也。'"
⑦ 戚颜:愁容。
⑧ 至德:至高之品德。《论语·泰伯》:"子曰:'泰伯,其可谓至德也已矣!三以天下让,民无得而称焉。'"邦闾:郡邑乡里。晋葛洪《抱朴子·审举》:"亲族称其孝友,邦闾归其信义。"
⑨ 清节:清操。高洁的节操。西关:或系阮公之所居处。

【鉴赏】

陶渊明，又名潜，字元亮，少有高趣，颖脱不群，曾著《五柳先生传》以自况，故又称"五柳先生"。其曾祖父陶侃是东晋名臣，封长沙公。陶渊明出生在这样的家庭，自然也少怀济世之志，希望进入仕途，实现其大济苍生的宏愿。他初仕江州祭酒，不久即辞职，后又做过镇军将军及建威将军参军，最后自求改任彭泽（今属江西九江）令，为官八十多天，因不堪吏职，不肯为五斗米折腰事乡里小人，辞官归隐，此后二十余年再未入仕，过着隐居躬耕的田园生活。因此锺嵘在《诗品》中评陶渊明为"古今隐逸诗人之宗也"。陶渊明晚年贫病交加，以至叩门乞食，一直固穷守志，直至去世。陶渊明去世后，他的友人私谥"靖节"，故后人又称其为"靖节先生"。陶渊明脱离官场，回归自然，安贫乐道，栖身田园，其田园诗的成就和影响最大。他的咏怀诗、赠答诗、行役诗和言志诗也不少，诗风平淡自然，元好问评价说："一语天然万古新，豪华落尽见真淳。"苏轼"质而实绮，癯而实腴"的评价，更是切中了陶诗语言质朴，意境浑融的特点。

《咏贫士》是组诗，共七首，创作时间在学术界存有争议，依逯钦立先生《陶渊明集》，将这组诗系年于元嘉三年（426年）；若依袁行霈先生《陶渊明集笺注》所附《陶渊明年谱简编》，则系于宋文帝元嘉二年（425年），不论是系于何年，这组诗当为陶氏归隐晚期所作，这一点则是能够达成共识的。这里需要补充说明一点的就是由于陶渊明生活年代久远，《陶渊明集》经过无数次刊刻翻印，文字上的鲁鱼亥豕所在多有，作品系年也相差悬殊，此不具述。由于在归隐晚期，陶渊明贫病交加，"夏日长抱饥，寒夜无被眠"（《怨诗楚调示庞主簿邓治中》）；有时甚至达到叩门而乞的悲惨程度，"行行至斯里，叩门拙言辞"（《乞食》）。这七首诗浑然一体，各有侧重。第一首总括，泛咏贫士，借以自喻。第二首自咏，从"何以慰吾怀，赖古多此贤"两句引出余下诸篇。第三首以下则分咏古代著名的贫士，既是在赞颂那些古圣先贤，同时也是在抒发自己固穷守节、不慕荣利的志向。清吴菘在《论陶》中对《咏贫士》的结构做出了十分精准的分析，他说："《咏贫士》第一首写明正意。第二首极写饥寒，结言何以致此，未免有愠，作一开，赖有前贤，以慰吾怀，作一合，又以古贤起下诸人。末首结句，作一大结，与第二首结句对照，邈哉前修，赖古多此贤也，谁云固穷难，足以慰吾怀矣。七首一气。"

这首诗是《咏贫士》组诗中的第五首，"袁安困积雪，邈然不可干"两句是咏东汉袁安。袁安乃东汉名臣，先后担任过功曹、楚郡太守、河南尹、太仆，最后位至司空、司徒；但是袁安出身贫贱，一年冬天大雪丈余，洛阳令出行视察，看到其他人家门前都去除积雪，唯独袁安家门前没有出入的痕迹，洛阳令以为袁安已死，于是入室视察，进屋后看到袁安僵卧，便问他为何不出门，袁安回答说："大雪人皆饿，不宜干人。"洛阳令认为袁安有贤德，于是举为孝廉。"袁安卧雪"在古代是一个十分有名的典故，历代许多著名画家都曾画过《袁安卧雪图》。陶渊明这里却反用了这个典故，"袁安卧雪"本义是因见大雪封门，不愿意出门求人贷乞，甘受冻饿，而陶渊明却说"邈然不可干"，意谓贫则贫矣，志则不短。

"阮公见钱入，即日弃其官"两句是写阮公弃官之事，阮公究竟所指为谁，各家注本皆不能确指。依据诗意，阮公亦穷，曾有弃官之事。"刍藁有常温，采莒足朝餐"是写诗人困顿的具体情形，藉马草以卧，采野禾而食，一个"常"字，一个"足"将诗人知足常乐的心态描摹得神完气足。"岂不实辛苦，所惧非饥寒"两句表明了诗人的态度，虽然饥寒交迫，但真正值得担忧的并非饥寒。沈德潜在《古诗源》中尝言："'所惧非饥寒''所乐非穷通'二语，可书座右。"

"贫富常交战，道胜无戚颜"两句交代了诗人内心的挣扎与斗争，安贫与求富两者交战于胸。明人黄文焕《陶诗析义》："七首层层说难堪，然后以坚骨静力胜之,道出安贫中勉强下手工夫,不浪说高话,以故笔能深入,法能喷起。"渊明之真正体现在这里。诗人最终还是选择了贫,同时也是选择了道。温汝能《陶诗汇评》曰:"'道胜无戚颜'一语,是陶公真实本领,千古圣贤身处穷困而泰然自得者,皆以道胜也。"何焯在《义门读书记》中也说:"苟求富乐,则身败名辱,有甚于饥寒者,故不戚戚于贫贱,但恐修名之不立也。"袁行霈先生也说:"渊明所咏贫士虽困于财,而志不挠,气不屈,安于贫,乐于道,故引以为知己也。"(《陶渊明集笺注》)最后两句"至德冠邦闾,清节映西关"意谓至德冠于邦闾,清节辉映西关。上句或谓袁安,下句或谓阮公,其实也是自况。

苏轼曾评价陶渊明说:"欲仕则仕,不以求之为嫌,欲隐则隐,不以去之为高,饥则扣门乞食,饱则鸡黍以迎客,古今贤之,贵其真也。"陶渊明一生追求高蹈独立的人格理想,可是世无同调,但伤知音稀,于是他将目光投向了浩瀚的历史长河,把那些守志安贫的古贤引为同调,从他们身上汲取精神力量。最终陶渊明通过这样的方式建构了一个"世外桃源",为历代不得志的知识分子筑造了一个可以栖身的精神家园。

浣花亭陪川主王播相公暨僚同赋早菊①

[唐] 薛 涛

西陆行终令②,东篱始再阳③。
绿英初濯露④,金蕊半含霜⑤。
自有兼材用⑥,那同众草芳。
献酬樽俎外⑦,宁有惧豺狼。

【注释】

① 浣花亭:《蜀记》:"亭在梵安寺。其先为杜公(杜甫草堂)旧宅,今废。"川主:《蜀典·方言类》:"蜀人称其地方官之最尊者,曰川主耳。"王播:字明扬,唐宪宗时曾出西川,与薛涛有诗唱和。
② 西陆:指秋天。《隋书·天文志》:"日循黄道东行,一日一夜行一度,三百六十五日有奇而周天。行东陆谓之春,行南陆谓之夏,行西陆谓之秋,行北陆谓之冬。"
③ 东篱:东晋陶渊明《饮酒·其五》:"采菊东篱下,悠然见南山。"后因以指种菊的花圃。
④ 绿英:本指绿色花苞,这里指叶。
⑤ 金蕊:金色花蕊。唐代元稹《红芍药》诗:"繁丝蹙金蕊,高焰当炉火。"
⑥ 兼材:菊花除了观赏,有些品种还有药用价值。
⑦ 樽俎:古代盛酒食的器皿。樽以盛酒,俎以盛肉。《庄子·逍遥游》:"庖人虽不治庖,尸祝不越樽俎而代之矣。"

【鉴赏】

薛涛,字洪度,是唐代著名的乐妓、女诗人。据《樵简赘笔》记载,薛涛"本长安良家女。父郧,因官寓蜀"。她"辨慧工诗","以诗名于当时",人称

"女校书"。《全唐诗》中收录的女性诗人大约有二百位,薛涛是其中录诗最多的一位,达八十九篇。唐代王建《寄蜀中薛涛校书》有"万里桥边女校书,枇杷花里闭门居"的诗句。

南宋章渊《槁简赘笔》记载了一则关于薛涛少年时期的诗谶故事:"涛八九岁知声律,其父一日坐庭中,指井梧而示之曰:'庭除一古桐,耸干入云中。'令涛续之,应声曰:'枝迎南北鸟,叶送往来风'……韦皋镇蜀,召令侍酒赋诗,因入乐籍。"其父的诗句是彰显凤栖梧桐之高格,但在薛涛眼中那梧桐不过是迎送飞鸟与风的暂乐之所,无意中透露了对欢场生活的看法,似乎为日后成为乐妓埋下伏笔。这类敷演的预言故事为这位才女的人生经历增添了带有宿命感意味的传奇色彩。实际上,薛涛是因为父亲去世,家道中落,她与母亲相依为命,为生计所迫才不得不入乐籍。

唐代的妓女分为宫妓、官妓、家妓、民妓四种。薛涛应该属于官妓,薛涛以其容貌与才情周旋于达官贵人、诗客名流之间。目前薛涛所存诗歌中有明确提及的酬和之人有韦皋、高崇文、武元衡、王播、段文昌、李德裕六位剑南节度使,以及元稹、白居易、牛僧孺、令狐楚、张祜、裴度、杜牧、刘禹锡、王建、李程、段成式等文坛名人。特别是武元衡对她非常赏识,据南宋晁公武的《郡斋读书志》:"涛工为诗,当时人多与酬赠,武元衡奏为校书郎。"虽然朝廷最后并未批准武元衡的奏请,但"女校书"的美名却不胫而走,流传至今。薛涛拥有如此强大的"朋友圈",估计想不出名都难。更为难得的是薛涛在与这些大人物的酬赠唱和中,始终表现得不卑不亢,十分得体。

薛涛这首诗的题目已经交代清楚了写作背景,就是她陪同剑南西川节度使王播以及他的同僚一道分韵赋诗,写作的主题就是早菊。首联交代了具体的写作时间,西陆就是代指秋天。骆宾王《在狱咏蝉》首联"西陆蝉声唱,南冠客思侵"也是用西陆代指秋天。"东篱"因为陶渊明《饮酒》诗的缘故,已经成为诗歌的一个典型意象。颔联切入主题，具体描摹菊花，叶沾露，蕊含霜，自有一种不畏风寒的高洁之美。颈联从菊花的品性入手，写菊花绝非众草可比，因为菊花有兼材之用，不仅能供人玩赏，悦人耳目，菊花还具备食用和药用价值。最后一联，卒章显志，表面看诗人依然是在说菊花不在樽俎之内，所以不用惧怕豺狼，实际上诗人在这里托物咏志，借菊花喻指自己的高洁品行。屈原《离骚》有"朝饮木兰之坠露兮，夕餐秋菊之落英"的诗句，陶渊明更是写下"采菊东篱下，悠然见南山"这样千古传诵的名句，经过历代文人墨客的吟咏，菊花逐渐成为超凡脱俗的隐逸者之象征。可以说菊花本是隐逸之花，菊花的花语便是凌霜自傲，冷艳清贞，而诗人所追求的正是一种遗世绝俗的独立人格理想。

综观薛涛诗作，她善用比兴，用典丰赡，诗作固然有细腻率真、清丽婉约的一面，同时也有沉郁豪迈的一面，譬如这首诗即雄放阔达，毫无脂粉气。

放言①·其三

[唐] 白居易

赠君一法决狐疑②,不用钻龟与祝蓍③。
试玉要烧三日满④,辨材须待七年期⑤。
周公恐惧流言日⑥,王莽谦恭未篡时⑦。
向使当初身便死⑧,一生真伪复谁知?

【注释】

①《放言》五首,诗前有小序:"元九在江陵时,有《放言》长句诗五首,韵高而体律,意古而词新。予每咏之,甚觉有味,虽前辈深于诗者,未有此作。唯李颀有云:'济水至清河自浊,周公大圣接舆狂。'斯句近之矣。予出佐浔阳,未届所任,舟中多暇,江上独吟,因缀五篇,以续其意耳。"放言:即畅所欲言,无所顾忌。
② 狐疑:猜疑,怀疑。《汉书·文帝纪》:"方大臣诛诸吕迎朕,朕狐疑,皆止朕,唯中尉宋昌劝朕。"颜师古注:"狐之为兽,其性多疑,每渡冰河,且听且渡。故言疑者,而称狐疑。"
③ 钻龟:一种占卜术。钻刺龟甲,并以火灼,视其裂纹以断吉凶。祝蓍(shī):筮法用蓍,以蓍草排列计算,预测事物变化。《易·系辞上》:"探赜索隐,钩深致远,以定天下之吉凶,成天下之亹亹者,莫大乎蓍龟。"钻龟和祝蓍都是古代占卜的方法。
④ 试玉:作者自注曰:"真玉烧三日不热。"《淮南子·俶真训》:"譬若钟山之玉,炊以炉炭,三日三夜而色泽不变。"
⑤ 辨材:作者自注曰:"豫章木生七年而后知。"豫章,枕木和樟木。《史记·司马相如列传》:"其北则有阴林巨树,楩楠豫章。"《正义》:"豫:今之枕木也;章,今之樟木也。二木生至七年,枕樟乃可分别。"白居易《寓意》诗有句:"豫樟生深山,七年而后知。"
⑥ "周公"句:周公,姓姬名旦,也称叔旦。文王子,武王弟,成王叔。辅佐武王灭商后,封于鲁。武王死后,成王年幼,由周公摄政。其弟管叔联合其他弟兄散布流言说:"公将不利于孺子(成王)。"周公心生恐惧,赶紧向太公和召公二人解释了一番。到成王执政后,又有人向成王说周公的坏话,周公吓得逃到了楚国。后来成王在档案馆里发现了周公早年间为自己祈福、甘愿以身代死的祷文,十分感动,立即请回了周公。事见《史记·鲁周公世家》。
⑦ "王莽"句:王莽,字巨君,汉魏郡元城人,汉元帝孝元皇后王政君之侄。西汉末年掌握朝政,新王朝的建立者。史载王莽早年"折节为恭俭",伯父大将军王凤生病,王莽"亲尝药,乱首垢面,不解衣带连月",因此得到了许多人的信任和荐举。成帝封他为新都侯,升为骑都尉、光禄大夫、侍中,而王莽"爵位益尊,节操愈谦"。故在篡位之前,王莽是以谦恭的

正人君子的面目示人的。事见《汉书·王莽传》。

⑧ 向使：假使；假令。《史记·李斯列传》："向使四君却客而不内，疏士而不用，是使国无富利之实而秦无强大之名也。"

【鉴赏】

这首诗作于元和十年（815年），白居易被贬为江州司马途中所作。江州之贬可以说是白居易一生当中对他影响最大的变故，也是其思想从"兼济"转向"独善"的转捩点。

据《旧唐书·白居易传》记载："十年七月，盗杀宰相武元衡，居易首上疏论其冤，急请捕贼以雪国耻。宰相以宫官非谏职，不当先谏官言事。会有素恶居易者，掎摭居易言浮华无行，其母因看花坠井而死，而居易作《赏花》及《新井》诗，甚伤名教，不宜置彼周行。执政方恶其言事，奏贬为江表刺史。诏出，中书舍人王涯上疏论之，言居易所犯状迹，不宜治郡，追诏授江州司马。"

白居易被贬表面看有两个原因：一个是宰相武元衡被刺之后白居易以宫官先于谏官上疏言事；另一个是其母因看花坠井而亡，白居易作了《赏花》和《新井》诗，有悖名教。当然更深层次的政治原因是他的亢直敢言以及写作新乐府诗讽刺时政为权豪所嫉恨，再加上王涯的落井下石，才有江州之贬。

在此之前的元和五年（810年）白居易的好友元稹也是因为得罪权贵被贬为江陵士曹参军，元稹在江陵期间，曾创作《放言》五首，这是五年之后的一次唱和。白居易在这组诗中分别就社会人生的真伪、祸福、贵贱、贫富、生死诸问题纵论放言。这是其中的第三首。

首联的意思是说我要送给你一种解决疑问的好方法，这个方法不需要钻龟，也不需要祝蓍，因为古代人们用这两种方法占卜吉凶。诗贵曲折有致，委婉含蓄，正如袁枚在《随园诗话》中所云"文似看山不喜平""凡作人贵直，而作诗文贵曲"。接下来诗人才说出这个方法，颔联"试玉要烧三日满，辨材须待七年期"一经说出，立刻令人恍然大悟，原来判断一个人、一件事情需要时间的考验。"试玉要烧三日满"句下有作者的自注："真玉烧三日不热。"玉至少要烧满三日才可以检验是否为真。"辨材须待七年期"句下也有作者的自注："豫章木生七年而后知。"豫章二木需要至少生长七年，才可以看出二者的区别。由此可见，时间会检验一切，历史会铭记所有。

  颈联是诗人假设没有时间的检验，就算是周公在流言纷纷中也难免心生恐惧；假设没有时间的检验，我们会认为王莽是谦恭的，因为他"宗族称孝，师友归仁"，"爵位益尊，节操愈谦"，直至篡汉才显露真面目。尾联即是承颈联而言之，又总括全诗，假如周公与王莽当初早死，一生真伪谁又能够分辨得出呢？所以我们可以看出白居易的自信，他问心无愧，他相信自己的所作所为经得起时间的检验，他相信历史会对他做出公正的评判。

送刘司直赴安西①

[唐]王 维

绝域阳关道②,胡沙与塞尘。
三春时有雁③,万里少行人。
苜蓿随天马④,葡萄逐汉臣⑤。
当令外国惧,不敢觅和亲。

【注释】

① 刘司直:司直,官名,大理寺(掌管刑狱)有司直六人,从六品上。据诗意知刘司直为作者友人,曾出使安西,生平事迹不详。安西:唐藩镇名。景云元年(710年)以安西都护兼四镇经略大使,开元六年(718年)始称四镇节度使,其后或称四镇,或称碛西;以治所在安西都护府,节度使例兼安西都护,故亦称安西或安西四镇。统辖安西都护府境内龟兹、疏勒、于阗、焉耆四镇。

② 绝域:极远之地。阳关:古关名,汉置,为古代通西域的要隘,在今甘肃省敦煌市西南,因位于玉门关以南,故称。
③ 三春:春季三个月;农历正月称孟春,二月称仲春,三月称季春。
④ 苜蓿:植物名。可用作马的饲料。原产西域各国,汉武帝时,张骞使西域,始从大宛传入。又称怀风草、光风草、连枝草。花有黄紫两色,最初传入者为紫色。可供饲料或作肥料,亦可食用。《史记·大宛列传》:"(大宛)俗嗜酒,马嗜苜蓿。汉使取其实来。于是天子始种苜蓿、蒲陶肥饶地。及天马多,外国使来众,则离宫别观旁尽种蒲萄、苜蓿极望。"天马:骏马的美称。《史记·大宛列传》:"初,天子发书《易》,云'神马当从西北来'。得乌孙马,好,名曰'天马'。及得大宛汗血马,益壮,更名乌孙马曰'西极',名大宛马曰'天马'云。"
⑤ 葡萄:亦作"蒲陶""蒲萄""蒲桃"。《汉书·西域传上·大宛国》:"汉使采蒲陶、目宿种归。"

【鉴赏】

　　王维不仅在山水田园诗的创作方面取得了很高的艺术成就,他的边塞诗也写得雄浑壮阔。因为他曾赴河西节度使幕,为监察御史兼节度判官,所以他熟悉边塞,对边塞并不隔膜,他在边塞诗创作方面堪称整个时代的前驱。

《送刘司直赴安西》是一首送别诗,送别对象是刘司直,因为史料的缺失,我们现在已经无法知晓刘司直究竟为何人了。刘司直此去安西,王维以友人的身份送别他,可以推测两个人关系比较亲密。写作时间也不明确,大约作于安史乱前。

首联说通往西域的阳关道上极为荒凉,举目所见,唯有边塞的烟气与沙尘。王维的千古名作《送元二使安西》中即有"劝君更尽一杯酒,西出阳关无故人"的诗句。《元和郡县志》载:"阳关,在县西六里,以居玉门关之南,故曰阳关。"早在西汉时期,汉武帝为确保对河西走廊一带的统治,在走廊西端设置了玉门、阳关二关,作为通往西域的门户。从此中原和西域之间的往来都要经过这两个关。学界普遍认为西汉在敦煌西境设置了两个边关,阳关管南道,玉门关管北道。

颔联承上而言之,"三春时有雁,万里少行人"是说逢春季尚可见大雁飞回,万里征程极少见到行人。王维《使至塞上》中也有"征蓬出汉塞,归雁入胡天"的诗句。

颈联"苜蓿随天马,葡萄逐汉臣"是说汉武帝遣贰师将军李广利伐大宛取良马,而马嗜苜蓿,因此,苜蓿、葡萄亦随之传入中国。

尾联"当令外国惧,不敢觅和亲"表达了诗人对刘司直的殷切期盼,希望刘司直到西域以后能够为巩固边防贡献力量,让外国畏惧我方强大的力量,从此不敢再提和亲之事。当时唐王朝和突厥、契丹缔结和亲之约,但都缺乏成效,因此诗人才有此叹。

和亲,也叫作"和戎""和蕃",是指中原王朝统治者与周边少数民族或者各少数民族首领之间的一种政治联姻。其实,更多时候和亲政策都是双方实力对比下所采取的一种迫不得已的权宜之计,鲁迅先生曾这样评价和亲政策:"以美女作苟安的城堡,美其名以自欺曰和亲。"(《坟·灯下漫笔》)所以顾况才会说"当时若值霍骠姚，灭尽乌孙夺公主"（《刘禅奴弹琵琶歌》）。

这首诗的前两联极写西域地区空旷荒凉，雁书难达，行人稀少。后两联表面看是写汉武帝时事，实则为盛唐气象的体现。唐人作诗素喜以汉称唐，作为一种时代文化心理，许多唐代诗人都有浓烈的汉代情结，同时也寄寓了诗人对刘司直的一种殷切期盼，希望他此去西域能够建功立业，弘扬国威。整首诗情景交融，浑然一体，昂扬着一种积极向上、奋发有为的乐观精神。沈德潜在《唐诗别裁集》中以"一气浑沦，神勇之技"来评价这首诗，可以说是恰当而贴切的。

饥鹓行寄孙星衍①

[清]洪亮吉

饥鹓尔何来？闻自天上堕。
世人不知为奇祥②，闻声而惊反惧祸。
何为牵汝头③，缚汝脚，使汝乌不乌④，
鹊不鹊⑤。
墙倾月明，庭低露凉。
秋虫食之，令人心伤。
徘徊不能行，我见惊是饥凤凰。
君不见，凤凰虽已饥，光彩自不藏。
犹吐五色云⑥，高若百尺墙。
世人文章休目迷⑦，我辨毛质皆山鸡⑧，
不然何以饥鹓苦饥汝苦肥？

【注释】

① 鹓：即鹓雏，传说中与鸾凤同类的鸟。《庄子·秋水》："南方有鸟，其名为鹓雏，子知之乎？夫鹓雏，发于南海而飞于北海，非梧桐不止，非练实不食，非醴泉不饮。"孙星衍：清经学家，字渊如，号薇隐，又字季仇。江苏阳湖（今武进）人。乾隆进士。历官编修、刑部主事、山东督粮道。所学较广，对经史、文字、音韵、诸子百家、金石碑版等都曾涉及。工篆隶，精校勘，擅诗文。主讲钟山书院、诂经精舍。撰有《尚书今古文注疏》《周易集解》《寰宇访碑录》等书，刻有《平津馆丛书》《岱南阁丛书》。洪亮吉与孙星衍在乾隆三十九年（1774年）因黄景仁的介绍而订交，二人相知至深，当时甚至有人将洪、孙比之为"元白"。
② 奇祥：奇异的祥瑞。
③ 何为：为什么，何故。《国语·鲁语下》："今王死，其名未改，其众未败，何为还？"

④ 乌：即乌鸦，亦称"老鸹"，民间认为乌啼兆凶。
⑤ 鹊：即喜鹊，旧时民间传说鹊能报喜，故称喜鹊。
⑥ 五色云：五色云彩，古人以为祥瑞。
⑦ 文章：错杂的色彩或花纹。目迷：眼花缭乱。
⑧ 毛质：指鸟类之毛羽。山鸡：鸟名。古称鸐雉，今名锦鸡。传说自爱其羽毛，常照水而舞。"山鸡舞镜"比喻人顾影自怜。

【鉴赏】

洪亮吉，字君直，一字稚存，号北江，江苏阳湖（今常州）人。亮吉自小"颖悟异常儿"，四岁即能识字七八百，五岁时开始在私塾读书，少时"于科举文字外，并好为诗歌，辄惊其老辈"。乾隆五十五年（1790年），洪亮吉五应礼部试，终于金榜题名，殿试钦定第一甲第二名，即榜眼及第，授翰林院编修。嘉庆四年（1780年），因疏陈时事，批评朝政，遣戍伊犁，不足百日即赦还，此后改号更生居士。洪亮吉性纯孝、重友情，与黄景仁相友善。景仁客死山西运城，洪亮吉素车千里，奔赴其丧，并抚恤其孤儿寡母，世有"巨卿"之目。洪亮吉博通经史、音韵、训诂及地理之学。在经济思想方面，他提出了人口繁殖与粮食产量增加不相适应的问题。洪亮吉的人口思想主要反映在《意言》二十篇中，于乾隆五十八年（1793年）问世，比马尔萨斯《人口论》的出版还早五年。洪亮吉工诗文，骈文亦颇负时誉，著述宏富，大多收入《洪北江全集》中，其代表作有《春秋左传诂》《北江诗话》等，存诗五千五百余首。

洪亮吉与孙星衍皆在"毗陵七子"之列，"毗陵七子"是洪亮吉、黄景仁、孙星衍、赵怀玉、杨伦、吕星垣、徐书受七个籍贯毗陵的诗人合称，毗陵就是今天的江苏常州。常州地处江南，自古即为人文渊薮、文化荟萃之所。诗坛耆宿袁枚曾盛赞："近日文人，常州为盛。"洪亮吉是"毗陵七子"中的佼佼者，他论诗主张学而能变，故其诗歌创作熔铸百家而又自出机杼，他提倡诗教，故诗多比兴，含蓄蕴藉，其诗工于白描，语言清新自然，想象奇特，机趣横逸。

这首诗即是洪亮吉在青年时期所创作，出自《天台雁荡集》，该集为乾隆四十一年（1776年）的创作小集，当时洪亮吉只有三十岁。他在这一年历游天台、雁荡等名胜。洪亮吉追求诗歌体裁的多样化，尤以古体见长。对洪亮吉影响最大的莫过于李白、杜甫、韩愈三家，他在《北江诗话》中这样评价："李青莲之诗，佳处在不着纸；杜浣花之诗，佳处在力透纸背；韩昌黎之诗，佳处在'字向纸上皆轩昂'。"可以说，亮吉诗飘逸不群处似青莲，沉郁顿挫处似浣花，奇崛轩昂处似昌黎。总体而言，洪亮吉诗歌以七古歌行见长，风格豪放不羁，气势如虹。

这首《饥鹓行寄孙星衍》即为七古歌行体，诗人以其所见所闻而言之，故颇觉生动。开篇并无铺陈，直接切入主题，"饥鹓尔何来？闻自天上堕"，所谓"鹓"是指凤凰一类的鸟。诗人认为从天而坠的是一只饥饿的凤鸟。然而，世人皆不识凤凰，不知道这是一种奇异的祥瑞，反而心生惊恐，生怕罹祸。诗人喜爱凤凰，心疼凤凰，因此才会发出质问，但是诗人在这里不是向那些愚昧的世人发出质问，而是运用第二人称，直接抒情，更加亲切，仿佛在直接同凤凰对话，诗人怜惜地询问凤凰："他们为什么要牵你的头、绑你的脚？为什么把你变得乌鸦不像乌鸦、喜鹊不像喜鹊？"在这样一个月明露凉的夜晚，就连小小的秋虫都要来啃啮你，焉能不令人心伤？看到你徘徊的脚步，我知道你一定是饿了，因为你是一只"非梧桐不止，非练实不食，非醴泉不饮"的凤鸟啊，你的昂藏姿态，你的光彩照人，你吐出五色祥云，高达百尺，无一不在证明着你的身份。最后诗人奉劝世人千万不要被那些错杂的色彩或花纹所蒙蔽，纵使山鸡的羽毛与凤凰的羽毛再相似，它们也是不一样的，不然为何凤凰忍饥挨饿而山鸡却这么肥胖呢？

清代著名学者王昶评价洪亮吉说："五言古仿康乐，次仿杜陵，七言古仿太白。然呕心镂肾，总不欲袭前人牙慧。"（《蒲褐山房诗话》）从这首诗来看，洪亮吉的七古创作确实有太白遗风。

泾　溪[①]

[唐] 罗　隐

泾溪石险人兢惧[②]，终岁不闻倾覆人[③]。
却是平流无石处[④]，时时闻说有沉沦[⑤]。

【注释】

① 泾溪：水名，亦名赏溪，在安徽省泾县西南，下流汇入青弋江。《江南通志》："泾溪在宁国府泾县西南一里，一名赏溪。"一作杜荀鹤诗。
② 石：指河岸山石和水中礁石。兢惧：戒慎恐惧，惶恐。《后汉书·明帝纪》："永览前戒，竦然兢惧。"
③ 终岁：终年，整年。《管子·治国》："农夫终岁之作，不足以自食也。"倾覆：船因触礁而沉没。
④ 平流：平缓地流动。北魏郦道元《水经注·鲍丘水》："山水暴发，则乘遏东下，平流守常，则自门北入，灌田岁二千顷。"
⑤ 沉沦：沉没，没入水中。

【鉴赏】

　　罗隐在晚唐是一个极富传奇色彩的诗人，他"十举不第"却多有讽谏，他才华横溢却容貌丑陋，他落拓江湖却恃才傲物，他穷愁失意却个性鲜明。《唐才子传》载："诗文凡以讥刺为主，虽荒祠木偶，莫能免者。"陈应行在《吟窗杂录》中也说："罗隐有诗名于天下，尤长于咏史，然多所讥讽。"

　　罗隐存诗四百八十多首，以七律和七绝为主，古诗很少。罗隐诗多俗语，但言浅而思深，语近而意远，绝少用典，明白自然。杨慎说"罗隐诗多鄙俗"。诚然，罗隐和白居易的部分诗歌都有粗疏浅露之嫌，但瑕不掩瑜、偏不概全。罗隐有不少诗歌议论风发，表达了他对人生历史以及现实生活的思考和反省，所以，《围炉诗话》云："乐天之后，又有罗昭谏，安得不成宋人诗。"正如清人钱良择

《唐音审体》中所说:"昭谏生于有唐末造,其亡已入五代矣。今体诗气雄调响,罕与为匹,然唐人蕴藉婉约之风,至昭谏而尽;宋人浅露叫嚣之习,至昭谏而开,文章气运,于此可观世变。"由此可见,罗隐是唐人而有宋调,可称由唐诗到宋诗这个嬗变过程中的重要一环。赵翼在《瓯北诗话》中称罗隐之诗:"坦易者多触景生情,因事起意,眼前景,口头语,自能沁人心脾,耐人咀嚼。"

罗隐一生坎坷,阅历丰富,使得他有机会对人生和社会作深入思考,他的许多咏物诗都具有哲理化的倾向。譬如这首《泾溪》,诗人以短短的二十八个字就阐明了日常生活中的一个真理:在急流险湍中,人们因为时刻保持警惕而不会倾覆,在平流无石之处却最容易麻痹大意,因为放松了警惕,往往会有沉沦之险。

其实古人对"居安思危"这种思想观念理解得十分深刻,各种典籍记载中并不鲜见。不论是《吕氏春秋·慎小》中所载的"人之情,不蹶于山,而蹶于垤",还是《韩非子·六反》中所载的"不蹪于山,而蹪于垤",都是对《孟子·告子下》"然后知生于忧患而死于安乐也"的形象化表达,若向上追溯,这层意思其实还可以追溯到《周易》,《周易·系辞下》:"危者,安其位者也;亡者,保其存者也;乱者,有其治者也。是故君子安而不忘危,存而不忘亡,治而不忘乱,是以身安而国家可保也。"《诗经·小雅·小旻》亦有"战战兢兢,如临深渊,如履薄冰"的诗句,无一不是在提醒人们要时刻心存敬畏、未雨绸缪、见微知著、做到防患于未然。

这种居安思危的忧患意识已经内化为中华民族的优秀品质,"忧劳可以兴国,逸豫可以亡身"的理念已经深深地根植于中华文明的土壤之中。罗隐的这首《泾溪》之所以千古流传,就是因为其包孕了丰富的人生哲理,并烛照了未来之路。

【爱】

如矿出金,如铅出银。
超心炼冶,绝爱缁磷。

丑奴儿·书博山道中壁[①]

[宋]辛弃疾

少年不识愁滋味[②],爱上层楼[③]。爱上层楼。为赋新词强说愁[④]。
而今识尽愁滋味,欲说还休[⑤]。欲说还休。却道天凉好个秋。

【注释】

① 丑奴儿:词牌名,又名"采桑子"。博山:在今江西广丰西南。
② 少年:指年轻的时候。不识:不懂。陈恺《无愁可解》:"光景百年,看便一世,生来不识愁味。"
③ 层楼:高楼。
④ 强(qiǎng):竭力,极力。
⑤ 欲说还休:内心有所顾虑而不敢表达。李清照《凤凰台上忆吹箫》:"生怕离怀别苦,多少事、欲说还休。"

【鉴赏】

这阕《丑奴儿》是辛弃疾的名篇,因为被选入初中教材,更增加了知名度。这首词一般都题作《丑奴儿·书博山道中壁》,郑因百先生综合各种版本的稼轩词集后认为:题作"书博山道中壁"者乃是"烟芜露麦荒池柳"一首。而"少年不识愁滋味"一首前署"又"字,二者之间相隔其他作品,并非连书;且四卷本中,"烟芜露麦荒池柳"一首置于甲集,调作"采桑子","少年不识愁滋味"一首则置于丙集,调作"丑奴儿",二者应非同题联章之作。然而由于《全宋词》以及邓广铭先生《稼轩词编年笺注》都加了"书博山道中壁"为题,教材再据《稼轩词编年笺注》选录,遂积重而不能返。

这首词为辛弃疾被弹劾去职、闲居带湖之作。他中年以后曾长期赋闲,隐居在江西上饶一带,空怀报国之志,却无处施展,故而满腔愁苦无处言之,因有此作。词上片写少年时期并不知道什么是真正的愁滋味,却为赋新词而登楼强自觅愁。古人有很多登临怀古言愁之作，楼也从一个单纯的建筑物逐渐演变成为一个具有美学意象的文化符号，登高可以望远，思绪也飞得更远，这样就从空间的广阔跨越到时间的无垠。诗人大多是敏感的，他们会察觉到宇宙的无穷、个体的渺小，进而生发出一种敬畏与感叹。如王粲《登楼赋》："登兹楼以四望兮，聊暇日以销忧。"诗人忧时感事，登楼四望却忧愁丛生，加上后世文人的不断运用，登楼（包括凭栏）遂成为一个言愁的重要意象。辛弃疾更是将登楼、凭栏一类意象用得谙熟，如他说"休去倚危楼"。他又说"落日楼头，断鸿声里，江南游子。把吴钩看了，栏干拍遍，无人会、登临意"。他又说"上危楼，赢得闲愁千斛"。他又说"欲上高楼去避愁，愁还随我上高楼"。可是一个涉世不深的少年，心中能有多少愁苦之事？

词下片说到"而今识尽愁滋味"，与少年的"不识愁滋味"两相对比，可是胸中藏多少委屈愁苦却不敢言、不能言。明卓人月《古今词统》说："前是强说，后是强不说。"这中间可以看出作者宦海沉浮，一定是历尽沧桑、遍尝辛酸。确实如此，作者以英雄自诩，南渡归宋，本拟沙场点兵，收复失土，一生的梦想就是"了却君王天下事，赢得生前身后名"，结果被陷害、遭排挤，四十二岁的壮年时期即遭劾贬职，请缨无路的作者只得以酒浇愁，弹铗悲歌。由此方知"而今识尽愁滋味"一句中的"尽"字寄寓了作者内心多少悲慨，世间有万千愁苦，一人尝尽。人世间就是如此，愁苦到了极点，却失去了诉说的兴趣，转作调侃之语，只是故作轻松地来了一句"天凉好个秋"。

中国文人自古以来就有悲秋的传统，所谓"自古逢秋悲寂寥"，悲秋作为中国文学史上的一个抒情母题，称得上是中国文人挥之不去的千年情结，文学史上有大量的悲秋主题的文学作品。从《诗经》中的"蒹葭苍苍，白露为霜"到宋玉在《九辩》中开篇就说的"悲哉，秋之为气也，萧瑟兮，草木摇落而变衰"；从汉乐府中的"萧萧秋风愁杀人"到李清照的"莫道不消魂，帘卷西风，人比黄花瘦"；从《西厢记》中的"碧云天，黄花地，西风紧，北雁南飞，晓来谁染霜林醉，总是离人泪"到《红楼梦》中的"秋花惨淡秋草黄，耿耿秋灯秋夜长。已觉秋窗秋不尽，那堪风雨助凄凉"。

　　文学史上的悲秋题材创作，不仅数量极大，且不乏精品力作。词人心中藏了万千愁苦，最后却道出一句"天凉好个秋"，内心愁苦不便明言，遂顾左右而言他。吴文英《唐多令·惜别》有一句"何处合成愁？离人心上秋"，秋便是愁，愁便是秋。词之末尾举重若轻，真可谓神来之笔，较诸秦观的"飞红万点愁如海"和李清照的"只恐双溪舴艋舟，载不动、许多愁"不知要高明出多少。这也是辛弃疾作为豪放派词人代表雄深雅健、俊爽流利词风的一种具体体现。

赠孟浩然

[唐]李 白

吾爱孟夫子①,风流天下闻②。
红颜弃轩冕③,白首卧松云④。
醉月频中圣⑤,迷花不事君⑥。
高山安可仰⑦,徒此揖清芬⑧。

【注释】

① 孟夫子:指孟浩然。夫子,古代对男子的敬称。
② 风流:古人以风流赞美文人,主要源于魏晋时期的名士风流,通常表现为一种清俊洒脱的行为风格。王士源《孟浩然集序》:"骨貌淑清,风神散朗,救患释纷,以立义表。灌蔬艺竹,以全高尚。"
③ "红颜"句:从青年时代起就对轩冕荣华(仕宦)不感兴趣。红颜,指青年时。轩冕,古时卿大夫的车服,《汉书·律历志下》:"始垂衣裳,有轩冕之服。"颜师古注:"轩,轩车也;冕,冕服也。"
④ 卧松云:指隐居山林。《南史·宗测传》:"性同鳞羽,爱止山壑,眷恋松云,轻迷人路。"
⑤ 中圣:"中圣人"的简称,即醉酒。曹魏时徐邈喜欢喝酒,称酒清者为圣人,浊者为贤人。此为饮清酒而醉,故曰中圣。中,读去声,动词,如"中暑""中毒"。
⑥ 迷花:迷恋丘壑花草,此指陶醉于自然美景。事君:侍奉皇帝。
⑦ 高山:《诗·小雅·车辖》:"高山仰止,景行行止。"比喻崇高的德行,令人景仰。
⑧ "徒此"句:只有这样向您高洁的人品致敬了。徒,只能。此,这样。揖,拱手为礼,表示致敬。清芬,喻指高洁的德行。

【鉴赏】

这是一首很有名的赠答诗,作年学术界存有争议。李白平生不轻许人,而对孟浩然的评价不可谓不高。盖因二人不论在身世还是诗风方面都有着相近之处。另外,孟浩然长李白约十二岁。因此,从年龄上李白也需要尊重孟浩然。

唐王士源在《孟浩然集序》中称美孟浩然说"骨貌淑清,风神散朗",又说他"行不为饰，动以求真，故似诞；游不为利，期以放性，故常贫"。可以说，孟浩然是一个率真放诞的人。《新唐书·孟浩然传》里记载了这样一个故事："采访使韩朝宗约浩然偕至京师，欲荐诸朝。会故人至，剧饮欢甚，或曰：'君与韩公有期。'浩然叱曰：'业已饮，遑恤他！'卒不赴。朝宗怒，辞行，浩然不悔也。"孟浩然这种视富贵功名如浮云的举动，自然给李白留下了极为深刻的印象，如宋刘克庄就这样说："世谓谪仙眼空四海，然《赠孟浩然》云'吾爱孟夫子'……则尽尊宿之敬。"

这首《赠孟浩然》确实表现出李白对孟浩然人格的极力推崇。首联点题，一个"爱"字统摄全诗，"风流"则是李白对孟浩然的总体评价。颔联和颈联则是具体而言之，从青年时代一直说到白发苍苍，说孟浩然留恋花草，甘卧松云，终日醉酒，对官位爵禄毫不挂怀，尽享林泉丘壑之美。前人对这两联的评价是有不同意见的，如明人谢榛在《四溟诗话》中就说"前云'红颜弃轩冕'，后云'迷花不事君'，两联意颇相似"，又说"兴到而成，失于检点""两联意重，法不可从"。明人朱谏《李诗选注》则为李白解脱说"在白则可，在他人则必为拘儒所哂矣"。其实说什么孟浩然有鄙夷功名利禄的高远志趣和守志不阿的高尚节操，这些恐都是曲为之辩。

我们通过孟浩然的《望洞庭湖赠张丞相》一诗可以分明看出孟浩然希求汲引、渴望出仕的强烈愿望，归隐林泉实属无奈之举。或许是李白在孟浩然身上仿佛看到了自己的影子，所以他才会对孟浩然表现得十分敬重。尾联是说孟浩然高洁的品行如高山一般屹立，诗人为了表达自己的崇敬之情，只能作诗揖拜。

卜算子

［宋］严 蕊

不是爱风尘①,似被前身误②。花落花开自有时,总是东君主③。
去也终须去④。住也如何住⑤。若得山花插满头,莫问奴归处⑥。

【注释】

① 风尘:风月场。指以色相谋生的场所。
② 前身:佛教语,犹前生。
③ 东君:司春之神。《尚书纬》:"春为东皇,又为青帝。"
④ 去:离开。终须:终究。
⑤ 住:居留。
⑥ 奴:妇人自称,始于宋。

【鉴赏】

据学者考证,这阕《卜算子》的作者并不是严蕊,但这阕词流传甚广,在《林下词选》《彤管遗编》《诗女史》《古今女史》《词苑丛谈》等古今词话以及选本中都选录此词并署名严蕊,今人编纂的《唐宋词鉴赏辞典》《历代妇女诗词鉴赏辞典》乃至唐圭璋先生《全宋词》《宋词纪事》等书也是如此署名。从接受角度考虑,姑且署名严蕊,但这首词真正作者当为台州知州唐仲友的表弟高宣教,这在朱熹《按知台州唐仲友第四状》中是有明确记载的。(束景蕙《〈卜算子〉非严蕊作考》,载《文学遗产》1988年第二期)

根据束景蕙文章考证,这阕小词最早的出处应该是南宋洪迈的《夷坚志·吴淑姬严蕊》:"台州官奴严蕊,尤有才思,而通书究达今古。唐与正为守,颇属目。朱元晦提举浙东,按部发其事,捕蕊下狱。杖其背,犹以为伍伯行杖轻,复押至会稽,再论决。蕊堕酷刑,而系乐籍如故。岳商卿霖提点刑狱,因疏决至台,蕊陈状乞自便。岳令作词,应声口占云:'不是爱风尘,似被前身误。花落花开自有时,总是东君主。去也终须去,住也如何住。若得山花插满头,莫问奴归处。'岳即判从良。"

在这篇小说中,朱熹俨然一偏执暴虐的小人形象,洪迈为何如此诋毁朱熹呢?据《宋史》记载,洪迈所修史书多失实之处,朱熹上书建议取消洪迈修撰史书的资格。或许,洪迈因此怀恨在心,才挟私报复。宋末元初周密撰《齐东野语》,该书"台妓严蕊"条也记载了这个故事,周密则添油加醋,大肆渲染,增加了许多细节。说严蕊虽经严刑逼供,却始终不承认与唐仲友有不轨行为,狱吏劝她及早认罪,免受皮肉之苦,严蕊正色道:"身为贱妓,纵是与太守有滥,科亦不至死罪。然是非真伪,岂可妄言,以污士大夫?虽死,不可污也。"周密在该书中自称:"《夷坚志》亦尝略载其事而不能详,余盖得之天台故家云。"

这个故事经过洪迈与周密前后铺陈渲染,几成定论,明代凌濛初《二刻拍案惊奇》中有一篇《硬勘案大儒争闲气 甘受刑侠女著芳名》更是塑造了一个芳华绝代、文采斐然、侠肝义胆的侠女严蕊形象。但小说家言毕竟不能当真,若据周密《齐东野语》,这阕《卜算子》乃严蕊在新任提点刑狱岳霖命其作词自陈时口占之作;若据朱熹《按唐仲友第四状》,此词实乃淳熙九年(1182年)五月十六日唐仲友打算为严蕊脱籍设筵时,唐仲友的表弟高宣教以代拟体即席所制。

首句"不是爱风尘,似被前身误"写严蕊沦落风尘的无奈,好似前生注定,自己无法左右命运的安排。"不是"二字说得斩钉截铁,无丝毫回旋余地,写出了严蕊对自己沦落风尘的愤怒,这是对命运不公的大声疾呼和血泪控诉。"花落花开自有时,总赖东君主"中的东君是司春之神,亦名"青帝",花落花开都由东君做主,形容自己俯仰随人,命运掌控在别人手中,"东君"这里指设筵的唐仲友,希望他能替自己脱籍。"去也终须去,住也如何住"一句写严蕊去住两难的情绪。"若得山花插满头,莫问奴归处"写出了严蕊对自由和幸福的憧憬。

全词情真意切,结构严谨,语言明快犀利,自然清新,确实是一篇佳作。

采桑子·塞上咏雪花①

[清]纳兰性德

非关癖爱轻模样②,冷处偏佳③。别有根芽④,不是人间富贵花⑤。

谢娘别后谁能惜⑥,飘泊天涯。寒月悲笳⑦,万里西风瀚海沙⑧。

【注释】

① 塞上:边境地区,亦泛指北方长城内外。《淮南子·人间训》:"近塞上之人,有善术者,马无故亡而入胡。"

② 癖爱:癖好,特别喜爱。轻模样:形容雪花飘飞之态。宋孙道绚《清平乐·雪》:"悠悠扬扬,做尽轻模样。"

③ 偏:副词,表示时间正好,恰巧。

④ 根芽:植物的根与幼芽,比喻事物的根源、根由。

⑤ 富贵花:指牡丹或海棠。宋周敦颐《爱莲说》:"菊,花之隐逸者也;牡丹,花之富贵者也。"宋陆游《留樊亭三日王觉民检详日携酒来饮海棠下比去花亦衰矣》诗之一:"何妨海内功名士,共赏人间富贵花。"

⑥ 谢娘:晋王凝之妻谢道韫有文才,后人因称才女为"谢娘"。南朝宋刘义庆《世说新语·言语》记有"谢家咏雪"的典故,谢道韫有名句"未若柳絮因风起"。

⑦ 悲笳:悲凉的笳声。笳,古代军中号角,其声悲壮。三国魏曹丕《与朝歌令吴质书》:"清风夜起,悲笳微吟。"唐杜甫《后出塞·其二》:"悲笳数声动,壮士惨不骄。"

⑧ 瀚海沙:戈壁沙漠。这里泛指塞外之地。唐陶翰《出萧关怀古》诗:"孤城当瀚海,落日照祁连。"

【鉴赏】

纳兰性德,叶赫那拉氏,字容若,号楞伽山人。出身满洲贵族,隶属满洲正黄旗,为太傅纳兰明珠长子,康熙进士,官至一等侍卫。纳兰性德是清代最为著名的词人之一,与朱彝尊、陈维崧并列为"清词三大家",还与曹贞吉、顾贞观合称"京华三绝",况周颐誉其为"国初第一词人",王国维在《人间词话》中更是给予他"北宋以来,一人而已"的高度评价。纳兰性德天资早慧,好学不倦,博通经史，诗文兼工，著述宏富。纳兰性德的词集最初名为《侧帽词》，后又更名为《饮水词》，另著有《通志堂集》二十卷。纳兰性德的词作真挚自然，擅用白描，不事雕琢，打破了元明两代的沉寂，并且一扫柔靡之风，为沉落多年的词坛注入了一股生机和活力，对清词中兴起到了重要作用。

纳兰作为侍卫，曾多次随康熙帝出巡，在徐乾学所撰的《通议大夫一等侍卫进士纳兰君墓志铭》中有"上之幸海子、沙河，及西山、汤泉，及畿辅、五台、口外、盛京、乌剌，及登东岳，幸阙里，省江南，未尝不从"的记载。纳兰的词作大致可以分作爱情词、悼亡词、友情词、边塞词四大类。纳兰词最大特点是自然真切，哀感顽艳，婉丽凄清，纤尘不染。谢章铤《赌棋山庄词话》云："竹垞以学胜，迦陵以才胜，容若以情胜。"可谓切中肯綮。纳兰性德的原配卢氏早亡，因此他写下了许多首悼亡词，皆执着缠绵，幽艳哀断。而传统边塞作品豪放刚健的气质在纳兰的边塞词中并不明显，由于他所处的历史时代、特殊身份以及个人的气质秉性，使得纳兰的边塞词充满温婉柔媚的动人蕴致和凄清寒苦的独特韵味。其边塞词中虽不乏古戍烽烟、金戈铁马、黄云紫塞、画角悲笳等传统边塞诗词的意象，取境恢宏壮阔，情感却有纤细幽曲之感，无不充斥着词人的满腔深情，真可谓"一往情深深几许"。蔡嵩云《柯亭词论》中如是评价纳兰的边塞词："尤工写塞外荒寒之景，殆扈从时所身历，故言之亲切如此。"可谓知者之言。

这阕《采桑子》的题目是"塞上咏雪花"，可知为咏雪之作，系年在学术界存有争议，持康熙十九年（1680年）之说者有之，持康熙二十一年之说者有之，总之当是扈从东巡时所作。"非关癖爱轻模样，冷处偏佳"是说词人并非对于"悠悠扬扬，做尽轻模样"的雪花偏爱成癖，而是因为雪花与俗世繁花不同，它"不是人间富贵花"。换言之，词人爱的是它那一种冰雪精神。这是咏物，更是咏怀。纳兰出生于钟鸣鼎食之家，堪称一朵人间富贵花，可是他并不开心，他对侍卫生涯充满厌倦，了无兴趣，如他自己曾说："仆亦本狂士，富贵鸿毛轻。"（《野鹤吟赠友》)韩菼也说他"身在高门广厦，常有山泽鱼鸟之思"(《通议大夫一等侍卫进士纳兰君神道碑铭》)。可谓伤心人别有怀抱，只是他的痛苦无处言说，故发而为词。

词下片用谢道韫咏雪的典故，谢道韫以一句"未若柳絮因风起"而被后人所称道，后世遂将女子工于吟咏誉为"咏絮才"，在谢道韫之后还有谁能怜惜这漫天飞舞的雪花？当然，谢娘还可以理解为自己所钟爱的女子，不必一定要解释成谢道韫。纳兰的妻子卢氏亡于康熙十六年五月，纳兰十分哀痛，曾写下许多悼亡词。把"谢娘别后谁能惜"这一句中的"谢娘"理解为亡妻卢氏，其谁曰不可？最后以"寒月悲笳，万里西风瀚海沙"两句作结，凄冷的月光之下，西风卷起万里狂沙，雪花漫天飞舞，这才是典型的边塞诗词的意象，一股浓重的孤独与悲凉之感油然而生。

整首词中诗人以雪花自况，托物言志，景象阔大，气韵浑成，感情深挚。王国维曾说"纳兰容若以自然之眼观物，以自然之舌言情，此由初入中原，未染汉人风气，故能真切如此"，诚可谓千古不易之定论。

小 池

[宋]杨万里

泉眼无声惜细流①,树阴照水爱晴柔②。
小荷才露尖尖角③,早有蜻蜓立上头④。

【注释】

① 泉眼:泉水的出口。惜:吝惜。
② 树阴:即树荫,树木枝叶在日光下所形成的阴影。《后汉书·独行传·范冉》:"(冉)或寓息客庐,或依宿树荫。如此十余年,乃结草室而居焉。"照水:映在水里。晴柔:晴天里柔和的风光。
③ 尖尖角:初出水端还没有舒展的荷叶尖端。
④ 上头:上面,顶端。为了押韵,"头"不读轻声。唐杜甫《重过何氏五首·其三》:"翡翠鸣衣桁,蜻蜓立钓丝。"

【鉴赏】

严羽在《沧浪诗话》中将杨万里的诗命名为"诚斋体",杨万里初学江西诗派,后弃江西而学习陈师道的五言律诗、王安石和唐人的绝句,尽焚少作,师法自然,独出机杼,因而形成了独具一格的"诚斋体"。

"诚斋体"的最大特色是幽默诙谐、风趣活泼;多写自然景色,日常生活;语言通俗明快。"还没有哪一位古代诗人像杨万里那样,写出过那么多的生气勃勃的儿童形象,保存那么多率真活泼的生活气息。"(黎烈南《童心与诚斋体》)晚明李贽倡"童心说",他认为"天下之至文,未有不出于童心焉者也"。近代著名学者王国维在《人间词话》中也有过"词人者,不失其赤子之心者也"的论断。杨万里少习理学,然而理学思想并未成为他的桎梏,反而玉成了他,使他能够对平凡事物进行哲学层面的思考,如他的《过松源晨炊漆公店》便是例证。杨万里写儿童的劳作、儿童的游戏,他总是从儿童的视角观察世界,思考世界。这些童心、童趣,不仅是思维角度的转换,更是杨万里的个性使然,同时也体现了杨万里的诗学追求。在杨万里的笔下,自然山水不再只是单纯的静态景物,而是化作一个个活泼泼的"人"。他常常直接与大自然对话,进行情感的沟通与交流。杨万里非常擅长运用这种拟人的手法,他打破人与自然的隔阂,重建人与自然的关系,将自然物象与审美主体融为一体,进而呈现出一个"人化的自然"或曰"诗化的自然"。

  这首《小池》多年以来一直入选小学语文教材,因而知名度极高,可谓脍炙人口、妇孺皆知。从这首诗可以看出杨万里特别善于捕捉生活中稍纵即逝的景物,宋周必大称杨万里的诗:"状物姿态,写人情意,则铺叙纤悉,曲尽其妙。"(《跋杨廷秀石人峰长篇》)钱锺书评价杨万里说:"放翁如画图之工笔;诚斋则如摄影之快镜,兔起鹘落,鸢飞鱼跃,稍纵即逝而及其未逝,转瞬即改而当其未改,眼明手捷,踵矢蹑风,此诚斋之所独也。"(《谈艺录》)

  在诚斋笔下,"泉眼""树阴""小荷"无不具有生命。其实纵观诚斋诗,他笔下的草木鱼虫乃至山川风云皆如此:泉眼涌出泉水来悄然无声,那是因为泉眼舍不得,所以才只吝啬地涌出涓涓细流,"树阴"是因为爱怜这晴空朗日下柔美的风光所以才会故意遮住水面,生怕小池里的水分都蒸发掉。杨万里的这种创作手法使他笔下的诗句也变得灵动起来,正如王国维所说的"以我观物,故物皆着我之色彩";小荷含苞待放,刚刚露出一个嫩尖儿,小荷乃是静物,一只蜻蜓立在上面,顿时显得生机盎然,正如钱锺书先生所说的"放翁善写景,而诚斋擅写生",诚哉斯言。

菊　花

[唐] 元　稹

秋丛绕舍似陶家①，遍绕篱边日渐斜②。
不是花中偏**爱**菊，此花开尽更无花。

【注释】

① 秋丛：即秋菊。因为菊花秋天开放，往往低矮成丛，故曰秋丛。绕舍：围绕屋舍四周。陶家：东晋诗人陶渊明之家，因为陶渊明以爱菊而闻名，故有此说。

② 篱：篱笆，用竹、苇、树枝等编成的围墙屏障。日渐斜：黄昏时分，太阳西斜。陶渊明《饮酒二十首并序·其五》："采菊东篱下，悠然见南山。"

【鉴赏】

　　菊花在我国大约有三千年以上的栽培历史。宋末诗人郑思肖的题画菊诗曰："花开不并百花丛，独立疏篱趣未穷。"菊花不与春天盛放的百花争艳，而是迎霜怒放，所以菊花最初以其独特的物候特征而被人们所认知。《礼记·月令篇》中有"季秋之月，鞠有黄华"的记载，"鞠"即"菊"。再加上其"苗可以采，花可以药，囊可以枕，酿可以饮"（《史氏菊谱》）的特点，菊花不断融入人们的日常生活之中。南朝梁宗懔的《荆楚岁时记》记载："佩茱萸，食蓬饵，饮菊花酒，云令长寿。"

　　屈原在《离骚》中说："朝饮木兰之坠露兮，夕餐秋菊之落英。"洪兴祖《楚辞补注》云："魏文帝云：'芳菊含乾坤之纯和，体芬芳之淑气。故屈原悲冉冉之将老，思餐秋菊之落英，辅体延年，莫斯之贵。'"而且屈原还将菊与兰并称："春兰兮秋菊，长无绝兮终古。"菊花成为经屈原"美人香草"之后的又一个重要审美意象。魏晋时期，陶渊明对菊花的钟爱和吟咏使得菊花具有了隐逸的审美内涵，陶渊明的"采菊东篱"具有原型意义，正如周敦颐所言"予谓菊，花之隐逸者也"。陶渊明之后，菊花就成了隐士的代言人，如辛弃疾就说："自有渊明方有菊，若无和靖即无梅。"(《浣溪沙·百世孤芳肯自媒》)

后世咏菊诗，基本脱不开陶渊明的拘囿，元稹这首《菊花》亦复如此，但是写得颇有新意，故而流传甚广。第一句"秋丛绕舍似陶家"说一丛一丛的菊花围绕房舍盛开，仿佛到了那个最爱菊花的陶渊明家一样，因为陶渊明家便是"秋菊盈园"。第二句"遍绕篱边日渐斜"是说诗人也十分喜爱菊花，一个"遍"字写出了菊花之多，围绕着篱笆到处都是，一个"渐"字写出了光阴的流转，诗人如此贪恋菊花，以至于忘记了时间。诗人究竟为何对菊花如此痴迷？接下来诗人用"不是花中偏爱菊，此花开尽更无花"两句说明了喜爱菊花的原因。原来诗人并非对菊花有所偏爱，只是因为菊花开在深秋，此花开罢再也无花可赏。如此说来，诗人对菊花之爱略有无奈之嫌，这样的表达同时也写出了菊花的耐寒特性，在万物凋零之际，高洁独傲，凌寒独放，自有一种坚贞品质存焉。诗人托物言志，自然也传递出他追慕坚贞品质的愿望。

薛雪《一瓢诗话》曰："元、白诗，言浅而思深，意微而词显，风人之能事也。"以此诗衡之，确实如薛雪所言，咏菊这个常见题材在元稹笔下不落窠臼，全诗明白如话，而跌宕有致，饶有趣味。值得一提的是，白居易激赏此诗，他在《禁中九日对菊花酒忆元九》中说的"相思只傍花边立，尽日吟君咏菊诗"即指此诗。这首诗能够在历代无数的咏菊诗中脱颖而出，盖缘其独特的艺术魅力。

种荔枝[1]

[唐] 白居易

红颗珍珠诚可爱[2],白须太守亦何痴[3]。
十年结子知谁在[4],自向庭中种荔枝[5]。

【注释】

[1] 本诗一作戴叔伦诗。
[2] 红颗珍珠:比喻荔枝。诚:实在,的确。
[3] 白须:白色的胡须,形容年老。
[4] 结子:植物结实。南朝宋刘义庆《世说新语·德行》:"家有一李树,结子殊好。"
[5] 庭中:堂阶前的院子。

【鉴赏】

元和十年(815年)六月,白居易因上疏请捕刺杀武相(元衡)之贼被贬江州司马。元和十四年春,量移忠州刺史,三月二十八日抵达忠州(今重庆忠县),元和十五年夏自忠州召还,除尚书司门员外郎,期间共一年零三个月,白居易在忠州任内共创作了一百余首作品。忠州当时还是僻远荒凉、市井萧疏之地,白居易在忠州勤政爱民、宽刑减赋、爱民如子,并且重视农桑,鼓励州民开荒种粮,发展农业和蚕桑生产。忠州当地独特的人文风物也给白居易的创作带来了灵感,诸如《题郡中荔枝诗十八韵兼寄万州杨八使君》《重寄荔枝与杨使君》《东坡种花二首》《东涧种柳》《种桃杏》《种荔枝》《喜山石榴花开》《桐花》等。他在《题郡中荔枝诗十八韵兼寄万州杨八使君》一诗中称赞荔枝味道之美说:"嚼疑天上味,嗅异世间香,润胜莲生水,鲜逾橘得霜。燕支掌中颗,甘露舌头浆。"

在唐代,荔枝是一种生长在南方的水果,北方难得一见,杜牧的《过华清宫绝句》有"一骑红尘妃子笑,无人知是荔枝来"的诗句。据《新唐书·杨贵妃传》载:"妃嗜荔枝,必欲生致之。乃置骑传送,走数千里,味未变,已至京师。"白居易还命画工绘荔枝图,并亲自作序,介绍荔枝特有的风姿与味道。他在这篇序文中称赞荔枝："朵如葡萄，核如枇杷，壳如红缯，膜如紫绡，瓤肉莹白如冰雪，浆液甘酸如醴酪"，并说荔枝"若离本枝，一日而色变，二日而香变，三日而味变，四五日外，色香味尽去矣"（《荔枝图序》）。

这首《种荔枝》第一句"红颗珍珠诚可爱"言荔枝之可爱，第二句"白须太守亦何痴"言太守之痴，这是自嘲，更是作者故布疑阵，让读者心生疑窦，禁不住往下读，读完"十年结子知谁在，自向庭中种荔枝"立刻豁然开朗，原来诗人在感叹自己在庭院中辛苦栽下荔枝，等到十年以后荔枝结果时，自己还会在这里吗？显然不会。可是为什么还要辛苦栽下荔枝呢？这与白居易的人文情怀息息相关，"不问收获，但事耕耘"的务实精神充分表达了诗人乐观的生活态度和大气洒脱的胸襟气概。白居易尝自云："古人云'穷则独善其身，达则兼济天下'。仆虽不肖，常师此语。"（《与元九书》）白居易这种"前人栽树，后人乘凉"的奉献精神正是其儒家精神的体现。

【恶】

神存富贵,始轻黄金。
浓尽必枯,淡者屡深。

将赴成都草堂途中有作先寄严郑公五首·其四

[唐] 杜 甫

常苦沙崩损药栏①,也从江槛落风湍②。
新松恨不高千尺③,恶竹应须斩万竿。
生理只凭黄阁老④,衰颜欲付紫金丹⑤。
三年奔走空皮骨⑥,信有人间行路难⑦。

【注释】

① 药栏:护药之栏栅,杜甫草堂曾种植花药。
② 从:任凭。江槛:浣花溪边水亭之栏槛,亦称作水槛,杜甫有《水槛遣心二首》及《水槛》诗。
③ 新松:杜甫手植的四株小松。
④ 生理:生计,即谋生之路。黄阁老:这里指严武。唐代门下省又称黄阁。浦起龙注曰:"严以黄门侍郎来镇,故称黄阁老。"杜甫《奉赠严八阁老》:"扈圣登黄阁,明公独妙年。"
⑤ 衰颜:衰老的容颜。付:托付,倚杖。紫金丹:古代方士所谓服之可以长生的丹药。仇兆鳌注引《云笈七签》:"合丹法:火至七十日,药成,五色飞华,紫云乱映,名曰紫金,其盖上紫霜,名曰神丹。"
⑥ 三年奔走:杜甫于宝应元年七月,因送严武至绵州,离开成都,至广德二年春归来,凡经三个年头。皮骨:皮和骨,常用来形容躯体瘦瘠。
⑦ 信有:诚有,的确是。行路难:古乐府曲名。这里指行路艰难,亦比喻处世不易。

【鉴赏】

《将赴成都草堂途中有作先寄严郑公五首》为组诗,这是其中第四首。其中的严郑公,即严武,字季鹰。华州华阴(今陕西华阴)人。唐朝中期大臣、诗人,中书侍郎严挺之之子。初为拾遗,后任成都尹。前后两次镇蜀,宝应元年(762年)严武由剑南节度使入朝,后以军功封郑国公。永泰元年(765年),因暴病逝于成都，年四十。追赠尚书左仆射。严武虽是武夫，亦能诗。他与诗人杜甫友善，常以诗歌唱和。武虽是武夫，亦能诗。他与诗人杜甫友善，常以诗歌唱和。唐代宗广德二年（764年）正月，杜甫携家由梓州赴阆州，准备出陕谋生，二月，得知严武再为成都尹兼剑南节度使的消息，同时严武又先有信邀请他，于是决定重返成都生活。这五首诗是他由阆州返回成都的途中所作。

首颔两联都是诗人悬想之词，诗人无时无刻不在惦记着草堂的安危，这两联是设想着回去以后该如何修整草堂之事。首联说药栏与水槛。杜甫在草堂曾经设置水槛，所谓"新添水槛供垂钓"（《江上值水如海势聊短述》）即指此。杜甫在草堂时就时常担心沙岸崩塌，损坏药栏。现在一年多没回去管理修缮，恐怕药栏早就随着水槛落进水里了吧。颔联说新松。诗人打算回到草堂后一定要斩除那些随意生长的恶竹，让新松更好地生长。杜甫曾在草堂手植四株小松，并在诗作中反复提及它们："尚念四小松，蔓草易拘缠。"（《寄题江外草堂》）"入门四松在，步屟万竹疏。"（《草堂》）"四松初移时，大抵三尺强。"（《四松》）诗人对这四株小松的喜爱之情于此可略见一斑。恶竹也好，蔓草也好，只要是妨碍新松生长的，在诗人眼里都是需要清理掉的。需要格外强调说明的是，颔联"新松恨不高千尺，恶竹应须斩万竿"因为具有哲学思辨意味，成为千古传诵的杜诗名句。这里不惮词费，仔细说一下这一联的意思。新松为诗人亲手所植，在诗人眼里"幽色幸秀发，疏柯亦昂藏"，可谓俊秀挺拔，惹人怜爱，恨不得它能长到千尺高。恶竹随处乱生、肆意钻营，即便斩去万竿也不嫌多。杨伦《杜诗镜铨》这两句旁注曰"兼寓扶善疾恶意"。此联确实形象地表现出诗人爱憎分明、疾恶如仇的性格特点。

颈联一转，转到赠诗严武的主题上来，由此观之，老杜谋篇布局章法谨严，完全符合律诗创作"起承转合"之法。诗人自言穷老，希望得到老朋友严武的照拂，乃作此诗之用意。"黄阁老"指严武，唐时门下省又称黄阁，严武以黄门侍郎为成都尹，故称"黄阁老"。"紫金丹"指长生不老的丹药，古代方士炼金石为丹药，认为服之可以长生不老。晋葛洪《抱朴子·金丹》："夫金丹之为物，烧之愈久，变化愈妙；黄金入火，百炼不消，埋之，毕天不朽。服此二物，炼人身体，故能令人不老不死。"唐代道教盛行，甚至许多皇帝都迷信道教神仙之说，沉湎于金丹服饵之术。尾联前一句是自伤，后一句是自叹。杜甫自宝应元年七月与严武分别，至广德二年重返草堂，凡三载，三年来杜甫一直过着衣食不周、漂泊无定的生活，故曰"三年奔走空皮骨"。最后一句"信有人间行路难"是感叹之语，"行路难"本为乐府曲名，用在这里一语双关，意味悠长而深远，备言自己这三年来奔波流离之艰难，表面看是身世之叹，实则暗藏家国之忧。

王嗣奭在《杜臆》中说这五首诗："意极条达，词极稳称，都是真人真话，诗只应如此。"全诗既感慨自己的流离漂泊之苦，又充满了对马上就要开始的新生活的憧憬，有回顾，有展望，感慨万千，情致圆足，看得出老杜惨淡经营之妙。

浣溪沙

[南唐] 李 煜

红日已高三丈透①,金炉次第添香兽②。
红锦地衣随步皱③。
佳人舞点金钗溜④,酒恶时拈花蕊嗅⑤。
别殿遥闻箫鼓奏⑥。

【注释】

① 红日:太阳,因其放射出红色光辉,故称。唐王建《宫词》:"蓬莱正殿压金鳌,红日初生碧海涛。"三丈透:即日上三竿。透,过。

② 金炉:金属铸的香炉。汉桓宽《盐铁论·贫富》:"欧冶能因国君之铜铁以为金炉大钟,而不能自为壶鼎盘杆,无其用也。"马非百注:"金炉,疑即金香炉。《西京杂记》:'赵飞燕为皇后,其女弟遗以五层金博香炉。'"次第:次序;顺序。《诗经·大雅·行苇》"序宾以贤。"汉郑玄笺:"谓以射中多少为次第。"香兽:《晋书·外戚传·羊琇》:"琇性豪侈,费用无复齐限,而屑炭和作兽形以温酒,洛下豪贵咸竞效之。"后遂以"香兽"指用炭屑匀和香料制成的兽形的炭。唐孙棨《题妓王福娘墙》诗:"寒绣衣裳俏阿娇,新团香兽不禁烧。"

③ 地衣:地毯。随步皱:随着脚步起皱。

④ 舞点:按照鼓点的节拍起舞。唐南卓《羯鼓录》:"若制作诸曲,随意即成。不立章度,取适短长,应指散声,皆中点拍。"溜:滑脱。

⑤ 酒恶:酒醉,亦称为"中酒"。宋赵令畤《侯鲭录》卷八:"金陵人谓中酒曰'酒恶',则知李后主诗云'酒恶时拈花蕊嗅'用乡人语也。"

⑥ 别殿:正殿以外的殿堂。南朝宋颜延之《三月三日曲水诗序》:"离宫设卫,别殿周徼。"唐王勃《春思赋》:"洛阳宫城纷合沓,离房别殿花周匝。"箫鼓:箫与鼓,泛指乐奏。南朝梁江淹《别赋》:"琴羽张兮箫鼓陈,燕赵歌兮伤美人。"

【鉴赏】

李煜作为南唐中主李璟的六子，出生于帝王之家，过的自然是珠围翠绕、锦衣玉食的生活。因为上面有五个哥哥，李煜基本上没有继承皇位的可能性，加之李煜志不在此，遂醉心经籍，不问政事。史载"后主天性喜学问"，书法、绘画、音律，无一不工，在他的青少年时期，度过了一段颇为惬意的王子生涯。然而命运总是弄人，"太子冀卒，四兄皆早亡，以次为嗣，改封吴王"（马令《南唐书》）。李煜意外获得了王位继承权，二十五岁的李煜嗣位南唐国主。

一般认为这首《浣溪沙》为李煜前期作品。如刘永济先生就说"此南唐未亡前李煜所写宫中行乐之词"（《唐五代两宋词简析》）。通过"红日已高三丈透，金炉次第添香兽"开篇这两句可以看出宫廷歌舞狂欢、宴饮无度的奢靡生活，日上三竿，犹自歌舞无休，熏香不止，"次第"二字足见金炉数量之多。"红锦地衣随步皱"一句是说舞蹈，地衣即地毯，以红锦作地毯，其奢华可以想见。白居易《红线毯》有诗句："宣城太守知不知，一丈毯，千两丝。地不知寒人要暖，少夺人衣作地衣。"

如果说上阕是写景，下阕则是写人，"佳人舞点金钗溜，酒恶时拈花蕊嗅"两句写舞女的神态。上句是写舞女纵情狂舞后发髻松散、金钗滑落的慵懒神情，下句是写酒醉之后拈花嗅蕊的娇姿媚态。最后一句"别殿遥闻箫鼓奏"真是神来之笔，这句的意思是说不独此处有歌舞，别殿亦有箫鼓，并且与第一句遥遥呼应，第一句是从时间上而言之，通宵达旦，酣饮狂歌；末句则是从空间上而言之，这样就营造了一个后宫之内时时笙歌、处处宴饮的纵情逸乐的场景。刘毓盘说李后主："于富贵时能作富贵语，愁苦时能作愁苦语，无一字不真，无一字不俊。"（《词史》）读此词，则对这样一个沉溺声色、醉生梦死的政权之亡不觉可惜。

毫无疑问，李煜作为一代帝王是失败的，但在艺术方面所取得的卓越成就令人惊艳，特别是在词的创作方面，词作虽仅存三十余首，却被后人誉之为"词中之帝"。对此，唐圭璋先生曾一针见血地指出："他身为国主，富贵繁华到了极点；而身经亡国，繁华消歇，不堪回首，悲哀也到了极点。正因为他一人经过这种极端的悲乐，遂使他在文学上的收成，也格外光荣而伟大。在欢乐的词里，我们看见一朵朵美丽之花；在悲哀的词里，我们看见一缕缕的血痕泪痕。"（《词学论丛》）清人袁枚在《随园诗话》中记载了秀才郭麐的一首《南唐杂咏》，其中有"作个才人真绝代，可怜薄命作君王"的诗句，高度概括了李煜的一生，真令人生出无限感慨。

钗头凤

[宋]唐 琬

世情薄①,人情恶②,雨送黄昏花易落。晓风干,泪痕残,欲笺心事③,独语斜阑④。难,难,难!
人成各⑤,今非昨,病魂常似秋千索⑥。角声寒⑦,夜阑珊⑧,怕人寻问,咽泪装欢⑨。瞒,瞒,瞒!

【注释】

① 世情:世态人情。
② 人情:人与人的情分。
③ 笺:写出。
④ 斜阑:即斜倚栏杆。
⑤ 各:各个,各自。形容分离。
⑥ 秋千索:秋千架上飘荡的绳索。
⑦ 角声:画角之声。古代军中吹角以为昏明之节。《晋书·王羲之传》:"述(王述)每闻角声,谓羲之当候己,辄洒扫而待之。"唐李贺《雁门太守行》:"角声满天秋色里,塞上燕脂凝夜紫。"
⑧ 阑珊:残,将尽。
⑨ 咽泪装欢:咽下泪水,强颜欢笑。

【鉴赏】

陆游和唐琬的爱情故事千古流传,二人各有一阕《钗头凤》词也随着他们的故事一并流传于世。据宋周密《齐东野语》记载,陆游初娶唐氏,唐氏乃陆游母亲的侄女,夫妻恩爱,伉俪情深。婚后,陆游的母亲不喜欢唐氏,陆游无奈,只得暂时将唐琬安置在别馆,不幸被陆游母亲得知,二人还是被硬生生拆散了,其后,唐氏改嫁同郡赵士程。

一年春天,陆游春游偶至禹迹寺南的沈园,邂逅唐琬夫妇,唐琬跟自己的丈夫赵士程商量了一下,送给陆游一些酒馔,陆游饮罢,内心无比怅惘,遂在沈园墙上题了一首《钗头凤》,以寄深情:"红酥手,黄藤酒,满城春色宫墙柳。东风恶，欢情薄，一怀愁绪，几年离索。错！错！错！　　春如旧，人空瘦，泪痕红浥鲛绡透。桃花落，闲池阁，山盟虽在，锦书难托。莫！莫！莫！"

需要说明的是，在宋人的记载中并不见唐氏这阕词，南宋陈鹄《耆旧续闻》中有云："其妇见而和之，云'世情薄，人情恶'之句，惜不得其全阕。"至少在陈鹄的笔记中，尚以不能得其全阕而抱憾。这阕词最早见于明代卓人月所编《古今词统》，所以很多人怀疑这阕词是一首伪作。即便如此，这也是一篇艺术水平非常高的作品。

上片开篇"世情薄，人情恶"两句扑面而来，直抒胸臆，痛斥世情与人情，更是反抗封建礼教的呐喊。"雨送黄昏花易落"一句中的"花"是唐氏自喻，李清照《声声慢》词中有"梧桐更兼细雨，到黄昏、点点滴滴"的句子，黄昏、细雨、落花，无一不是愁苦的意象。陆游《卜算子·咏梅》词中也有"已是黄昏独自愁，更着风和雨"的句子，不能不让人怀疑唐氏在这里是化用了陆游的句子。"晓风干，泪痕残，欲笺心事，独语斜阑"是说花草上的雨滴经晓风一吹即干，可是脸上的泪痕却依然残留，极言悲伤。想要写下自己别后相思之情，碍于礼教，只得作罢。一个人斜倚栏杆独语，心里话无处倾诉，只能对自己讲。这是何等的愤懑，这是何等的愁苦，这是何等的为难！万千情感堆积在一起，汇成三个字"难，难，难"。

下片"人成各，今非昨，病魂常似秋千索"是自伤自叹，两个本来相爱的人走着走着就走散了，各自站在两处遗憾。"人成各"是空间上的分开，而"今非昨"则是时间上的跨越，无论昨天多么美好，俱已成烟云过往，而我的病魂好似秋千上的绳索，在空中随风飘荡。为什么是病魂呢？很有可能是相思成疾。"角声寒，夜阑珊。怕人寻问，咽泪装欢"是说自己长夜难眠，不敢明言自己内心的酸楚，只能拭去眼角的泪水，强颜欢笑，生怕别人窥破自己的心事。多少离别之情，多少相思之痛，多少难言之隐，只能"瞒，瞒，瞒"。这首词写得哀怨凄切、字字血泪，将唐琬痴心不改、难忘旧情的内心感受表现得淋漓尽致，千载之下读来犹令人为之动容，虽为和作，不逊原唱。陆游也是重情之人，虽与唐氏分道扬镳，但那绝非陆游本意，陆游一生都在怀念这个才情斐然的唐氏，写过许多诗作怀念她。如我们所熟知的《沈园二首》，尤其是第二首写得悲不胜情："梦断香消四十年，沈园柳老不吹绵。此身行作稽山土，犹吊遗踪一泫然。"

这里有几点需要交代清楚。第一点，唐氏与陆游非表兄妹关系。宋刘克庄在《后村诗话》中也记载了陆游和唐琬的事迹："放翁少时，二亲教督甚严，初婚某氏，伉俪相得，二亲恐其惰于学也，数谴妇。放翁不敢逆尊者意，与妇诀。某氏改事某官，与陆氏有中外。"也就是说，是唐氏所嫁之人与陆游有中表关系，而非唐氏。第二点，唐氏之名讳，在宋代文献中并不见记载。明清笔记中所记载的唐氏名讳是"唐琬"，而非"唐婉"，"唐婉"当为今人之误。第三点，夏承焘、吴熊和、周本淳等几位先生都以为陆游的《钗头凤》(红酥手)非沈园题壁词。关于词之本事，已经很难考证清楚了，我们现在所看到的只是一个以讹传讹并不断丰富的故事，但是这个故事足够动人。

望鹦鹉洲悲祢衡①

[唐]李 白

魏帝营八极②,蚁观一祢衡。
黄祖斗筲人③,杀之受恶名。
吴江赋鹦鹉,落笔超群英④。
锵锵振金玉⑤,句句欲飞鸣。
鸷鹗啄孤凤⑥,千春伤我情⑦。
五岳起方寸,隐然讵可平⑧。
才高竟何施,寡识冒天刑⑨。
至今芳洲上⑩,兰蕙不忍生。

【注释】

① 鹦鹉洲:在今湖北省武汉市西南长江中。相传东汉末江夏太守黄祖长子射在此大会宾客,有人献鹦鹉,祢衡作《鹦鹉赋》,故名。后衡为黄祖所杀,葬此。自汉以后,由于江水冲刷,屡被浸没,今鹦鹉洲已非宋以前故地。唐崔颢《黄鹤楼》诗:"晴川历历汉阳树,芳草萋萋鹦鹉洲。"祢衡:汉末文学家。字正平,平原县(今山东临邑东北)人。

② 魏帝:指魏武帝曹操。营:经营,筹划。八极:八方极远之地。《庄子·田子方》:"夫至人者,上窥青天,下潜黄泉,挥斥八极,神气不变。"《淮南子·原道训》:"夫道者,覆天载地,廓四方,柝八极,高不可际,深不可测。"高诱注:"八极,八方之极也,言其远。"

③ 黄祖:东汉末年将领。刘表任荆州牧时,黄祖出任江夏太守。初平二年(191年),黄祖在与长沙太守孙坚交战时,其部下将孙坚射死,因此与孙家结下仇怨,之后黄祖在建安十三年(208年)与孙权的交战中败北,被杀。曾怒斩名士祢衡。斗筲(shāo):斗与筲。斗容十升。筲,竹器,容一斗二升,皆为量小的容器。喻人的才识短浅,气量狭窄。《论语·子路》:"噫!斗筲之人,何足算也?"

④ 落笔:下笔。李白《江上吟》:"兴酣落笔摇五岳,诗成笑傲凌沧洲。"群英:谓众贤能之士。《后汉书·窦何传论》:"内倚太后临朝之盛,外迎群英乘风之势。"

⑤ 锵锵:象声词,形容金石撞击发出的洪亮清越的声音或者鸟虫鸣声。《诗经·大雅·烝民》:"四牡彭彭,八鸾锵锵。"此为铃声。《左传·庄公二十二年》:"凤皇于飞,和鸣锵锵。"此为凤凰鸣叫之声。这里是形容声名之大。振金玉:即金声玉振。金,指钟。玉,指磬。《孟子·万章下》:"孔子之谓集大成,集大成也者,金声而玉振之也。"比喻孔子的德行全备,正

如奏乐，以钟发声，以磬收韵，集众音之大成。后以比喻才学精妙，声名远扬。
⑥ 鸷鹗：凶猛的鱼鹰，喻指黄祖。孤凤：喻指祢衡。
⑦ 千春：千年，形容岁月长久。
⑧ "五岳"二句：谓心中如五岳突起，不能得平。方寸，指心，心处胸中方寸之间，故称。
⑨ "寡识"句：寡识，见识浅陋。汉张衡《东京赋》："鄙夫寡识，而今而后，乃知大汉之德馨，咸在于此。"天刑，上天的法则。《国语·周语下》："上非天刑，下非地德，中非民则。"韦昭注："刑，法也。"这句的意思是因祢衡见识浅陋而致冒犯凶人以死。
⑩ 芳洲：芳草丛生的小洲。《楚辞·九歌·湘君》："采芳洲兮杜若，将以遗兮下女。"王逸注："芳洲，香草丛生水中之处。"这里指鹦鹉洲。

【鉴赏】

唐肃宗乾元二年（759年），李白流放夜郎遇赦回到江夏时写下这首诗。鹦鹉洲就是因为祢衡曾经写《鹦鹉赋》而得名，李白在诗中一再提到祢衡，如"顾惭祢处士，虚对鹦鹉洲"（《经乱离后天恩流夜郎忆旧游书怀赠江夏韦太守良宰》），再如"韩信羞将绛灌比，祢衡耻逐屠沽儿"（《答王十二寒夜独酌有怀》）。由此可见祢衡在李白心中的分量。

祢衡是东汉末期著名辞赋家，据《后汉书·祢衡传》的记载，祢衡"少有才辩，而尚气刚傲，好矫时慢物"，常对人说："大儿孔文举，小儿杨德祖。余子碌碌，莫足数也。"孔文举就是孔融，杨德祖就是杨修，从这句话可以看出祢衡固然很狂傲，并非目中无人。孔融比祢衡大二十岁，听了祢衡这番话并不以为忤，反倒深爱其才，上疏推荐他，在奏疏中称其"淑质贞亮，英才卓砾。初涉艺文，升堂睹奥，目所一见，辄诵于口，耳所瞥闻，不忘于心。性与道合，思若有神。"这样的评价不可谓不高。孔融又多次在曹操面前称誉祢衡，曹操乃爱才惜才之人，表示想要见祢衡，祢衡却自称狂病，不肯往见。曹操闻衡善击鼓，乃召为鼓史，大会宾客，欲当众羞辱祢衡，结果反为祢衡裸身所辱。曹操担心世人误会他不能容人，于是借刀杀人，将祢衡"送与"荆州牧刘表，刘表复不能容，再"送与"江夏太守黄祖，后祢衡死于黄祖之手。黄祖长子黄射时为章陵太守，有一次大会宾客，有人献了一只鹦鹉，黄射希望祢衡作赋以娱宾客，祢衡揽笔而作，文无加点，辞采甚丽，其借鹦鹉以自见，抒发了乱世之中屈心事主的不幸遭遇。《舆地纪胜》载："鹦鹉洲旧自城南跨城西大江中，尾直黄鹄矶，黄祖杀祢衡处，衡尝作《鹦鹉赋》，故遇害之地得名。"祢衡遇害时年仅二十六岁。

对于前两句"魏帝营八极，蚁观一祢衡"的理解学术界一直有争议，或以为是曹操轻视祢衡，或以为是祢衡轻视曹操。王琦注引李榕村曰："首二句向皆错解，玩通章诗意，所痛惜于衡者深矣。虽有'才高寡识'之言，然至目为孤凤，则操与祖皆鸷鹗之群耳。起句盖言魏武经营天下，而视之直作蝼蚁观者，唯一祢衡也。如此'营'字方有照应，'一'字方有着落。且下句鄙薄黄祖，何故起处张大曹操乎？"依照清代大学士李光地的理解，还是解为祢衡轻视曹操比较稳妥。魏武帝曹操固然雄才伟略，经营天下，可是在祢衡的眼里不过是一只蚂蚁。"黄祖斗筲人，杀之受恶名"是说黄祖本是斗筲小器小人，无容人之量，因为杀掉祢衡而落得千载骂名。

"吴江赋鹦鹉，落笔超群英。锵锵振金玉，句句欲飞鸣"是称赞祢衡的文采。祢衡所撰《鹦鹉赋》无汉大赋堆砌铺陈之弊，文字简洁流畅，音节浏亮和谐，内涵丰富深刻，格调慷慨沉郁，以精炼生动的笔触对鹦鹉优美的形象、卓越的才能和悲惨的遭遇做了全面的描绘，是一篇优美的抒情小赋，因此李白才会有超迈群伦、金声玉振的赞叹。

全诗可以分作两层，前八句为一层，主怀古；后八句又是一层，主抒情。"鸷鹗啄孤凤，千春伤我情。五岳起方寸，隐然讵可平"是诗人的主观感受，鸷鹗喻指黄祖，孤凤喻指祢衡。祢衡为黄祖所害，令诗人无比伤情，仿佛五岳突起，憾不能平。"才高竟何施，寡识冒天刑"是诗人对祢衡的总体评价，一曰

"才高",一曰"寡识"。所谓"才高",就是才华横溢的意思,所谓"寡识",就是见识浅陋的意思。可见才高而识寡,仍不免惨遭天刑。

最后两句"至今芳洲上,兰蕙不忍生"是以无情写有情,兰蕙本是无情之物,可是不忍生于芳洲,可见诗人伤情之至,悲悼之极。李白此诗悲祢衡之才高而识寡,深怀同病相怜之意。

兵车行①

[唐] 杜 甫

车辚辚②，马萧萧③，行人弓箭各在腰④。
耶娘妻子走相送，尘埃不见咸阳桥⑤。
牵衣顿足拦道哭，哭声直上干云霄⑥。
道旁过者问行人⑦，行人但云点行⑧频。
或从十五北防河⑨，便至四十西营田⑩。
去时里正与裹头⑪，归来头白还戍边。
边庭流血成海水，武皇开边意未已⑫。
君不闻汉家山东二百州⑬，千村万落生荆杞⑭。
纵有健妇把锄犁，禾生陇亩无东西⑮。
况复秦兵耐苦战⑯，被驱不异犬与鸡。
长者虽有问⑰，役夫敢申恨⑱？
且如今年冬，未休关西卒⑲。
县官急索租⑳，租税从何出？
信知生男恶，反是生女好㉑。
生女犹得嫁比邻㉒，生男埋没随百草。
君不见青海头，古来白骨无人收㉓。
新鬼烦冤旧鬼哭，天阴雨湿声啾啾㉔！

【注释】

① 《兵车行》是杜甫即事名篇的新题乐府。天宝十载（751年），剑南节度使鲜于仲通率军进攻南诏（辖境主要在今云南），全军覆没，士卒死六万人。为补充兵力，杨国忠遣御史分道捕人，连枷强征入伍，父母妻子送之，所在哭声震野。杜甫亲睹征人服役之惨状，遂作此诗。

② 辚辚：象声词，众车声。《诗经·秦风·车辚》："有车辚辚。"

③ 萧萧：象声词，这里是形容马叫声。《诗经·小雅·车攻》："萧萧马鸣，悠悠旆旌。"

④ 行人：出征之人，唐诗中亦称征人，即诗中所云"役夫"。

⑤ "耶娘"二句：父母妻子儿女奔走相送，行军时扬起的尘土遮天蔽日，以致看不见咸阳桥。耶，同"爷"，耶娘，即父母。古乐府《木兰诗》："耶娘闻女来，出郭相扶将。"咸阳桥，在咸阳西南渭水上，秦汉时名"便桥"。

⑥ 干：冲犯。此句犹言哭声震天。

⑦ 过者：杜甫自谓。

⑧ 点行：谓按名册强征服役。

⑨ "或从"句：有的十五岁就去北方防守黄河。当时因吐蕃侵扰黄河以西各地，曾征召陇右、关中、朔方诸军集合河西一带防秋，所以说防河。

⑩"便至"句：有的四十岁就到西边屯田戍边。营田，汉时屯田之制。无事种田，有事作战。西营田也是防备吐蕃。

⑪里正：里长。《通典·食货三》："大唐令诸户以百户为里，五里为乡，四家为邻，五家为保。每里置正一人，掌按比户口，课植农桑，检察非违，催驱赋役"。裹头：古以皂罗三尺裹头曰头巾。因年纪小，所以需里正给他裹头。

⑫"边庭"二句：此二句为本诗主旨所在。边庭，亦作"边廷"，犹言边境、边疆。《通鉴》卷二百一十六："天宝八载六月，哥舒翰以兵六万三千，攻吐蕃石堡城，拔之，唐士卒死者数万。"这类事在当时很多。"成海水"是夸张之语。武皇，即汉武帝，这里是借指唐玄宗。汉武帝喜开边，唐玄宗亦好开边，与汉武帝有类似之处，诗人不便直斥，故用汉武帝来比拟他。开边，用武力开辟边疆。意未已，意犹未尽，指一味穷兵黩武。

⑬山东：阎若璩认为山东指华山以东之地。《十道四蕃志》："关以东七道，凡二百一十七州。"唐行"府兵制"，兵农未分，穷兵黩武，以致破坏生产。

⑭荆杞：指荆棘和枸杞，皆野生灌木，带钩刺，每视为恶木。因亦用以形容榛莽荒秽、残破萧条的景象。《山海经·西山经》："小华之山，其木多荆杞。"因连年战争，兵乱地荒，遂尽生荆棘枸杞。

⑮陇亩：田地。无东西：《史记·秦本纪》："（商鞅）为田开阡陌。"司马贞索隐引《风俗通》："南北曰阡，东西曰陌。河东以东为阡，南北为陌。"阡陌，田间小道。无东西，即阡陌不分，不成畦垄。

⑯秦兵：关中之兵。岑参《胡歌》："关西老将能苦战，七十行兵仍未休。"

⑰长者：行人对杜甫的尊称。

⑱敢申恨：不敢伸说怨恨。即所谓"敢怒不敢言"。敢，岂敢。

⑲关西：函谷关以西。诗中前言"山东"，后言"关西"，表明无处不用兵也。

⑳县官：指朝廷。不敢指斥天子，故谓之县官。

㉑"信知"二句：信知，诚知。陈琳《饮马长城窟行》："生男慎莫举，生女哺用脯。君独不见长城下，死人骸骨相撑拄。""信知"以下四句以女形男，益见兵役之苦。

㉒比邻：犹近邻。陶渊明《杂诗》之一："得欢当作乐，斗酒聚比邻。"

㉓"君不见"二句：青海头，即青海边，唐军与吐蕃军交战之地，开元天宝年间曾多次大破吐蕃。白骨无人收，语出南朝梁鼓角横吹曲《企喻歌》："尸丧狭谷中，白骨无人收。"

㉔啾啾：即唧唧，呜咽声。李华《吊古战场文》："往往鬼哭，天阴则闻。"

【鉴赏】

　　杜甫创作新题乐府诗，始于《兵车行》，这首诗同时也是其新题乐府诗的一首代表之作。关于本诗的系年学术界的意见并不统一，或认为作于天宝九载（750年），或认为作于天宝十载，或认为作于天宝十一载，总之，这是一首反对唐玄宗开边不已、穷兵黩武的政治讽刺诗。

　　从开篇至"哭声直上干云霄"七句为全诗之背景，写征夫被迫出征以及亲人送别的悲惨场景。"车辚辚，马萧萧"，诗人开篇即连写两个拟声词，可谓先声夺人。出征者把弓箭挂在腰间，爹娘妻子儿女哭喊着给他送行，踏起来的尘土遮天蔽日，以致连咸阳桥都看不见了。家人牵衣顿足，拦道而哭，哭声震动云霄。兵车隆隆，战马嘶鸣，哭声震天，这种充满细节的悲惨场景非亲历者不能道出。葛晓音先生指出："杜甫反映时事的新题乐府，以场面的客体化及视点的第三人称为主，因而或多或少地吸取了汉乐府叙事诗的创作经验。"正如葛晓音先生所论，诗人在表现方法上充分借鉴了汉乐府的创作手法，从"道旁过者问行人，行人但云点行频"两句以下便采用了乐府诗惯常采用的对话体展开。所谓"道旁过者"其实是作者自指，"行人"便是出征者。吴瞻泰《杜诗提要》尝言："叙事只起手七句，以下俱词令代叙事。'但云'二字直贯至末，皆戍役之言。""行人"从役多年所经受的委屈和苦楚仿佛终于找到了一个释放的闸门，不用"过者"逐一细问，便自喷涌而出。"或从十五北防河，便至四十西营田。去时里正与裹头，归来头白还戍边"是对"点行频"进一步的诠释和注解，言征役无时无刻不在，离别无时无刻不在。"边庭流血成海水，武皇开边意未已"乃诗人作此诗的主旨所在，意在讥讽唐玄宗不惜性命和鲜血肆意开边，给人民造成了巨大伤痛。上句夸张，以说明士卒伤亡之严重；下句隐喻，以汉武帝喻指唐玄宗。这已经是十分大胆的了，诗人将批判的矛头直指封建社会最高统治者，也充分说明杜甫是一个伟大的人民诗人，因为他怀有一份"人饥己饥，人溺己溺"的真挚情怀。

"君不闻"以下六句将视线从边庭移到内地，拓出一个新境界。"君不见"的这种句式为南朝宋鲍照所首创，其《拟行路难》十八首反复使用这种独特句式，后来被广泛应用于七言乐府、七言歌行及七言古诗中。《乐府诗集》卷七十《行路难》题解引《乐府解题》云："备言世路艰难及离别悲伤之意，多以'君不见'为首。"诗人以"君不闻"句式加强语气，警醒读者：华山以东二百州的广大地区如今荆杞遍野，满目荒凉。所谓的"汉家"不过是托词，影射的显然是大唐王朝。"健妇把锄犁"那是家里只有健妇和老弱病残了，壮年男子乃至十五岁的少年都被抓丁抓走了。"况复秦兵耐苦战"一句真是令人心疼，能苦战竟然成了关中人民被抓壮丁的理由，正因为能苦战，所以才有"被驱不异犬与鸡"。"长者虽有问"以下六句将诗意向前再推进一层，"长者"是对诗人的尊称，"役夫"是征人自称，"县官"指朝廷。"未休关西卒"中的"关西"照应了前面所说的"山东"，"租税从何出"照应了前面的"千村万落生荆杞"。如此大肆征兵之外，朝廷居然还在催逼租税，老百姓所承受的负担之重可想而知。而且突然改用五言句，语气强烈，短促有力，役夫一吐为快的愤怒之情溢于言表，这样就更增强了全诗的艺术感染力。"信知生男恶"以下四句是沉痛之语，古人历来有重男轻女之思想，可是由于连年战争，这种社会心理居然发生了反转，因为"生女犹得嫁比邻，生男埋没随百草"，战争对社会的摧残于斯可见。"君不见青海头"以下四句既是写青海古战场的惨状，也是"役夫"的总结陈词。平沙莽莽，白骨成堆，鬼声啾啾。全诗以车马声开始，以鬼哭声收束。吴瞻泰评论此诗说："词令述完，不复再叙一语，含蓄吞吐，语未尽而意有余，真汉诗，真乐府。"（《杜诗提要》）

本诗作为杜甫新题乐府诗的代表作，继承了汉乐府的现实主义精神，创作手法丰富，主题鲜明，真挚深沉，催人泪下。全诗反映了天宝年间唐玄宗穷兵黩武，不断发动不义的开边战争，致使骨肉离散，农田荒废，给广大人民带来深重苦难，具有深刻的现实意义。

春 风

[唐]罗 隐

也知有意吹嘘切①,争奈人间善恶分②。
但是秕糠微细物③,等闲抬举到青云④。

【注释】

① 吹嘘:吹气使冷,嘘气使暖,吹冷嘘热可使万物枯荣。《后汉书·郑太传》:"孔公绪清谈高论,嘘枯吹生。"李贤注:"枯者嘘之使生,生者吹之使枯,言谈论有所抑扬也。"
② 争奈:怎奈,无奈。唐顾况《从军行》之一:"风寒欲砭肌,争奈裘袄轻?"
③ 秕糠:秕子和糠,均属糟粕。比喻没有价值的东西。晋道恒《释驳论》:"名位财色,世情之所重,而沙门视之如秕糠。"微细:细小,琐屑。
④ 等闲:无端;平白。抬举:高举;举起。青云:本指高空的云,这里借指高空。

【鉴赏】

　　这是一首咏物诗,咏物诗是我国古代诗歌的主要题材类别之一。李定广先生曾撰文详论咏物诗的演进,他指出:我国古代咏物诗的发展确也经历了三次大的变化:初始形态是"比兴体咏物诗",主导时段从屈原到鲍照;至齐梁"一变"而为"赋体咏物诗",主导时段从沈约到李峤;至盛唐"二变"而为"赋比兴结合体咏物诗",主导时段从杜甫到李商隐;至唐末"三变"而为"论体咏物诗",主导时段从罗隐到两宋。(详见李定广《论中国古代咏物诗的演进逻辑》)

　　从最初的比兴体咏物诗到赋体咏物诗,再到赋比兴结合体咏物诗,经历了一个漫长的发展过程。其中比兴体咏物诗奠定了中国古代咏物诗的基本体式范型,影响最为深远。咏物诗发展到唐代,各种体式、技法都已出现,特别是唐末的咏物诗出现一个新变，宋周弼尝曰："至唐末忽成一体，不拘所咏物，别入外意，而不失模写之巧。"(《三体唐诗》)其中的代表人物即罗隐，高棅《唐诗品汇》认为罗隐"工诗，长于咏物"，这是没有任何疑义的，后世论者也无不承认罗隐长于咏物诗。

罗隐生于晚唐，当乱世之际，统治者昏庸无道，政治黑暗，加之他性格狂放，相貌丑陋，却好讥讽，因而屡考不中，历尽坎坷。罗隐对唐末社会的黑暗和腐朽有着极为深刻的认知。罗隐的咏物诗大多具有哲理化的倾向或者借咏物发议论，如这首《春风》，春风吹起秕糠本是一个自然现象，然而在罗隐的眼里并非如此。盖因诗人胸中藏有千斛怨气，借题发挥，大发议论：春风你不辨人间的善恶，为何会将秕糠这种糟粕琐屑之物"抬举"到青云之上呢？这里的春风当然是暗喻统治者或是主持科举考试的主考官，多少如秕糠一样的庸才都可以考中进士，自己胸怀锦绣却蹉跎场屋，难叨一第，诗人胸中的愤懑之情于此可略见一斑。罗隐这首咏物诗比较特殊，题目是"春风"，诗中却并未赞美春风，而是责问春风，故属于"贬题格"的咏物诗，或者叫骂题。罗隐一生创作了大量这种"贬题格"咏物诗，在艺术上颇具独创性。

王力先生认为，唐代尤其是中晚唐咏物诗的主要特征之一是避题字："真正的咏物诗就以避题字为原则。这在盛唐以前也许是无意识的，但是，到了中晚唐以后，就成为一种习惯法了……这种咏物诗差不多等于谜语，题目是谜底，诗是谜面。"(《汉语诗律学》)以罗隐之诗衡之，就会发现王力先生的这个论断是十分深刻的。如罗隐的这首《蜂》："不论平地与山尖，无限风光尽被占。采得百花成蜜后，为谁辛苦为谁甜。"确实予人一种猜谜语般的感觉。

忆秦娥

[宋]李清照

临高阁①,乱山平野烟光薄②。烟光薄。栖鸦归后③,暮天闻角④。
断香残酒情怀恶,西风催衬梧桐落⑤。梧桐落。又还秋色,又还寂寞。

【注释】

① 高阁:高大的楼阁。《后汉书·樊宏传》:"其所起庐舍,皆有重堂高阁。"唐王勃《滕王阁》诗:"滕王高阁临江渚,佩玉鸣鸾罢歌舞。"
② 平野:空旷的原野。烟光薄:烟雾淡而薄。
③ 栖鸦:指在树上栖息筑巢的乌鸦。宋苏轼《祈雪雾猪泉出城马上作赠舒尧文》:"朝随白云去,暮与栖鸦还。"
④ 角:古时军中乐器,有彩绘者也称画角。
⑤ 催衬:通"催趁",宋时口语,犹催赶、催促。宋岳飞《池州翠微亭》:"好山好水看不足,马蹄催趁月明归。"

【鉴赏】

据王仲闻先生《李清照集校注》,这阕词在四印斋本《漱玉词补遗》题作"咏桐",《全芳备祖》亦收此词入"梧桐门","惟陈景沂常牵强附会。此词因为容有'梧桐落'句,故收入桐门,实非咏桐词",而是作者登阁远眺见梧桐叶落的悲秋之作。关于此词的系年问题,学术界主要有三种观点:大观二年(1108年)重阳说,此其一;建炎元年(1127年)南渡以后说,此其二;建炎三年赵明诚病卒后说,此其三。陈祖美先生认为此词应作于建炎三年赵明诚病卒后,并认为这是一首悼亡词。本文从陈祖美先生之说,因为如果是寻常的悲秋之作,不该有如此深沉的寂寞。

这阕词的主题是借描写秋色抒发内心的寂寞苦楚,如果词作于建炎三年赵明诚病卒后,则有怀念亡夫之意。这里再补充说明一点,陈祖美先生认为这是一首"悼亡之作",并不是准确的说法,自潘岳赋《悼亡诗》三首之后,将丧妻称为悼亡,文学史上也仅将怀念亡妻的作品称为悼亡之作。

词的上片写登临高阁后的所见所闻。"乱山平野烟光薄"是凭栏远眺之景,"乱"字既是写山形之乱,也是写心思之乱,如此则虚实相生,增强了艺术效果。"烟光薄"叠用,在修辞方法上叫作顶针,其实这也是《忆秦娥》这个词牌所"规定"的。秋季的黄昏时分,空旷的原野上会升腾起薄薄的云霭雾气,这种烟雾迷蒙的景象使景物看不清楚,因而更加助长了诗人的愁思。柳永《蝶恋花》中有一句"草色烟光残照里,无言谁会凭阑意"同样也是写愁思,不过是季节不同而已。"栖鸦归后,暮天闻角"则是从听觉角度来写,倦鸟归巢,自己却茕茕孑立、形影相吊,昏鸦的聒噪之声已经令人心烦意乱的了,天边却传来号角之声,不论是杜甫的"五更鼓角声悲壮",还是李贺的"角声满天秋色里",都令人不悦。若联系到南渡以后的那种兵荒马乱的岁月,则在个人遭际的感伤之外,更平添了一种国家的兴亡之叹。

词的下片转换了视角,改为描写近景,"断香残酒情怀恶"是室内之景,一阵阵的熏香夹杂着酒气,心绪愈加烦乱,正所谓借酒浇愁愁更愁,真正的愁绪是无法浇灭的,非复词人早期作品中"沉醉不知归路"那种俊爽豪迈。"西风催衬梧桐落"是院中之景,"催衬"就是"催趁",这个是宋代的口语,意思是催赶、催促,如此则可以判定这是一个拟人句,西风就是秋风,秋风催赶着梧桐叶落,草木凋零,秋风也好,梧桐也好,都是文士悲秋常用的典型意象,如李清照另外一句"梧桐应恨夜来霜",他如白居易的"秋雨梧桐叶落时",李煜的"寂寞梧桐深院锁清秋",皆是如此。陈祖美先生认为这里的"'西风',其深层语义是指金兵",并认为"赵明诚的谢世与时局和金人的催逼有关"(陈祖美《李清照诗文词选评》),可备一说。梧桐叶落之后,词人以"又还秋色,又还寂寞"收束全篇,"又还"两字重复,渲染了词人心中的愁苦哀怨之情,同时也是强化主题的一种手段。

  细玩此词,字里行间所流露出的哀怨伤感确实不像一阕寻常的悲秋之作,悼念丈夫赵明诚之意隐约存焉。同为写秋之作,可以"水光山色与人亲",可以"薄雾浓云愁永昼",可以"草际鸣蛩,惊落梧桐",正所谓"只有情怀不似旧家时",南渡之后,特别是明诚亡后,则是"归鸿声断残云碧",则是"沉香断续玉炉寒",则是"凉生枕簟泪痕滋"。倘无丧夫亡国之巨痛,不该有如此恶情怀,不该有如此深寂寞。

【欲】

语不欲犯,思不欲痴。犹春于绿,明月雪时。

安定城楼

[唐]李商隐

迢递高城百尺楼①,绿杨枝外尽汀洲②。
贾生年少虚垂涕③,王粲春来更远游④。
永忆江湖归白发,欲回天地入扁舟⑤。
不知腐鼠成滋味,猜意鹓雏竟未休⑥。

【注释】

① 迢递:有高、远二义,这里是高的意思。谢朓《随王鼓吹曲》:"逶迤带绿水,迢递起朱楼。"
② 汀洲:汀指水边之地,洲是水中之洲渚。《楚辞·九歌·湘夫人》:"搴汀洲兮杜若,将以遗兮远者。"
③ 贾生:指汉代贾谊。贾谊年少,颇通诸子百家之书。汉文帝时,贾谊曾上《治安策》陈政事,其中有"臣窃惟事势,可为痛哭者一,可为流涕者二,可为长太息者六"之句。但文帝并未采纳他的建议。商隐此时二十七岁,以贾生自比。

④ 王粲:字仲宣,东汉末年人,"建安七子"之一。据《三国志·魏书·王粲传》记载,时董卓作乱,王粲避难荆州,依附刘表,但并不为刘表所重。他曾于春日作《登楼赋》述其进退危惧之情,其中有句云:"登兹楼以四望兮,聊暇日以销忧""虽信美而非吾土兮,曾何足以少留"。
⑤ "永忆"二句:这两句旧注多误,二句互文生义,即"忆江湖"与"回天地"同为李商隐心中所渴盼热望,并无先后区分。永忆,长想。江湖,与朝廷相对,指归隐。归白发,年老时归隐。回天地,旋转乾坤。入扁舟,用范蠡典故,据《史记·货殖列传》:"范蠡既雪会稽之耻,乃喟然而叹曰:'计然之策七,越用其五而得意。既已施于国,吾欲用之家。'乃乘扁舟浮于江湖。"后人常用"扁舟五湖"形容功成身退或辞官归隐。
⑥ "不知"二句:意思是说幕中有人猜忌打压诗人,而诗人如鹓雏一般志向高远,并不看重所担任的幕职。腐鼠,腐烂的死鼠。比喻诗人所鄙弃的利禄。鹓雏,传说中与鸾凤同类的鸟。比喻有雄心壮志的人,系诗人自喻。《庄子·秋水》:"惠子相梁,庄子往见之。或谓惠子曰:'庄子来,欲代子相。'于是惠子恐,搜于国中三日三夜。庄子往见之,曰:'南方有鸟,其名为鹓雏,子知之乎?夫鹓雏发于南海而飞于北海,非梧桐不止,非练实不食,非醴泉不饮。于是鸱得腐鼠,鹓雏过之,仰而视之曰:吓!今子欲以子之梁国而吓我邪?'"清方东树在《昭昧詹言》中说:"玩末句,似幕中时有忌间之者。"甚是。

【鉴赏】

李商隐于唐开成二年（837年）中进士第，又于开成三年春信心百倍地参加了吏部博学宏辞科考试，初选已被考官李回所录取，但到诠拟官职上报中书省时，却被一位"中书长者"认为"此人不堪"抹去了姓名。落选后，李商隐赴泾原节度使王茂元幕。本篇是他到泾原之后登泾州城楼所写的一首感慨抒怀之作。

首联"迢递高城百尺楼，绿杨枝外尽汀洲"写景起兴，登上高高的安定城楼遥望，正如宋玉所云"登高远望，使人心瘁"，王勃在《滕王阁序》中解释了登临而生愁绪的缘故："天高地迥，觉宇宙之无穷；兴尽悲来，识盈虚之有数。"诗人刚刚承受了博学宏辞科考试落选的打击，想来登楼也是诗人排遣郁闷情绪的一种方式。高城交代了地点，绿杨则点明了时令，汀洲在望，一派春和景明的大好景象，可是却触发了诗人的愁思，正如王夫之所言："以乐景写哀，以哀景写乐，一倍增其哀乐。"（《姜斋诗话》）

本来按照起承转合的步伐，第二联应该继续描写登楼远望的大好春光，可是诗人在颔联就迫不及待地开始抒情："贾生年少虚垂涕，王粲春来更远游。"这里分别用了两个历史名人的典故，真是应了"獭祭鱼"之讥。所谓"獭祭鱼"，是说獭性贪食，捕得鱼却不即食，而是陈列水边，犹如祭礼。而李商隐为文，多检阅史书，引经据典，经史鳞次堆积，时谓"獭祭鱼"。李商隐的诗歌典故密集，于此可略见一斑。贾生就是贾谊，西汉初年著名政论家、文学家，世称贾生。他上《汉安策》一事后来也成为文学史上一个著名的典故。后世用"贾生涕"表达忧国伤时的心情，诗人在这里用了一个"虚"字，意思是贾谊徒然为心忧国事而落泪，因为文帝最终并未采纳他的建议。王粲是东汉末年著名文人，汉末避乱，依附军阀刘表，未受重用。王粲偶登麦城（在今湖北当阳东南）城楼，乃作《登楼赋》，抒发自己离乡日久、功业不就的深沉感慨，后世常以"王粲登楼"作为怀才不遇的典故。诗人这里是用这两个人自比。

颈联"永忆江湖归白发，欲回天地入扁舟"前辈学者对此联的理解聚讼纷纷，若理解为李商隐定要扭转乾坤，待功成而后身退，散发扁舟，悠游白发，恐怕是对诗句的误解。其实我们可以认为此联使用了互文的修辞手法，即"参互成文，合而见义"，两句不宜独立解释，否则即会坠入顾此失彼的深渊。"忆江湖"与"回天地"同为李商隐心中所渴盼热望，并无先后之分。颈联写得极好，王安石晚年喜读李商隐诗，他激赏此联，并称"虽老杜无以过也"。朱庭珍在《筱园诗话》中也曾极力称美此联："高唱入云，气魄雄厚，亦名句之堪嗣响工部者。"

尾联"不知腐鼠成滋味，猜意鹓雏竟未休"用《庄子·秋水》中的典故，毫无疑问，诗人在以庄子自比，视幕友如惠施，视幕职如腐鼠，世人都说罗隐喜欢写诗讥讽人，李商隐这首诗的讥讽意味并不逊色于罗隐。

李商隐因身陷"牛李党争"，一生辗转幕府，沉沦下僚，实在是命运对他最大的不公。"虚负凌云万丈才，一生襟抱未曾开。"（《哭李商隐·其二》唐代崔珏的这一句诗成为对李商隐一生最为妥帖恰当的评价，但也正是他所经历的无数苦难成就了一个诗人李商隐。

上 邪①

[汉] 佚 名

上邪！我欲与君相知②，长命无绝衰③。山无陵④，江水为竭⑤，冬雷震震⑥，夏雨雪⑦，天地合⑧，乃敢与君绝⑨。

【注释】

① 上邪：犹言"天啊"，上，指天。邪，语气助词，通"耶"，表示感叹。
② 相知：相亲相爱。
③ 长命：长使，长令。绝衰（cuī）：衰减、断绝。
④ 陵：山峰或大土山。《诗经·小雅·天保》："如山如阜，如冈如陵。"
⑤ 竭：干涸，《国语·周语上》："昔伊、洛竭而夏亡，河竭而商亡。"
⑥ 震震：形容声音宏大响亮。多指雷、鼓、车马之声。
⑦ 夏雨（yù）雪：夏天下雪。雨，名词活用作动词。
⑧ 天地合：天与地合二为一。
⑨ 乃敢：才敢，"敢"字是委婉语。

【鉴赏】

　　这是一首民间情歌，属于《铙歌十八曲》。"上邪"犹言"天啊"，指天为誓的意思。《史记·屈原贾生列传》写道："人穷则反本，故劳苦倦极，未尝不呼天也。"信哉斯言，人在表达忧愁、苦闷、惊讶、惊喜等各种强烈情感时常常会呼天唤地，这是一种宣泄感情的方式。"我欲与君相知"就是我想要和你相亲相爱。"长命无绝衰"中的"命"不是名词"性命"的意思，而是动词令或使的意思。意思是让我们的感情永久不破裂，永不衰减。以上为一个层次。

　　下面的话是这个女子所发的誓言，她连举了"山无陵，江水为竭，冬雷震震，夏雨雪，天地合"这五种自然界不可能发生的现象。"山无陵"是第一种，

"大阜曰陵"，陵是大土山的意思。台湾著名女作家琼瑶曾经化用这首诗为电视剧《还珠格格》写过一首歌词，歌曲名叫《当》，其中有一句歌词是"当山峰没有棱角的时候"，误"陵"为"棱"，未免贻笑大方。山无陵则为平地。"江水为竭"的意思是长江水都枯竭了。"冬雷震震"是说冬天轰隆隆打雷。"夏雨雪"是说夏天下雪，"雨"是一个动词。"天地合"是说天地合为一体。以上所举的这些情形在一般情况下是不可能发生的，这个赌咒发誓的女子说出最后一句"乃敢与君绝"，意即上述五种情形发生，我才和你断绝关系。反过来说，既然这五种情形都不会发生，那么我和你就要永远相爱下去。王先谦在《汉铙歌释文笺正》中评此诗说："五者皆必无之事，则我之不能绝君明矣！"更加难得的是，作者连举五种情形，却并不使人觉得堆砌厌倦，因为这个五种情形中发出动作的主语如"山""江水""冬""夏""天地"都是身边寻常之所见，而五种现象则闻所未闻，见所未见，令人耳目一新，正如沈德潜所感叹的那样："重叠言之，而不见其排，何笔力之横也。"（《古诗源》）

这首诗从形式到内容都很有特色。形式上，从二字句、三字句、四字句、五字句一直到六字句，句式长短交错，随心所欲，各种意象纷至沓来，给人目不暇接之感，极具冲击力。内容上，女主人公对爱情的这种决绝态度令人钦佩，勇敢追求幸福的女主人公形象仿佛就站在读者面前，不愧是汉乐府中的传世名篇。这个女子真非寻常女子，她发的誓言也惊天地泣鬼神，亘古之未有，如此激烈的表达方式在整部中国诗歌史上也是极为罕见的。明代胡应麟曾评价这首诗说："上邪言情，短章中神品！"（《诗薮》）这首诗的具体作者早已渺不可考，可以确定的是作者一定来自民间或是下层文人。全诗没有华丽的辞藻，没有一丝一毫的矫饰，纯任自然，纵情呼喊，这是来自乡野的力量，来自民间的呐喊，具有极高的艺术感染力。

敦煌曲子词中有一首《菩萨蛮》，写法上可能参照了这首《上邪》，词中叠用了六种作者认为自然界绝无可能发生的事情作为盟誓,表示海枯石烂永不变心,对照而读,相映生趣,词曰:"枕前发尽千般愿,要休且待青山烂。水面上秤锤浮,直待黄河彻底枯。　　白日参辰现,北斗回南面。休即未能休,且待三更见日头。"

使至塞上[①]

[唐]王　维

单车欲问边[②]，属国过居延[③]。
征蓬出汉塞[④]，归雁入胡天[⑤]。
大漠孤烟直[⑥]，长河落日圆[⑦]。
萧关逢候骑[⑧]，都护在燕然[⑨]。

【注释】

① 使至塞上：出使到塞上。这首诗是开元二十五年（737年）王维以监察御史的身份出使河西至凉州时所作。
② 单车：一辆车，形容这次出使轻车简从。问边：视察边疆。问，慰问，访问。
③ 属国：典属国的简称。汉代称负责少数民族事务的官员为典属国，这里诗人用以指自己的使者身份。居延：地名，在今甘肃张掖北，这里是泛指辽远的边塞地区。
④ 征蓬：随风飘飞的蓬草，比喻漂泊的旅人，又泛指远行之人。
⑤ 归雁：雁是候鸟，春天北飞，秋天南行，这里是指大雁北飞。胡天：指胡人地域的天空；亦泛指胡人居住的地方。
⑥ 烟：烽烟，报警时点燃的烟火。
⑦ 长河：黄河。
⑧ 萧关：古关名，在今宁夏固原东南。候骑：骑马的侦察兵。
⑨ 都护：唐代边疆设有都护府，其长官称都护，这里指前线统帅。燕然：燕然山，即现在蒙古人民共和国境内的杭爱山，东汉窦宪北破匈奴，曾在此勒石纪功。这里代指边防前线。

【鉴赏】

　　王维是盛唐时期最著名的诗人之一，工诗善画，精通音乐。开元九年（721年），二十一岁的王维进士擢第，可谓少年得意。他的山水田园诗创作为其奠定了大师地位，他的此类诗作空灵明净，清新淡远，富于禅趣。宋代苏轼曾经评价王维的诗："味摩诘之诗，诗中有画；观摩诘之画，画中有诗。"（《书摩诘蓝田烟雨图》)此语几乎已经成为王维诗风的定评。

事实上，王维在边塞诗的创作上也取得了很高的艺术成就，对盛唐时期边塞诗派的形成与确立甚至起到了导夫先路的开拓作用。王维现存边塞诗约有四十首，大致可分为亲历边塞诗、送别边塞诗以及虚拟边塞诗三大类。王维的边塞诗创作形式多样、内容丰富、感情充沛、格调高昂、意境雄浑。王维一生曾两次出塞，开元二十五年夏或秋，他以监察御史身份第一次奉使出塞，赴凉州宣慰大败吐蕃的河西节度副大使崔希逸。这一年，张九龄从尚书右丞相被贬为荆州长史，王维也被排挤出朝廷，才有了这次出塞之行。这首诗就是诗人第一次出塞期间所作。

首联"单车欲问边，属国过居延"并无出奇之处，王夫之曾说："右丞每于后四句入妙，前以平语养之，遂成完作。"(《唐诗评选》)王维的诗作精心结构、层次分明。诗人用首联交代了自己出塞的目的和彼时诗人所处之地。诗人出塞是为了"问边"，即来到边塞慰问将士。而"单车"是说随从少，轻车简从，同时也微露诗人内心深处的落寞之情。"属国"即典属国的简称，汉代称负责外交事务的官员为典属国，这里诗人用以指代自己的使者身份，"居延"在今内蒙古额济纳旗北境，这里并非实指，只是借指边疆之地。

颔联"征蓬出汉塞，归雁入胡天"对仗工整，情景交融，语约义丰，边塞景色初露端倪。这里诗人以"征蓬"和"归雁"自比，"征蓬"即随风飘飞的蓬草，蓬草在诗词中是一个常被用来形容行踪漂泊不定的意象。《商君书·禁使》："飞蓬遇飘风而行千里，乘风之势也。"曹植《杂诗·其二》中有诗句："转蓬离本根，飘摇随长风。"皆是如此。诗人不动声色，仅以"征蓬"二字即婉曲地将藏于内心深处的落寞之情表达出来了。由"归雁入胡天"一句大致可以判定诗人来到边塞的时间是在初夏前后。

颈联"大漠孤烟直，长河落日圆"二句乃千古传诵的名句，盖因此二句写得实在太精彩了。平沙莽莽，一道孤烟直冲上天；长河遥遥，一轮红日缓缓西沉，极具画面感，好一派莽苍壮丽的雄浑景象。这两句与"渡头余落日，墟里上孤烟"（《辋川闲居赠裴秀才迪》）有异曲同工之妙。对"长河落日圆"一句，王国维在《人间词话》中曾给予"千古壮观"的评价。《红楼梦》第四十八回里香菱曾说过这样一段话："想来烟如何直？日自然是圆的。这'直'字似无理，'圆'字似太俗。合上书一想，倒像是见了这景的。若说再找两个字换这两个，竟再找不出两个字来。"香菱虽然诗才远逊林黛玉，但她毕竟已经领会到了王维这一联的妙处。赵殿成说："亲见其景者，始知'直'字之佳。"（《王右丞集笺注》）黄培芳也认为："直圆二字极锻炼，亦极自然。"（《唐贤三昧集笺注》）

尾联"萧关逢候骑，都护在燕然"是说诗人行至萧关遇到侦察兵，侦察兵告诉诗人说主帅正在燕然前线。

王维这首塞外诗写得雄浑壮阔，气韵生动，给我们展示出其山水田园诗之外的又一种诗歌风格。伟大作家总是具有多面性，唐代宗曾称王维为"天下文宗""名高希代"，良非虚美。

钱塘湖春行①

[唐]白居易

孤山寺北贾亭西②,水面初平云脚低③。
几处早莺争暖树④,谁家新燕啄春泥⑤。
乱花渐欲迷人眼⑥,浅草才能没马蹄。
最爱湖东行不足⑦,绿杨阴里白沙堤⑧。

【注释】

① 钱塘湖:即杭州西湖。
② 孤山寺:孤山在西湖中后湖与外湖之间,为湖山胜地。孤山之上有孤山寺,为南朝陈天嘉年间所建。《咸淳临安志》:"孤山在西湖中稍西,一屿耸立,旁无联附,为湖山胜绝处。"贾亭:唐贞元年间,贾全任杭州刺史,在西湖所建之亭,又叫贾公亭,废于唐武宗、宣宗之际。《唐语林》:"贞元中,贾全为杭州,于西湖造亭,未五十年废。"
③ 水面初平:春天湖水初涨,水面刚刚与堤岸齐平。初,刚刚。云脚低:白云重重叠叠,同湖面上的波澜连成一片,看上去浮云很低,就好像贴近地面。云脚,指接近地面的云气,多见于将雨或雨初停时。
④ 莺:即黄鹂鸟。争暖树:争着飞到向阳的树枝上去。
⑤ 新燕:刚从南方飞回来的燕子。啄春泥:啄,衔取。燕子衔春泥以筑巢。
⑥ 乱花:指纷繁开放的春花。迷人眼:使人眼花缭乱。
⑦ 湖东:白沙堤(即白堤)在孤山的东北面。行不足:百游不厌。足,满足。
⑧ 白沙堤:即白堤,六朝时所筑,又称沙堤、断桥堤,分割外湖与内湖。后世的人们常误以为白沙堤为白居易所筑,实际上不是。

【鉴赏】

长庆二年(822年),白居易深感朋党倾轧,国是日荒,民生益困,于是自求外任,这是白居易在"兼济"与"独善"之间经过仔细权衡之后的一种现实考量。白居易说:"退身江海应无用,忧国朝廷自有贤。"(《舟中晚起》)这是一种人生大惆怅,退隐杭州不失为一个明智选择。这一年七月,白居易自中书舍人除杭州刺史，再次来到杭州。其实少年白居易曾经为了躲避兵乱居住在杭州附近，那个时候，他就十分倾慕苏杭美景，并立志要做苏杭郡守。这一次来到杭州总算实现了少年时的心愿。

首联"孤山寺北贾亭西，水面初平云脚低"两句总写西湖美景，同时点出钱塘湖的具体方位，可惜的是"孤山寺"与"贾公亭"今已不存。春林初盛，春水初生，水面刚刚与堤岸齐平，水天一色，一派烟波浩渺的壮观景象。

颔联"几处早莺争暖树，谁家新燕啄春泥"两句写微观之景、动态之景，"早莺"与"新燕"皆为春天的象征，黄鹂鸟抢着登上向阳的枝头纵情歌唱，燕子归来，衔泥作巢，在湖光山色之间不停穿梭，不知疲倦。"早莺"与"新燕"两个名词与"争""啄"两个动词配伍，西湖岸边莺歌燕舞、生机盎然的阳春美景仿佛亲睹，这一联极具动感之美。

颈联"乱花渐欲迷人眼，浅草才能没马蹄"转得并不远，颔联写动物，这一联写植物，所谓"乱花"，盖因时令尚在初春，并非百花盛开，而是东一处、西一处，有杂乱之感。正是因此，才会使人目不暇接，眼花缭乱。所谓"浅草"，状草木初萌之态，还不够丰茂，浅浅的青草刚够没马蹄。绿草如茵，踏马游春，何等惬意。无怪乎诗人如此留恋西湖，他曾在《春题湖上》中说："未能抛得杭州去，一半勾留是此湖。"移情丘壑、悠游林下的原因一半是不堪官场倾轧，遂作遁世之人，一半是真心留恋山水，有烟霞之癖。

尾联"最爱湖东行不足，绿杨阴里白沙堤"落脚点放在白沙堤，全诗不断移形换位，诗人就好像一个摄影师，镜头下有全景，有近景，有特写，通过对"早莺""暖树""新燕""春泥""乱花""浅草"等早春自然意象的描写将钱塘湖的美景呈现出来。金圣叹这样总结这首诗的表现艺术："前解先写湖上。横开则为寺北亭西，竖展则为低云平水，浓点则为早莺新燕，轻烘则为暖树春泥。写湖上真如天开图画也。后解方写春行。花迷、草没，如以戥子称量此日春光之浅深

也。"(《贯华堂选批唐才子诗》)

  白居易寓情于景,将钱塘湖初春时节的旖旎美景写得娟秀无比,令人心神摇荡。此诗之所以能够流传千古,确实有其独到之处。

木 兰 诗

[北朝] 佚 名

唧唧复唧唧①,木兰当户织。不闻机杼声②,唯闻女叹息。问女何所思③,问女何所忆④。女亦无所思,女亦无所忆。昨夜见军帖⑤,可汗大点兵⑥,军书十二卷⑦,卷卷有爷名。阿爷无大儿,木兰无长兄,愿为市鞍马⑧,从此替爷征。

东市买骏马,西市买鞍鞯⑨,南市买辔头⑩,北市买长鞭。旦辞爷娘去,暮宿黄河边。不闻爷娘唤女声,但闻黄河流水鸣溅溅⑪。旦辞黄河去,暮至黑山头⑫,不闻爷娘唤女声,但闻燕山胡骑鸣啾啾⑬。

万里赴戎机⑭,关山度若飞⑮。朔气传金柝⑯,寒光照铁衣⑰。将军百战死,壮士十年归。归来见天子⑱,天子坐明堂⑲。策勋十二转⑳,赏赐百千强㉑。可汗问所欲㉒,木兰不用尚书郎㉓,愿驰千里足㉔,

【注释】

① 唧唧:叹息声。
② 机杼声:织布机的声音。杼,织布的梭子。
③ 何所思:想什么。
④ 忆:思念。
⑤ 军帖:征兵的文书。
⑥ 可汗:古代鲜卑、突厥等族最高统治者的称号。点兵:征兵。
⑦ 十二:此诗多用十二,表示多数,是民歌夸张的写法,军书不可能卷卷都有木兰之父的名字。爷:指父亲。
⑧ 市:购买。鞍马:泛指马和马具。
⑨ 鞍鞯:鞍子和托鞍的垫子。
⑩ 辔头:马笼头。
⑪ 溅溅:拟声词,形容流水的声音。
⑫ 黑山:与下文中的燕山都是当时北方的山名。
⑬ 胡骑:胡人的战马。胡,古代对西北部民族的称呼。啾啾:马叫的声音。
⑭ "万里"句:远行万里,投身战事。戎机,战事。
⑮ "关山"句:像飞一样地越过一道道关塞山岭。度,越过。
⑯ "朔气"句:北方的寒气传送着打更的声音。朔,北方。金柝,古时军中白天用来烧饭、夜里用来打更的器具,就是"刁斗"。
⑰ 铁衣:铠甲,古代军人穿的护身

送儿还故乡㉕。

爷娘闻女来,出郭相扶将㉖;阿姊闻妹来,当户理红妆㉗;小弟闻姊来,磨刀霍霍向猪羊㉘。开我东阁门,坐我西阁床,脱我战时袍,著我旧时裳㉙。当窗理云鬓㉚,对镜帖花黄㉛。出门看火伴㉜,火伴皆惊忙:同行十二年,不知木兰是女郎。

雄兔脚扑朔,雌兔眼迷离㉝;双兔傍地走,安能辨我是雄雌㉞?

服装。
⑱ 天子:即上文的"可汗"。前称"可汗",此称"天子",是元魏入主中原后,天子、可汗已成通称。
⑲ 明堂:古代帝王举行大典的朝堂。
⑳ "策勋"句:记最大的功。策勋,记功。转(zhuǎn),勋位每升一次叫一转,十二转为最高的勋级。
㉑ "赏赐"句:赏赐很多的财物。强,有余。
㉒ 问所欲:问(木兰)想要什么。
㉓ 不用:不为,不作。尚书郎:尚书省的官。尚书省是古代朝廷中管理国家政事的机关。
㉔ "愿驰"句:希望骑上千里马。驰,赶马快跑。

㉕ 儿:木兰自称。
㉖ 郭:外城。扶将:扶持。
㉗ 红妆:指女子的艳丽装束。
㉘ 霍霍:磨刀的声音。
㉙ 著(zhuó):穿。
㉚ 云鬓:像云那样的鬓发,形容好看的头发。
㉛ 帖:同"贴"。花黄:古代妇女的一种面部装饰物。
㉜ 火伴:同伍的士兵。当时规定若干士兵同一个灶吃饭,所以称"火伴",俗称"伙伴"。
㉝ "雄兔"二句:据说,提着兔子的耳朵悬在半空时,雄兔两只前脚时时动弹,雌兔两只眼睛时常眯着,所以容易辨认。扑朔,动弹。迷离,眯着眼。
㉞ "双兔"二句:雄雌两兔贴近地面跑,怎能辨别哪只是雄兔,哪只是雌兔呢?傍,靠近,临近。走,跑。

【鉴赏】

木兰从军的故事千百年来一直为人们所传颂，并被改编为戏剧、电影等多种艺术形式。这个故事最初的源头就是这首北朝民歌《木兰诗》。《木兰诗》称得上北朝民歌中最为杰出的作品，然而遗憾的是不仅作者未知，就连创作年代都无法确定。现在学术界一般认为这首诗的产生年代不会晚于南朝陈，因为南朝陈释智匠《古今乐录》中已经著录此诗。当然，在长期的流传过程中此诗显然经过后代文人的加工，从"万里赴戎机"往下的六句对仗十分工整便可以看出已非原貌。

关于木兰其人，余冠英先生在《乐府诗选》中说："木兰，女子名，姓氏里居不详（后世记载纷纭，都不足取信。有人说木兰姓魏，有人说姓朱，又有人说姓花，也有人说'木兰'是姓，不是名。有人说她是谯郡人，有说是宋州人，又有黄州、商州等说）。"

这首诗从开头到"从此替爷征"为一个层次，主要讲述木兰准备代父从军。木兰当户而织，说明她勤于女红，昼夜叹息说明她善解人意，所以木兰经过慎重思考之后毅然决定替父从军。

从"东市买骏马"到"但闻燕山胡骑鸣啾啾"为第二个层次，叙述木兰从出发到战地。"东市买骏马，西市买鞍鞯，南市买辔头，北市买长鞭"这四句使用了互文的修辞手法，并非要在四市才能买齐骏马、鞍鞯、辔头、长鞭，这四句互相呼应，互相阐发，互相补充，说的只是木兰到市集各处采购这一件事，渲染了木兰迅速准备和战前的紧张氛围。张玉谷在《古诗赏析》中评价说："平排东西南北四句，似板实活。"从"旦辞爷娘去"到"但闻燕山胡骑鸣啾啾"是描写木兰行军之迅疾。重复使用"不闻爷娘唤女声"一句，写足了木兰行军路上父母双亲的惦念与牵挂。

从"万里赴戎机"到"送儿还故乡"是第三个层次，叙述木兰经历十年战士生活到入朝受赏。这首诗并未将木兰在战场上如何奋勇杀敌、浴血奋战作为叙述的重点，而是以"朔气传金柝，寒光照铁衣。将军百战死，壮士十年归"四句轻轻带过，直接进入凯旋受赏的叙述。值得强调的是，这两联对仗工整，恐非北朝民歌的原貌，而是经过了后代文人的润色。"将军百战死，壮士十年归"两句很明显运用了互文的修辞方法，唐代贾公彦在《仪礼注疏》中说："凡言互文者，是二物各举一边而省文，故云互文。"互文的好处是言简意赅，既节省了文字又扩大了诗文的容量。这两句上句中的将军后面省略了壮士，下句中的壮士前省略了将军。在理解时要注意到这两句应该合并处理，不能割裂，这两句的主语是将军和壮士，应理解成"将军和壮士身经百战，有的不幸身亡，有的得以幸免"。否则，就变成了将军们身经百战最后战死，壮士们十年之后得以凯旋。这样理解不仅是机械的，更是荒谬的。立下战功的木兰并不贪图功名富贵，只想尽快回到故乡，回到父母身边。这样的描写很好地体现出木兰视富贵如浮云的通达与洒脱，同时也使得木兰的形象更加丰满。

从"爷娘闻女来"到"不知木兰是女郎"是第四个层次，主要叙述木兰回到家中的欢乐场景。通过爷娘、阿姊和小弟的不同反应全方位、多角度来描写家人的兴奋之情。脱去战袍，穿上旧时女儿家的衣衫，木兰终于回归自己的女性身份，"当窗理云鬓，对镜帖花黄"两句将木兰的小女儿情态描摹殆尽。全诗最后以"雄兔脚扑朔，雌兔眼迷离；双兔傍地走，安能辨我是雄雌"四句作结，收束全篇。余冠英先生认为这四句是"歌者的话"，"雄兔""雌兔"两句互文见义，两句互相补充，也就是说雌兔的脚也扑朔，雄兔的眼也迷离。

长篇叙事诗《木兰诗》与汉乐府长篇叙事诗《孔雀东南飞》在中国文学史上素有"乐府双璧"之称。全诗虽然经过后世文人的润色，但基本保持了北朝民歌的原始风貌，在艺术表现手法上极具特色，呈现出生动活泼、清新刚健、质朴淳厚的民歌风格。全诗结构严谨，有繁有简，剪裁得当，综合运用复沓、顶针、互文、排比、对偶等多种修辞方式，塑造出一个血肉丰满、个性鲜明、淡泊名利、巾帼不让须眉的女英雄形象。

雁门太守行[①]

[唐]李 贺

黑云压城城欲摧[②],甲光向日金鳞开[③]。
角声满天秋色里[④],塞上燕脂凝夜紫[⑤]。
半卷红旗临易水[⑥],霜重鼓寒声不起[⑦]。
报君黄金台上意[⑧],提携玉龙为君死[⑨]。

【注释】

① 古乐府曲名。雁门,郡名。古雁门郡大约在今山西省西北部,是唐王朝与北方突厥部族的边境地带。
② 黑云压城:比喻敌人攻城的气势。城欲摧:城墙仿佛将要坍塌。
③ "甲光"句:铠甲迎着(云缝中射下来的)太阳光,如金色鳞片般闪闪发光。
④ 角声:军中号角之声。
⑤ 燕脂:即胭脂,色深红。凝夜紫:塞外土地在暮色中愈发显出深紫色。
⑥ 临:逼近,到。易水:河名,源出河北易县。
⑦ 霜重鼓寒:天寒霜降,空气潮湿,战鼓声沉闷而不响亮。声不起:形容鼓声低沉。
⑧ 黄金台:相传战国时燕昭王在易水东南筑台,上置黄金,用以招揽天下贤士。意:信任,重用。
⑨ 玉龙:宝剑的代称。传说晋代雷焕曾得玉匣,内藏二剑,后入水化为龙。

【鉴赏】

  李贺,字长吉,现存诗歌二百四十首左右,其乐府诗歌将近百首。李贺虽然留存作品不多,但是他在唐代诗坛乃至整个中国诗歌史上都是一个醒目的存在。李贺成名甚早,据唐代张固《幽闲鼓吹》记载:"李贺以歌诗谒韩吏部。吏部时为国子博士分司,送客归,极困;门人呈卷,解带旋读之。首篇《雁门太守行》曰:'黑云压城城欲摧,甲光向日金鳞开。'却援带命邀之。"韩吏部就是当时已负盛名的韩愈,能让他顿消睡意的诗也的确不一般,其奇幻瑰丽的笔调正中韩愈下怀。这时的李贺才只有十九岁。正因为李贺是如此的呕心沥血苦吟兼天赋异禀,所以才会在少年时代即"以长短之制名动京华"(王定保《唐摭言》)。

李贺的诗造语奇特,善于熔铸词采,形成了"瑰丽奇峭"的审美特征。李贺是继李白之后又一位在古题乐府创作上取得重大成绩的唐代诗人。《旧唐书》载:"手笔敏捷,尤长于歌篇。其文思体势,如崇岩峭壁,万仞崛起,当时文士从而效之,无能仿佛者。其乐府词数十篇,至于云韶乐工,无不讽诵。"可见李贺在当时的诗名就很大。可以这样说,李贺诗歌对同时代诗人以及其后的众多诗人都产生了很大的影响。

《雁门太守行》是李贺古题乐府的代表作。《乐府诗集》引《古今乐录》曰:"王僧虔《技录》云:'《雁门太守行》歌古洛阳令一篇。'"古辞歌咏洛阳令王涣广受人民爱戴的事迹,其主题和《古今乐录》的记载相符合。《雁门太守行》自梁简文帝起开始以描写边城征战为主题。李贺继承并开拓了《雁门太守行》这一古题乐府的边塞主题,借以抒发自己想要建功立业的心愿。

首句"黑云压城城欲摧"中的"黑云"喻指攻城的敌人蜂拥而至,尘土飞扬如黑云压城。次句"甲光向日金鳞开"是写战士们身穿铁甲,在日光照射之下,像金鳞一般闪闪发光,形容士气旺盛。清代王琦《李长吉歌诗汇解》:"秋天风景倏阴倏晴,瞬息而变,方见愁云凝密有似霖雨欲来,俄而裂开数尺,日光透漏矣。"这两句诗得到了韩愈的激赏,却得到了王安石的讥笑,他曾质疑说:"方黑云压城时,岂有向日之甲光也?"后人基本上对王安石的评价持否定态度。譬如薛雪就认为:"李奉礼'黑云压城城欲摧,甲光向日金鳞开'是阵前实事,千古妙语。王荆公訾之,岂疑其'黑云''甲光'不相属耶?儒者不知兵,乃一大患。"(《一瓢诗话》)其实就算不是生活真实也无妨,毕竟李贺是在写诗,艺术上的真实不等同于生活真实,况且生活中也有可能出现这种阴晴不定、瞬息万变的天气。

三、四两句诗人分别从听觉和视觉两个角度出发描写战场,"角声满天"是听觉,"塞上燕脂凝夜紫"是视觉,"燕脂"同"胭脂",是一种草的名称。"半卷红旗临易水"是写大军出征,王昌龄有"红旗半卷出辕门"的诗句。战国时荆轲将为燕太子丹往刺秦王,太子丹为荆轲送行至易水,荆轲歌曰:"风萧萧兮易水寒,壮士一去兮不复还。"这两句诗十分形象地表现出荆轲内心的慷慨悲壮与坚定信念。诗人在这里用"易水"不仅是表明双方交战的地点,同时也是着意刻画将士们死战的决心。"霜重鼓寒声不起"一句则是表明战斗已经打响。鼓点是进军的冲锋号,奈何秋霜浓重,空气潮湿,鼓声不扬。

最后两句"报君黄金台上意,提携玉龙为君死"是写将士们抱定决心,誓死报答君王。黎简评曰:"以死作结势,结得决绝险劲。"(《黎二樵批点黄陶庵评本李长吉集》)沈德潜也说:"阴云蔽天,忽露赤日,实有此景。字字锤炼而成,昌谷集中定推老成之作。"(《唐诗别裁集》)

全诗苍凉悲壮,色彩浓丽,完全不写双方激战的战争场面,只是截取战前、行军以及击鼓进军几个画面,最后两句则是写将士们慷慨赴死、视死如归的坚定意志,唐杜牧曾说李贺的诗"盖骚之苗裔,理虽不及,辞或过之",明胡震亨也谓其"祖骚宗谢",从这首诗来看,确实与《九歌·国殇》神似,并且李贺也具有同屈原一样伟大的爱国主义精神。

拟行路难十八首[①]·其十四

[南朝] 鲍 照

君不见少壮从军去[②],白首流离不得还[③]。
故乡窅窅日夜隔[④],音尘断绝阻河关[⑤]。
朔风萧条白云飞[⑥],胡笳哀急边气寒[⑦]。
听此愁人兮奈何[⑧],登山远望得留颜[⑨]。
将死胡马迹[⑩],宁见妻子难。
男儿生世轗轲欲何道[⑪],绵忧摧抑起长叹[⑫]。

【注释】

① 拟行路难:《行路难》是乐府杂曲,本为汉代歌谣,晋人袁山松改变其音调,制造新词,流行一时。古辞和袁辞今已不存。鲍照拟作十八首,歌咏人世的种种忧患,寄寓悲愤。《乐府诗集》题作十九首,是将第十六首分作两首。

② 少壮:年轻力壮。汉武帝刘彻《秋风辞》:"箫鼓鸣兮发棹歌,欢乐极兮哀情多,少壮几时兮奈老何。"从军:参加军队,投身军旅。

③ 白首:犹白发,表示年老。流离:因灾荒战乱流转离散。

④ 窅(yǎo)窅:遥远貌。东晋陶渊明《自祭文》:"窅窅我行,萧萧墓门。"

⑤ 音尘:音信,消息。汉蔡琰《胡笳十八拍》之十:"故乡隔兮音尘绝,哭无声兮气将咽。"河关:河流和关隘。南朝宋颜延之《秋胡诗》:"离居殊年载,一别阻河关。"

⑥ 朔风:北风,寒风。三国魏曹植《朔方》诗:"仰彼朔风,用怀魏都。"萧条:寂寞冷落,凋零。《楚辞·远游》:"山萧条而无兽兮,野寂漠其无人。"

⑦ 胡笳:我国古代北方民族的管乐器,传说由汉张骞从西域传入,汉魏鼓吹乐中常用之。汉蔡琰《悲愤诗》之二:"胡笳动兮边马鸣,孤雁归兮声嘤嘤。"哀急:谓声调悲凉激越。边气:边地的雾气。

⑧ 愁人:令人发愁。《楚辞·九歌》:"愁人兮奈何,愿若今兮无亏。"

⑨ 留颜:犹驻颜,使容颜不衰老。南朝谢庄《山夜忧》:"年去兮发不还,金膏玉沥岂留颜。"

⑩ 胡马:泛指产在西北民族地区的马。《古诗十九首·其一》:"胡马依北风,越鸟巢南枝。"

⑪ 轗轲(kǎnkē):同"坎坷",困顿,不得志。《古诗十九首·其四》:"无为守穷贱,轗轲长苦辛。"

⑫ 绵忧:绵长的忧愁。摧抑:挫折压制。

【鉴赏】

鲍照出身寒微。在当时门阀制度下，豪门世族把持朝政，所谓"上品无寒门，下品无势族"，鲍照所发出的寒士呼声与左思"世胄蹑高位，英俊沉下僚"的愤慨一脉相承的。鲍照长期沉沦下僚，悲愤满怀，有志难伸，"吞声踯躅不敢言"，只能拔剑击案，仰天长叹"自古圣贤尽贫贱，何况我辈孤且直。"钟嵘在《诗品》中也称鲍照"其才秀人微，故取湮当代"。但是鲍照取得了超凡脱俗的文学成就，成为南北朝时代最杰出的诗人之一，他的诗、赋以及骈文都有名篇传世。

鲍照的生活时代略晚于陶渊明，陶渊明不写乐府诗，专攻五言诗的创作，而鲍照则不然，他兼擅五言与乐府诗。后人将其与谢灵运、颜延之并称为"元嘉三大家"。《诗品》云："其源出于二张，善制形状写物之词，得景阳之俶诡，含茂先之靡嫚。骨节强于谢混，驱迈疾于颜延。总四家而擅美，跨两代而孤出。"二张是张协和张华，张协字景阳，张华字茂先。鲍照继承了张协的奇异和张华的绮靡。较之谢混、颜延之，骨力更强劲，其兼四家之长而独美。鲍照存诗两百首，其中乐府就占了八十多首，其乐府诗多得益于汉魏乐府与南朝民歌。如果说曹丕创制了七言体，鲍照则将七言体发扬光大之，他的二十多首七言乐府"把七言诗推进到成熟的阶段"（钱仲联《鲍参军集注》）。在这些乐府诗中，《拟行路难十八首》历来被认为是最具代表性的作品。

《拟行路难十八首》的系年以及是否为有意识的组诗创作在学术界都存有争议。本文姑且置之不论。通过细读文本，我们可以看到这十八首诗不专咏一事，但其主旋律是抒发人生苦闷，发出强烈的慷慨不平的呼声，风格俊逸豪放，奇矫凌厉。这十八首《拟行路难》中除了贫贱士人的形象外，还塑造了戍卒征夫、思妇、弃妇的形象。

这首《拟行路难十八首·其十四》即是写戍卒征夫之叹。鲍照开创性地发明使用"君不见"的呼告语开篇，将"君不见"置于开篇处，起到了先声夺人、引人警觉的艺术效果。少壮从军，白发犹不得还。如果说"君不见"两句是从时间角度而言之，那么接下来两句"故乡窅窅日夜隔，音尘断绝阻河关"则是从空间角度而言之，征人日夜思念家乡，可是水远山遥，河关阻隔，音讯全无。"朔风萧条白云飞，胡笳哀急边气寒"是极写边塞之荒凉凄寒，胡笳一曲断人肠。"听此愁人兮奈何，登山远望得留颜"是说征人淹留塞外，将死胡地，只能登高遥望家山，那里有自己的父母妻子，那里有自己的少年欢笑，可是自己早已变得衰老，留颜已成奢望。"将死胡马迹，宁见妻子难"是征夫对自己命运的预测，自己还乡无望，注定要埋骨荒外，再也看不到妻子那美丽的容颜了。结句"男儿生世轗轲欲何道，绵忧摧抑起长叹"是一篇主旨，《古诗十九首》中有"无为守穷贱，轗轲长苦辛"之句，鲍照化用此意，用长句的形式抒发自己的命运嗟叹。鲍照虽出身寒素，性情耿介，却胸怀高远，有报国之志，却在贫贱中走完一生，他胸中充满抑郁不平之气，发而为诗，这一句是鲍照发自内心深处的悲鸣与呐喊。

鲍照的杂言乐府诗不避俚俗，有民歌气息，长短交错，纵横变化，运用自如，这种隔句用韵的方式也使得他的乐府诗音节错综变化，谐和有致，这是鲍照在诗歌体裁样式上的独创。沈德潜在《古诗源》中说："明远乐府，如五丁凿山，开世人所未有。"可谓确评。

【志】

饮真茹强,蓄素守中。
喻彼行健,是谓存雄。

龟虽寿

[三国] 曹 操

神龟虽寿①,犹有竟时②。
腾蛇乘雾③,终为土灰④。
老骥伏枥⑤,志在千里;
烈士暮年⑥,壮心不已。
盈缩之期⑦,不但在天⑧;
养怡之福⑨,可得永年⑩。
幸甚至哉⑪,歌以咏志⑫。

【注释】

① 神龟:古人认为龟是有灵性而长寿的动物。
② 竟:终结,死去。
③ 腾蛇:传说中一种能腾云驾雾的神蛇。或以为出自《韩非子·难势》:"慎子曰:'飞龙乘云,腾蛇游雾,云罢雾霁,而龙蛇与蚓蚁同矣。'"《韩非子》是借喻"势",腾蛇虽然乘雾,一旦雾散,则与蚓蚁相类。或以为出自《说苑》:"腾蛇游雾而升,腾龙乘云而举,猿得木而挺,鱼得水而骛,处地宜也。"
④ 土灰:灰和土。汉王充《论衡·自纪》:"惟人性命,长短有期。人亦虫物,生死一时……犹入黄泉,消为土灰。"
⑤ 骥:千里马。枥:马槽。
⑥ 烈士:指有建功立业抱负的志士。
⑦ 盈缩:指人的寿命长短。盈,长。缩,短。
⑧ 但:仅,只。
⑨ 养怡:指调养身心,保持心情愉快,以乐观向上的心态生活。怡,愉快。
⑩ 永年:长寿。
⑪ 幸甚至哉:庆幸得很,好极了。幸,庆幸。至,极点。
⑫ 歌以咏志:即以诗歌表达心志或理想。最后两句与诗正文没有直接关系,是乐府诗结尾的一种方式。咏志,即表达心志。咏,歌吟。志,理想。

【鉴赏】

这首诗是《步出夏门行》四章中的最后一章。"步出夏门行"是乐府旧曲，属《相和歌辞·瑟调曲》，这里是用乐府旧题写诗，内容与题目字面无关。曹操的这首《步出夏门行》开篇有"艳"辞，即序曲，或称前奏曲，其后是《观沧海》《冬十月》《土不同》《龟虽寿》共四解（即章），这四解可以视作内容相对独立的四首诗。

这首诗为建安十二年（207年）曹操远征乌桓凯旋时作，这一年曹操五十三岁。建安十年，曹操消灭了袁绍之子袁谭，袁绍另二子袁尚、袁熙逃奔到辽西乌桓。乌桓，也作乌丸，是北方少数民族东胡的一支，"数入塞为害"，给中原地区经济文化的发展和百姓生命财产造成了巨大威胁。建安十二年，曹操采取了谋士郭嘉的建议，弃辎重，轻兵兼道以出，一举击溃乌桓，实现了北方的统一。曹操是汉末杰出的政治家、军事家和文学家，他雄才武略，戎马倥偬之余，不废吟咏。《三国志·武帝纪》说曹操"登高必赋，及造新诗，被之管弦，皆成乐章"，可见曹操具有诗人的敏感特质。曹操是当之无愧的建安诗坛的领袖，他的诗继承了汉乐府的传统，同时又有自己的风格。锺嵘《诗品》称："曹公古直，甚有悲凉之句。"宋敖器之《诗评》说："魏武帝如幽燕老将，气韵沉雄。"陈祚明在《采菽堂古诗选》中说："跌宕悲凉，独臻超绝。"这些评价都正中鹄的，准确地指出了曹操诗作的主要特点。

这首《龟虽寿》主要抒发了诗人老当益壮、自强不息的雄心壮志。前四句分别用"神龟""腾蛇"作譬反写，《庄子·秋水》："吾闻楚有神龟，死已三千年矣。"神龟寿三千年，腾蛇亦可腾云驾雾，皆非凡类，然寿命终有期。也就是说我们不必追求生命的长度，而应活出生命的宽度和厚度，换言之就是人不应只是活着，而在于如何利用有限的生命实现无穷的价值。

接下来的四句"老骥伏枥，志在千里。烈士暮年，壮心不已"乃全诗主旨，诗人以老骥自比，虽然已是暮年，却仍然雄心壮志，期在千里。这几句之所以流传千古，广播人口，就在于曹操以其如椽巨笔塑造出一个奋发有为的光辉形象，垂范千古，激励后世。东晋大臣王敦"每酒后，辄咏魏武帝乐府歌曰：'老骥伏枥，志在千里；烈士暮年，壮心不已'，以如意打唾壶为节，壶边尽缺"（《晋书·王敦传》）。足见这几句诗具有极强的艺术魅力与感染力。

"盈缩之期，不但在天；养怡之福，可得永年"是说生命长短不全倚仗上天的恩赐，调养身心，保持心情愉快也可以延年益寿。承认人寿有限这个客观规律，便不会盲目地去求仙问药。强调发挥人的主观能动性，便可以昂扬奋发、锐意进取。

最后两句"幸甚至哉，歌以咏志"并不表实际内容，是乐府诗的一种形式性结尾，是《步出夏门行》每一章末尾都有的一种固定表达。

读《山海经》·其十

[东晋] 陶渊明

精卫衔微木①，将以填沧海。
刑天舞干戚②，猛志固常在③。
同物既无虑，化去不复悔④。
徒设在昔心，良辰讵可待⑤。

【注释】

① 精卫：古代神话中鸟名。《山海经·北山经》："发鸠之山，其上多柘木。有鸟焉，其状如乌，文首、白喙、赤足，名曰精卫，其鸣自詨。是炎帝之少女名曰'女娃'，女娃游于东海，溺而不返，故为精卫，常衔西山之木石，以堙于东海。"

② 刑天：神话人物。《山海经·海外西经》："刑天与帝争神，帝断其首，葬之于常羊之山。乃以乳为目，以脐为口，操干戚以舞。"干戚：盾和斧。古代的两种兵器，亦为武舞所执的舞具。袁珂《山海经校注》："刑天原为无名天神，因与黄帝争神，断首之后，始名刑天。"南宋曾纮认为陶集旧本"形夭无（無）千岁（歲）"当为"刑天舞干戚"之讹，后世附议者众多，遂以"刑天舞干戚"为正。

③ 猛志：犹壮志。
④"同物"二句：谓生时既无忧虑，死后亦不悔也。化去，即物化，犹言死亡。《庄子·刻意》："圣人之生也天行，其死也物化。"
⑤"徒设"二句：空怀昔日壮志，实现壮志的时机岂能等得到？讵，岂。

【鉴赏】

我们要理解这首诗，首先要理解题目中所说的《山海经》这部书。《山海经》是一部记述古代神话传说和海内外山川异物的书，大约成书于战国时代，秦汉时有所增补，最后由汉代刘歆编定为一十八篇，晋郭璞为其作注和图赞。著名神话学家袁珂在《山海经校注》中称"《山海经》匪特史地之权舆,亦乃神话之渊府"。《山海经》是研究我国上古社会的重要文献,被称为"中国古代一部综合性的百科全书"。

陶渊明的《读山海经》是组诗,共十三首。据第一首所云"泛览周王传,流观山海图"可知,陶渊明所读的书有《穆天子传》以及郭璞注《山海经》,因为郭注《山海经》有图赞。郭璞是两晋之交著名的文学家和训诂学家,刘勰《文心雕龙·才略篇》称其"景纯艳逸,足冠中兴",评价不可谓不高。他的游仙诗确实写得"神奇瑰丽,丰富多彩",对后世诗人产生了比较大的影响,曹道衡先生在《郭璞和游仙诗》一文中认为郭璞游仙诗在艺术成就上"是我国古代浪漫主义诗人从屈原到李白发展中的一个重要环节"。陶渊明的组诗《读山海经》具有游仙诗的性质,但未可以凡俗的游仙诗等闲视之。

陶渊明作为隐逸诗人、田园诗人已经被世人普遍接受,其被鲁迅先生誉为"金刚怒目式"诗歌则重视不够,明王文禄说过:"陶靖节诗,音调雅淡冲融,内藏英雄之志……曰'欲言无予和,挥杯劝孤影。日月掷人去,有志不获骋',观此则胸中浩荡,气横八荒,达顺自怡,愤而不怒"。(《诗的》)陶渊明虽然最终选择了归隐田园、饮酒赋菊,但他自少年起就有建功立业的雄心壮志,"忆我少壮时,无乐自欣豫。猛志逸四海,骞翮思远翥"才是他的内心独白。清吴菘《论陶》说:"自第二首至第八首皆言仙事,欲求出尘,遂我避世,正悲愤无聊之极,非真欲学仙也。"这个评论入木三分、切中肯綮。陶渊明的辞官归里显然不是自己愉快的主动选择,而是无奈之下的被动选择,所以终日饮酒欲以浇胸中之块垒,他的这首诗恰可解释当时的这种郁闷愤激的心境。《读山海经》中提到的这些古代神话中的悲剧英雄形象乃是陶渊明心灵的映照与外化。

这首诗是组诗《读山海经》的第十首。"精卫衔微木,将以填沧海。刑天舞干戚,猛志故常在"这四句诗分别提到了精卫和刑天,两个人物形象均出自《山海经》。精卫填海的故事为大家所熟知。"刑天舞干戚"一句在训诂学家那里聚讼纷纷，究竟是"刑天舞干戚"还是"形夭无千岁"，古今学者争论不休，至今也未达成共识，本文姑且置之不论。要而言之，刑天也是一个神话人物形象。《山海经·海外西经》载："刑天与帝争神，帝断其首，葬之于常羊之山。乃以乳为目，以脐为口，操干戚以舞。"精卫溺水而亡，却欲以微木填沧海，刑天与帝争神，被断首之后犹自挥舞着盾斧战斗不息，这两个神话中的人物形象有一个共同点，他们都是失败者，都是悲剧形象。精卫的坚毅态度，刑天的不屈精神，与诗人的内心世界达成了互通，所以诗人要赞美他们，歌颂他们，以此寄寓内心的无限感慨。"同物既无虑，化去不复悔"是说生时既无所畏惧，死后更无悔意。"徒设在昔心，良晨讵可待"是说徒有昔日的雄心壮志，实现心愿的美好日子又如何能够等得到呢？这句诗与"日月掷人去，有志不获骋"意同。看得出，诗人是绝望的，倘不绝望，诗人又怎会坚定决绝地辞官归里呢？

  作为魏晋风流的优秀代表，陶渊明的生命孤独感与悲剧感十分强烈，所以说陶渊明始终处在痛苦与逍遥之间。还是鲁迅先生说得好，他说："'猛志固常在'和'悠然见南山'是同一个人，倘有取舍，即非全人，更加抑扬，更离真实。"（《且介亭杂文二集》）

双头莲·呈范至能待制[1]

[宋] 陆　游

华鬓星星[2],惊壮志成虚,此身如寄[3]。萧条病骥[4]。向暗里、消尽当年豪气。梦断故国山川[5],隔重重烟水。身万里。旧社凋零[6],青门俊游谁记[7]。
尽道锦里繁华[8],叹官闲昼永,柴荆添睡[9]。清愁自醉。念此际[10]、付与何人心事。纵有楚柁吴樯[11],知何时东逝。空怅望,鲙美菰香,秋风又起[12]。

【注释】

[1] 范至能:范成大(1126—1193),南宋诗人,字致能(原诗作"至"),号石湖,吴郡(今江苏苏州)人。绍兴二十四年(1154年)登进士第。出仕后主张收复失土,曾出使金国。后任广西经略安抚使、四川制置使、参知政事,晚年隐居家乡。所作《四时田园杂兴》六十首为著名的田园诗。有《范石湖集》。孝宗淳熙二年(1175年)六月,以敷文阁待制知成都府权四川制置使。待制:职官名,唐代始设,由六品以上的文官担任,为侍从顾问之职。宋因唐制,于殿、阁均设待制之官,掌守文物,位在学士、直学士之下。属于在正式官职之外另加给文臣的一种头衔。

[2] 华鬓:花白的鬓发。星星:星星点点,形容鬓发斑白的样子。
[3] 此身如寄:此指离乡客居,比喻没有归宿。当时陆游为成都府路安抚司参议官兼四川制置使司参议官,为范成大下属。
[4] 病骥:患病的良马。《剑南诗稿》卷七《和范待制秋兴》有"身如病骥惟思卧,谁许能空万马群"之句。
[5] 梦断:梦醒。故国:旧都,这里指北宋都城东京汴梁。
[6] 非必定有结社之事。绍兴三十二年(1162年),陆游与范成大、周必大在编类圣政所同官,诗酒唱和,与林栗、刘仪凤、王秬等人过从甚密。
[7] 青门:长安的东门。《三辅黄图》:"长安城东出南头名霸城门,俗以其色青,名曰青门。"这里是用以指代南宋都城临安。俊游:指当年那些共同交游的俊才。
[8] 锦里:即成都。《华阳国志》卷三:"锦江,织锦濯其中,则鲜明,他江则不好,故命曰锦里也。"
[9] 柴荆:柴门。

⑩ 此际：此时。
⑪ 楚柁吴樯：指驶向长江中下游吴楚一带的船只。柁，同"舵"。杜甫《秋风二首》："吴樯楚柁牵百丈，暖向神都寒未还。"《剑南诗稿》卷五《秋思》："吴樯楚柁动归思，陇云巴月空复情。"又《叙州三首》（其三）："楚柁吴樯又远游，浣花行乐梦西州。"
⑫ "鲙美"二句：用晋人张翰的典故。《晋书·文苑传·张翰》："翰因见秋风起，乃思吴中菰菜莼羹、鲈鱼脍，曰：'人生贵得适志，何能羁宦数千里以要名爵乎？'遂命驾而归。"鲙（kuài），同"脍"，切得很细的鱼或肉。菰（gū），即茭白。

【鉴赏】

此词当作于宋孝宗淳熙二年（1175年）或三年秋。淳熙二年六月，范成大知成都府，这一年陆游五十一岁，正在成都府路安抚司参议官任上。二人是文字故交，相知多年，所以重逢倍感亲切。《宋史·陆游传》曰："范成大帅蜀，游为参议官，以文字交，不拘礼法。"

陆游在蜀中为官八载，自乾道六年（1170年）任夔州通判至淳熙五年春奉诏东归，共计长达八年之久的蜀中游宦生涯。其间陆游曾应四川宣抚使王炎之聘，由夔州赴王炎幕府从军七八个月，时间并不长，但这却是陆游一生中唯一一次亲临前线，此一时期所创作的诗歌充满战斗的豪情，如《南郑马上作》中有诗句"犹嫌未豁胸中气，目断南山天际横"，并且自注"城中望见长安南山"。可惜陆游在南郑的时间很短，随着王炎被朝廷召还，其幕僚也被遣散，陆游也只得离开南郑回到成都任职，在返蜀途中他写下那首著名的《剑门道中遇微雨》，其中有诗句"此身合是诗人未，细雨骑驴入剑门"。陆游在诗中称自己是诗人，其实暗藏着一种愤激之情。钱仲联先生也说："此愤慨之言。时方离南郑前线往后方，恢复关中之志不遂。'合是诗人未'，不甘于仅为诗人也。"（《剑南诗稿校注》）蜀中生活在陆游一生中占有重要地位，陆游的诗集之所以称《剑南诗稿》即是为了纪念这段蜀中生活经历。陆游的诗风在此期间也发生了重大转变，如清人赵翼就

提出："放翁诗之宏肆，自从戎巴蜀，而境界又一变。"（《瓯北诗话》）

至于陆游的词，明代杨慎称："纤丽处似淮海，雄慨处似东坡。"一代词学巨擘夏承焘先生曾这样说："陆游词的成就不能和他的诗并称大家，这和辛弃疾的诗不能和他的词并称一样。"又说"陆游词中也还有好些表达其爱国思想，抒写一生不忘匡复志事的名篇。这类词出于他手，也仍然是举重若轻、神完气定"。（《论陆游词》）陆游有一篇自题《长短句序》，其中说"千余年后，乃有倚声制辞，起于唐之季世，则其变愈薄，可胜叹哉。予少时汩于世俗，颇有所为，晚而悔之，然渔歌菱唱，犹不能止"。由此可见，陆游词的创作不如其诗，究其原因，在于陆游内心对词，不过是以余力为之；然而毕竟是大家手笔，因为寄寓着胸中之大感慨，所以一样显得卓荦绝俗、姿态横生。

这阕《双头莲》就是诗人向老朋友的一种倾诉。回到蜀中任职后的陆游心中充满"裘马清狂锦水滨，最繁华地作闲人"的叹惋与惆怅，故开篇三句"华鬓星星，惊壮志成虚，此身如寄"直接发出慨叹，自己已经年老，双鬓斑白，壮志成空，一身如寄。诗人"年光迟暮壮心违"（《感事》）的诗句也是一样心情。接下来，诗人说自己已是身如病骥，"消尽当年豪气"。自己远离故乡，为的是收复失地，克复神州，所以才会说"梦断故国山川，隔重重烟水"。现在旧交零落，谁还记得当时的盛事？

下阕从对当年胜友俊游的回忆转到现实，都说成都是繁华之地，宋人洪迈《容斋随笔》中记载："故谚称扬一益二，谓天下之盛，扬为一而蜀次之也。"益州治所即在成都。奈何"锦城虽云乐"，诗人却"叹官闲昼永，柴荆添睡"，终日借酒浇愁，壮志消磨，这样的心事向谁诉说呢？"念此际、付与何人心事"一句也扣住了题目中所说的"呈范至能待制"。"纵有楚柁吴樯，知何时东逝"两句流露出诗人归乡之思，只是不知道归期何日罢了。最后三句"空怅望，鲙美菰香，秋风又起"用晋人张翰之典，后世将"莼羹鲈脍"用为思乡辞官的典故。

陆游的这阕词反复诉说自己内心的惆怅与苦闷,不甘心被投闲置散,可见诗人与范成大的交谊之深厚。另外,通过这样的表达,还可以看出陆游对范成大的殷勤期待,希望范成大能够有所作为,早日北定中原,克复神州。

情志篇｜志

观沧海

[三国] 曹 操

东临碣石①，以观沧海②。
水何澹澹③，山岛竦峙④。
树木丛生，百草丰茂。
秋风萧瑟⑤，洪波涌起⑥。
日月之行，若出其中。
星汉灿烂⑦，若出其里。
幸甚至哉，歌以咏志。

【注释】

① 临：登上，有到达的意思。碣石：山名，在今河北省昌黎县碣石山。汉建安十二年（207年）秋，曹操征乌桓时经过此地。
② 沧：通"苍"，青绿色。
③ 澹（dàn）澹：（水波）荡漾的样子。
④ 竦峙（sǒngzhì）：高高地挺立。竦，通耸，高起。峙，挺立。
⑤ 萧瑟：凋零，冷落，凄凉。
⑥ 洪波：波涛，大波浪。
⑦ 星汉：银河。

【鉴赏】

　　《观沧海》是曹操组诗《步出夏门行》的首章。《步出夏门行》又名《陇西行》，"夏门"原是洛阳北面西头的城门，汉代称夏门，魏晋称大门。《宋书·乐志》将曹操此作归入《大曲》，题作《碣石步出夏门行》。诗作内容与题意了无关系，因为《步出夏门行》原是感叹人生无常，须及时行乐的曲调，曹操却以之抒发一统天下的胸襟和抱负以及北征归来所见的壮丽景象。

　　《步出夏门行》共分《观沧海》《冬十月》《土不同》《龟虽寿》四章，前面有"艳"（序歌）。《观沧海》一诗为四言诗体，锺嵘在《诗品序》中曾道："夫四言，文约而意广，取效风骚，便可多得。每苦文繁而意少，故世罕习焉。"东汉之后，五言诗很快取代了四言诗的地位。曹操却上承《诗经》传统，使四言诗的创作重新焕发出光彩。清代的吴乔在《围炉诗话》中说："作四字诗，多受束于《三百篇》句法，不受束者，唯曹孟德耳。"

《观沧海》全诗共十二句，可分三层。"东临碣石，以观沧海。水何澹澹，山岛竦峙"前四句开篇即交代清楚观沧海的具体位置是在碣石，此为第一层。"树木丛生，百草丰茂。秋风萧瑟，洪波涌起"四句则承上所写之山水而言之，纯用白描，大海的壮观景象便跃然纸上。此为第二层。正是因为有萧瑟秋风的吹动，所以海水涌起巨浪，大有包容宇内、吞吐八荒之势；然而诗人并不满足于眼前之景，开始发挥丰富的想象力继续描绘大海那包纳万物的壮观景象。"日月之行，若出其中。星汉灿烂，若出其里"四句彰显出诗人的构思独具匠心，寥寥数语，写尽沧海之浩渺无边。此为第三层。沈德潜在《古诗源》中评此诗曰："有吞吐宇宙气象。"明钟惺在《古诗归》中也说：《观沧海》直写其胸中眼中，一段笼盖吞吐气象。"近现代著名学者顾随先生更是这样评价："那一种伟大的景象，就只有像曹操这样英雄诗人才能写得出。这是因为只有具有伟大感情、伟大理想的人，才能淋漓尽致地表现伟大的景象。"（《东临碣石有遗篇——略谈曹操乐府诗的悲、哀、壮、热》）

《观沧海》写于东汉建安十二年（207年）秋。当年五月，曹操率军北征乌桓，七月出卢龙塞，九月大获全胜。凯旋途中，经过昌黎碣石山，诗人登高望海，感慨万分，从而留下了这首千古传唱的山水名篇。诗中描写了大海吞吐日月、包孕万千的壮丽景象，抒发了诗人想要一统天下的伟大抱负，反映了诗人波澜壮阔的博大胸怀以及叱咤风云的英雄气概。宋敖陶孙《诗评》评价曹诗"如幽燕老将，气韵沉雄"，可谓的评。《观沧海》寄托了诗人深沉的感慨，使得这首诗具有一种沉雄健爽的风格，成为"千古绝唱"便是情理之中的事了。

咏廿四气诗[1]·寒露九月节

[唐]元　稹

寒露惊秋晚[2]，朝看菊渐黄。
千家风扫叶，万里雁随阳[3]。
化蛤悲群鸟[4]，收田畏早霜[5]。
因知松柏志[6]，冬夏色苍苍[7]。

【注释】

① 这组诗共二十四首，出自敦煌文献。"廿四气"即"二十四节气"。赵翼《陔余丛考·二十四节气名》："二十四节气名，其全见于《淮南子·天文》篇及《汉书·历志》。三代以上，《尧典》但有二分二至，其余多不经见，惟《逸周书·时训解》始有二十四节名，其序云：'周公辨二十四气之应，以顺天时，作《时训解》。'则其名盖定于周公。"（此据吴伟斌《新编元稹集》）

② 寒露：二十四节气之一，在阳历十月八日或九日。《逸周书·时训》："寒露之日，鸿雁来宾。"

③ 随阳：跟着太阳运行，指候鸟依季节而定行止。《尚书·禹贡》："阳鸟攸居。"孔安国传："随阳之鸟，鸿雁之属，冬月所居于此泽。"孔颖达疏："日之行也，夏至渐南，冬至渐北，鸿雁之属，九月而南，正月而北。"唐李白《感兴八首·其三》："征鸿务随阳，又不为我栖。"

④ 化蛤：《国语·晋语》："雀入于海为蛤，雉入于淮为蜃。鼋鼍鱼鳖，莫不能化，唯人不能。"《礼记·乐记》："鼓之以雷霆，奋之以风雨，动之以四时，暖之以日月，而百化兴焉。"蛤，一种有介壳的软体动物，生活在浅海底，肉可食。《吕氏春秋·精通》："月也者，群阴之本也。月望则蚌蛤实，群阴盈。"这是古人一种不科学的传说。比喻事物随环境不同而发生变化。化，变化，改变。

⑤ 收田：收割农田的作物。元稹《酬乐天东南行》："防戍兄兼弟，收田妇与姑。"早霜：霜期之前或霜期之初所降的霜。汉焦赣《易林·需之咸》："早霜晚雪，伤害禾麦。"

⑥ 松柏为志操坚贞的象征。《礼记·礼器》："其在人也，如竹箭之有筠也，如松柏之有心也。"《荀子·大略》："岁不寒无以知松柏。"

⑦ 苍苍：深青色。《庄子·逍遥游》："天之苍苍，其正色邪。"

【鉴赏】

元稹的这组诗并不见于《元氏长庆集》,陈尚君先生作《全唐诗补编》,将这组诗附于元稹名下,并加按语曰:"此组诗存两个钞本……至其作者,二书有异。元相公可确定为元稹,卢相公不详为谁。究为谁作,今已难甄辨。亦有可能元、卢二人皆为依托之名,今姑从一说录附元稹之末。"

这组《咏廿四气诗》出自敦煌文献,敦煌文献存有 P.2624 和 S.3880 两个写卷。其中 P.2624 抄写比较完整,题为《卢相公咏廿四气诗》。后者卷首残缺,卷末题有"甲辰年夏月上旬写记,元相公撰,李庆君书"的字样。徐俊先生在《敦煌诗集残卷辑考》中分析如下:甲辰年为唐僖宗中和四年(884 年),再前一甲辰年为唐穆宗长庆二年(824 年)。长庆二年正是元稹自工部侍郎拜相时间,可视为依托之作的时间上限。其抄写时间当在中和四年。

这组《咏廿四气诗》由二十四首格律谨严的五律组成。根据诗中所用意象与典故判断,为文人创作当无疑义。这首《咏廿四气诗·寒露九月节》以首联"寒露惊秋晚,朝看菊渐黄"点题,寒露已经是秋季的第五个节气,属于晚秋时节,农谚也说"白露早,寒露迟,秋分种麦正当时"。此时菊花渐黄。《逸周书·时训解》:"寒露之日,鸿雁来宾,又五日,雀入大水为蛤,又五日,菊有黄华。"《礼记·月令》:"鸿雁来宾,雀入大水为蛤,菊有黄华。"这些典籍中都有"菊有黄华"的记载。颔联"千家风扫叶,万里雁随阳"是说这个节气落叶纷纷,鸿雁南飞。颈联上句"化蛤悲群鸟"比较难懂,特别是"化蛤"不太常见,所以在注释中略作征引。通过这些典籍记载可知,群鸟之所以悲,是因为到了这个节气就要化为蛤了。这当然是古人一种不科学的传说,但也反映了古代劳动人民对自然现象的思考和探究。颈联下句"收田畏早霜"就很好理解了,早霜会对禾苗有伤害,容易造成农作物大幅减产,是农民十分担心的一件事。尾联"因知松柏志,冬夏色苍苍"用松柏作结，松柏四季常青，岁寒而不凋，孔子也说"岁寒，然后知松柏之后凋也"。

"二十四节气"是古人劳动人民的智慧结晶，甚至被誉为"中国的第五大发明"，就是因为它比较准确地反映了时令、气候、物候在一年中的变化及其相互关系，是中华民族的祖先历经几千年的农业生产实践创造出来的宝贵科学遗产。2016年，中国申报的"二十四节气——中国人通过观察太阳周年运动而形成的时间知识体系及其实践"被列入联合国教科文组织人类非物质文化遗产代表作名录。这组由唐人撰写并最终传入敦煌而得以保存流传的《咏廿四气诗》十分珍贵，正是由于其与农业、天文、物候、风俗等息息相关，故具有独特的审美意蕴和文化价值，其丰富的内涵与新颖的创作构思，使得这组诗释放出永恒的艺术魅力。

鹧鸪天·不寐口占[①]

[近现代] 顾 随

老去从教壮志灰[②],那堪中岁已长悲[③]。
篆香不断凉先到[④],蜡泪成堆梦未回[⑤]。
星历落[⑥],雾霏微[⑦]。遥山新月俱如眉[⑧]。
寒花无数西风里[⑨],抱得秋情说向谁。

【注释】

① 口占:谓作诗文不起草稿,随口而成。
② 从教:从此使得,从而使。唐韩偓《偶见》诗:"千金莫惜旱莲生,一笑从教下蔡倾。"
③ 那堪:怎堪,怎能禁受。唐李端《溪行遇雨寄柳中庸》诗:"那堪两处宿,共听一声猿。"中岁:中年。南朝齐谢朓《赋贫民田》诗:"中岁历三台,旬月典邦政。"唐王维《终南别业》诗:"中岁颇好道,晚家南山陲。"
④ 篆香:犹盘香。宋李清照《满庭芳》词:"篆香烧尽,日影下帘钩。"
⑤ 蜡泪:即烛泪。指蜡烛燃点时淌下的液态蜡。唐李贺《恼公》诗:"蜡泪垂兰烬,秋芜扫绮栊。"
⑥ 历落:疏落参差貌。北魏郦道元《水经注·河水四》:"轻崖秀举,百有余丈。峰次青松,岩悬赪石,于中历落,有翠柏生焉。"
⑦ 霏微:迷蒙。明田汝成《西湖游览志余·熙朝乐事》:"西湖观月,秋爽最宜,烟波镜净,上下一色。渔灯依岸,城角传风,山树霏微。"
⑧ "遥山"句:谓遥山新月都形似眉。《西京杂记》卷二形容卓文君"眉色如望远山",这里反用此典。宋晏幾道《南乡子·其七》:"新月又如眉。"
⑨ 寒花:亦作"寒华"。寒冷时节开放的花。多指菊花。晋张协《杂诗》:"寒花发黄采,秋草含绿滋。"晋陶渊明《九日闲居》诗:"尘爵耻虚罍,寒华徒自荣。"西风:西面吹来的风。多指秋风。唐李白《长干行》:"八月西风起,想君发扬子。"清陈维崧《百字令·送周求卓之任荥阳》词:"西风夕照,老鸦啼上枯树。"

【鉴赏】

顾随(1897—1960),字羡季,别号苦水,晚号驼庵。1920年毕业于北京大学,一生执教并从事于文学创作和学术研究。顾随先生长于诗词创作,他的第一部词集刊行于 1927 年，同时顾先生还精通禅学与书法，是近代以来典型的学者型文人之一。先生执教生涯四十年整，桃李天下，绝非虚誉，门下弟子名家辈出，如周汝昌、叶嘉莹、郭预衡、吴小如、史树青、颜一烟等便是其中的突出代表。顾随先生的著作目前已有河北教育出版社以"全集"的方式于 2000 年和 2014 年两次出版，尤其是 2014 年出版的十卷本全集，涵盖了顾随诗词、小说、散文、日记、讲义、书信及书法等多个方面的著作。要而言之，顾随先生在诸多领域都取得了卓越的成就。

这阕《鹧鸪天》作于 1943 年，出自《濡露词》。顾随在世时印行过六种词集，分别是《无病词》《味辛词》《荒原词》《留春词》《霰集词》《濡露词》，另有《闻角词》是 1952 年之后作，散见于各报刊，1959 年由作者自编而成。其中，《濡露词》于 1944 年春印行，实为"倦驼庵词稿"与"濡露词"的合集，词集后之"小记"记录了此集词写作和印行的经过："此《濡露词》一卷则皆去岁秋间病中之所作也，计其起讫不过一月耳。史子庶卿见而好之，既得予同意乃付之排印。噫，予之为是诸词也，予之无聊也。而史子之印之也，又何其好事也。无聊而不遇好事，则其无聊也不彰；好事而适遇无聊，则其好事也，不亦同于无聊矣乎。至《倦驼庵词》则皆前乎此二年中之作，破碎支离，殆尤甚于濡露也。校印将竟，乃为斯记。既谢庶卿，且用自白。"

《濡露词》扉页有题词："篆香不断凉先到，蜡泪成堆梦未回。"这两句带有概括性的词句恰出自本书所选的这阕《鹧鸪天·不寐口占》。全词表现了先生"中岁长悲"、无所诉说的凄凉之情怀。对于这个词集何以名"濡露"，顾随先生的女儿顾之京曾经这样说："何以集名'濡露'，我想是取义于杜甫'雨露之所濡，甘苦齐结实'（《北征》）的句意。父亲于词，最推崇者乃稼轩，于诗，则老杜。"

1943 年，顾随先生当时在辅仁大学执教，同时兼任中国大学的课程，北平沦陷已经六年之久，词人愁苦茫茫，因有此作。上阕开篇即直抒胸臆，"老去从教壮志灰，那堪中岁已长悲"，这一年，词人才四十六岁，却不胜老大蹉跎之叹，壮志成灰，中岁长悲，都是对时局的悲慨。"篆香不断凉先到，蜡泪成堆梦未回"应该是词人的得意之句，所以才会用作了词集扉页的题词。"篆香"即盘香，是古典诗文中常见的一个意向，如"宝篆""香篆"之类皆指此。古代熏香之所以会被称作"宝篆""香篆"抑或"篆香"，是因为古人把这种香制成盘曲状，看起来就好像线条曲折宛转的篆字，并非《辞源》释"香篆"所说的"点燃时烟上升缭绕如篆文"。篆香不断，而凉已先到，蜡泪成堆，而梦犹未回，可见词人忧心时局，辗转反侧，难以成寐。顾随先生的女儿顾之京对于这两句是这样理解的："这是内心苦楚形象而曲折的表述，又是坚贞心志深婉而凄美的表达。"（《苦水词人：顾随词集词作解析》）所以词人才会看到"星历落，雾霏微。遥山新月俱如眉"，夜星寥落，烟雾迷蒙，方向何在？远山如眉，眉如远山；新月如眉，眉如新月，取其形似尔，怎么说都无妨。最后两句"寒花无数西风里，抱得秋情说向谁"是说秋风萧瑟，菊花盛开，可是自己内心的悲苦忧伤能够向谁倾诉呢？

顾随先生女弟子叶嘉莹先生曾经回忆说："1943年春天，我还在老师'唐宋诗'的课上听讲，老师有一次上课偶然提到雪莱的《西风颂》，《西风颂》有两句说：'冬天来了，春天还会远吗？'当时北平已经沦陷有六年之久了，大家都期盼着抗战的胜利，老师上课就说他用雪莱这两句诗的诗意填了两句词：'耐他风雪耐他寒，纵寒已是春寒了。'"（叶嘉莹《师生情谊七十年》）杨敏如曾撰文指出，抗战期间，顾随在讲堂上"以比兴寄托为手段，把自己的精神负荷和痛苦、对祖国的节操和忠贞，交付学生，使学生能以灵犀相通，心领神会"（《永远的怀念》）。通过以上记载也可以看出顾随是一个爱国词人，他对国土沦丧痛彻心扉，坚信抗战一定会取得胜利。

咏史十首·晁错①

[宋]朱淑真

七国绵延蔓草图②,一言请削独干诛③。
扬雄自负功名志④,犹罪当时太失愚。

【注释】

① 晁错:西汉大臣,文帝时为太子(即景帝)家令,得太子信任,有"智囊"之誉,景帝即位后任御史大夫。晁错主张逐步削夺诸侯王国的封地以巩固中央集权制度,得到景帝采纳。不久,吴楚等七国以"诛晁错、清君侧"为名发动武装叛乱,晁错为袁盎等所谮,遭杀害。

② 七国:指汉景帝时期吴、楚、赵、济南、淄川、胶西、胶东七国。蔓草图:《左传·隐公元年》:"不如早为之所,无使滋蔓。蔓,难图也。"
③ 干诛:因为触犯法律而被诛杀。
④ 扬雄:西汉文学家、哲学家、语言学家。汉成帝时为给事黄门郎。王莽称帝后,任太中大夫。早年以辞赋闻名,有《甘泉赋》《长杨赋》等名篇。晚年研究哲学,仿《论语》和《易经》作《法言》和《太玄》。另有研究语言学的《方言》和吹捧王莽的《剧秦美新》等。后因刘棻等人进献"符命"而遭迁连。

【鉴赏】

　　朱淑真,自号幽栖居士,钱塘(今浙江杭州)人,一说徽州海宁(今属浙江)人,宋代著名女诗人和词人。朱淑真的父亲曾在浙西为官,家境优越,家人俱解翰墨。朱淑真生于仕宦家庭,自幼聪慧过人,才色双绝,工书画,通音律,擅诗词。词多伤于幽怨,流于感伤。正如清代文学评论家陈廷焯在其《白雨斋词话》中所说:"朱淑真词风致之佳,情词之妙,直可亚于易安。"

　　相传朱淑真所适非偶,婚嫁极不如意,终日抑郁寡欢,后归家,竟以亡终。魏仲恭在《断肠诗集序》中称朱淑真:"其死也,不能葬骨于地下,如青冢之可吊,并其诗为父母一火焚之。今所传者,百不一存,是重不幸也。呜呼,冤哉！予是以叹息之不足，援笔而书之。聊以慰其芳魂于九泉寂寞之滨，未为不遇也。"朱淑真文名于当世不显，后魏仲恭于朱淑真死后，收辑其诗作，题名为《断肠集》，并为之作序，其诗始因之流传于世。其焚余作品流传至今的有诗歌三百三十余首，词三十余首，是明代以前女子诗词创作数量最多的。是故，《玉镜阳秋》载："唐宋以还，闺媛篇什流传之多，无过淑真者。"

朱淑真作为一个闺中女子，其诗作真实地反映了她的生活和思想感情。由于婚姻不如意，她写有大量描写个人寂寞生活和抒发内心痛苦的诗篇。当然，朱淑真诗歌的题材还是比较广泛的，她的作品并非全都是吟风弄月之作，她的一些农事诗关注广大的底层劳动人民，呐喊出了他们的心声。她用诗歌纪游、赠答，抒发客居异乡时对旧庐的怀念。她还写了一些咏史诗，议论历史，品评人物，都显得相当有见地，可以想见其识见之不凡。咏史诗作为中国古代诗歌的一个重要题材，并不好驾驭。因为好的咏史诗能够对历史人物、历史事件表达议论见解、内心感悟或借咏史以讽谏，总之，要抒发自己的怀抱，述怀叙志，寄托感情。

朱淑真的组诗《咏史十首》，分别题咏了项羽、韩信、张良、陆贾、贾生、董生、晁错、刘向八个历史人物，其中项羽和刘向都是两首。本书所选的这首《晁错》虽然题为一人之名，却分咏西汉时期两个历史人物。前两句"七国绵延蔓草图，一言请削独干诛"是说晁错事。晁错以其辩才深得太子刘启的信任，有"智囊"之誉。景帝刘启继位后，晁错被任命为内史，后又担任御史大夫。急躁冒进的晁错提出削藩之策，激起了朝中大臣与诸侯的强烈反对，直接导致"七王之乱"。吴王刘濞就联合楚王刘戊、赵王刘遂、济南王刘辟光、淄川王刘贤、胶西王刘昂、胶东王刘雄渠等刘姓宗室诸侯王，以"清君侧"为名发动叛乱。虽然叛乱很快被平定，但晁错也被杀。"蔓草难除"的典故出自《左传·隐公元年》，文中祭仲以蔓草难除作譬劝告郑庄公早日应对其弟弟共叔段的势力扩张。汉景帝时，诸侯国日益强大，晁错提出削藩之策，结果却被诛杀。他的建议错了吗？并不是。他明明提出了正确的政治主张，最终却成为政治交易中的牺牲品。下二句"扬雄自负功名志，独罪当时太失愚"则是说博学多才的扬雄，扬雄"少而好学""博览无所不见"，固然是"自负功名志"，却因为恐惧祸事株连，以致投阁自杀，堪称愚蠢之至。

　　朱淑真批评了晁错的不能审时度势以及扬雄的自负失愚，以其女性所特有的敏感和过人的才气褒贬历史人物，胸中藏一段英迈雄壮之气。全诗寓意深刻，笔致犀利。难怪魏仲恭称赞朱淑真"天姿秀发，性灵钟慧，出言吐句有奇男子之所不如"(《断肠诗集序》)。

【性】

惟性所宅,真取不羁。
控物自富,与率为期。

归园田居① · 其一

[东晋] 陶渊明

少无适俗韵②，性本爱丘山③。
误落尘网中④，一去三十年⑤。
羁鸟恋旧林⑥，池鱼思故渊⑦。
开荒南野际⑧，守拙归园田⑨。
方宅十余亩，草屋八九间。
榆柳荫后檐，桃李罗堂前。
暧暧远人村⑩，依依墟里烟⑪。
狗吠深巷中，鸡鸣桑树颠。
户庭无尘杂，虚室有余闲⑫。
久在樊笼里⑬，复得返自然。

【注释】

① 组诗共五首，这里选的是第一首。
② "少无"句：少年时就没有迎合世俗的本性。少，指少年时代。俗，世俗。韵，本性、气质。
③ "性本"句：天性原本热爱山川田园（生活）。性，天性，本性。
④ 尘网：尘世之俗事俗欲如网缠人。
⑤ 三十年：一说为"十三年"之误。
⑥ 羁（jī）鸟：即笼中之鸟。
⑦ 渊：深水，潭。
⑧ 开荒：开垦荒地。
⑨ "守拙"句：固守住愚拙，回乡过田园生活。守拙，意思是不随波逐流，固守节操。
⑩ 暧（ài）暧：昏暗、模糊的意思。
⑪ 依依：轻柔而缓慢地飘升。墟里：村落。
⑫ 虚室：空室。《庄子·人间世》："瞻彼阕者，虚室生白，吉祥止止。"
⑬ 樊笼：比喻官场生活。

【鉴赏】

　　学术界对陶渊明的享年争议很大，此诗的系年也各持己见，争论不休。袁行霈先生意见，此诗作于东晋安帝义熙二年（406年），也就是辞去彭泽令归田次年，这一年陶渊明五十五岁。陶渊明自幼受儒家传统教育，有积极用世之心，曾经有过"大济苍生"的理想，如"猛志逸四海，骞翮思远翥"这样的诗句足见他的胸怀之宽广和抱负之远大。奈何陶渊明生在晋宋易代这样一个历史时期，虽不得不以"亲老家贫，起为州祭酒"，但终因"不堪吏职，少日自解归"，个中原因不外乎官场黑暗以及个性使然。陶渊明在《感士不遇赋》中有"密网裁而鱼骇，宏罗制而鸟惊"之语，可见其心怀忧惧，他在仕隐之间徘徊多年，终于在晋安帝义熙元年（405年）做出了人生的重大抉择——辞官归田。陶渊明回到阔别已久的家乡，有一种"久在樊笼里，复得返自然"的欣喜之情。因为这首诗中有桃李之景，因此一般认为此诗作于归隐次年春天。

《归园田居》一共五首，这里选的是其中第一首。《归园田居》组诗从不同侧面描写诗人归田以后的生活，向来被认为是陶渊明的代表作。前两句"少无适俗韵，性本爱丘山"交代了诗人辞官归田的原因，这两句的意思是说从小就没有迎合世俗的本性，那么诗人的本性是什么呢？第二句立刻交代清楚，原来诗人天性原本是热爱山川田园生活。"误落尘网中，一去三十年"两句是悔恨过去，入仕三十年，如同误堕尘网，所谓尘网是说尘世之俗事如网一样束缚住人的手脚，不得施展。这两句与《归去来兮辞》中的"实迷途其未远，觉今是而昨非"是一个意思。"羁鸟恋旧林，池鱼思故渊"是仕途生活的感受。所谓"羁鸟""池鱼"，都是诗人自比，园田居便是"旧林"，园田居便是"故渊"。由此可见诗人对官场的憎恶之情。

从"开荒南野际"一句以下俱是诗人归来之后喜悦心情的表达。开荒种田，这是诗人真正地参与农事劳动，身为士大夫而躬身陇亩者前所未有，陶渊明是第一人。"守拙"的意思是保持自身纯朴的本性，决不放弃操守，与恶势力同流合污。"方宅十余亩，草屋八九间。榆柳荫后檐，桃李罗堂前"四句是具体描述园田居的美丽景色。堂前有桃李，檐后有榆柳，虽说不上多么清新雅致，至少有一份农家院落的朴拙之美。正如黄文焕《陶诗析义》中所言"极平常之景，各生趣味"。"暧暧远人村，依依墟里烟"具体描写乡村景致，远村模糊，近烟依稀。"狗吠深巷中，鸡鸣桑树颠"是从汉乐府《鸡鸣》"鸡鸣高树巅，狗吠深宫中"两句裁剪而来,鸡鸣狗吠乃是乡村的声音,这两句以动写静,愈闻此声,愈觉乡村静谧安详之美。诗人以极平淡的笔墨,纯用白描,即勾勒出一幅自然清新的田园风光图。惠洪《冷斋夜话》中记载:"东坡尝云:'渊明诗初看若散缓,熟读有奇句。……"霭霭(引按:原文如此)远人村,依依墟里烟。狗吠深巷中,鸡鸣桑树颠",大率才高意远,则所寓得其妙,造语精到之至,遂能如此。似大匠运斤,不见斧凿之痕。'"苏东坡是陶渊明的崇拜者和知音,他创作的一百多首和陶诗对于陶诗的接受具有开创性贡献。因此,苏东坡对陶渊明的评价也更加准确而深刻,如他评价陶诗"质而实绮,癯而实腴",几乎已经成为定谳。

"户庭无尘杂,虚室有余闲"两句则又将视线拉回,由写景物转为写人事,上句表面上是说门庭洁净,实则是说无尘俗杂冗之事,下句表面是说人有余闲,实则言其心中宽阔而无忧惧之耗。"虚室生白"是《庄子》中的典故,谓人能清虚无欲,则道心自生。最后两句"久在樊笼里,复得返自然"卒章显志,首尾呼应,诗人终于脱离樊笼,回归自己的本来之天性,也重新获得闲适宁静与人生自由。

清人方东树在《昭昧詹言》中评价说:"此诗纵横浩荡,汪茫溢满,而元气磅礴,大含细入,精气入而粗秽除,奄有汉魏,包孕众胜。"诚可谓知诗者之言。陶渊明的田园诗作语言看似平淡,实则经过锤炼,熔经铸史,可谓寓绮丽于朴素。元好问所云"一语天然万古新,豪华落尽见真淳"正是看到了陶诗丰美自然、真朴淳厚这一特点而发出的由衷赞叹。

怨　情

［唐］李　白

新人如花虽可宠①，故人似玉犹来重②。
花性飘扬不自持，玉心皎洁终不移③。
故人昔新今尚故④，还见新人有故时。
请看陈后黄金屋⑤，寂寂珠帘生网丝⑥。

【注释】

① 如花：比喻容貌美艳。
② 似玉：比喻品行高洁。
③ "花性"二句：新人虽容颜美丽，但爱情不专一；故人却心灵纯洁，爱情专一。花性，指新人。玉心，指故人。
④ 故人昔新：化用江总《闺怨篇》"故人虽故昔曾新，新人虽新复应故"句意。
⑤ 黄金屋：《汉武故事》："胶东王（即汉武帝）数岁，公主抱置膝上，问曰：'儿欲得妇否？'长公主指左右长御百余人，皆云不用。指其女，'阿娇好否？'笑对曰：'好！若得阿娇作妇，当作金屋贮之。'"
⑥ 网丝：蜘蛛结网，喻其冷落。

【鉴赏】

唐代的宫怨诗创作十分繁荣，根本原因自然是封建帝王后宫嫔妃制度的存在，杜甫《观公孙大娘弟子舞剑器行》中有"先帝侍女八千人"的叙述，白居易《长恨歌》中有"后宫佳丽三千人"的诗句，这些恐非虚言。正如黄宗羲所愤怒斥责的那样："敲剥天下之骨髓，离散天下之子女，以奉我一人之淫乐。"唐代特别是盛唐时期，经济繁荣，政治清明，开放的社会环境和宽松的思想文化氛围也为宫怨诗的创作提供了广阔空间。所谓"文变染乎世情，兴废系乎时序"，因而在唐代诗坛上，名诗人如李白、王昌龄、元稹、白居易、杜牧等，都写过宫怨诗。他们的宫怨诗创作不仅是对齐梁以来"柔靡""浮艳"文风的一种反动，更寄寓了身世之感与遭际之叹。

鲁迅先生曾说"我们中国的最伟大最永久,而且最普遍的艺术也就是男人扮女人",虽然鲁迅先生是以嘲讽的口吻说出这句话,但确实从一个侧面透露出一个不争的事实,就是"男子作闺音"现象在中国文学史上是一种独特而显著的存在。杨义先生曾经撰文指出:"代言体诗即代人言心或以人和物代己言心。"李白与同时代的许多文人一样擅长写作这种代言体的宫怨诗,而且在这个题材上做出了"杰出的开拓"(杨义语)。

李白的创作心理动机显然有出自对思妇、怨妇乃至弃妇这些弱质女子的同情,但更多的还是"以人和物代己言心"。如这首《怨情》即是如此。前两句说新人美貌如花,深得宠幸,故人品行高洁,由来所重。"花性飘扬不自持,玉心皎洁终不移"两句说新人虽然拥有美丽的容颜,但不自持,也就是容易为外物所动,对爱情不够专一,而故人却心灵纯洁,磐石无转移。五、六两句是辩证地论述了故人也曾青春艳丽,而新人势必也有韶华逝去、人老珠黄那一天。最后两句举出例子来证明诗人的观点,用汉武帝金屋藏娇的典故,汉武帝幼时曾说"若得阿娇作妇,当作金屋贮之",长大以后果然没有食言,阿娇成为汉武帝首任皇后,然而因为"十余年而无子",卫子夫遂得以上位,最终取代了阿娇的地位。阿娇的结局便是退居长门宫,昔日的恩宠皆成过眼云烟,人老色衰的下场便是珠帘寂寞。后宫之内,新人得宠,故人见弃实在是一件平常事。此诗虽作年不详,却怨情遥深,别有寄托,当是天宝中诗人被赐金放还之后所作。

江上值水如海势聊短述[1]

[唐] 杜 甫

为人性僻耽佳句[2],语不惊人死不休[3]。
老去诗篇浑漫与[4],春来花鸟莫深愁[5]。
新添水槛供垂钓[6],故着浮槎替入舟[7]。
焉得思如陶谢手[8],令渠述作与同游[9]。

【注释】

① 值:正逢。水如海势:江水如同海水的气势。聊:姑且。
② 为人:犹言平生。性僻:性情有所偏,自谦之语。耽:爱好,沉溺。
③ 惊人:打动读者。死不休:死也不罢手。极言求工。
④ 浑:完全。漫与:谓率意为诗,并不刻意求工。一作"漫兴"。
⑤ 莫深愁:不必愁思过度。
⑥ 新添:初做成的。水槛:水边木栏。

⑦ 故:因为,跟"新"字作对,是借对法。着:设置。槎,木筏,传说中来往于海上和天河之间的木筏。西晋张华《博物志》:"旧说云:天河与海通,近世有人居海渚者,年年八月,有浮槎去来,不失期。"
⑧ 焉得:安得,怎么能得到。思:才思。陶谢:陶渊明、谢灵运,皆工于描写景物,故想到他们。手:指精妙的手艺,手法。这里指写作的本领,犹言大手笔。
⑨ "令渠"句:让他们来作诗,自己则陪同游览,语谦而有趣。

【鉴赏】

此诗作于唐肃宗上元二年(761年)。杜甫时年五十岁,居成都草堂,此一时期生活相对安定。对于诗题"江上值水如海势聊短述",后世注家多有误解,如清人吴见思在《杜诗论文》中评论此诗云:"江上值水势如海,题目奇伟,而诗中一字不写者,盖值此奇景,偶无奇句,故不能长吟,聊为短述耳。"仇兆鳌在《杜诗详注》里更是评论说"此一时拙于诗思而作也"。吴见思的这段评论前半部分称这个题目奇伟,是不错的,这个题目确实精妙,但后半部分则与仇氏观点一致，认为杜甫写不出长篇，恐是看低了杜甫。再如清人王嗣奭也曾说"水势不易描写，故止咏水槛浮舟，此避实击虚之法"云云，所论亦不确。还是金圣叹说得好："每叹先生作诗，妙于制题。此题有此诗，则奇而尤奇者也。"以杜甫之凌云健笔，若真想描述一下水如海势的锦江就为之束手而不能为？非不能也，实不为也。诗人"妙于制题"，只能说是故意用了这样一个题目，下面我们看诗人是如何围绕题目展开的。

且看首联"为人性僻耽佳句，语不惊人死不休"两句，诗人平生沉溺于创制佳句，甚至达到了"语不惊人死不休"的境界，一定要打动读者才行，否则死都不会罢休。这是对自我的严格要求，这更是对艺术的执着追求。这种追求，在别人看来也许是怪癖，对诗人而言却乐在其中，不觉其苦，这正反映了诗人认真严谨的创作态度。赵翼曾说："此外如荆公、东坡、山谷等，各就一首一句，叹以为不可及，皆未说着少陵之真本领也。其真本领仍在少陵诗中'语不惊人死不休'一句。盖其思力沉厚，他人不过说到七八分者，少陵必说到十分，甚至有十二三分者。其笔力之豪劲，又足以副其才思之所至，故深人无浅语。"（《瓯北诗话》）诗人目睹"水如海势"这样的惊人之景，因此写下首联这样的惊人之句，不亦宜乎。赵星海说"突然而来，亦如狂澜陡起，正尔惊人"（《杜解传薪》）。确乎乃有识之见。

再看颔联"老去诗篇浑漫与，春来花鸟莫深愁"两句。上句中的"漫与"即谓率意为诗，并不刻意求工。不求工而自工，这才是达到了艺术的浑融与极致。诗人还有两句诗，也是其创作谈："晚节渐于诗律细，谁家数去酒杯宽。"（《遣闷戏呈路十九曹长》）仇兆鳌评价这两句诗甚为在理，他说："公尝言'老去诗篇浑漫与'，此言'晚节渐于诗律细'，何也？律细，言用心精密。漫与，言出手纯熟。熟从精处得来，两意未尝不合。"（《杜诗详注》）下句"春来花鸟莫深愁"有许多注家都将愁属花鸟，如赵次公说"诗人形容刻露，花鸟亦应愁怕"，黄生说

"调笑花鸟之辞",这样的理解未尝不可,但不如钱谦益的说法更为妥帖:"春来花明鸟语,酌景成诗,莫须苦索,愁句不工也。若指花鸟莫须愁,岂知花鸟得佳咏,则光彩生色,正须深喜,何反深愁耶?"(《钱注杜诗》)以愁属花鸟不若属人更恰切。

颈联"新添水槛供垂钓,故着浮槎替入舟"一转,终于切题,谈及锦江之水,但也不过是象征性地点题,短述而已,并未详言"水如海势"。杜甫的这种写法与海明威的"冰山理论"十分相似,冰山只有八分之一在水上面,其余部分靠读者的想象,正是这样的省略,藏露有度,虚实结合,才更令人感觉到冰山的雄伟壮观。诗人抛开"水如海势"的种种壮观之景,只写一水槛,一浮槎,水槛供垂钓之用,浮槎替入舟而已。这联既是实写,也暗喻诗人心志,诗人一生仕途蹭蹬,颠沛流离,偶作出世之想,完全符合人性。或江上独钓,或"乘桴浮于海",不论如何,暂时抛开功名利禄,求一份宁静,享片刻逍遥。

尾联"焉得思如陶谢手,令渠述作与同游"二句,意思是怎能够得才思如陶、谢这样的妙手笔,令其述为清词丽句,而我庶免雕琢佳句之苦,得以与之同游方好。老杜此番天真设想,真是谦和诙谐,如此方可见诗人之疏懒放任。诗人固然有"穷年忧黎元,叹息肠内热"的一面,亦有"放旷不自检"的一面,这才是真实的老杜。清人查慎行曾说:"此篇借题以寓作诗之法,观起结可知。"(《杜诗集评》)诗人题为"江上值水如海势聊短述",所述并非江海,实则谈论了自己的创作观。

杏 花

［唐］薛 能

活色生香第一流①，手中移得近青楼②。
谁知艳性终相负③，乱向春风笑不休。

【注释】

① 活色生香：形容花的颜色鲜丽，香味浓郁。
② 青楼：指妓院。
③ 艳性：轻薄性情。负：违背，背弃。

【鉴赏】

　　杏花作为中国传统花卉之一，具有丰厚的文学、文化蕴涵。杏树在我国至少有三千五百年以上的栽培历史。《大戴礼记·夏小正》主要反映夏朝的历法节令，其中即有"正月，梅、杏、桃则华……囿有见杏"的记载。古代"梅杏桃李"并称，如宋人程棨于《三柳轩杂识》评花品时说："余尝评花，以为梅有山林之风，杏有闺门之态，桃如倚门市倡，李如东郭贫女。"杏花与梅花样子很像，直到明代，文震亨在《长物志》中仍说"北人不辨梅杏"。杏花形态绚丽妖娆，娇艳无比，因此宋人姚宽在《西溪丛语》一书中说："昔张敏叔有《十客图》，忘其名。予长兄伯声尝得三十客：牡丹为贵客；梅为清客；兰为幽客；桃为妖客；杏为艳客……"中国文学史上自诗骚起就建立起比兴传统，从就物写物到托物起兴，随着诗人不断将自己的主观感受附加到物象之上，使所咏之物逐渐具有了文化属性，并且这种属性不断得到丰富和壮大，正如《文心雕龙》中所说的"物色之动，心亦摇焉""情以物迁，辞以情发"。俞香顺先生也提出过"在长期的审美积淀下，中国文学中的花卉意象已经与中国文人的品格修养建立了'同质异构'的关系"这样的论断。

薛能这首《杏花》是一首咏物诗，歌咏的对象是杏花。薛能开门见山，第一句就表明了自己对杏花的态度，春光明媚，百花盛开，争奇斗艳，而杏花能够居于第一流的位置，可见诗人对杏花之爱赏，"活色生香第一流"，评价不可谓不高。第二句"手中移得近青楼"是有人将之移栽至青楼之下。青楼究竟作何解，这里需要做一番辨析。古今词义会在人们的使用过程中不断发生变化，其中有词义的扩大、词义的缩小、词义的转移，以及感情色彩的变化等。至于"青楼"一词，最初指的是青漆涂饰的豪华精致的楼房，后多指达官贵人家年轻女子所居住的楼房。曹植《美女篇》中有"青楼临大路，高门结重关"的诗句。青楼一词在唐代才开始有人用来指代妓女所居，但两种意义仍参杂错出，并行于世，如王昌龄《青楼曲》中有"驰道杨花满御沟，红妆缦绾上青楼"的诗句；孟浩然《赋得盈盈楼上女》中有"夫婿久离别，青楼空望归"的诗句，前述两首诗中的青楼显然不是指妓院，而杜牧《遣怀》"十年一觉扬州梦，赢得青楼薄幸名"中的青楼则明显是指妓院。项楚先生在《敦煌变文选注》中这样解释青楼：青楼是富贵人家女子所居之楼阁，犹云闺房；富贵人家的闺阁。

本诗中的"青楼"究竟为何指？通过第三句"谁知艳性终相负"可以认定为妓院，而非富贵人家女子的闺房。因为古代社会的青楼女子固然也有重情义、守然诺者，毕竟罕见，更多的则是薄情寡义、唯利是图之辈。"谁知艳性终相负"一句是说青楼女子"艳性"不改，朝秦暮楚，有负杏花之美。

结句"乱向春风笑不休"是说杏花不管人们如何对待它，春风一吹，便绽放枝头，一个"笑"字内涵颇多，表面是盛放之意，深层含义则既有笑青楼之人艳性难移，也有嘲讽青楼之人不能赏识杏花之意，杏花何曾顾忌世人的眼光，自顾自开放，自顾自凋零。或以为诗人是在讥讽杏花艳性难移，可备一说。

薛能少年成名，仕宦显达，在晚唐颇有诗名。同时他也很勤奋，耽癖写诗，日赋一章；但是其人狂妄自负，如他曾说"李白终无取，陶潜固不刊"，除此之外还对杜甫、白居易、刘禹锡等著名诗人乃至诸葛亮都曾做出尖刻的评论,这都造成了后世对他的评价较低。事实上,薛能的诗虽不能跻身一流水平,但也取得了一定成就,不能完全否定。如明代胡震亨就称"薛许昌末季名手",高棅更认为他在绝句方面成就尤高,有"盛唐之余韵"的评价。如这首《杏花》就写得清新可喜,颇有风致。

题破山寺后禅院[1]

[唐] 常 建

清晨入古寺[2],初日照高林。
曲径通幽处[3],禅房花木深[4]。
山光悦鸟性,潭影空人心[5]。
万籁此都寂[6],但余钟磬音[7]。

【注释】

[1] 破山寺:即兴福寺,在今江苏常熟虞山北麓。南朝齐人郴州刺史倪德光舍宅所建。初名大慈寺,后改名兴福寺,因寺在龙斗涧下,相传双龙相斗,破山而去,故又名破山寺,为江南名刹。禅院:寺院。
[2] 古寺:因其为齐梁时期所建造的寺院,故称。
[3] 曲:一作"竹"。
[4] 禅房:僧人住的房舍。
[5] "山光"二句:山中景色使鸟怡然自得,潭中影像使人心中俗念消失。山光,山上的风光景色。潭影,潭水清澈,照物成影。人心,指人的世俗之心。
[6] 万籁:各种声响。籁,从孔穴中发出的声音。都:一作"俱"。
[7] 但余:一作"惟闻"。钟磬:钟和磬,佛教法器。寺院诵经,敲钟开始,敲磬结束。

【鉴赏】

常建是盛唐时期著名诗人。常建和杜甫不一样,他的诗名在生前即受到广泛认可,作为唐人选唐诗典范之作的殷璠所编《河岳英灵集》即将常建列为首位,李白、王维皆在其后,选录常建之诗达十五首之多,该集总共也仅选录诗人二十四位,诗作二百三十四首而已。殷璠评价常建的诗说:"建诗似初发通庄,却寻野径,百里之外,方归大道。所以其旨远,其兴僻,佳句辄来,唯论意表。至如'松际露微月,清光犹为君',又'山光悦鸟性,潭影空人心',此例十数句,并可称警策。"殷璠对常建的评价不可谓不高。常建因为"高才而无贵仕",虽曾于唐玄宗开元十五年(727年)进士及第,但也只担任过卑微的县尉之职,因此其字号、籍贯都无从查考了。常建流传下来的诗作不多,仅有五十七首,但其在盛唐诗坛却占有一席之地。从内容题材的角度而言，常建的诗主要为山水隐逸诗，另外还有一些边塞诗和音乐诗，因与王维、孟浩然诗风接近，故文学史一般视其为盛唐时期创作山水田园诗的诗人。

这首《题破山寺后禅院》大约作于诗人任盱眙县尉前后。首联明白如话，清晨走进古寺，阳光映照在高高的林梢。一个"入"字，显山寺之幽，一个"照"字，见世界之明。红日初升，光芒万丈，同时也暗喻了佛法庄严与神圣。

颔联将视线拉近，沿着一条迤逦曲折的小路行进，小路通向幽深静僻之处，即花木掩映的禅房。这一联有似神来之笔，乃千古传唱的佳句。此联之"曲径通幽"恰可与上联之"初日高照"相对应，真可谓兴象深微，极富禅意。如今，"曲径通幽"的美学理念早已在中国古典园林的营造上得到了广泛的应用。欧阳修曾说："吾常喜诵常建诗云：'竹径（引按："竹径"原文如此）通幽处，禅房花木深'，欲效其语作一联，久不可得，乃知造意者为难工也。"（《题青州山斋》）能够令欧阳修倾心拜服，此联意境之美可以想见。此外，律诗通常以中间两联对仗为常规，此诗颔联未用对仗，而首联用了对仗，像这种首联无须对仗而用之，颔联本应对仗而未用，似相交换，后世诗家称之为"移柱对"。

颈联从内心感受出发描绘后禅院的清静幽美。山中景色使鸟儿怡然自得，潭中影像使人心中俗念顿时消失。沈德潜在《唐诗别裁集》中说："鸟性之悦，悦以山光；人心之空，空因潭水。此倒装句法。通体幽绝。"

尾联以动写静，万籁俱寂，物我两忘，只有钟磬上的那一击，余音缭绕，不绝如缕，深具"鸟鸣山更幽"的艺术效果。

这首诗看似在写清晨古寺，写禅房花木，写山光潭影，实际上意在象外，在这些景物的背后暗藏的是诗人那份心无纤尘的超然与宁静。与王、孟等盛唐山水田园诗人相比，书写这种空明寂静之美，常建未遑多让。

鹧鸪天·桂花

[宋] 李清照

暗淡轻黄体性柔①，情疏迹远只香留②。
何须浅碧深红色③，自是花中第一流。
梅定妒，菊应羞，画栏开处冠中秋④。
骚人可煞无情思，何事当年不见收⑤。

【注释】

① 体性：禀性。宋朱淑真《青莲花》诗："净土移根体性殊，笑他红白费工夫。"
② "情疏"句：谓桂花幽香飘自远处。
③ 何须：犹何必，何用。三国魏曹植《野田黄雀行》："利剑不在掌，结友何须多？"
④ "画栏"句：化用李贺《金铜仙人辞汉歌》的"画栏桂树悬秋香，三十六宫土花碧"之句意，谓桂花为中秋时节首屈一指的花木。冠，为首的，居第一位的。

⑤ "骚人"二句：王仲闻《校注》云："此言屈原《离骚》多载草木名称，而未及桂花。宋陈与义《咏桂·清平乐》词云：'楚人未识孤妍，《离骚》遗恨千年'亦即此意。骚人，指屈原也。"骚人，这里指赋《离骚》的屈原。可煞，表示疑问，犹可是，是否。情思，情意。何事，为何。

【鉴赏】

  李清照出生于文人士大夫家庭，父亲李格非博学多才，"以文章受知于苏轼"，且为人孤高耿介，家庭氛围对李清照的性格养成有极大关系。所嫁赵家更是北宋名门望族，公公赵挺之曾经担任宰相之职，赵明诚也是著名金石学家。因此，造就了李清照乐观开朗、好强自负的性格。从她的《乌江》《浯溪中兴颂诗和张文潜》《咏史》等作品即可看出这个女子的非同寻常，诗句刚劲挺拔，识见卓颖，掷地有声，笔锋犀利，直可压倒须眉。李清照的咏物词对花木意象情有独钟,有"绿肥红瘦"的海棠;有"暗香盈袖"的菊花;有"妒风笑月"的芍药;有"清芬酝藉,不减荼蘼"的白菊;有"此花不与群花比"的梅花;更有"自是花中第一流"的桂花。李清照笔下的花大都含蓄蕴藉、高洁出尘,别具风韵,成为词人命运和情感的一种心理投射和寄托。

桂花并不稀罕,但是在李清照笔下,却得到了非常崇高的评价,试看词人是如何描述桂花的。上片开篇两句直接描写刻画桂花,"暗淡轻黄"是桂花的光泽与颜色,并不像别的花那样鲜艳明丽、光彩夺目,"体性"即草木之本性,桂花的本性是柔和的,桂花香气柔和独特,清芬袭人,不是那种馥郁浓烈的花。纵使"情疏迹远"而香气久久不散,这两句将桂花的品性刻画得形神兼备。"何须浅碧轻红色,自是花中第一流"承上两句而来,词人认为桂花虽无"浅碧轻红"之色,却是"花中第一流"。好花如人,外表并不重要,重要的是内在品质,花品即人品,显然,通过对桂花的赞美可以看出词人取人也是如此,反映出词人不同俗侪的审美情趣。

下片词人用拟人的手法继续赞美桂花,梅花看了定会嫉妒,菊花看了自当羞愧,如此桂花方可稳居"花中第一流"的位置。"画栏开处冠中秋"一句化用李贺《金铜仙人辞汉歌》中"画栏桂树悬秋香,三十六宫土花碧"两句,谓桂花为中秋时节首屈一指的花木。最后两句替桂花鸣不平,屈原《离骚》中开创了"美人香草"的抒情模式,记载有大量草木之名,可惜不及桂花。据徐培均先生考证,他认为《离骚》中是有桂花记载的,如"杂申椒与菌桂兮,岂维纫夫蕙茝""矫菌桂以纫蕙兮,索胡绳之缅缅"皆为例证。邓红梅则认为屈原《离骚》中提到的是"菌桂"而未及"岩桂"。"菌桂"与"岩桂"虽皆为桂属,皆为香物,但"菌桂"可入药,而"岩桂"则纯为观赏性花木(《李清照新传》)。这里姑且不论桂花在《离骚》中之有无,至少李清照是认为未记载的,因有此问。她对《离骚》未将桂花收入引以为憾。屈原是伟大的爱国诗人,他在《离骚》中用

"善鸟香草以配忠贞,恶禽臭物以比谗佞",可是千载之下,近谗佞、远忠贞的现象依然存在,这才是词人深以为憾之事。在这一点上,词人与屈原的爱国情怀以及高洁品行是心意相通的。

李清照以"第一流""冠中秋"等语高度赞美桂花,其实更是一种自喻和自勉。细读之下,才能感受到词人寄托之深。所谓咏物不滞于物,咏物即是咏怀,都在强调词人在所咏之物背后所寄托的情感意志和价值判断。清人沈祥龙曾这样说:"咏物之作,在借物以寓性情,凡身世之感,君国之忧,隐然蕴于其内,斯寄托遥深,非沾沾焉咏一物矣。"(《论词随笔》)因此,李清照的这首词非徒歌咏桂花的淡雅高洁,同时暗喻词人"清丽其词,端庄其品"的高贵品格。

惜 花

[宋]朱淑真

生情赋得春心性^①，剩选名花绕砌栽^②。
客到且堪供客眼^③，诗悭聊可助诗才^④。
低丛高架随宜有，浅紫深红次第开^⑤。
便做即今风雨限^⑥，要看香艳绣苍苔^⑦。

【注释】

① 心性：性情，性格。
② 名花：名贵的花。唐李白《清平调·其三》："名花倾国两相欢，长得君王带笑看。"砌：台阶。
③ 堪：经得起，能。
④ 悭（qiān）：欠缺。
⑤ 次第：依次。
⑥ 便做：连词，即使，纵然。宋秦观《江城子》词："便做春江都是泪，流不尽，许多愁。"即今：今天；现在。唐高適《送桂阳孝廉》诗："即今江海一归客，他日云霄万里人。"
⑦ 香艳：谓花木芳香艳丽。这里指落花。苍苔：青色苔藓。

【鉴赏】

朱淑真是宋代最有成就的女诗人之一，其文名与李清照并称，其词集也常和李清照的《漱玉词》合刻刊行。如清人陈廷焯曾说："朱淑真词，风致之佳，词情之妙，真不亚于易安。宋妇人能诗词者不少，易安为冠，次则朱淑真，次则魏夫人也。"（《白雨斋词话》）。人们常常拿朱淑真与李清照相比，李清照有过颠沛流离的生活，经历了时代的巨大变迁，对社会有深度思考，所以思想性、艺术性更强一些，这一点毋庸置疑。而朱淑真则较少与外界接触，生活在深闺之中，因此朱淑真的诗作多写家庭生活、花草虫鱼、自然风光以及恋情相思等，但朱淑真的一些作品关注农事，关心农民的疾苦，也已经跃出自己生活的圈子。

这首诗的题目《惜花》在《后村千家诗》中作"落花"。全诗写诗人惜花、爱花的心绪。首联"生情赋得春心性,剩选名花绕砌栽"是说诗人天生一副"春心性",也即爱花心性。朱淑真确实是一个爱花之人,在她的笔下,有牡丹、杏花、桃花、梨花、海棠、荼蘼、桂花、芍药、荷花、梅花等各种花卉,简直就是一个百花园,其中有对无限春光的赞美,更多的则是抒发内心的孤独寂寞,正如魏仲恭在其《〈断肠集〉序》中所说"每临风对月,触目伤怀,皆寓于诗"。有此喜爱春天心性的诗人便精挑细选各种名花异卉栽植在自家台阶之下,随时观赏。颔联"客到且堪供客眼,诗悭聊可助诗才"是说砌下之花不仅可供客人观赏游玩,还可以在自己诗思不畅时提供灵感。颈联"低丛高架随宜有,浅紫深红次第开"是说花木高低不齐,参差错落,花开的时序也各不相同,次第而开。尾联"便做即今风雨限,要看香艳绣苍苔"是说即便今天狂风暴雨来到,我也要看那落花是如何坠落到苍苔之上的。"绣"字用得极工,鲜艳的花朵飘堕到青色的苔藓之上,十分醒目,在诗人眼里,就仿佛以苍苔为底料,把花朵绣上去一般。全诗从首联的爱花、栽花到颔联的花之具体功用,从颈联的花开再到尾联的花落,紧紧围绕"惜花"这个主题展开。

诗人作为一个封建时代的闺中女子,生活圈子只能局限在楼台闺阁、草阶花院这样一个狭小逼仄的范围之内。在这个封闭而幽静的世界里,别无他物,诗人已经在尽力美化这个世界,她栽植名花,精心呵护,"欲向花边遣旧愁",奈何"妒花风雨苦相催",这是一种巨大的伤感与无奈。诗人内心的喜怒哀乐无处倾诉,只能在诗词中寄寓并传递出自己的审美理想与人格追求。

[忆]

生者百岁,相去几何。
欢乐苦短,忧愁实多。

金铜仙人辞汉歌

[唐] 李 贺

魏明帝青龙元年八月,诏宫官牵车西取汉孝武捧露盘仙人,欲立置前殿。宫官既拆盘,仙人临载,乃潸然泪下。唐诸王孙李长吉遂作《金铜仙人辞汉歌》。

茂陵刘郎秋风客①,夜闻马嘶晓无迹②。
画栏桂树悬秋香,三十六宫土花碧③。
魏官牵车指千里④,东关酸风射眸子⑤。
空将汉月出宫门⑥,忆君清泪如铅水⑦。
衰兰送客咸阳道⑧,天若有情天亦老⑨。
携盘独出月荒凉,渭城已远波声小⑩。

【注释】

① 茂陵:汉武帝陵墓,因地处茂乡而得名,在今陕西兴平东北。刘郎秋风客:指汉武帝刘彻。刘彻曾作《秋风辞》:"欢乐极兮哀情多,少壮几时兮奈老何。"清王琦《李长吉歌诗汇解》:"秋风客,谓其在世无几。虽享年久远,不过同为秋风中之过客。"
② "夜闻"句:谓刘彻之马亦因铜人迁徙而感愤。
③ "画栏"二句:写汉宫荒凉景象。画栏,绘有文饰的栏干。三十六宫,汉长安有宫殿三十六所。张衡《西京赋》:"离宫别馆三十六所。"章怀太子注:"《三辅黄图》曰:'上林有建章、承光等十一宫,平乐、茧馆二十五,凡三十六所。'"骆宾王《帝京篇》:"秦塞重关一百二,汉家离宫三十六。"土花,苔藓。汉长安故城在渭水南,东南距唐长安二十余里,唐时,汉长安未央宫、建章宫等建筑虽然荒凉,然并未残破,诗中所写汉长安荒凉景象当是实写。

④ "魏官"句:谓魏官车载铜人向千里以外的洛阳进发。
⑤ "东关"句:谓车行至汉长安东门,冷风刺激铜人眼睛。酸风,使人眼酸的风。眸子,瞳仁。
⑥ "空将"句:谓铜人离别汉宫时,身边只有露盘。汉月,即露盘,皆为圆形,故称。将,携。
⑦ "忆君"句:谓铜人舍不得离开刘彻,故而眼中流泪。君,这里指刘彻。铅水,这里喻指铜人泪水。

⑧"衰兰"句：谓车载铜人离去，只有路旁衰败的兰花相送。咸阳道，长安城外的道路。咸阳原为秦国都城，在长安西北面，西汉时称渭城，东汉时并入长安。
⑨"天若"句：谓天若有情，面对此情此景亦不免为之伤感而衰老。
⑩"携盘"二句：谓铜人已远离汉宫，从此将永无回归之日。渭城，在渭水北。唐代时，渭城为送别之地。波声，指渭水的波涛声。

【鉴赏】

这首《金铜仙人辞汉歌》是李贺最著名的作品之一，历来脍炙人口，堪称其代表作。刘辰翁曾说"此意思非长吉不能赋，古今无此神妙"，评价不可谓不高。先说题目，"金铜仙人"是汉武帝刘彻轻信方士胡言，在建章宫造神明台，为祭仙人处。上有承露盘，有铜仙人，舒掌捧铜盘玉杯，以承云表之露。承露盘高二十丈，大七围，以铜为之，承接空中露水。露水和玉屑服下，以求长生。事见《三辅黄图》。序中所云"汉孝武捧露盘仙人"即指此。再说"辞汉"之事，《三国志·魏书·明帝纪》裴松之注引《魏略》曰："明帝景初元年（237年），徙长安……铜人承露盘，盘拆，铜人重不可致，留于灞垒。"《汉晋春秋》曰："帝徙盘，盘拆，声闻数十里，金狄或泣，因留灞垒。"此诗所写即本此，小序中所说的"青龙元年"当为"景初元年"之误，据《魏略》所记载，魏明帝搬迁铜人之事发生在景初元年。

"茂陵刘郎秋风客，夜闻马嘶晓无迹"两句是说汉武帝刘彻之阴灵晦夜巡游，仗马嘶鸣，宛然如在，到了早上却消失不见，喻指荣枯只在旦夕之间，与其生前之显赫天威相比令人顿生悲凉之感。"画栏桂树悬秋香，三十六宫土花碧"两句是说汉武宫室日渐荒芜，空气中似乎还漂浮着旧日的桂花香气，然而放眼望去，却已是恣意生长的苔藓。苔藓生长在阴暗潮湿、人迹罕至处，"三十六宫土花碧"一句极言昔日宫殿之荒芜凄凉。"魏官牵车指千里，东关酸风射眸子。空将汉月出宫门，忆君清泪如铅水"四句是说魏明帝派车西取汉宫铜人盛露盘，然后运回千里之外的洛阳城。车马行至长安城东门，铜人不禁触动怀念故主之思，潸然泪下。言风而曰"酸风"，言泪而曰"如铅水"，造语新奇警迈，非李贺不能道得出。

"衰兰送客咸阳道，天若有情天亦老"两句用拟人手法，谓铜人离开汉宫，只有咸阳道旁的衰兰送客远行。天若有情，睹此离情，亦不免为之伤感而变得衰老。明代余光曾这样说："吾读长吉《金铜仙人辞汉歌》曰'天若有情天亦老'，不觉涕泗沾襟，废书而叹者累日。呜呼！李贺而何以为此言也。"由此可见，这句诗是如此打动人心！正因为其具有如此高的艺术魅力，所以常被后人直接用到自己的作品中，这种情况实在并不多见，如欧阳修的"伤怀离抱，天若有情天亦老"（《减字木兰花》）；贺铸的"衰兰送客咸阳道，天若有情天亦老"（《小梅花》）；万俟咏的"天若有情天亦老，此情说便说不了"（《忆秦娥·别情》）；元好问的"天若有情天亦老，世间原只无情好"（《蝶恋花》），等等。毛泽东主席在《人民解放军占领南京》一诗中亦有"天若有情天亦老，人间正道是沧桑"的诗句。这两句诗设想奇伟，意境辽阔，感情深挚，后人倘非激赏此句，何至于如此反复引用？

"携盘独出月荒凉，渭城已远波声小"两句，清人王琦解释说铜人"所携而俱往者，唯盘而已；所随行而见者，唯月而已。因情绪之荒凉，而月色亦觉为之荒凉"（《李长吉歌诗汇解》）。铜人渐行渐远，渭水波声亦渐不闻。这两句就铜人设想，不直言铜人"携盘独出"有多么伤感，而是以"月荒凉""波声小"的哀景来衬托。结句余韵悠然，令人低回。史承豫《唐贤小三昧集》评此结语曰："结得渺然无际，令人神会于笔墨之外。"

李贺以汉代金铜仙人被拆迁这一史实为依托，抒发了身世之悲，荣枯之感，表达出对唐王朝国势由盛转衰的深切忧虑。李贺作为"唐诸王孙"，志在用世，却仕途坎廪，其一片孤忠之心昭昭可见。这首充满浪漫主义色彩的千古名作如此脍炙人口，引无数才人折腰，足以证明它卓绝的艺术成就和极高的美学价值。

夜泊牛渚怀古①

[唐]李 白

牛渚西江夜②,青天无片云③。
登舟望秋月④,空忆谢将军⑤。
余亦能高咏,斯人不可闻⑥。
明朝挂帆席,枫叶落纷纷⑦。

【注释】

① 牛渚:山名,今安徽马鞍山市。山北部突入长江。名牛渚矶,传说古时有金牛出渚而得名,因此处出产五彩石,三国吴时改名采石矶。
② 西江:西来大江,此指长江。
③ 片云:极少的云。
④ 登舟:谓步出船舱望月。
⑤ 空忆:徒然想念。谢将军:谢尚。宋本题下原有注曰:"此地即谢尚闻袁宏咏史处。"按《世说新语·文学》记载:"袁虎少贫,尝为人佣载运租。谢镇西经船行,其夜清风朗月,闻江渚间估客船上有咏诗声,甚有情致。所咏五言,又其所未尝闻,叹美不能已。即遣委曲讯问,乃是袁自咏其所作《咏史》诗。因此相要,大相赏得。"刘孝标注:"虎,袁宏小字也。"
⑥ "余亦"二句:谓我也能像袁宏一样高声朗诵自己的诗作,可惜这个人(谢尚)已经无法听到了。斯人,此人,这里指谢尚。
⑦ "明朝"二句:只能在枫叶纷纷落下的时候挂帆而去。帆席,船帆,旧时船帆或以席为之,故称。

【鉴赏】

这首诗大约作于开元二十七年(739年)秋李白漫游江淮初到当涂时,为李白五律名篇,题下原有作者自注曰"此地即谢尚闻袁宏咏史处"。诗人借袁宏自况而叹世无谢尚,实即感叹自己的才能无人赏识,抒发了作者怀才不遇的愤懑之情。

首联写诗人夜宿牛渚,青天上没有一片云。颔联写作者步出船舱,举头望月,不禁想起当年在这里赏识袁宏的谢将军。谢将军即谢尚,《世说新语·文学》与《晋书·袁宏传》都有相似记载:东晋时,袁宏少贫,为人佣载运租为生。当时的镇西将军谢尚曾于月夜乘舟泛江游览,听到咏诗之声,很有情味韵致,所诵五言诗是自己从未听到过的,赞叹不已,于是派人辗转打听,原来是袁宏在运租船上朗诵自己所作的《咏史诗》,谢尚立刻邀请他到自己船上,对其大加赞赏,畅谈至天明。从此袁宏声名大著,后为一代文宗。"倚马千言"这个成语说的就是袁宏,他不仅文章绝美,并且才思敏捷。诗人在这个地方想到当年奖掖提携年轻人的谢尚,又说是"空忆",自然是希望能遇到一个像谢尚一般能够赏识自己才能的人,可惜没有。颈联写诗人之自负才情无减于宏,我也能像袁宏一样高声吟咏自己的诗作,可是谢尚那样能够识拔人才的人去哪里寻找呢?尾联诗人抒发知音难觅的深沉感慨,既然如此,明天我只能扬帆远去,江边纷纷飘堕的枫叶烘托出诗人惆怅凄凉的情怀。

全诗明白如话,寓情于景,情景交融,自然明丽,尾联更是余音袅袅,含不尽之意于言外。因此,主神韵之说的王士禛在《带经堂诗话》中称美此诗"色相俱空。正如羚羊挂角,无迹可求,画家所谓逸品是也"。这是一首五律,平仄都合乎律诗的规矩,只是中间两联未使用对仗。严羽《沧浪诗话》称:"有律诗彻首尾不对者。盛唐诸公有此体,如……又太白'牛渚西江夜'之篇,皆文从字顺,音韵铿锵,八句皆无对偶。"沈德潜在《唐诗别裁集》中也说:"不用对偶,一气旋折,律诗中有此一格。"

月　夜

［唐］杜　甫

今夜鄜州月^①，闺中只独看^②。
遥怜小儿女，未解忆长安^③。
香雾云鬟湿^④，清辉玉臂寒^⑤。
何时倚虚幌^⑥，双照泪痕干。

【注释】

① 鄜（fū）州：今陕西富县。
② 闺中：特指女子所住的地方。这里指妻子。
③ 未解：不懂得。
④ 香雾：古代称妇女的头发为云鬟或云髻，发香透入雾气，故曰。
⑤ 清辉：指月光。
⑥ 虚幌：指透明的薄帷幔。

【鉴赏】

　　这首诗是至德元载（756 年）八月，杜甫为安史叛军所俘，沦陷在长安期间所作。诗作情感真挚，深婉动人，章法紧密，张忠纲先生称"真可谓天下第一等情诗"。本年五月，杜甫携家避难鄜州之羌村。八月，杜甫在听到肃宗即位于灵武的消息后，只身奔赴行在，中途为叛军所执，拘于长安。这首诗即诗人被禁长安期间望月思家而作。

　　首联诗人即独辟蹊径，不言己之思家，反从对面着笔，说家人在鄜州望月思我。朱彝尊说："纯是对面描写，而己之思家倍切，亦是高人一层意。"浦起龙《读杜心解》："心已驰神到彼，诗从对面飞来。"诗人不直接表达自己的思家之痛，从对方说起，可以更好地表达自己对妻子的关切之情。

　　颔联两句为流水对。承首联点明闺中望月的心事其实望的是长安。小儿女之"未解"既可以理解为不懂母亲望月心事，也可以理解为不懂得思念身陷长安的父亲，故只能是"独看"。

颈联这两句是描写闺中人独自看月的伶俜形象。仇兆鳌说:"雾本无香,香从鬟中膏沐生耳。"(《杜诗详注》)王嗣奭说:"鬟湿臂寒,看月之久也。月愈好而苦愈增,语丽情悲。"(《杜臆》)虽然如此真情流露、直接描写妻子美貌的句子在全部杜诗中也仅此一例,但并不能把这两句简单视作香艳之语,诗句之美,愈见思念之甚。

尾联表达诗人对美好未来的憧憬之情。什么时候才能双双依偎在帷幕之下,让月光照干脸上的泪痕呢?末句的"双照"照应首联的"独看",彼时的"泪痕干"也道出此时的泪不能干。全诗首尾呼应,语意玲珑,浑然一体,"通篇无一笔着正面,机轴奇绝"。

金陵城西楼月下吟[①]

[唐]李 白

金陵夜寂凉风发,独上高楼望吴越[②]。
白云映水摇空城[③],白露垂珠滴秋月[④]。
月下沉吟久不归[⑤],古来相接眼中稀[⑥]。
解道澄江净如练[⑦],令人长忆谢玄晖[⑧]。

【注释】

① 金陵:今江苏南京。
② 吴越:指今江苏南部和浙江北部一带,古代为吴国和越国的属地。
③ "白云"句:意谓白云和城楼均倒映在水中,随波摇荡。
④ "白露"句:谓白露在秋月下垂滴如珠。江淹《别赋》:"至乃秋露如珠。"
⑤ 沉吟:深思。《古诗十九首·其十二》:"驰情整中带,沉吟聊踯躅。"
⑥ "古来"句:自古以来知己甚少。相接,相交,指在思想上能够引起共鸣的人。
⑦ 解道:懂得。
⑧ 谢玄晖:谢朓,字玄晖。谢朓《晚登三山还望京邑》"余霞散成绮,澄江静如练"的诗句,清新流丽,因此令诗人叹慕长忆。

【鉴赏】

  李白固然是天才纵逸、盖世绝伦,但终究需要站在前人的肩膀上,有所依傍,才能成就一代风流,映照千载。李白的诗作不仅是盛唐气象下的产物,同时也广泛吸取了前代的创作经验。特别是初唐时期诗坛总体风貌依然不能完全摆脱六朝以来的流风余绪,以至于造成"骨气都尽,刚健不闻"的局面。正如东瀛诗僧大沼枕山所言"一种风流吾最爱,六朝人物晚唐诗",六朝人物,魏晋风流,他们注重人的仪表风神之美,欣赏自然山水的神韵之美,追求逍遥旷达的人格之美。李白的诗作中有大量篇目涉及对六朝人物、故事以及历史遗迹的描写，这些构成了他鲜明而独特的六朝印象。如清代赵翼即明确指出李白"梁陈宫掖之风，究未扫尽"（《瓯北诗话》）。

六朝人物对李白的影响在其作品中几乎俯拾皆是，于谢安，他为之高歌"东山高卧时起来，欲济苍生未应晚"；于谢灵运，他写过"脚著谢公屐，身登青云梯"；于陶渊明，他希望"何日到彭泽，长歌陶令前"；于谢朓，他则倍加推崇，写下"解道澄江净如练，令人长忆谢玄晖"这样的诗句；于鲍照，他祖鲍照《拟行路难十八首》作《行路难三首》；于庾信、阴铿等人，杜甫称李白"李侯有佳句，往往似阴铿""清新庾开府，俊逸鲍参军"，如此等等，不一而足。

谢朓是永明体的代表诗人，同时他也是齐梁时期最为杰出的诗人。他最突出的贡献就是对山水诗的发展和对新体诗的探索，他尝言"好诗圆美流转如弹丸"，因此谢朓的诗音韵铿锵，对仗工整，和谐流畅，清新隽永。谢朓以及永明体新诗对包括李白在内的唐代诗人的产生了深刻影响。

《金陵城西楼月下吟》这首诗前两句点明登楼的时间是在秋夜，独上高楼，遥望吴越，吴越一带山水秀丽，诗人自然神驰心往。接下来两句写登楼所见之景，城不会摇动，但映入水中，则城影与白云俱悠悠，随着水波荡漾。江淹《别赋》中有"秋露如珠"的描写，因此白露在秋月下垂滴如珠便沾染了悲伤的色彩。诗人连用了两个"白"字，极言月夜之皎洁纯净，当然这也跟诗人作诗喜欢用"白"字有关系。李白诗中用得最多的色彩字就是"白"字，据日本学者中岛敏夫统计，"白"字在李白诗中共出现过四百六十三次（《对李白诗中色彩字使用的若干考察》）。"月下沉吟久不归，古来相接眼中稀"两句写诗人在月下陷入深沉的思考，抒发了古今时代知音难觅的感慨。不独李白个人"但伤知音稀"，自古以来，凡是有才华、有理想的杰出人物莫不如此。末两句诗人毫无隐瞒，直接表达出对南齐诗人谢朓的敬仰之情，并点明诗人道得出"澄江净如练"这样精彩绝伦的句子，这是诗人敬佩他的理由。

　　李白喜欢谢朓，不仅是因为喜爱其清丽的诗风，还有一个重要的原因就是二人有着近似的思想情趣。谢朓竭力摆脱玄言诗的影响，大力发展了山水诗的写作，而李白的爱好也是"一生好入名山游"（《庐山谣》）。李白在《谢公亭》诗中"今古一相接，长歌怀旧游"这两句便道出了他与谢朓在精神维度上的契合。所以在李白的诗中可以反复看到谢朓以及宣城等意象。怪不得清人王士禛曾这样概叹："青莲才笔九州横，六代淫哇总废声。白纻青山魂魄在，一生低首谢宣城。"（《论诗绝句》）

独不见[①]

[唐]沈佺期

卢家少妇郁金堂[②],海燕双栖玳瑁梁[③]。
九月寒砧催木叶[④],十年征戍忆辽阳[⑤]。
白狼河北音书断[⑥],丹凤城南秋夜长[⑦]。
谁谓含愁独不见[⑧],更教明月照流黄[⑨]。

【注释】

① 独不见:乐府杂曲歌辞旧题。《乐府解题》:"独不见,伤思而不见也。"诗题一作"古意",又作"古意呈乔补阙知之"。
② 卢家少妇:即莫愁。此处借指征人之妻。郁金堂:《玉台新咏》卷九引南朝梁武帝萧衍《河中之水歌》:"河中之水向东流,洛阳女儿名莫愁……十五嫁为卢家妇,十六生儿字阿侯。卢家兰室桂为梁,中有郁金苏合香。"后以"郁金堂"或"郁金屋"美称女子芳香高雅的居室。
③ 玳瑁梁:画梁的美称。南朝梁沈约《八咏诗·登台望秋月》:"九华玳瑁梁,华榱与璧珰。"玳瑁,形似龟,甲壳黄褐色,有黑斑和光泽,可做成装饰品。
④ 寒砧:指寒秋的捣衣声。砧,捣衣石。诗词中常用以衬托秋景的冷落萧条。木叶:树叶。《楚辞·九歌·湘夫人》:"嫋嫋兮秋风,洞庭波兮木叶下。"
⑤ 辽阳:秦置辽东郡,汉因之,下设辽阳县,属辽东郡。其地在今辽宁辽阳一带。
⑥ 白狼河:即今辽宁省西部大凌河。因源出于白狼山,故称。《水经注·大辽水》:"辽水右会白狼水,出右北平白狼县东南。"即此。音书:音信,书信。唐宋之问《渡汉江》诗:"岭外音书断,经冬复历春。"
⑦ 丹凤城:相传秦穆公的女儿弄玉擅吹箫,引得凤凰飞降城内,后来即以丹凤城指京城。这里指长安。
⑧ 含愁:怀着愁苦。
⑨ 流黄:黄褐色织物。《乐府诗集·相和歌辞九·相逢行》:"大妇织绮罗,中妇织流黄。"

【鉴赏】

这首诗向来评价极高,如明人何景明、薛蕙曾推为唐人七律第一,而严羽在

《沧浪诗话》中则推崔颢《黄鹤楼》为唐人七言律诗为第一，胡应麟和潘德舆则以杜甫《登高》为第一。虽然这些评价只能代表评价者个人的看法，反映的是评论者所处历史时代的诗学观念与趣尚，相互之间很难取得共识，但至少说明了这首诗所具有的高超艺术性和感染力。

  这首诗描写了一位长安少妇对远在辽阳征戍的丈夫的思念之情。首联描写思妇闺房之美，以郁金香浸酒和泥涂壁，这样能使室内芳香四溢，房梁则以玳瑁为饰，十分华美。同时以"海燕双栖"起兴，反衬出思妇一人独居之苦。颔联写时值农历九月，已是深秋时节，寒砧代指寒秋的捣衣声。古时衣服常由纨素一类织物制作，质地较为硬挺，须先置石上以杵反复舂捣，使之柔软，称为"捣衣"。如张若虚《春江花月夜》中有"玉户帘中卷不去，捣衣砧上拂还来"诗句，再如李白《子夜吴歌》中有"长安一片月，万户捣衣声"的诗句，皆指此。捣衣声急，催得木叶纷纷落下，《楚辞·九歌·湘夫人》中有"嫋嫋兮秋风，洞庭波兮木叶下"的诗句。闺中思妇闻砧声不绝，见落叶飘堕，此情此景，焉能不动人相思之情？因此下句说想起征戍辽阳十年的丈夫便在情理之中了。颈联承颔联而言之，所谓"白狼河北"亦即辽阳，丈夫在此征战已经十年之久，却音书断绝，如何不令人牵挂？正是因为昼夜牵挂在边防服役的丈夫才会感觉到秋夜之漫长。尾联写对月怀人，夜不成寐的情景。谁使她满怀愁苦而不能与自己心爱的人相见？却偏偏还要让明月来照流黄。尾联与"明月何皎皎，照我罗床帏"（《古诗十九首·其十九》）意同，且写愁而露出"愁"字，手段并不高明。如胡应麟《诗薮》也说："同乐府语也，同一人诗也。然起句千古骊珠，结语几成蛇足。"

  该诗作为一首有乐府意味的七言律诗出现在初唐时期，允称那个时代的杰作。全诗高古浑厚，情思绵邈，深得风人之旨。沈德潜评价说"骨高，气高，色泽情韵俱高"（《说诗晬语》），方东树也说"曲折圆转，如弹丸脱手，远包齐梁，高振唐音"（《昭昧詹言》），这些评价并非过誉之词。

如意娘[①]

[唐]武则天

看朱成碧思纷纷[②],憔悴支离为忆君[③]。
不信比来长下泪[④],开箱验取石榴裙[⑤]。

【注释】

① 如意娘:乐曲名。宋郭茂倩《乐府诗集·近代曲辞二·如意娘》:"《乐苑》曰:《如意娘》,商调曲,唐则天皇后所作也。"
② 看朱成碧:把红的看成绿的。形容眼花不辨五色。南朝梁王僧孺《夜愁示诸宾》:"谁知心眼乱,看朱忽成碧。"
③ 支离:繁琐杂乱。
④ 比来:近来,近时。
⑤ 石榴裙:朱红色的裙子。亦泛指妇女的裙子。

【鉴赏】

  武则天不仅是一位出色的政治家,她在文学上也有比较高的造诣,史书记载她"天性明敏,涉猎文史","素多智计,兼涉文史",又称她"好雕虫之艺"。武则天大力倡导君臣唱和,臣僚之间竞赛,对于佳作予以奖励,宋之问龙门赋诗夺锦袍的故事便是明证。武则天的著作有《垂拱集》百卷、《金轮集》十卷、《臣轨》两卷,可惜大部分已失传。《全唐诗》存其诗四十七首。谢无量在《中国大文学史》中曾大力揄扬武则天推动文学发展之功:"上总初唐之丽则,下启开元之极盛。有唐一代,律诗与古文之体,最越前世,皆发于武后时。"

  这首《如意娘》的作年不详,多数学者推测此诗乃武后在感业寺削发为尼与李治相别离期间所写。当然学术界也有不同意见,如任半塘先生即认为:"武后天授三年四月,改元如意,谓此曲出于武曌,记载金同,应非无故。下列《大酺乐》,作于万岁登封元年,乃名《登封大酺歌》,与此曲取名正相类。而后人另指本事，别有贬斥，无非附会。"(《唐声诗》)武则天十四岁入宫为唐太宗才人，太宗赐号武媚。太宗亡后，武则天与众嫔妃皆入感业寺为比丘尼。唐高宗李治在为太子时就很喜欢武则天，尽管武则天比李治要大四岁。李治在太宗病重期间昼夜守候在父亲病床前，正是在此期间，李治开始被这位困于深宫却拥有绝世美貌的女子所吸引，而武则天也将全部赌注都押在这位皇太子身上。一年之后，李治在太宗忌日至感业寺上香再次遇到武则天，两个人"执手相看泪眼，竟无语凝噎"。《旧唐书》记载："大帝于寺见之，复召入宫，拜昭仪。"《唐会要》的记载则更细致一些："上因忌日行香见之，武氏泣，上亦潸然。"

　　蒙曼女史分析说，武则天的一生大致可以分作三个阶段：第一个阶段是为唐太宗才人期间，天天围绕在太宗身边，照管他的饮食起居，没有理由思念太宗，因为思念是需要距离的；第二阶段是为唐高宗皇后期间，这个期间更是与高宗李治形影不离，没有思念别人的可能；第三个阶段是在高宗死后担任大周皇帝期间，武则天对那些面首可以予取予夺，可谓呼之即来挥之即去，用不着思念。因此，依据诗中所流露出的凄切、寂寥之感，这首诗很可能作于武则天出家为尼期间。

　　这首《如意娘》语言质朴、明白晓畅，寥寥数笔就将一个处于极度相思苦闷之中的怨妇形象刻画得淋漓尽致、生动感人，其手法不可谓不高明。"看朱成碧"乍看之下，不过是将红色看成了绿色，用以表达女主人公相思过度，以至思绪纷纷，神情恍惚。其实还可以暗喻美好春光的流逝，眼见着花褪残红，枝头只剩下绿叶。以两种反差极大的颜色对比，这样就构成了一种强烈的感情的冷暖对照。南朝梁王僧孺《夜愁示诸宾》诗中有"谁知心眼乱，看朱忽成碧"的句子，而诗人只用了短短七个字就将王僧孺诗中十个字所表达的意绪充分表达了出来，删繁为简，以少胜多。"憔悴支离为忆君"句直抒胸臆，形容憔悴、思绪繁杂都是因为思念意中人。如此则通过首二句已将诗人失意的神情与形容都呈现了出来。接下来诗人用了一个假设来展开，如果您不相信我近来因为思念您流下许多泪水，那么请您开箱翻验石榴裙上的斑斑泪痕吧。

　　清宋长白《柳亭诗话》中记载了这样一个小故事，李白的《长相思》一诗中有"不信妾肠断，归来看取明镜前"之句，据说李白的夫人从旁边走过看到这句诗，对他说："君不闻武后诗乎？'不信比来常下泪，开箱验取石榴裙'。"李白听完爽然若失。这则记载不一定是真的，但是足见这首诗写得曲折有致，就连李白都心折叹服。

锦　瑟[①]

[唐]李商隐

锦瑟无端五十弦[②]，一弦一柱思华年[③]。
庄生晓梦迷蝴蝶[④]，望帝春心托杜鹃[⑤]。
沧海月明珠有泪[⑥]，蓝田日暖玉生烟[⑦]。
此情可待成追忆[⑧]，只是当时已惘然[⑨]。

【注释】

① 锦瑟：瑟漆绘如织锦之纹饰称锦瑟。杜甫《曲江对雨》："何时诏此金钱会，暂醉佳人锦瑟旁。"仇兆鳌注引《周礼·乐器图》云："饰以宝玉者曰宝瑟，绘文如锦者曰锦瑟。"《史记·孝武本纪》："泰帝使素女鼓五十弦瑟，悲，帝禁不止，故破其瑟为二十五弦。"

② 无端：犹无缘无故，没来由。或谓即"无心"之意。

③ 华年：青春年华。指青年时代。《魏书·王叡传》："渐风训于华年，服道教于弱冠。"

④ "庄生"句：《庄子·齐物论》："昔者庄周梦为蝴蝶，栩栩然蝴蝶也；自喻适志与，不知周也；俄然觉，则蘧蘧然周也。"后多用"梦蝶"表示人生原属虚幻的思想。

⑤ 望帝：传说中的古代蜀国国王。周代末年，在蜀始称帝，号曰望帝；后归隐，让位于其相开明；时适二月，子鹃鸟鸣，蜀人怀之，因呼鹃为杜鹃。一说，通于其相之妻，惭而亡去，其魂化为鹃。见《蜀王本纪》《华阳国志·蜀志》。《荆楚岁时记》："杜鹃初鸣，先闻者主别离；学其声，令人吐血。"此句仅取杜鹃哀鸣意，以比己之悲悼伤念之情。

⑥ "沧海"句：晋干宝《搜神记》："南海之外有鲛人，水居如鱼，不废绩织。时从水中出，向人家寄住，积日卖绡。鲛人临去，从主人索器，泣而出珠满盘，以与主人。"冯浩注引《大戴礼记》："蚌蛤龟珠，与月盛虚。"古人以为蚌蛤内的珍珠随着月的盈虚而发生变化。

⑦ "蓝田"句：《长安志》："蓝田山在长安县东南三十里，其山产玉，亦名玉山。"据《搜神记》记载：吴王夫差小女紫玉与韩重相爱，欲嫁未成，气结而亡。后韩重前往祭吊，紫玉显形，夫人出而抱之，紫玉化烟而逝。

⑧ 可待：岂待，何待。

⑨ 只是：犹直使，即便之意。惘然：迷糊不清貌。

【鉴赏】

　　李商隐不仅是晚唐时期最有名的诗人，就算放在整个中国诗歌史中想来也应该排在最前列，他把诗歌的表现力提升到一个新的高度，卓然一代大家。缪钺先生称李商隐"为律诗开辟一新境界，树立一新风格"。(《论李义山诗》)《锦瑟》这首诗流传百代，允为千古名篇，向以意境朦胧、晦涩难解而著称。这首诗不仅是李商隐个人的代表作，更是中国诗歌史上的一个特别的存在，被称为中国诗歌史上最难解的一首诗，这首诗以其诗旨的隐约幽微、意境的朦胧和丰富的暗示性，吸引了历代的读者和学者试图解读这首诗背后的真正含义，可惜争讼千古而迄今仍无定论。黄世中先生说自宋元以后至清代笺释《锦瑟》者不下百家，大致有十四种解读，可以想见这首诗晦涩难懂的程度。简而言之，有"自伤身世"之说与"悼亡"之说。也许正是因为诗人将多重情感交织在一起，才会造成后世对诗歌含义的多角度解读，而多义性正是诗歌的魅力所在。

　　首联以锦瑟起兴，"锦瑟无端五十弦"是说锦瑟没来由就有五十根弦，"一弦一柱思华年"是说锦瑟的每一根弦、每一根弦柱都令人怀念逝去的青春年华。由此可见诗人意绪之纷繁。周汝昌先生解释说："据此判明此篇作时，诗人已'行年五十'或'年近五十'，故尔云云。其实不然。'无端'，犹言'没来由地''平白无故地'。此诗人之痴语也。锦瑟本来就有那么多弦，这并无'不是'或'过错'；诗人却硬来埋怨它：锦瑟呀，你干什么要有这么多条弦？瑟，到底原有多少条弦，到李商隐时代又实有多少条弦，其实都不必'考证'，诗人不过借以遣词见意而已。"

　　颔联上句"庄生晓梦迷蝴蝶"用"庄周梦蝶"的典故，庄周梦见自己变成了一只蝴蝶，翩翩飞舞，悠游自在，根本不知道自己原来是庄周。忽然醒过来，发现自己分明是庄周，不知道是庄周做梦化为蝴蝶，还是蝴蝶做梦化为庄周。后世遂用"庄周梦蝶"作为人生变幻无常之典。颔联下句"望帝春心托杜鹃"是用的传说中的望帝的典故。杜宇是古代蜀国国王，号曰望帝，用荆人鳖灵为相，在鳖灵治水期间，望帝与其妻通，深觉惭愧，自以德薄不如鳖灵，遂让位于鳖灵，鳖灵即位，号曰开明，杜宇死后魂魄化为杜鹃。这里的庄生和望帝，皆为诗人自指，感叹人生如梦幻，一片春心只好托付杜鹃。

颈联"沧海月明珠有泪，蓝田日暖玉生烟"两句继续用典，抒发了一种迷离惝恍的怅恨之情。传说南海之外有鲛人，泣泪成珠，又有蚌蛤内的珍珠能够随着月的盈虚而发生变化的说法。蓝田产美玉，有"蓝田日暖，良玉生烟"之说，而这种玉气却可望而不可即，只能遥望，不可置于眉睫之前。诗人将自己深藏在典故与意象背后，因为不是所有的事、所有的心情都适合明言之，况且诗总以含蓄蕴藉为妙。

尾联"此情可待成追忆，只是当时已惘然"是说这份情感不必等到将来追忆，就算是当时就已经令人惘然自失了，那么现在追忆起来，该是何等的忧伤惆怅？换作一般诗人也许会选择卒章显志，然而李商隐并不如此，尾联依然未点明诗旨，正如冯浩所评价的那样，"总因不肯吐一平直之语，幽咽迷离，或彼或此，忽断忽续，所谓善于埋没意绪者"。由此也造就了李商隐诗凄艳浑融的艺术风格。

金元之际著名学者元好问在其《论诗三十首·其十二》中已经说"诗家总爱西昆好，独恨无人作郑笺"，意思是无人给李商隐之诗做注释，直至清代王士禛在《戏仿元遗山论诗绝句三十二首·其十一》依然说"獭祭曾惊博奥殚，一篇《锦瑟》解人难"，可以想见李商隐诗的难以索解。梁启超曾经说："如义山集中近体的《锦瑟》《碧城》《圣女祠》等篇，古体的《燕台》《河内》等篇……这些诗，他讲的什么事，我理会不着；拆开一句一句的叫我解释，我连文义也解不出来。但我觉得他美，读起来令我精神上得一种新鲜的愉快。须知，美是多方面的，美是含有神秘性的。"（《中国韵文里头所表现的情感》）也许这种朦胧的美，含有神秘性的美正是李商隐诗歌的巨大魅力所在吧！

【感】

百岁如流,富贵冷灰。
大道日往,若为雄才。

节 妇 吟

[唐]张 籍

君知妾有夫,赠妾双明珠①。
感君缠绵意,系在红罗襦②。
妾家高楼连苑起③,良人执戟明光里④。
知君用心如日月⑤,事夫誓拟同生死⑥。
还君明珠双泪垂,恨不相逢未嫁时⑦。

【注释】

① 明珠:光泽晶莹的珍珠。汉班固《白虎通·封禅》:"江出大贝,海出明珠。"
② 罗襦:绸制的短衣。《史记·滑稽列传》:"罗襦襟解,微闻香泽。"唐代温庭筠《菩萨蛮》词:"新贴绣罗襦,双双金鹧鸪。"
③ 苑:蓄养禽兽之园林。《初学记》卷二四引《字林》:"有垣曰苑,无垣曰囿。"高楼连苑,显示其为富贵之家。
④ 良人:妇人称夫为良人。执戟:谓护卫君上。戟,武器,为戈、矛之合体。明光:汉宫名,武帝时建。这里借指唐官。
⑤ "知君"句:谓君心殷勤,如日月之明。
⑥ 拟:打算。
⑦ 恨:一作"何"。

【鉴赏】

　　张籍,字文昌,苏州人,贞元十五年(799年)登进士第,曾担任太常寺太祝,久未升迁,得韩愈推荐而为国子博士,后转水部员外郎。小学教材中选录了韩愈的一首诗,题目是《早春呈水部张十八员外》,"水部张十八员外"就是张籍,因为他曾担任水部员外郎,后又任国子司业等职,人称张水部或张司业。张籍与王建是中唐时期较早从事乐府诗创作的诗人,二人齐名,世称"张王乐府"。

张籍的乐府诗曾得到白居易的赞赏，称其"尤工乐府诗，举代少其伦"（《读张籍古乐府》）。

这首《节妇吟》是张籍乐府诗的代表作。《唐文粹》录此诗题目为"节妇吟寄东平李司空"。《全唐诗》亦云："节妇吟寄东平李司空师道"。吴汝煜、胡可先《全唐诗人名考》卷上："李师道当为李师古之讹。"宋洪迈《容斋随笔》记载："张籍在他镇幕府，郓帅李师古又以书币辟之，籍却而不纳，而作《节妇吟》一章寄之……"李师古确实有一个异母弟名叫李师道，而这兄弟二人先后担任淄青节度使，因此这首诗到底是写给李师道还是李师古，迄无定论。行文暂用李师道之名。李师道虽为藩镇重臣，权倾一方，但是能力平庸，因此张籍拒绝李师道之聘，亦在情理之中。

通过题目可知，此诗通篇用了比的手法，以男女之情事作比，目的则是为了辞李师道之聘。前四句是说您明明知道我有丈夫，还是坚持送我一对明珠，我很感动，于是系在红罗襦上。首句"君知妾有夫"已经暗露微讽之意，为了表示对您的尊重，我暂且收下。下面语锋一转，这个女子称自己家"高楼连苑"，自然是富贵之家，丈夫在明光殿任护卫之职，明光殿是汉代宫名，这里用来借指唐宫。"知君用心如日月"是安慰对方，您的深情昭昭若日月之明。"事夫誓拟同生死"一句说得斩钉截铁，掷地有声，绝无回旋余地，您的用心我已了解，可惜我已经发誓同我的丈夫同生死，绝无二心。最后两句"还君明珠双泪垂，恨不相逢未嫁时"之所以能够千古传诵，在于将女子内心纠结婉曲、复杂微妙的心态很好地呈现了出来。女子最终还是流着眼泪将一双明珠交还给对方，并称若是在自己未嫁之时相逢就好了。这世间有多少相见恨晚，这首诗就会得到多少心灵共鸣。

现代人也许不知张籍之名，却多少听闻过《节妇吟》中"还君明珠双泪垂，恨不相逢未嫁时"这两句诗，因为这两句诗名气很大，许多影视剧、言情小说中都引用过。关于这首诗还有一个比较有趣的现象，后世的评论者颇有"歪楼"的嫌疑，他们并不在李师道、李师古的辨正上用功夫，而是沉溺于《节妇吟》中这个女子究竟算不算得节妇，究竟应不应该将双明珠系于绣罗襦。沈德潜《唐诗别裁集》中有这样一段记载："文昌有《节妇吟》，时在他镇幕府，郓帅李师古以书币聘之，因作此词以却。然玩辞意，恐失节妇之旨，故不录。"沈德潜没有收录这首《节妇吟》，并指出这首诗的不足，认为"失节妇之旨"，这实在是一种求全责备。还是同为清人的贺裳说得好，他说："通篇俱是比体，系以明国士之感，辞以表从一之忘，两无所负。"（《载酒园诗话》）

古诗十九首·其九

[东汉] 佚　名

庭中有奇树①，绿叶发华滋②。
攀条折其荣③，将以遗所思④。
馨香盈怀袖⑤，路远莫致之⑥。
此物何足贡⑦？但感别经时⑧。

【注释】

① 奇树：犹言美树、嘉木，即美好的树。《楚辞·九章·橘颂》："后皇嘉树，橘徕服兮。"
② 发华滋：花开繁盛。发，绽发。华，同"花"。滋，繁盛。
③ 攀条：攀引枝条。荣：犹"花"。《尔雅·释草》："木谓之华，草谓之荣。"古代称草本植物的花为"华"，称木本植物的花为"荣"。华荣本来有区别，诗中兼用二字，并无意义上的区分，只是为了避免重复。
④ 遗（wèi）所思：赠送给所思念的人。遗，给予，赠送。
⑤ 馨香：散播很远的香气。《国语·周语上》："其德足以昭其馨香，其惠足以同其民人。"韦昭注："馨香，芳馨之升闻者也。"盈：充满。
⑥ 致：送达。《诗经·卫风·竹竿》："岂不尔思，远莫致之。"
⑦ 贡，献。一作"贵"。
⑧ 经时：历时很久。

【鉴赏】

这是《古诗十九首》第九首，《玉台新咏》题作枚乘作，关于具体作者和作年都已无法确定，学术界一般认为这组古诗作于东汉末年。旧注有的认为这首诗"此亦臣不得于君，而托兴于奇树也"；有的认为"此亦望录于君，馨香以比己之才"；但多数注家将其视作"怀人之作"，即思妇想念远行丈夫而作。

在《古诗十九首》中这首诗与《古诗十九首·其六》（涉江采芙蓉）一首皆为八句，是十九首中最短的两篇，所寄寓的感慨也基本相同，都是折芳寄远，语短情长的佳作。不同的是,《古诗十九首·其六》寄寓了行客望乡的感慨,而《古诗十九首·其九》则抒发了思妇忆远的闺怨。

全诗共八句,每四句为一个层次。开篇以奇树起兴,庭院中一株奇树叶绿花发,妇人攀折枝条,摘取枝条上的花朵,打算赠送给心中思念之人。"庭中有奇树,绿叶发华滋"与《古诗十九首·其八》中的"伤彼蕙兰花,含英扬光辉"两句意境相似。"馨香盈怀袖,路远莫致之"与《古诗十九首·其六》中的"采之欲遗谁?所思在远道"意思相近。馨香指散播很远的香气,然而馨香满怀袖,却无由致之,愁肠百转。所谓寄花之想,不过是思念远人的另一种表达方式而已。后世张九龄《望月怀远》中也有"不堪盈手赠,还寝梦佳期"的诗句,实本诸此,一个是赠花,一个是赠月,都是思念远人而无可奈何的心理体现。我们还可以从另外一个角度来理解,女人如花,花如女人,花开正好,人也不老,可是夫君却不在身边,待到他归来之际也许是花落人老之时,所以,妇人不仅是在感叹花开不能寄远,更是一种黯然自伤。以花开正好的"乐景"衬托妇人内心深处的哀怨之情,取得了加倍的艺术效果。"此物何足贡?但感别经时"是说物不足贡,不值得献给你,只是感到分别时日已久,寄托思念之情。朱筠在《古诗十九首说》说:"别离经时,便觉触目增怆耳。数语中多少婉折,风人之笔。"

全诗构思精巧,感情真挚,从容和婉,一气呵成,语言自然朴素,饶有民歌风味。陆时雍在《古诗镜》里用"深衷浅貌,语短情长"八个字来评价《古诗十九首》,这篇无疑是最具有代表性的一篇。张庚在《古诗十九首解》中评价此诗说:"通篇只就'奇树'一意写到底,中间却有千回百转,而妙在由'树'而'条',而'荣',而'馨香',层层写来,以见美盛,而以一语反振出'感别'便住,不更赘一语,正如山之蜿蟺逶迤而来,至江以峭壁截住。格局笔力,千古无两。"细细品味这首诗,当得起这一段评语。

登池上楼诗

[南朝] 谢灵运

潜虬媚幽姿①,飞鸿响远音②。
薄霄愧云浮③,栖川怍渊沉④。
进德智所拙⑤,退耕力不任⑥。
徇禄反穷海⑦,卧疴对空林⑧。
衾枕昧节候⑨,褰开暂窥临⑩。
倾耳聆波澜⑪,举目眺岖嵚⑫。
初景革绪风⑬,新阳改故阴⑭。
池塘生春草⑮,园柳变鸣禽⑯。
祁祁伤豳歌⑰,萋萋感楚吟⑱。
索居易永久,离群难处心⑲。
持操岂独古⑳,无闷征在今㉑。

【注释】

① 潜虬(qiú):深潜水底的龙。西晋左思《蜀都赋》:"下高鹄,出潜虬。"虬,古代传说中有角的小龙。幽姿:深隐幽雅的姿态。

② 飞鸿:飞行着的鸿雁。远音:因为鸿雁高飞,所以它的鸣叫声听起来很远。

③ 薄霄:犹言凌云。薄,迫近。

④ 怍(zuò):惭愧。渊沉:深潜水底。

⑤ 进德:谓入世做官,匡时济世。《易·乾·文言》:"君子进德修业,欲及时也。"唐孔颖达疏:"'进德'则欲上、欲进也;'修业'则欲下、欲退也。进者弃位欲跃,是'进德'之谓也;退者仍退在渊,是'修业'之谓也。"

⑥ "退耕"句:归隐躬耕,自己的体力又很差。任,负担。《尸子》:"为令尹而不喜,退耕而不忧。此孙叔敖之德也。"

⑦ 徇禄:指任职做官。徇,曲从。禄,俸禄。穷海:边远的海滨,这里指永嘉郡,因其贫困,又濒海,故称。

⑧ 卧疴:卧病。空林:冬季的树林。

⑨ "衾枕"句:谓久病在床,不知道季节已经改换。衾(qīn),被子。昧,昏蒙,不晓。节候,节令物候。

⑩ 褰(qiān)开:揭起帘子,打开窗户。褰,揭起。窥临:从高处往下看。

⑪ "倾耳"句:谓聆听波涛之声。倾耳,谓侧着耳朵静听。聆,听。

⑫ "举目"句:谓眺望远山。举目,抬眼望。眺,望,往远处看。岖嵚(qīn),本指形容山势

峻险，这里指险峻的山。

⑬ "初景"句：初春之景驱走了残冬的风。初景，初春的阳光。革，变，清除。绪风，余风，这里指残冬的寒风。

⑭ "新阳"句：谓冬去春来。新阳，新春。故阴，旧冬。古时以春夏为阳，秋冬为阴。

⑮ 塘：堤岸、堤埂，非鱼塘、荷塘之塘。

⑯ 变鸣禽：即鸣禽的种类已有改变。

⑰ "祁祁"句：谓面对一片春景，想起《诗经·豳风·七月》中那令人伤感的诗句，不觉动了思乡之情。祁祁，众多之意，语出《诗经·豳风·七月》："春日迟迟，采蘩祁祁。女心伤悲，殆及公子同归。"据《毛诗序》，周公因遭谗而作《七月》，与谢灵运被外放永嘉的遭遇类似，所以引起他的共鸣而感到悲伤。

⑱ "萋萋"句：这句依然是写乡思之情。语出《楚辞·招隐士》："王孙游兮不归，春草生兮萋萋。"萋萋，草木茂盛的样子。

⑲ "索居"二句：与朋友离散，孤独地生活，整日心神不宁，容易感到日子久长。索居，孤独地散处一方。《礼记·檀弓上》："吾离群而索居，亦已久矣。"难处心，谓心神不定。

⑳ "持操"句：谓保持清高的节操难道只有古人才能做到吗？持操，坚持操守。

㉑ "无闷"句：谓避世隐居而没有苦闷，这一点今天已在自己身上得到了证明。无闷，没有忧闷。《易·乾卦》："龙德而隐者也，不易乎世，不成乎名，遁世无闷。"征，证明。

【鉴赏】

谢灵运是山水诗的奠基者，他以自己的创作强力扭转了自东晋以来的玄言诗风，大力创作山水诗，并对当时乃至后世均产生了极大影响。正如刘勰《文心雕龙·明诗》中所言："宋初文咏，体有因革：庄老告退，而山水方滋；俪采百字之偶，争价一句之奇。情必极貌以写物，辞必穷力而追新。此近世之所竞也。"东晋诗坛长期被"淡乎寡味"的玄言诗所统治，直到谢灵运山水诗的涌现，才打破这种局面，尽管谢灵运的山水诗依然"常常拖着一条玄言的尾巴"（袁行霈《中国文学史》）。谢灵运把山水诗写得鲜丽清新、自然可爱，鲍照用"初发芙蓉"

来形容谢灵运的五言诗。《宋书·谢灵运传》里这样描绘其诗歌之魅力："每有一诗至都邑，贵贱莫不竞写，宿昔之间，士庶皆遍，远近钦慕，名动京师。"顾绍柏先生在《谢灵运集校注》一书的前言中对谢灵运这样评价："谢灵运是我国第一个大量发掘自然美，自觉地以山水为主要审美对象的诗人，他在山水诗方面的奠基作用，同与他基本上是同时代的陶渊明在田园诗方面的奠基作用一样，在文学史上应该是是无可争议的。"

这首《登池上楼》为谢灵运的代表作，作于景平元年（423年）初春，时谢灵运在永嘉太守任上。全诗写久病初起登楼所见、所感，表达了诗人政治上的失意郁闷之情。

首四句"潜虬媚幽姿，飞鸿响远音。薄霄愧云浮，栖川怍渊沉"，诗人分别借"潜虬"与"飞鸿"这两种动物来抒发自己内心的苦闷之情，"潜虬"可以深潜水底，"飞鸿"可以高飞云端，这二者虽出处各异，却各得其所，诗人深觉自己有志难伸，有愧于这两者。故李善注曰："虬以深潜而保真，鸿以高飞而远害。今已婴俗网，故有愧虬鸿也。""进德智所拙，退耕力不任。徇禄反穷海，卧疴对空林"这四句是说诗人空有入世之心，匡时济世之想，奈何不受重用，被贬谪到这荒僻之所，不得施展。所谓的想要躬耕陇亩，都是假托之词，只是表示诗人并不打算退隐。因为以谢灵运的世家子弟身份和家庭境况就算不做官，定也衣食无忧。

从"衾枕昧节候"至"园柳变鸣禽"皆写诗人开窗所见所感。诗人久病卧床，不知季节变换，更何况是冬去春来，万物复苏，窗外景物更是令人欣喜。诗人临窗而立，近水遥岑，江山胜景，尽入眼帘。初春的阳光也驱走了冬日寒风，春风盈袖。"池塘生春草，园柳变鸣禽"一联为千古传诵的名句，字面的意思无非就堤岸上的春草悄然萌生，园中柳梢上的鸣禽种类也有了改变。这种潜滋暗长的变化非用心去体察感悟不能得见。这两句的妙处就在于诗人使用极平常的语言,把他所亲见的、所感受到的自然景物如实呈现了出来,将诗人内心的情感藏在文字背后,而读者又能透过文字分明感受到,可谓情景交融,动静结合,确实精彩。特别是一个"生"字、一个"变"字,不仅使这幅春意盎然的图画瞬间有了动感,更将节序的变化与诗人内心的伤感都交代了出来。另外这两句也是因为放在全诗中,有了上下句的照应与烘托,方觉其典雅浑成之妙,倘无上下句,孤立地看这两句,是无法达到这种艺术效果的。据锺嵘《诗品》引《谢氏家录》:"康乐每对惠连,辄得佳语。后在永嘉西堂,思诗竟日不就,寤寐间,忽见惠连,即成'池塘生春草。'故常云'此语有神助,非吾语也。'"也就是说谢灵运对此联也颇为自负,认为是神助之语。明代诗评家谢榛在《四溟诗话》中评价说:"谢灵运'池塘生春草'造语天然,清景可画,有声有色,乃是六朝家数,与夫'青青河畔草'不同。"金代大诗人、学者元好问也称赞说:"池塘春草谢家春,万古千秋五字新。"(《论诗绝句三十首》)

"祁祁伤豳歌,萋萋感楚吟。索居易永久,离群难处心"四句抒发诗人思家、思友、思乡之情。《诗经·豳风·七月》中有"春日迟迟,采蘩祁祁"的诗句,还有"春日载阳,有鸣仓庚"的诗句,据《毛诗序》,周公因遭谗而作《七月》,与谢灵运被谪永嘉的遭遇类似,所以诗人才会说"祁祁伤豳歌"。"萋萋感楚吟"句,典出《楚辞·招隐士》,其中有"王孙游兮不归,春草生兮萋萋"的诗句,所以说"池塘春草"一联需要联系上下句才能感受到它的精妙,有了"祁祁伤豳歌,萋萋感楚吟"这两句的补充,读诗的人才会恍然大悟,原来诗人在这看似平淡、纯乎白描的两句之中居然分别融入了《诗经》《楚辞》这两部书中的意象,那么"春草"和"鸣禽"就不单单是诗人亲眼所见的园中景物了,而是具有了更丰富的意蕴。诗人离开家乡来到永嘉任职,与亲友的分别令他感到日子难挨,心情无法平静,这就是人之常情了。

全诗最后两句"持操岂独古,无闷征在今"就是所谓的那条"玄言的尾巴",

其实通过阅读全诗，会发现这两句并非毫无作用的牵强累赘，这两句确实表现了诗人的真实心境。如方回即说："灵运诗之所以可观者，不在于言景，而在于言情。"方回可谓灵运知音。政坛失意，诗人进退无据，不免彷徨困惑，既然春光如此明媚，那么诗人最终喊出了内心深处的想法：保持操守者岂独古人？我就要成为那个避世隐居而无苦闷的例证。诗人在写下这首诗的同年九月即称疾辞官归乡，如此看来，这最后两句来自内心深处的呐喊并不能单纯地视作"玄言的尾巴"。

百字令·宿汉儿村①

[清]纳兰性德

无情野火②,趁西风烧遍③、天涯芳草。榆塞重来冰雪里④,冷入鬓丝吹老⑤。牧马长嘶,征笳乱动⑥,并入愁怀抱。定知今夕,庾郎瘦损多少⑦。
便是脑满肠肥⑧,尚难消受⑨,此荒烟落照⑩。何况文园憔悴后⑪,非复酒垆风调⑫。回乐峰寒,受降城远⑬,梦向家山绕⑭。茫茫百感⑮,凭高唯有清啸⑯。

【注释】

① 汉儿村:在永平府迁安县境,今属河北迁西县。又称汉儿庄、汉儿城。
② 野火:野外焚烧草木所放的火。《战国策·楚策一》:"于是楚王游于云梦,结驷千乘,旌旗蔽日。野火之起也若云蜺,兕虎之噑声若雷霆。"
③ 西风:秋风。唐李白《长干行》:"八月西风起,想君发扬子。"
④ 榆塞:榆关,即山海关。山海关、汉儿村俱属永平府,皆为长城关隘。清顾炎武《永平》诗:"榆塞晚花重发后,滦河秋雁独飞初。"
⑤ 鬓丝:鬓发。唐李商隐《赠司勋杜十三员外》诗:"心铁已从干镆利,鬓丝休叹雪霜垂。"
⑥ 征笳:旅人吹奏的胡笳。
⑦ 庾郎:即北周诗人庾信,庾信诗赋中多穷愁之感,乡关之思。这里指词人自己。瘦损:消瘦。
⑧ 脑满肠肥:形容生活优裕,无所用心的人。《北齐书·琅玡王俨传》:"琅玡王年少,肠肥脑满,轻为举措。"
⑨ 消受:禁受;忍受。
⑩ 荒烟:荒野的烟雾,常指荒凉的地方。落照:夕阳的余晖。
⑪ 文园:本指汉代的司马相如,因司马相如曾任文园令。这里喻指词人自己。
⑫ 酒垆:酒店。风调:人的品格情调。
⑬ "回乐"二句:化用唐李益《夜上受降城闻笛》:"回乐峰前沙似雪,受降城外月如霜。"
⑭ 家山:即故乡。
⑮ 百感:种种感慨。南朝梁江淹《别赋》:"是以行子肠断,百感凄恻。"
⑯ 凭高:登临高处。唐李白《天台晓望》诗:"凭高远登览,直下见溟渤。"清啸:清越悠长的啸鸣或鸣叫。《晋书·刘琨传》:"琨乃乘月登楼清啸。"啸,撮口发出长而清越的声音。

【鉴赏】

王国维《人间词话》中有这样一条:"'明月照积雪''大江流日夜''澄江静如练''山气日夕佳''落日照大旗''中天悬明月''大漠孤烟直,长河落日圆',此种境界可谓千古壮语。求之于词,则纳兰容若塞上之作,如《长相思》之'夜深千帐灯',《如梦令》之'万帐穹庐人醉,星影摇摇欲坠'差近之。"王国维的此番评论是将纳兰性德(以下简称纳兰)的边塞词创作提到了与唐代边塞诗同一个高度上来了。纳兰的边塞词创作确实取得了极高的艺术成就,蔡嵩云《柯亭词论》中评价纳兰词时道:"尤工写塞外荒寒之景,殆扈从时所身历,故言之亲切如此。"

纳兰作为皇帝侍卫,曾先后五次随扈出巡边塞,皇帝每次出巡他都是"日侍上所,巡幸无远近,必从"(《渌水亭杂识》跋)。严迪昌先生在《清词史》中指出:"纳兰塞外行吟词既不同于遣戍关外的流人凄楚哀苦的呻吟,又不是卫边士卒万里怀乡之浩叹,他是以御驾新卫的贵介公子身份扈从边地而厌弃仕宦生涯。"虽然纳兰志不在此,但恰是这些随侍巡幸的经历使他得以走出遍地繁华的京城,走向辽远广阔的边塞之地,亲身体验到了边塞生活的艰苦。衰草黄沙、胡雁悲笳、烽烟夕照,这些边塞景致或萧瑟苍凉,或雄奇壮观,不仅极大地开阔了纳兰的视野和胸襟,同时也为纳兰提供了丰富的创作素材。纳兰在他短暂的一生中创作边塞词达六十余首,数量可谓惊人。

这阕《百字令·宿汉儿村》即是纳兰扈从塞上之作。"百字令"其实就是念奴娇,因为念奴娇这个词牌刚好一百个字,所以又叫百字令。上阕开篇三句"无情野火,趁西风烧遍、天涯芳草"即予人一种悲凉之感。"天涯芳草"本是美景,奈何被无情野火烧遍。"榆塞重来冰雪里,冷入鬓丝吹老"是说词人在冰雪之中再次来到榆关,感到瑟瑟寒意。"牧马长嘶,征笳乱动,并入愁怀抱"三句是眼见之景,耳闻之声,"并入愁怀抱"是说词人本身已经愁绪满怀,加上"牧马长嘶，征笳乱动"更令人心烦意乱。"定知今夕，庾郎瘦损多少"是词人自叹，并以庾信自比，庾信作为一个"北地羁臣，南朝才子"，其辞赋之中多寓穷愁之感，乡关之思，而词人扈从圣驾，远离故乡，因此词人说自己定会憔悴瘦损。

下阕"便是脑满肠肥，尚难消受，此荒烟落照"是说，就算是生活优裕、无所用心之辈也无法消受这种折磨，更何况自己本就是一个多情之人。"荒烟落照"是凄凉之景，更加剧了这种折磨。"何况文园憔悴后，非复酒垆风调"是以司马相如自比，司马相如曾为孝文园令，后人因称之为"文园"，司马相如已经失去了当日与卓文君当垆卖酒的风流格调。这里词人是说自己经过这些年的摧残折磨，已经没有往日的文采风流。"回乐峰寒，受降城远，梦向家山绕"三句点明主旨，"回乐峰寒，受降城远"不是实指，喻指边塞而已。"梦向家山绕"是说自己做梦都想回到故乡，回到家中，因为家中有给予温暖的妻子。"茫茫百感，凭高唯有清啸"表达了词人内心百感交集，愁思茫茫，却无处排解，只能登高一啸。

通读全词，可以看出纳兰的边塞词并不是以穷形尽相地刻画边塞景物为目的，边塞景物只是作为背景，换言之，只是手段，纳兰的写作目的是要抒发离别相思以及个人的愁苦和哀怨，因此他笔下的边塞景物无不蕴含着一种兴亡之感和个人的羁旅愁怀，读来满纸苍凉，不胜悲怆。当然，这并非纳兰边塞词的全貌，纳兰有些边塞词写得意境恢宏壮观，刚柔并济，气势充沛，被誉为"不啻坡老、稼轩"（徐釚《词苑丛谈》）。

杜司勋[1]

[唐]李商隐

高楼风雨感斯文[2]，短翼差池不及群[3]。
刻意伤春复伤别[4]，人间惟有杜司勋。

【注释】

[1] 杜司勋：指杜牧。唐宣宗大中三年（849年）春作。时杜牧任司勋员外郎兼史馆修撰，李商隐也在长安暂代京兆府法曹参军。

[2] 风雨：典出《诗经·郑风·风雨》："风雨如晦，鸡鸣不已。"斯文：（杜牧的）这些作品，即第三句中所说的那些伤春、伤别之作。王羲之《兰亭集序》"后之览者，亦将有感于斯文。"

[3] "短翼"句：谓自己如翅短力微，不能与同群比翼齐飞，系作者自谦之语。差（cī）池，典出《诗经·邶风·燕燕》："燕燕于飞，差池其羽。之子于归，远送于野，瞻望弗及，泣涕如雨。"差池，形容燕飞时尾羽参差不齐的样子。

[4] 刻意：着意，指写作态度严肃，用意深刻。伤春：这里特指忧国伤时。李商隐《曲江》："天荒地变心虽折，若比伤春意未多。"可参证。伤别，特指短翼差池，自慨不遇，壮志不遂。

【鉴赏】

李商隐与杜牧在晚唐齐名，合称"小李杜"。杜牧出身高门世族，为西晋军事家杜预的十六世孙，祖父是唐朝著名的宰相杜佑。杜牧喜兵法，曾注曹操所定《孙子兵法》十三篇，因此他不仅是晚唐时代的诗人、文学家，还是一位精通兵法、富于军事谋略的军事家。杜牧自负经纬才略，为人刚直有奇节，不把龌龊小事放在心上，敢论列大事，指陈病利，深忧藩镇、吐蕃的骄纵，后果言中，奈何不受朝廷重用，虽二十六岁即举进士及第，但是如他自己所言"十年为幕府吏，每促束于簿书宴游间"，仕途偃蹇，有志难伸。大中二年（848年），四十六岁的杜牧内擢为司勋员外郎、史馆修撰。据冯浩《玉谿生年谱》，李商隐于大中二年自桂州北还长安，大中三年，选为鳌屋尉，京兆尹奏署掾曹，令典章奏，故居长安。除了这首诗以外，李商隐还为杜牧写了一首《赠司勋杜十三员外》，应该是同期之作。

李商隐在高楼风雨之时读杜牧诗文，心生感慨，遂有此作。"高楼风雨"既是实写，也暗喻时局之昏暗。"斯文"即杜牧的诗文作品，即第三句诗中所说的那些刻意伤春、伤别之作。第二句"短翼差池不及群"是诗人自谦的话。意思是说自己翅短力微，不能高飞远举。其实这一句可以做更深的探究，所谓"短翼差池"不单指诗人自己，也暗指杜牧。诗人另外还有一首《赠司勋杜十三员外》，其中有"鬓丝休叹雪霜垂"的诗句，因此诗人在这里是将杜牧引为同调的，也就是说，你我同为天涯沦落人。三、四两句"刻意伤春复伤别，人间惟有杜司勋"是挑明杜牧之作切不可等闲视之，杜牧的诗作每多伤春惜别之作，实则言近旨远，寄托遥深，"伤心人别有怀抱"，斯之谓也。杜牧的作品绝非空虚无聊的无病呻吟，能够寓忧国伤时之感、困顿失意之情于风流秀美的诗句，放眼天下，只有杜司勋一个人。末句"人间惟有杜司勋"可以看出李商隐的心灵之寂寞，诗坛之凋零。

这首诗与其看作是对杜牧的高度赞美，不如将其视作诗人的自伤自感。细玩此诗意旨，可以看出颂杜之情固然有之，但不如伤己之情更甚，李商隐不过是借杜牧来自抒怀抱。朱彝尊曾说这首诗是"意以自比"，可谓义山知音。

都门秋思·其二

[清]黄景仁

四年书剑滞燕京[①],更值秋来百感并[②]。
台上何人延郭隗[③],市中无处访荆卿[④]。
云浮万里伤心色,风送千秋变徵声[⑤]。
我自欲歌歌不得,好寻驺卒话生平[⑥]。

【注释】

① "四年"句:谓诗人书剑飘零,漂泊江湖四载,最后滞留京城。书剑,书籍和宝剑,本指读书做官,仗剑从军。后指因求取功名而出门在外、久游未归。燕京,北京的别称,因春秋战国时燕国在此建都而得名。
② 百感并:百感交集。南朝梁江淹《别赋》:"是以行子肠断,百感凄恻。"
③ "台上"句:谓当世已无像燕昭王那样礼贤下士、求贤若渴的君主了。据《史记·燕召公世家》载,燕昭王欲卑身厚币以招贤者,问计郭隗,郭隗曰:"王必欲致士,先从隗始。况贤于隗者,岂远千里哉!"于是昭王为隗改筑宫而师事之。相传燕昭王筑台,置千金于台上,延请天下贤士,故名黄金台。
④ "市中"句:谓当世已无像荆轲那样的侠士可以成为知己了。《史记·刺客列传》:"荆轲嗜酒,日与狗屠及高渐离饮于燕市。"燕市,战国时燕国的国都。
⑤ 变徵声:古七声音阶(宫、商、角、变徵、徵、羽、变宫)的一个。以此为主调的歌曲,凄怆悲凉。《史记·刺客列传》:"高渐离击筑,荆轲和而歌,为变徵之声,士皆垂泪涕泣。"
⑥ 驺(zōu)卒:掌管车马的差役,亦泛指一般仆役。

【鉴赏】

　　黄景仁,字仲则,年少时即诗名广播,才气横溢,生性孤傲狂狷,但怀才不遇,为谋生计,四方奔波,浪游做幕。他"自嫌诗少幽燕气,故作冰天跃马行"(《将之京师杂别》),于乾隆四十年(1775年)北上,这一年年底抵京,入京以后即与当时的名流贤达相识,并与朱筠、翁方纲、程瑶田、杨芳灿诸人偕饮陶然亭,分韵赋诗。黄仲则以其杰出的才华得到朱珪、翁方纲等大人物的欣赏和赞誉,如翁方纲在《黄仲则悔存诗钞序》中说:"予初识仲则于吾里朱竹君学使坐上,读其诗大奇之,自此仲则时以诗来质。"

乾隆四十一年,两金川平定,二十八岁的黄仲则偕赵希璜等人步行赴津门献赋,乾隆帝召试于柳墅行宫。黄仲则所献的作品为七古《平定两金川大功告成恭纪》、杂言《平金川铙歌十章》、七绝《平金川铙歌十章》诸诗。榜发之后,黄仲则名列二等,赏缎二匹,乾隆帝谕准此次召试二等者可充为四库誊录生,黄仲则始佣书四库。乾隆四十二年,黄仲则给洪亮吉写信嘱托他安排家眷来京师生活。洪亮吉在《候选县丞附监生黄君行状》中云:"君(仲则)自京师贻亮吉书曰:'人言长安居不易者,误也。若急为我营画老母及家累来,俾就近奉养,不至累若矣。'亮吉时奉母孺人忧家居,发其书,资无所出,君向有田半顷、屋三椽,因并质之,得金三镒,俾君之戚护君母北行。"

虽然黄仲则的生活条件并未得到多大改善,依然是"全家如一叶,飘堕朔风前",至少全家人能够生活在一起,这多少给了困境中的黄仲则一些心理安慰。乾隆四十二年秋,黄仲则作《都门秋思》四首。据陆继辂《春芹录》记载:"秋帆(引按:毕沅)宫保初不识君,见《都门秋思》诗,谓值千金,姑先寄五百金,速其西游。"可以想见这组《都门秋思》诗所具有的文学感染力和艺术性。黄仲则一生"好作幽苦语"(《两当轩诗钞自叙》),不依傍门户,不标榜宗派,而是执着地写"诗人之诗",如其诗所自言,"春鸟秋虫自作声"。

这首诗是《都门秋思》四首中的第二首。首联"四年书剑滞燕京,更值秋来百感并"是说,诗人自从乾隆三十八年六月辞安徽学政朱筠幕,至今已书剑飘零四载,功名蹭蹬。乾隆三十九年,黄仲则第四次应乡试,仍然下第。这对黄仲则的打击非常大。因为家眷都在京城,生活开销更大,倘若再考不中,生活将难以为继,所以此举于仲则而言,可谓背水一战。本来诗人就是多情而敏感的,伤春悲秋的诗人心理姑且弃之不论,秋天来到,需要赶制冬天的衣服,所以诗人在

《都门秋思·其三》中才会说"全家都在风声里，九月衣裳未剪裁"。

颔联"台上何人延郭隗？市中无处访荆卿"用了两个典故，第一个是黄金台的典故，感叹明主不逢，伯乐难求，无人提携。第二个是荆轲燕市悲歌的典故，诗人感叹知音难觅，世上再无像荆轲那样可以肝胆相照的侠士成为知己，更何况荆轲还得到了燕太子丹的极大礼遇。最难得的是这两个典故的发生地皆在燕京，这也反映出诗人深厚的学养，不仅博闻强识，更能灵活运用到自己的诗作中。

如果说颔联是怀古，那么颈联"云浮万里伤心色，风送千秋变徵声"两句则是伤今，诗人用"云浮万里"比喻自己的行踪不定，如云之任意东西，即李白诗所谓"浮云游子意"，伤心色是诗人移情入色，即王国维所谓的"以我观物，故物皆着我之色彩"（《人间词话》）。飒飒秋风令寒士愈觉凄凉悲怆，欧阳修《秋声赋》说："夫秋，刑官也，于时为阴；又兵象也，于行用金，是谓天地之义气，常以肃杀而为心。"《史记·刺客列传》也记载了荆轲在刺秦前，燕太子丹等人在易水送别，"高渐离击筑，荆轲和而歌，为变徵之声，士皆垂泪涕泣"，变徵之声乃徵的变声，乐声中徵调变化，常作悲壮之声，这一句同时与上联之"访荆卿"相照应。

尾联"我自欲歌歌不得，好寻驵卒话平生"收束全篇，诗人漂泊江湖，旅食京华，却依然怀才不遇，知己难求，在萧飒的秋风之中百感交集，欲作长歌排遣，却又意兴索然，既然先生大人们看不起身份卑微的诗人，那么诗人只好去寻找身份低贱的仆从隶役共话生平了。清人杨掌生《京城杂录》中有这样一段记载："昔乾隆间，黄仲则居京师，落落寡合，每有虞仲翔青蝇之感，权贵人莫能招致之，日唯从伶人乞食。时或竟于红氍毹上现种种身说法，粉墨淋漓，登场歌哭，谑浪笑傲。"这段记载似可为解读此诗的一个注脚。文人的狂傲与清高，被黄仲则用一生演绎得淋漓尽致，这恐怕也是他命运多舛的一个重要原因。可是，失去了这份狂傲与清高，也就不是诗人黄仲则了。

拟行路难十八首·其四

[南朝] 鲍　照

泻水置平地，各自东西南北流①。
人生亦有命，安能行叹复坐愁。
酌酒以自宽②，举杯断绝歌路难③。
心非木石岂无感？吞声踯躅不敢言④。

【注释】

① "泻水"二句：将水倾泻于地，水会向着不同方向流散。
② 自宽：自我宽慰。《列子·天瑞》："孔子曰：'善乎，能自宽者也。'"
③ "举杯"句：因为要饮酒而中断了《行路难》的歌唱。断绝，停止。
④ 吞声：声将发又止。踯躅（zhízhú）：徘徊不前。古乐府《孔雀东南飞》："踯躅青骢马，流苏金缕鞍。"

【鉴赏】

　　鲍照出身寒微，才情满腹，是汉魏以来继陶渊明之后第二位大力创作组诗的诗人。他的组诗题材丰富，别开生面，其中最具代表性的莫过于《拟古八首》以及《拟行路难十八首》。钱仲联先生称这些作品是其全部作品中最光辉的部分，因为这些作品不仅反映了当时的民族矛盾、阶级矛盾，还揭露了当时不合理的门阀制度，表达了人民的思想感情。通观鲍照诗作，他确实走了一条与同时代的谢灵运、颜延之等人完全不同的艺术之路。其《拟行路难十八首》堪称歌行体式诗歌中的一座高高矗立的丰碑，成为后人争相模仿的典范。明人胡应麟对鲍照《拟行路难》有很高的评价："歌行至宋益衰，惟明远颇自振拔，《行路难》十八章，欲汰去浮靡，返于浑朴，而时代所压，不能顿超。后来长短句实多出此。与玄晖五言，俱兆唐人轨辙矣。"另外，鲍照的诗对李白、杜甫等唐代诗人产生过重大影响，清人何焯在《义门读书记》中说："诗至明远，发露无余，李、杜、韩、白皆从此出也。"

在《拟行路难十八首》中，这首诗大概算是最能体现诗人内心痛苦与矛盾的心情的作品了。开篇两句"泻水置平地，各自东西南北流"即以"泻水"取譬，水洒于地，"各自东西南北流"。诗人从日常生活现象中揭示出一个深刻的哲理，发人深省，人生的贵贱穷达也如这地上流水一般，水的流向是由地势不同造成的，人的命运则是由门第决定的。诗人悲愤、抑郁的心情于斯可见一斑。接下来诗人说"人生亦有命，安能行叹复坐愁"，既然每个人各自有着不同的命运，我又何必"行叹复坐愁"呢？以反问句加强语气，意在强调叹息与愁怨都无济于事，诗人竭力想要摆脱这痛苦忧愁的困境，有所作为。于是诗人酌酒自宽，举杯辍歌，不再唱那曲调悲怆的《行路难》了。可是"举杯销愁愁更愁"，长歌可以当哭，现在连歌声都停止了，胸中郁勃之气如何排解释放？理智上求旷达超脱，情感上却是"到底意难平"。"心非木石岂无感？吞声踯躅不敢言"，这最后两句才是诗人踌躇再三不敢说出的心声。前六句皆为五七杂言，句式长短相间，交错回环，体现出诗人半吞半吐、欲说还休的矛盾心理，最后两句则连用七言，如滔滔洪水，奔涌而出。心非木石，岂能无感？这一句将前面的酌酒自宽、人生有命的说法和想法全部推倒，可是石破天惊，然而"岂无感"的质问越是情调激昂，"不敢言"的内心痛苦就越是深沉。前后两句构成了一种鲜明的对照，将诗人那种忍辱负重、纠结痛苦的精神状况表现得淋漓尽致。读者只需要稍作追问和思考，诗人究竟是在怕什么？为何吞声踯躅不敢言？很容易就会想到正是当时的门阀等级社会制度使之吞声踯躅、蹀躞垂翼。

明人锺惺《古诗归》评论此诗说"开口愁肠，字字歌涕"。清人沈德潜《古诗源》称此诗"妙在不曾说破，读之自然生愁"。清人王尧衢《古唐诗合解》说此诗"一种忧愤之气，溢于言表，而不过于怨"。这些评论都是十分精当的。

【怀】

天地与立,神化攸同。
期之以实,御之以终。

满江红·金陵怀古①

[元] 萨都剌

六代繁华②,春色去也、更无消息。空怅望、山川形胜③,已非畴昔④。王谢堂前新燕子,乌衣巷口曾相识⑤。听夜深、寂寞打空城⑥,春潮急⑦。

思往事,愁如织。怀故国,空陈迹⑧。但荒烟衰草,乱鸦斜日。玉树歌残秋露冷⑨,胭脂井坏寒螀泣⑩。到如今、惟有蒋山青⑪,秦淮碧⑫。

【注释】

① 金陵:今江苏南京。
② 六代:三国吴、东晋和南朝的宋、齐、梁、陈,相继建都建康(吴名建业,今南京市),史称为六朝或六代。唐刘禹锡《金陵五题·台城》:"台城六代竞豪华,结绮临春事最奢。"
③ 形胜:地理位置优越,地势险要。
④ 畴昔:往日,从前。
⑤ "王谢"二句:化用刘禹锡《金陵五题·乌衣巷》:"朱雀桥边野草花,乌衣巷口夕阳斜。旧时王谢堂前燕,飞入寻常百姓家。"
⑥ "听夜"句:化用刘禹锡《金陵五题·石头城》:"山围故国周遭在,潮打空城寂寞回。"

⑦ 春潮急:化用唐韦应物《滁州西涧》:"春潮带雨晚来急,野渡无人舟自横。"
⑧ 空陈迹:空自留下陈旧的遗迹。
⑨ 玉树歌残:《玉树后庭花》为乐府吴声歌曲名,南朝陈后主作。《陈书·皇后传·后主张贵妃》:"后主每引宾客对贵妃等游宴,则使诸贵人及女学士与狎客共赋新诗,互相赠答。采其尤艳丽者以为曲词,被以新声……其曲有《玉树后庭花》《临春乐》等,大指所归,皆美张贵妃、孔贵嫔之容色也。"
⑩ 胭脂井:即南朝陈景阳宫的景阳井,故址在今南京市。隋兵南下,后主与妃张丽华、孔贵嫔并投此井,卒为隋人牵出,故又名辱井。井有石栏,呈红色,好事者附会为胭脂所染,呼为"胭脂井"。寒螀(jiāng):即寒蝉。
⑪ 蒋山:即钟山,又名紫金山,在江苏省南京市东北。
⑫ 秦淮:河名。流经南京,是南京市名胜之一。相传秦始皇南巡至龙藏浦,发现有王气,于是凿方山,断长垄为渎入于江,以泄王气,故名秦淮。唐杜牧《泊秦淮》诗:"烟笼寒水月笼沙,夜泊秦淮近酒家。"

【鉴赏】

萨都剌，字天锡，号直斋，其祖父为西域色目人。父、祖皆为武将，萨氏家族随蒙古大军西征而入中原，遂居于雁门（今山西代县），萨都剌也常以雁门人自称，其作品集也叫《雁门集》。萨都剌虽出身将门，到了萨都剌这一代却弃武习文，奈何家道中落，萨都剌甚至曾经商谋生，陈垣先生在《元西域人华化考》中就提到"萨都剌曾为商，远商亦波斯、大食人本俗"。泰定四年（1327年）萨都剌考中进士，初授镇江录事司达鲁花赤，后转任各地，但一直沉沦下僚，仕途坎壈。萨都剌性喜山水，"凡所巡览，悉形诸咏歌"，在他的笔下，有不少纪游写景的作品，特别是一些登临怀古之作写得苍凉豪迈，令人感慨万端。

因为金陵城曾为六朝古都，历史上许多著名诗人都曾写过金陵怀古之作，特别是王安石的《桂枝香·金陵怀古》更是文学史上的名篇，堪称绝唱。而萨都剌则能在一个并不讨巧的题材上别出心裁，成此佳构，可谓珠玉在前而不惧。这充分证明了萨都剌的胆识和勇气，反观作品，也证明了萨都剌确实能够驾驭这个题材，融汇前贤之美而独具面目。

上阕以"六代繁华，春去也、更无消息"开篇，六朝时代，金陵城何等"繁华"，随着王朝的覆亡，犹如春去无痕迹，俱成烟云过往，正如后主李煜所言，"流水落花春去也，天上人间"。接着词人用"空怅望，山川形胜，已非畴昔"几句为全词定下了基调，特别是"空怅望"一句，几乎统括全词。金陵城自古即为"山川形胜"之地，可是朝代更迭，物是人非，自然已经非复畴昔。如刘禹锡诗中所言，"人世几回伤往事，山形依旧枕寒流"。"王谢堂前新燕子，乌衣巷口曾相识"两句化用刘禹锡《乌衣巷》"朱雀桥边野草花，乌衣巷口夕阳斜。旧时王谢堂前燕，飞入寻常百姓家"中诗意，化用了无痕迹，如同口出。乌衣巷在今南京市秦淮河南。三国东吴时在此置乌衣营，以士兵着乌衣而得名，及至东晋时王导、谢安等名门望族居于此处，王谢风流散尽，最后竟然成为寻常百姓所居之所。这样,堂前燕便成为历史的见证。"听夜深、寂寞打孤城,春潮急"依然是化用刘禹锡《石头城》"潮打空城寂寞回"一句诗意,韦应物《滁州西涧》有诗句"春潮带雨晚来急",由此亦可看出萨都剌对于前贤诗作之熟稔。这几句固然是实写,却更添惆怅。

下阕"思往事,愁如织。怀故国,空陈迹"这几句是说思量往事,愁绪满怀,怀想故国,空余陈迹。"愁如织"一句妙绝,愁本无形之物而能织,如此则化无形为有形,且纵横交错,状愁之密集。"但荒烟衰草,乱鸦斜日"两句依旧是渲染凄凉之境。"玉树歌残秋露冷,胭脂井坏寒螀泣"两句用了两个典故,不仅选取精当,而且上下句对仗精工。一个是陈叔宝的《玉树后庭花》,素有亡国之音之称;一个是胭脂井,即南朝陈景阳宫内的景阳宫井。隋兵南下,后主与妃张丽华、孔贵嫔并投此井,最后为隋兵从井内牵出,故又名"辱井",井有石栏,呈红色,好事者附会为胭脂所染,呼为"胭脂井"。陈朝应该是六朝之中最为不堪的一个朝代,而陈后主也成为历史上昏庸皇帝的代表,阅尽六代繁华,至此终告衰歇。词人最后以"到如今、惟有蒋山青,秦淮碧"几句收束全篇。蒋山,即钟山,又名紫金山。秦淮,即秦淮河。"蒋山青""秦淮碧"是说人事有代谢,往来成古今,多少富贵繁华注定都会成为烟云过往,青山依旧在,碧水无尽时。"江山"(社稷)不是永固的,而"江"和"山"却是永固的。

全词沉郁悲凉,感慨万端,化用前贤诗句,如同己出,融伤今于怀古,体现出词人对历史与人生的思考,所抒发的繁华易散、富贵难凭的情感人所共有,因而获得了强烈的艺术感染力。萨都剌不仅是有元一代诗坛的杰出代表,就是置诸整个中国文学史上来评判,也是一位成就卓著的诗人。与萨都剌同时的文坛泰斗虞集曾评价萨都剌的诗说:"最长于情,流丽清婉"。林人中在《雁门集序》中说:"中向读《元人十种集》,自元遗山裕之外,未尝不推萨天锡先生为有元一代词人之冠。"以这首《满江红·金陵怀古》衡之,是当得起前述这些评价的。

岁暮归南山[①]

[唐] 孟浩然

北阙休上书[②],南山归敝庐[③]。
不才明主弃[④],多病故人疏[⑤]。
白发催年老,青阳逼岁除[⑥]。
永怀愁不寐[⑦],松月夜窗虚。

【注释】

① 岁暮:岁末,一年将终时。汉淮南小山《招隐士》:"岁暮兮不自聊,蟪蛄鸣兮啾啾。"南山:这里指作者家乡的岘山。岘山在襄阳县南,故称。
② 北阙:古代宫殿北面的门楼,是臣子等候朝见或上书奏事之处。《汉书·高帝纪下》:"萧何治未央宫,立东阙、北阙、前殿、武库、太仓。"颜师古注:"未央宫虽南向,而上书、奏事、谒见之徒皆诣北阙。"后用为官禁或朝廷的别称。上书:向君主进呈书面意见。
③ 敝庐:破旧的房屋。亦作谦辞。
④ 不才:没有才能。明主:贤明的君主。
⑤ 故人:旧交,老友。
⑥ "青阳"句:谓时光过得很快,一年将尽,令人感觉像是新春在逼着旧岁走似的。青阳,指春天。《尔雅·释天》:"春为青阳。"岁除,年终。
⑦ 永怀:长久地思虑、伤感。《诗经·周南·卷耳》:"我姑酌彼金罍,维以不永怀。"

【鉴赏】

在群星灿烂、人才辈出的唐代诗坛,孟浩然是一个璀璨而特殊的存在,因为他布衣终身,不曾入仕。当然李白称其"红颜弃轩冕,白首卧松云",也是曲为之辩,事实上孟浩然内心是渴望入仕的,从他曾于开元十五年(727年)入京师长安参加科举考试谋取功名以及他的那首《望洞庭湖赠张丞相》均可看出他对入仕的渴望,只不过是"欲济无舟楫"罢了。故此,孟浩然的一生大致是在隐居与漫游中度过。

这首诗的系年学界有多重说法，今从佟培基先生的说法，系于开元二十二年。这一年，孟浩然再入长安求仕未果，无奈返乡，因有此作。首联"北阙休上书，南山归敝庐"表达了诗人已绝意仕进，不会再给君主上书表达政见，回到故乡的敝庐中。其实这是对统治者不重视人才的一种愤激之词，正因为诗人心存魏阙才会出此牢骚之语。颔联"不才明主弃，多病故人疏"两句很有名，《新唐书·孟浩然传》中有这样一段记载："（浩然）年四十，乃游京师……（王）维私邀入内署，俄而玄宗至，浩然匿床下，维以实对，帝喜曰：'朕闻其人而未见也，何惧而匿？'诏浩然出。帝问其诗，浩然再拜，自诵所为，至'不才明主弃'之句，帝曰：'卿不求仕，而朕未尝弃卿，奈何诬我？'因放还。"大意就是孟浩然与王维相友善，一次王维邀请孟浩然进入内署，忽然唐玄宗来到，孟浩然吓得赶紧藏到床下，王维不敢隐瞒，只得以实相告，唐玄宗听了以后很高兴，表示早就听闻此人，还没见过，赶紧出来见朕，并问及孟浩然的诗作，孟浩然当场自诵所为，即这首《岁暮归南山》。唐玄宗在听到"不才明主弃，多病故人疏"这两句之后，神情大变，怫然不悦，说道："是你自己不求仕进，朕不曾放弃你，你为何诬赖我？"于是放还。这则故事虽然记载在《新唐书》孟浩然本传中，其真实性却十分可疑，学术界对此多有考辨，此不具论。颈联"白发催年老，青阳逼岁除"两句从对"明主"与"故人"的失望转到对时光流逝的感慨。一个"催"字，一个"逼"字形象地将诗人内心的焦急与无奈呈现出来，鬓发已白，而壮志未酬，如何令人安眠？这样就自然而然引出尾联"永怀愁不寐，松月夜窗虚"，愁绪满怀，难以成寐，隔窗望出去，月移松影，更添空虚孤寂。

顾嗣立《寒厅诗话》载："已苍先生尝诵孟襄阳'不才明主弃，多病故人疏'云：'一生失意之诗，千古得意之句。'"所谓"一生失意之诗"依然是以孟浩然当着唐玄宗面诵诗的传说而发此议论，而"千古得意之句"的评价则不可谓不高。孟浩然这首诗风神散朗、清旷闲远，大有渊明遗风。

野　望

[唐]王　绩

东皋薄暮望[1]，徙倚欲何依[2]。
树树皆秋色[3]，山山唯落晖[4]。
牧人驱犊返[5]，猎马带禽归[6]。
相顾无相识[7]，长歌怀采薇[8]。

【注释】

[1] 皋（gāo）：水边的高地。东皋在诗人故里。王绩《自作墓志文并序》："尝耕东皋，号东皋子。"薄暮：傍晚，太阳快落山的时候。
[2] 徙倚：犹徘徊，逡巡。《楚辞·远游》："步徙倚而遥思兮，怊惝怳而乖怀。"王逸注："彷徨东西，意愁愤也。"
[3] 秋：一作"春"。诗中无明显季节特色，故作"春"亦通。
[4] 落晖：夕阳，夕照。
[5] 牧人：放牧牲畜的人。犊：小牛。
[6] 猎马：打猎人所乘的马。
[7] 相顾：相视，互看。
[8] 长歌：放声高歌。

【鉴赏】

　　王绩，字无功，号东皋子，绛州龙门人，出生于"家富坟籍"的"六世冠冕"之家，三兄王通乃隋末唐初的著名大儒。王绩自幼天资过人，性特好学，抱负远大，博闻强记，八岁即能读《左传》，日诵十纸。在父兄的直接教导下，王绩具备深厚的儒家修养。王绩十五岁游长安，谒见隋大臣杨素，应对娴雅，辩论精新，满座皆惊，被誉为"神仙童子"。当时著名文人薛道衡在读了王绩的《登龙门忆禹赋》之后称赞他为"今之庾信也"。王绩固然才华横溢，却仕途坎坷，一生三仕三隐。所以他《自作墓志文并序》中称自己"才高位下，免责而已。天子不知，公卿不识。四十五十，而无闻焉"。在仕途失意的打击之下，王绩选择了退隐山林，投入老庄思想的怀抱，"常纵心以自适"。

这首《野望》以"望"字作为全诗审美的起点。首联"东皋薄暮望，徙倚欲何依"分别交代了时间、地点以及诗人之所为。"东皋"在诗人故里，是诗人隐居之所，"薄暮"交代了时间。暮色已晚，诗人登临东皋，徙徊无依。眼前看到的景象是"树树皆秋色，山山唯落晖"。一年之内，正值秋季；一天之内，已是黄昏，焉能不令人伤悲？颈联"牧人驱犊返，猎马带禽归"也是诗人眼前所见，这就是令人向往的田园生活，牧人、猎人都有所得，可是诗人自己呢？独立东皋，空自怅望，心头涌起的恐怕当是凄凉的身世之感吧。尾联"相顾无相识，长歌怀采薇"抒发的依然是彷徨苦闷的情绪。"采薇"这个典故有两个出处，一处是《史记·伯夷列传》，伯夷、叔齐兄弟在武王灭商后耻食周粟，隐于首阳山，采薇而食；另一个出处是《诗经·召南·草虫》中有"陟彼南山，言采其薇。未见君子，我心伤悲"的诗句。这里应该是用《诗经》典故，用以形容诗人的孤独心境。因为诗人"身事两朝，皆以仕途不达，乃退而放浪于山林"（《四库全书总目·东皋子集三卷》），若自称欲效仿伯夷、叔齐兄弟采薇而食，恐会被人耻笑了去。

这首诗格律严整，讲求对仗，是一首标准的五言律诗，诗风真切自然，洗尽宫体铅华，在初唐诗坛可谓空谷足音。明代杨慎在《升庵诗话》中尝云："王无功，隋人，入唐，隐节既高，诗律又盛，盖王、杨、卢、骆之滥觞，陈、杜、沈、宋之先鞭也。"杨慎不愧是有明一代罕有其匹的才子，他准确地看到了王绩在诗歌体裁和风格方面所起到的承先启后之作用，可谓中的之论。初唐诗歌仍受南朝余绪的影响，许多诗人汲汲于音律辞藻，追求华美典雅，在诗坛上占主导地位的依然是"以绮错婉媚为本"（《旧唐书·上官仪传》）的宫廷诗歌。从总体上看，初唐诗歌正如闻一多所说的那样，"说是唐的头，倒不如说是六朝的尾"。王绩异军突起，洗净铅华，独标高格，真切地表达对田园生活的感受，对山水风光的领悟,以其疏野淡朴、清新自然的诗歌风格,给人耳目一新之感。翁方纲在《石洲诗话》中认为:"王无功以真率疏浅之格,入初唐诸家中,如鸾凤群飞,忽逢野鹿,正是不可多得也。"王绩的诗歌创作,向上承继并发展了陶渊明田园诗的优良传统,向下影响并开启了以王维、孟浩然为代表的盛唐山水田园诗。

怨 歌 行①

[汉] 班婕妤

新裂齐纨素②，皎洁如霜雪③。
裁为合欢扇④，团团似明月⑤。
出入君怀袖，动摇微风发⑥。
常恐秋节至⑦，凉飙夺炎热⑧。
弃捐箧笥中⑨，恩情中道绝⑩。

【注释】

① 怨歌行：诗题一作《团扇诗》，又作《怨诗》。
② 新裂：新织成。裂，此指把织好的布帛从织布机上裁截下来。齐：地名，在今山东，当时以齐地所产细绢最负盛名。纨素：洁白精致的细绢。
③ 皎洁：明亮洁白。一作"鲜洁"。
④ 合欢扇：团扇，上有对称图案花纹，象征男女欢会之意。
⑤ 团团：圆貌。
⑥ 动摇：摇摆，晃动。
⑦ 秋节：秋季。节，节令。
⑧ 凉飙（biāo）：凉飙即秋风。
⑨ 弃捐：抛弃，废置。箧笥（qièsì）：藏物的竹器。《礼记·内侧》："男女不同椸枷，不敢县于夫之楎椸，不敢世故于夫之箧笥。"
⑩ 中道绝：中途断绝。

【鉴赏】

　　这首诗的作者一般认为是班婕妤，虽然有争议，但是诗作的内容十分符合班婕妤的身世遭际，暂且归到班婕妤的名下也无妨。班婕妤为汉成帝嫔妃，班况之女，班彪的姑母，班固、班超、班昭兄妹的祖姑。汉成帝初即位班婕妤即被选入后宫。初入后宫，班婕妤深受宠幸，但班婕妤并未恃骄放纵，表现温良贤德。"班姬辞辇"的故事一直流传至今。一次，成帝想与她同辇出游，她则说："观古图画，贤圣之君皆有名臣在侧，三代末主乃有嬖女。"想必当时的汉成帝是尴尬的，但是这件事传到太后的耳朵里，太后很高兴地称赞她说："古有樊姬，今有班婕妤。"晋代大画家顾恺之曾绘有《女史箴图》，其中即有"班姬辞辇"这一场景。

然而好景不长，随着赵飞燕、赵昭仪姐妹入宫，班婕妤和许皇后都逐渐失宠。鸿嘉三年（前18年），赵飞燕诬告许皇后、班婕妤挟媚道，祝诅后宫，导致许皇后被废，班婕妤也遭成帝考问。她自辩道："妾闻'死生有命，富贵在天'，修正尚未蒙福，为邪何以谷注？使鬼神有知，不受不臣之愬；如其无知，愬之何益？故不为也。"成帝觉得班婕妤的回答在理，心生怜悯，赐黄金百斤。为了避免与赵氏姐妹争斗，班婕妤主动请求去长信宫服侍太后。徐陵在《玉台新咏》中云："昔汉成帝班婕妤失宠，供养于长信宫，乃作赋自伤，并为怨诗一首。"徐陵所说的"怨诗"即这首《怨歌行》。

《怨歌行》全诗五言十句，通篇用比的手法，以团扇自喻，将失宠后的幽怨之情写到了极致。"新裂齐纨素"中的"齐纨素"是指齐地所出产的丝绢，刚从织布机上剪下，自然纤尘不染，因此有了下句"皎洁如霜雪"。这两句不仅是写齐地纨素之洁白如霜雪，更是以齐地纨素喻指诗人的天生丽质与纯洁无瑕。"裁为合欢扇，团团似明月"两句是说用这样洁白的齐纨素裁作如圆月一般的团扇。辞书将"合欢扇"解释成为扇面上对称图案花纹，象征男女欢会之意的团扇，这种解释恐怕不妥，叶晨晖先生认为"合欢扇"是以竹子为干，两面蒙以绢，两张绢的连缀处可能用丝缕作结，才称为"合欢"（《"合欢"解》），该说十分在理。清人吴淇评道："裁成句，既有此内美，又重之以修能也。"（《选诗定论》）同时以明月之圆寄寓了诗人对永远团圆的渴望。"出入君怀袖，动摇微风发"二句，暑热天气，团扇自然得以出入怀袖，摇动团扇，生出凉风。"常恐秋节至，凉飙夺炎热"二句，代团扇立言，时时担心秋天来到，因为秋风吹散炎热之际，便是团扇被捐弃之时，由此引出"弃捐箧笥中，恩情中道绝"两句。"箧笥"皆指置物的竹器,"箧笥中"与"君怀袖"形成鲜明的对比,君恩不可恃,总有中道情绝之时。这样就将封建社会女子的命运不能自主,时时担心有秋扇见捐的那一刻的悲惨遭际揭露得淋漓尽致。

班婕妤这首《怨歌行》被钟嵘在《诗品》列为上品,并在《诗品序》中说:"从李都尉讫班婕妤,将百年间,有妇人焉,一人而已。"并将班婕妤列为专章,给予最高的品评:"《团扇》短章,辞旨清捷,怨深文绮,得匹妇之致。侏儒一节,可以知其工矣。"正是这首诗将扇子与女性命运联系在一起,成为一种固定的审美意象,对后世的诗歌创作产生了深远影响。

七 哀①

[三国] 曹 植

明月照高楼，流光正徘徊②。
上有愁思妇，悲叹有余哀③。
借问叹者谁④？言是宕子妻⑤。
君行逾十年，孤妾常独栖。
君若清路尘，妾若浊水泥⑥。
浮沉各异势，会合何时谐？
愿为西南风⑦，长逝入君怀⑧。
君怀良不开⑨，贱妾当何依⑩？

【注释】

① 七哀：魏晋乐府的一种诗题。起于汉末。汉王粲、三国曹植、西晋张载皆有《七哀诗》，为反映社会动乱，抒发悲伤感情的五言诗。《文选·曹植〈七哀诗〉》唐吕向题解："七哀，谓痛而哀，义而哀，感而哀，怨而哀，耳目闻见而哀，口叹而哀，鼻酸而哀也。"元李治《敬斋古今黈》曰："大抵人之七情，有喜怒哀乐爱恶欲之殊。今而哀戚太甚，喜怒爱恶等，悉皆无有。情之所系，惟有一哀而已，故谓之七哀也。不然，何不云六云八，而必曰七哀乎？"关于"七哀"究竟为何意，学术界并无一致意见，但意指哀愁之多则无疑义。题目一作"怨诗行"，又作"明月诗"。
② 流光：月光如水，明澈流动。
③ 余哀：不尽的悲哀。《古诗十九首·其五》："一弹再三叹，慷慨有余哀。"
④ 借问：古诗中常见的假设性问语。一般用于上句，下句即作者自答。
⑤ 宕子：荡子，指离乡外游，久而不归之人。
⑥ "君若"二句：黄节《曹子建诗注》曰："清路尘与浊水泥是一物。浮为尘，沉为泥，故下云浮沉异势，指尘泥也。亦喻兄弟骨肉一体，而荣枯不同也。"
⑦ 西南风：李周翰曰："西南坤地，坤妻道，故愿为此风。"
⑧ 长逝：远去。
⑨ 良：实在。 开：展开，敞开。
⑩ 贱妾：古代妇女谦称自己。

【鉴赏】

曹植是同时代最为杰出的作家,尤以诗歌成就为最高,与曹丕同为邺下文人集团之领袖人物,日本的汉学泰斗吉川幸次郎甚至视曹植为"从六朝到唐初时代的诗神"。曹植以才学见宠于曹操,几欲立为太子,后终因放纵不羁而失宠。汉建安二十五年(220年),曹丕继位后,曹植更是倍遭猜忌打击,居地迁徙无定,因郁郁寡欢,四十一岁即病卒,谥思,后世习称之为"陈思王"。曹植一生勤于创作,作品数量繁多,在建安诗人中居于首位。

这首诗表面看是一首思妇闺怨诗,实则为曹植以弃妇自喻,诉说自己长期被弃置的抑郁和苦闷,希望曹丕能念及骨肉之情,不要再兄弟相残。以夫妻比君臣的写作手法,古已有之。如元人刘履说:"子建与文帝同母骨肉,今乃浮沉异势,不相亲与,故以孤妾自喻。"(《选诗补注》)

开篇两句"明月照高楼,流光正徘徊"起句即不同凡俗,成为千古传诵的名句,甚至被胡应麟誉为"建安绝唱"。宋代张戒《岁寒堂诗话》也说:"子建'明月照高楼,流光正徘徊'非以咏月也,而后人咏月之句,虽极工巧,终莫能及。"这两句妙就妙在兴象自然,情景交融。夜深人静,万籁俱寂,高楼明月,流光徘徊,可以想见思妇望月之久。"上有愁思妇,悲叹有余哀"两句主角登场,思妇满怀忧愁,在高楼之上独坐长叹。"借问叹者谁,言是宕子妻"两句中的"借问"只是古诗中常见的假设性问语,并非思妇身边真的忽然有人来问。这个叹息不止的思妇究竟是谁呢?原来她是宕子(荡子)之妻。以上六句是作者的客观描述,往下则换用第一人称,以思妇的口吻写她的内心感受。

"君行逾十年,孤妾常独栖"中的"君"即上文中的"宕子",宕子是指离乡远游、出行不归的男子。荡子不归已逾十载,思妇独守空闺亦已逾十载,分离有多久,思念就有多痛苦。"君若清路尘,妾若浊水泥"两句是说夫妻如同尘与泥一般同为一体,"清路尘"高飞在天,"浊水泥"委弃在地,地位不同,浮沉迥异,会合难期,因此诗人发出"浮沉各异势,会合何时谐"这样的感叹。最后四句"愿为西南风,长逝入君怀。君怀良不开,贱妾当何依"诗人表达了思妇的愿望和忧虑:我愿意化作西南风,跨越千山万水奔入夫君你的怀抱,可是您若不肯为我打开怀抱,那我将无处可依。

张玉谷《古诗赏析》说:"末四,表己心之无他,恐彼心之终负,收得缠绵。""愿为西南风"一句想象奇特,情深可见,很好地将思妇内心深处那份焦灼的渴盼、炽热的情感表现了出来。然而这毕竟是思妇的一厢情愿,远行十年的夫君肯不肯打开怀抱迎接自己入怀尚不可知,因此思妇陷入深深的忧虑之中。"贱妾当何依"与开头的"流光正徘徊"一句遥相呼应,既表达了思妇的情思跌宕,又使全诗结构紧凑,浑然一体。结局的不确定性令全诗含不尽之意,余音袅袅,哀婉动人。

采桑子

[清]纳兰性德

谁翻乐府凄凉曲①,风也萧萧②,雨也萧萧,瘦尽灯花又一宵③。
不知何事萦怀抱④,醒也无聊⑤,醉也无聊,梦也何曾到谢桥⑥。

【注释】

① 翻:演奏。乐府:诗体名。初指乐府官署所采制的诗歌,后将魏晋至唐可以入乐的诗歌,以及仿乐府古题的作品统称乐府。
② 萧萧:象声词,常形容马叫声、风雨声、流水声、草木摇落声、乐器声等。宋蒋捷《一剪梅》:"秋娘渡与泰娘桥,风又飘飘,雨又萧萧。"
③ 灯花:灯心余烬结成的花状物。北周庾信《对烛赋》:"刺取灯花持桂烛,还却灯檠下烛盘。"
④ 怀抱:心怀,心意。
⑤ 无聊:郁闷,精神空虚。
⑥ 谢桥:谢娘家近处之桥。唐李太尉德裕有妾谢秋娘,太尉以华屋贮之,眷之甚隆。后因以"谢娘"泛指歌妓。

【鉴赏】

清人谭莹在"粤雅堂丛书"本《饮水集》跋中称:"容若词固自哀感顽艳,有令人不忍卒读者,至如《采桑子》句云'瘦尽灯花又一宵';《浣溪沙》句云'生怜瘦减一分花';《浪淘沙》句云'红影湿幽窗,瘦尽春光'等,窃谓《词苑丛谈》称沈江东嘲毛稚黄有'三瘦'之目,固当以移赠容若耳。"这段记载是说纳兰容若填词善用"瘦"字,因此谭莹称不如将毛先舒(字稚黄)的"三瘦"名头给纳兰容若。后来傅庚生先生也说李清照喜以"瘦"字入词,并且为词坛留下了三个带有"瘦"字的名句,因此他把李清照称为"李三瘦"。这种以诗人或词人得意之句称呼句主的称呼方式古已有之，如陈师道《后山诗话》云："尚书郎张先善著词，有云：'云破月来花弄影'，'帘压卷花影'，'堕轻絮无影'。世称颂之，号'张三影'。"

纳兰性德的词以小令见长，多感伤情调，间有雄浑之作，因为"纯性自然"，故具有很强的艺术感染力。陈维崧认为纳兰性德"得南唐二主之遗"，况周颐甚至推纳兰性德为"清初第一词人"。顾贞观称"容若词，一种凄婉处，令人不忍卒读，人言愁我始欲愁。"王国维先生慧眼如炬，他指出纳兰性德"以自然之眼观物，以自然之舌写情。此由初入中原，未染汉人风气，故能真切如此"（《人间词话》）。纳兰性德虽生于钟鸣鼎食之家，却"不是人间富贵花"，他对侍卫生涯了无兴趣，整日小心翼翼，如履薄冰。他渴望自由，酷爱读书，内心的惆怅和苦闷无法排遣，一发于词，因此他的词风总体呈现出一种哀感顽艳、悲凄哀婉、自然真切的情调。

这阕《采桑子》也是如此，陈廷焯称此词"凄凄切切，不忍卒读"。首句"谁翻乐府凄凉曲"即奠定了全词的基调，是谁在演奏那哀婉凄凉的曲调？其实就是词人自己。"风也萧萧，雨也萧萧，瘦尽灯花又一宵"是写词人之长夜寂寞。风雨飘潇之夜，灯花瘦尽，词人终于又挨过这样一个漫漫长夜。"瘦"字用得的确十分传神，表面是写灯花，实则写人。

下阕首句"不知何事萦怀抱"是说词人自己也不知道究竟为了何事心头怅怅，总之就是"醒也无聊，醉也无聊"，如果是清醒的时候世间诸般杂事萦绕心头也倒罢了，为了逃避现实，那就把自己灌醉，可是醉酒能解决问题吗？酒醒之后，烦恼依然还在那里，不增不减。所以我们宁愿相信词人在这里所抒发的不是个人的、具体的一种烦恼，而是带有一种时代的感伤、宇宙的荒凉。最后一句"梦也何曾到谢桥"是化用前人之句，如五代张泌《寄人》中有"别梦依依到谢家，小廊回合曲阑斜"的诗句；晏幾道《鹧鸪天》中有"梦魂惯得无拘检，又踏杨花过谢桥"的词句。古人常称所恋之人为"谢娘",称其所居之处为谢家或谢桥,而词人就连梦里都没有到过谢桥,这是何等的无奈。

全词并无明确指向,词人倾吐的是一种不可名状的凄凉与寂寞,整体呈现出一种烟水迷离、跌宕苍凉之美,或许这正是纳兰性德词作的艺术魅力之所在吧。

浣溪沙·闺情

[宋]李清照

绣面芙蓉一笑开①,斜飞宝鸭衬香腮②。
眼波才动被人猜③。
一面风情深有韵④,半笺娇恨寄幽怀⑤。
月移花影约重来⑥。

【注释】

① 绣面:妇女面上贴花如绣。唐宋以前妇女会在面额及颊上贴纹饰花样,《木兰诗》中有"对镜帖花黄"之句可证。面,一作"幕"。 芙蓉:即荷花。白居易《长恨歌》:"芙蓉如面柳如眉。"

② 宝鸭:即香炉,因作鸭形,故称。唐代孙鲂《夜坐》诗:"划多灰杂苍虬迹,坐久烟消宝鸭香。"李清照《浣溪沙》词:"玉鸭熏炉闲瑞脑。"斜飞宝鸭,指炉中袅袅升腾起的烟雾。香腮:美女的腮颊。唐温庭筠《菩萨蛮》词:"小山重叠金明灭,鬓云欲度香腮雪。"

③ 眼波:形容流动如水波的目光,多用于女子。唐韩偓《偶见背面是夕兼梦》诗:"眼波向我无端艳,心火因君特地燃。"
④ 风情:指男女相爱之情。南唐李煜《柳枝》词:"风情渐老见春羞,到处芳魂感旧游。"韵:美丽、标致。
⑤ 笺:纸,指信笺、诗笺。
⑥ 月移花影:这里指约会的时间,即月斜之际。宋王安石《夜直》诗:"春色恼人眠不得,月移花影上栏干。"

【鉴赏】

这阕《浣溪沙》写得比较放肆,因而有学者怀疑这不是李清照的作品,其实不当存疑。就如同李清照曾改嫁张汝舟之事,从明代开始不断有人站出来辩诬,其实在宋代就存有足够的资料证明其改嫁之事属实,可是她的崇拜者不忍心看到自己的偶像居然有改嫁之事,乃有辩诬之举。还是王仲闻先生说得斩钉截铁:"明

清迄近代，为清照辩诬，主张清照未再嫁者甚多，无一能言之有故，持之成理，俱不取。"(《李清照集校注》)

"靖康之变"将易安词分作前后两个时期。前期的作品主要以空灵飞动的女性笔触书写少女情怀与闺阁生活，南渡以后的词作则突出抒写了在苦难时代背景下一个饱经忧患者的巨大不幸。李清照的作品深深地打上了时代的烙印，因此具有比较强的辨识度。这些词作所反映出来的时代感与李清照个人的艺术创造性完美地统一，使传统词风得到了充实和改造，这不能不说是李清照个人对整个宋词发展所起到的重要作用。也许真的应了那句"国家不幸诗家幸，赋到沧桑句便工"(赵翼《题遗山诗》)，正如南唐的覆亡成就了李后主，而北宋的灭亡则成就了李易安。

这首词显然是作者早期作品，描写的便是词人回忆与所爱之人欢好幽会场景。"绣面芙蓉一笑开"是写自己精心打扮，如芙蓉乍开，一个"开"字既是写自己笑逐颜开，如芙蓉花放，也表现了女主人公的情窦初开，一个天真活泼、真诚直率的女性形象宛在眼前。第二句"斜飞宝鸭衬香腮"是写女主人公在氤氲的熏香的映衬下更加可爱。第三句"眼波才动被人猜"写得十分生动，眼睛是心灵的窗户，一个天真少女更是心无城府，因此女主人公眼波流动，顾盼生姿，藏不住心事，所以才会生怕被人猜中心思。清代吴衡照说："易安'眼波才动被人猜'，矜持得妙；淑真'娇痴不怕人猜'，放诞得妙，均善于言情。"(《莲子居词话》)下片第一句"一面风情深有韵"是写女主人公粉面含春，天然风韵，对对方的爱慕之情都写在脸上。第二句"半笺娇恨寄幽怀"是写女主人公以半张信笺抒写自己内心对心上人的"娇恨"与"幽怀"，当然，这种恨不是真的恨，而是一种娇嗔和埋怨。"月移花影约重来"是约好下次幽会的时间。

全词细节把握精准，同时通过刻画细微的心理活动，一个真诚直率、勇敢追求爱情的少女形象跃然纸上，古人认为这首词"摹写娇态，曲尽如画"(《古今女史》)。现在看这首词觉得并无不妥,可是古人却认为过于轻薄,进而否认为易安之作。如清代王鹏运曾评曰:"此尤不类,明明是淑真'月上柳梢头,人约黄昏后'词意,盖既污淑真,又污易安也"(四印斋本《漱玉词》注)。对此番评论,龙榆生先生有不同看法,他曾撰文说:"王鹏运谓是他人伪托,以污易安。要之明诚在日,易安固一风流酝藉之人物,言语文字之间,亦复何所避忌?"(《漱玉词叙论》)许多明代的选本都收录了这首词,因此否定为易安词作的理由并不充分。李清照从来都是一个不掩饰自己的胸怀坦荡之人,况且宋代王灼即称李清照"作长短句,能曲折尽人意,轻巧尖新,姿态百出。闾巷荒淫之语,肆意落笔,自古缙绅之家能文妇女,未见如此无顾忌也"(《碧鸡漫志》)。虽然王灼之语未免过激,但易安若无此类抒写真情之作,又如何对得起王灼"闾巷荒淫之语"的评论?因此,这首词暂定为易安之作比较妥当。

【断】

壮士拂剑,浩然弥哀。
萧萧落叶,漏雨苍苔。

弹　歌[①]

[先秦] 佚　名

断竹。续竹[②]。飞土[③]。逐宍[④]。

【注释】

① 弹（dàn）：一种原始的弓。
② "断竹"二句：张玉谷解释说："断竹为弓背，续竹为弓弦。""续竹"一作"属木"。
③ 土：土弹丸。
④ 宍（ròu）：古同"肉"。这里借指各种禽兽猎物。一作"害"。

【鉴赏】

　　文学史上普遍认为这是一首比较原始的猎歌，反映的是原始人制造弹弓和狩猎的过程。这首《弹歌》虽然只有短短的八个字，却完整地表现了从斫伐竹木、制作弓矢到射击猎物的整个狩猎过程。这也充分说明了文艺起源与劳动生产之间的密切关系。两字一句，具有韵律，节奏简单，语言质朴，确实很像远古人类的创作。这首《弹歌》原本并无题目，清代沈德潜编纂《古诗源》才给它命名为《弹歌》。

　　《弹歌》最早见载于《吴越春秋》卷九："（陈）音曰：'臣闻弩生于弓，弓生于弹，弹起古之孝子。'越王曰：'孝子弹者奈何？'音曰：'古者人民朴质，饥食鸟兽，渴饮雾露，死则裹以白茅，投于中野。孝子不忍见父母为禽兽所食，故作弹以守之，绝鸟兽之害。故歌曰："断竹续竹，飞土逐害"之谓也。于是神农、皇（黄）帝弦木为弧，剡木为矢。弧矢之利，以威四方。'"《吴越春秋》这部书流传过程比较复杂，简而言之，其作者题为东汉赵晔，其实并非赵晔所著原书。这本书主要记载了先秦时吴、越两国的历史。由于年代久远，难免出现异文，而这首《弹歌》在流传过程中即出现了两处异文，第一个是"续竹"一作"属木"；

第二个是"害"字，一作"肉"（或写作"宍"）。这种远古流传下来的歌谣在文字产生之前只能通过口耳相传，因此在后世的文字记载中出现不同是一件很正常的事情，后人很难证明或证伪。

基于以上所述异文的出现，对于这首歌谣的解读也就产生了分歧。一种观点认为这是一首原始猎歌，另一种观点认为这是一首孝子所唱的孝歌。依照《吴越春秋》中所记载，"孝子不忍见父母为禽兽所食，故作弹以守之，绝鸟兽之害"，那么这首歌谣就不是为了抓捕野兽，而是为了驱赶野兽。故当以孝歌为是。

刘勰《文心雕龙》中两次提到它，一则曰："黄歌《断竹》，质之至也。"二则曰："寻二言肇于黄世，《竹弹》之谣是也。"所谓"黄歌"意即黄帝时的歌谣，所谓"质之至也"就是质朴到了极点。可见，刘勰不仅认为《弹歌》是黄帝时代的歌谣，而且认为它是二言之始。虽然《弹歌》究竟是否为黄帝时代的歌谣，并无证据，尚可商榷，但将这首确定为远古时期的歌谣还是基本可信的。

这首歌谣的产生年代比《诗经》的年代要早很多。学习这样一首流传久远的"太古之作"，对于我们了解诗歌形式的发展变化很有帮助。

南乡子·登京口北固亭有怀[①]

[宋] 辛弃疾

何处望神州[②]?满眼风光北固楼。千古兴亡多少事?悠悠。不尽长江滚滚流[③]。年少万兜鍪[④],坐断东南战未休[⑤]。天下英雄谁敌手?曹刘[⑥]。生子当如孙仲谋[⑦]。

【注释】

① 京口:古城名,即今江苏镇江。北固亭:又名北固楼,在今江苏镇江东北的北固山上,下临长江,三面环水。
② 神州:这里指中原地区。
③ "千古"三句:感叹古今兴亡变化,无尽无休,犹如眼前江水,滚滚东流。悠悠,迢迢不断貌。不尽长江滚滚流,杜甫《登高》:"无边落木萧萧下,不尽长江滚滚来。"
④ 兜鍪(dōumóu):一种古时战士戴的头盔,形如鍪,用以防御兵刃。这里指士兵。
⑤ 坐断:占据,把住。
⑥ "天下"二句:谓当时能与孙权匹敌称雄者,唯有曹操和刘备二人。《三国志·蜀书·先主传》:"是时曹公从容谓先主曰:'今天下英雄,唯使君与操耳,本初之徒不足数也'。"
⑦ "生子"句:《三国志·吴书·吴主传》裴松之注引《吴历》云:"公见舟船、器仗、军伍整肃,喟然叹曰:'生子当如孙仲谋,刘景升儿子若豚犬耳。'"孙仲谋,即孙权,字仲谋,三国时吴国国君。他始置京口镇。

【鉴赏】

辛弃疾的这阕词与《永遇乐·京口北固亭怀古》两首皆为作者在镇江知府任上所作,具体年份应该是在嘉泰四年(1204年)或开禧元年(1205年),郑骞先生推测说"似是初到任上作"。

以问句"何处望神州"开篇,与东坡之"明月几时有"有同工之妙。妙在先声夺人，立刻吸引了读者的注意力。词人的题目写得清楚，登京口北固亭有怀，因此这里的"望"字便落到了实处。诗人登上京口北固亭遥望，满眼风光，可是中原故国何在？这里的"神州"不是指全国，而是特指沦陷的北方地区。"千古兴亡多少事"是慨叹古往今来发生过多少兴亡盛衰之事，北固亭下临长江，因此诗人才有了下面的感慨，"悠悠。不尽长江滚滚流"，历史上兴亡之事正如同眼前这流不尽的长江水，滚滚东流，无休无止。《论语》中即有"子在川上曰，'逝者如斯夫，不舍昼夜'"的记载，因此，将时间比喻为流水并无任何新奇之处，而词人"不尽长江滚滚流"一句妙就妙在既是实写眼前之景，亦是对历史发展的具象化表达。

上阕既已写登临所观之景，下阕自然是要发怀古之幽情。"年少万兜鍪，坐断东南战未休"两句说的正是吴主孙权，孙权十九岁即继承父兄基业，因此说他"年少万兜鍪"，意思是年轻时就统帅千军万马。孙权独霸江东，称雄一时，可谓少年英雄。"天下英雄谁敌手？曹刘"，放眼天下，能够与孙权成为敌手的只有曹操与刘备二人。"生子当如孙仲谋"一句用典，《三国志·孙权传》注引《吴历》云：曹操尝与孙权对垒，"见舟船、器仗、军伍整肃，喟然叹曰：'生子当如孙仲谋，刘景升儿子若豚犬耳。'"曹操看到东吴军队阵容整肃，不禁慨叹说："生儿子就要像孙仲谋一样，刘表的儿子与之相比简直就像猪狗一样不堪。""生子当如孙仲谋"一句是在夸赞孙权，绝无一丝一毫的贬低之意。东汉狂士祢衡恃才傲物，在他眼中只欣赏孔融和杨修两个人，因此他常这样说："大儿孔文举，小儿杨德祖。其余诸子，碌碌莫足数也。"（《后汉书》）

全词简洁明快、流畅自然，直抒胸臆，表面上看是表达了对"坐断东南"的吴主孙权的景慕向往之情，实则是借古讽今，暗寓对当时南宋统治者的不满，觉得他们怯懦无能，不如孙权。作者的一腔忠愤之情溢于言表，不言自明。另外，辛弃疾化用前人成句，信手拈来，自然合拍，这也是其词作的一个语言特色之所在。虽然辛弃疾大量运用典故，引用经史古语，却总是恰到好处，浑然天成，读来并不觉有堆砌之感。因此清代陈廷焯在《云韶集》中曾赞此词说："气魄雄大，虎视千古。东坡词，极名士之雅，稼轩词，极英雄之气。千古并称，而稼轩更胜。"

短 歌 行[①]

[三国] 曹 操

对酒当歌[②],人生几何!
譬如朝露,去日苦多[③]。
慨当以慷[④],忧思难忘。
何以解忧?唯有杜康[⑤]。
青青子衿,悠悠我心[⑥]。
但为君故,沉吟至今。
呦呦鹿鸣,食野之苹。
我有嘉宾,鼓瑟吹笙[⑦]。
明明如月,何时可掇[⑧]?
忧从中来,不可断绝。
越陌度阡,枉用相存[⑨]。
契阔谈䜩[⑩],心念旧恩[⑪]。
月明星稀,乌鹊南飞。
绕树三匝,何枝可依[⑫]?
山不厌高,海不厌深[⑬]。
周公吐哺,天下归心[⑭]。

【注释】

① 短歌行:乐府题名,属《相和歌·平调曲》,因其声调短促,故名。多为宴会上唱的乐曲。
② 对酒当歌:对着酒应该放声高唱。原意是人生时间有限,应该有所作为。后也用来指及时行乐。"当"也是"对"的意思。
③ 去日苦多:已经过去的日子太多了,用于感叹光阴易逝。去日,过去的日子。苦,患,苦于。《汉书·苏武传》中李陵曾对苏武说:"人生如朝露。"意思是说人生如朝露一样短促,应当珍惜。
④ 慨当以慷:与"慷慨"意思相同,指充满正气,情绪激动。"当以"无实际意义。汉末人多用以抒发感慨,如《文心雕龙·明诗》说建安诗歌"慷慨以任气"。
⑤ 杜康:传说为最早造酒的人,这里借指酒。唐李善《文选注》引《博物志》说:"杜康造酒。"又说:"或云黄帝时人。"是杜康乃上古传说中人。
⑥ "青青"二句:此处用以表达招引贤才之意。见《诗经·郑风·子衿》。毛传:"青衿,青领也,学子之所服。"
⑦ "呦呦"四句:见《诗经·小雅·鹿鸣》。《毛诗序》说:"鹿鸣,燕群臣嘉宾也。"呦呦,鹿鸣的声音。

苹，艾蒿。曹操建安十三年平荆州，得汉雅乐郎杜夔，杜所传雅乐四曲，其一曰《鹿鸣》。是曹操宴乐用《鹿鸣》，当在获杜夔之后。

⑧ "明明"二句：诗人思念贤人帮助自己完成统一大业的忧思，像此时当空的明月一样，恒绕在心头，不可收拾。掇，《乐府诗集》作"辍"。辍，停止。掇，拾取。

⑨ "越陌"二句：意谓承蒙客人枉驾远道来访。汉应劭《风俗通》说："里语云：'越陌度阡，更为主客。'"枉，委屈。存，问。

⑩ 契阔：偏义复词，契是投合，阔是疏远，此处偏用"阔"意，谓久别。谈䜩：指今日之宴饮谈心。䜩，通"宴"。

⑪ 旧恩，旧日的情谊。

⑫ "月明"四句：指汉末士人像乌鹊一样南北奔走，彷徨徙倚，无所依托。匝，遍。唐李善《文选注》："喻客子无所依托也。"

⑬ "山不"二句：化用《管子·形势解》语："海不辞水，故能成其大；山不辞土石，故能成其高；明主不厌人，故能成其众；士不厌学，故能成其圣。"比喻贤才多多益善。

⑭ "周公"二句：《史记·鲁周公世家》载周公说："我一沐三握发，一饭三吐哺，起以待士，犹恐失天下之贤人。"哺，口中咀嚼的食物。

【鉴赏】

东汉末年，已经出现了《古诗十九首》这样代表汉代文人五言诗最高成就的作品。虽然此时五言诗早已登上历史舞台，并成为文坛创作的主流形式，但是依然有不少的文学评论家抱残守缺，并未与时俱进，例如挚虞的《文章流别论》就认为"古诗率以四言为体""雅音之韵，四言为正；其余虽备曲折之体，而非音之正也"，刘勰在《文心雕龙·明诗》篇也说"四言正体""五言流调"。只有锺嵘推重五言诗，他在《诗品》序中说："夫四言，文约意广，取效风、骚，便可多得。每苦文繁而意少，故世罕习焉。五言居文词之要，是众作之有滋味者也，故云会于流俗。岂不以指事造形，穷情写物，最为详切者耶？"这样就更加显出锺嵘的文学观念与美学思想的先进性。然而曹操作为建安文坛的领袖以自己的创作开风气之先，大力推动了建安文学的发展。曹操的四言诗为沉寂已久的四言体注入了新鲜血液，开辟了四言诗创作的新境界，同时也为后世的新乐府诗创作提供了足堪借鉴的创作经验。于"三百篇外，自开奇响"（沈德潜《古诗源》）。清代陈祚明在《采菽堂古诗选》中也称赞说"孟德能于《三百篇》外，独辟四言声调，故是绝唱"。刘大杰曾称"三百篇之后，曹操的四言诗，最为杰出"（《中国文学发展史》）。这些称赞绝非虚誉之词。

曹操的诗流传下来的只有二十余首，皆为乐府诗，并且因为继承了汉乐府"感于哀乐，缘事而发"的优良传统，因此被后人誉为"汉末实录"。

这首《短歌行》也是乐府旧题，主题是在感叹人生短暂、流光易逝的基础上表达诗人欲得贤才、早建王业之壮志雄心。如清代陈沆即称"此诗即汉高《大风歌》思猛士之旨也"（《诗比兴笺》）。这首诗每八句为一层，抒情言志，层层递进。

从首句"对酒当歌"到"唯有杜康"为第一个层次，慨叹人生短暂，岁月易逝，并为功业未成而忧思难忘。特别是"何以解忧？唯有杜康"两句流露出诗人对英雄迟暮的无奈与壮志未酬的感伤。

从"青青子衿"到"鼓瑟吹笙"为第二个层次，八句之中倒有六句直接引自《诗经》，更难得的是竟然毫无违和感，这就彰显出诗人的胆略和对《诗经》的熟悉以及驱驾能力。"青青子衿，悠悠我心"两句出自《诗经·郑风·子衿》，"青衿"是古代学子的制服，因此也就成了青年才俊的代称。据叶嘉莹先生的解读，她认为这首诗的写作背景是在赤壁大战的前夕，所谓的"青衿"是有具体所指的，一个是孙权，一个是荆州牧刘表的儿子刘琦。曹操希望能够招降这两个人，因此才会"沉吟至今"的。"呦呦鹿鸣，食野之苹。我有嘉宾，鼓瑟吹笙"这四句出自《诗经·小雅·鹿鸣》，而《鹿鸣》篇是写君臣燕飨的诗篇，诗人引用这四句的用心显而易见，就是希望孙权和刘琦这样的青年才俊能够归顺自己，那么诗人也会准备美好的宴席招待他们这些嘉宾，与他们共享君臣之乐。

从"明明如月"到"心念旧恩"为第三个层次,依然是表达对贤才的怀思。"明明如月,何时可掇"两句以明月喻指贤才,表达了诗人对贤才的渴盼之情,贤才何时方能为己所用呢?诗人求贤若渴之心于斯可见一斑。据叶嘉莹先生的解读,这里是就刘备而言之。正因为明月之不可掇,才会"忧从中来,不可断绝"。"契阔"典出《诗经·邶风·击鼓》,朱熹认为是离别的意思,"谈䜩"是聚会之意,意思是我们之间分分合合,但我认为彼此都应该"心念旧恩"。

从"月明星稀"到"天下归心"为第四个层次,既表达了对贤才的爱惜之心,同时又抒发了诗人的远大抱负。"绕树三匝,何枝可依"两句刻画良禽择木而栖的逡巡心理,"山不厌高,海不厌深"两句典出《管子·形势解》,是用来形容诗人那海纳百川的博大胸襟,"周公吐哺,天下归心"两句典出《史记·鲁周公世家》,周公说他曾多次把饭从嘴里吐出来,唯恐因接待贤士迟慢而失掉人才,诗人这样说的用意很明显,就是在说自己也会像周公一样礼贤下士,让天下的人才都心悦诚服地归顺于他。

全诗格调激昂,语言质朴,气势雄壮,真情流露,正如叶嘉莹先生解读这首诗所说的,"曹操把他英雄的志意、诗人的才情和霸主的野心都集中表现在他的诗里了"(《汉魏六朝诗讲录》)。清代吴淇在《六朝选诗定论》中说:"观魏武此作,及后《苦寒行》,何等深,何等真。所以当时豪杰,乐为之用,乐为之死。"曹操的这首四言诗以其深沉真挚的情感表达不仅吸引了当时的英雄才俊,同时也深深地打动了后世读者的心灵。

菩萨蛮·其二

[唐]韦 庄

人人尽说江南好,游人只合江南老①。春水碧于天②,画船听雨眠③。垆边人似月④,皓腕凝双雪⑤。未老莫还乡,还乡须断肠⑥。

【注释】

① 只合:只应,本来就应该。
② 春水:春天的河水。
③ 画船:装饰华美的游船。南朝梁元帝《玄圃牛渚矶碑》:"画船向浦,锦缆牵矶。"
④ 垆边人:当垆卖酒的女子。垆,旧时酒店里安放酒瓮的土台子。《后汉书·孔融传》注:"垆,累土为之,以居酒瓮,四边隆起,一面高,如锻垆,故名垆。"又《史记·司马相如列传》:"相如与俱之临邛,尽卖其车骑,买一酒舍酤酒,而令文君当垆。"此处当系化用卓文君当垆卖酒之事。垆边人是指当垆卖酒的女子。
⑤ "皓腕"句:喻腕如白雪。乐府《双行缠》:"朱丝系腕绳,真如白雪凝。"皓腕,洁白的手腕,多用于女子。三国魏曹植《洛神赋》:"攘皓腕于神浒兮,采湍濑之玄芝。"凝双雪,一作"凝霜雪"。
⑥ 须断肠:应断肠。须,应也,宜也。

【鉴赏】

韦庄乃名门望族之后,有着"平生志业匡尧舜"的伟大志向,奈何生逢晚唐乱世,加之屡试不第,因此饱尝漂泊流离之苦,大半生羁旅漂泊,年近花甲,终于及第,释褐校书郎,后应王建聘为西川节度使掌书记,自此终身仕蜀,朱全忠篡唐后,韦庄力劝王建称帝,由此深得王建重用,曾出任前蜀政权宰相,为"晚唐诗人之显者"(胡应麟《诗薮》)。韦庄的文学创作受到杜甫和白居易等前辈诗人的影响比较大,因为敬仰杜甫,遂将自己的诗集命名为"浣花集",这正是他向杜甫致敬的一种方式。韦庄工诗，与温庭筠同为"花间派"代表作家，并称"温韦"。王国维认为韦庄在词创作方面成就高于温庭筠，他在《人间词话》中指出："温飞卿之词，句秀也。韦端己之词，骨秀也。"陈廷焯在《白雨斋词话》中给出的评价也极高："韦端己词，似直而纡，似达而郁，最为词中胜境"。他的五首组词《菩萨蛮》写得"清秀绝伦"。

这首词是组词中的第二首。这首词乍一读仿佛词意清浅，实则寄寓了比较深的感慨，正如陈廷焯所言"貌不深而意深"。全词看似平铺直叙，实则回环往复，曲折迂回，真得老杜沉郁顿挫之妙。开篇即以一句"人人尽说江南好，游人只合江南老"先声夺人，人人都在称赞江南，自己作为一个游子只应该终老江南。从"只合"二字可以看出这并不一定是诗人的意愿。接下来的两句"春水碧于天，画船听雨眠"是描写江南美景，春林初盛，春水初生，显出一派勃勃生机，画船听雨更是一种极美的意境。区区十个字即将旖旎的江南景致描绘了出来，这要归功于词人巧于剪裁，惨淡经营。

美景也须人来衬，于是"垆边人似月，皓腕凝双雪"两句转而写人。因为有了当年卓文君当垆卖酒的典故，所以看到"垆边"二字，读者便会自然而然地联想到"眉色如望远山，脸际常若芙蓉，肌肤柔滑如脂"（《西京杂记》）的卓文君。垆边之人像明月一样，光彩照人，当她伸出双手斟酒的时候，才会看到这个女子洁白的手腕，赛雪欺霜。如此动人的江南美景焉能不令人心动？前面铺陈了这么多，风光之旖旎，皓腕之动人，这么好的地方可以令人有终老于斯的想法了吧？不，词人偏又宕开一笔，"未老莫还乡，还乡须断肠"，词人所说"未老莫还乡"固然有生怕还乡之后的断肠之苦，恐怕还有现实情况的诸多不允许。否则何必等到年老？这里可以再追问一句，老了之后是否要回故乡？当然还是要还乡的，因为故乡仍有牵挂，因为"残月出门时，美人和泪辞"（韦庄《菩萨蛮·其一》）。况且中国的传统讲究狐死首丘，叶落归根，概莫能外。因此陈廷焯在《白雨斋词话》说:"端已词似直而纡,似达而郁,最为词中胜境",这一评论可谓切中肯綮。这阕小词"运密入疏,寓浓于淡"(况周颐《历代词人考略》),营造出一个迂回而又沉郁的意境,弥漫着一层淡淡的感伤色彩。

唐圭璋、潘君昭曾评论说韦庄是"继温庭筠之后开创新风气的词人,他首先打破了以词为艳科的看法,用白描手法抒写个人真切情感,形成'揭响入云'的艺术风格,于温词之外,另开途径"(《论温韦词》)。通过这阕词来看,韦庄确实能够在清词丽句之间寄寓离别之恨,故国之思,整体呈现出一种乐而不淫、哀而不伤的审美特质。

长相思·其二

[唐]李　白

日色欲尽花含烟①，月明欲素愁不眠②。
赵瑟初停凤凰柱③，蜀琴欲奏鸳鸯弦④。
此曲有意无人传，愿随春风寄燕然，
忆君迢迢隔青天。
昔日横波目⑤，今成流泪泉。
不信妾肠断⑥，归来看取明镜前。

【注释】

① 日色：日光。花含烟：形容暮色中花蒙水气，如含烟雾。
② 素：白色而又细密的（未经加工的）丝织品。
③ 赵瑟：指瑟。因这种乐器战国时流行于赵国，故称。南朝齐谢朓《三日侍华光殿曲水宴代人应诏》诗："秦筝赵瑟，殷勤促柱。"凤凰柱：指刻有凤凰形的瑟柱。
④ 蜀琴：汉蜀郡司马相如所用的琴。相传相如工琴，故名。亦泛指蜀中所制的琴。鸳鸯弦：金性尧先生《唐诗三百首新注》中认为"鸳鸯弦是为了强对凤凰柱"。
⑤ 横波目：形容女子眼神流动，如水横流，顾盼生辉。《文选·傅毅〈舞赋〉》："眉连娟以增绕兮，目流睇而横波。"李善注："横波言目斜视，如水之横流也。"
⑥ 肠断：形容极度悲痛。

【鉴赏】

　　李白创作的乐府诗数量是初盛唐诗人中最多的，约有一百五十首左右，若是算上发源于乐府的歌行体的话，数量就更多了。李白继承汉乐府"感于哀乐，缘事而发"的优良传统，大力拟作古乐府，其乐府诗大量沿用古乐府旧题，或用其本意，或承其旧题而翻出新意，或自拟新题写时事，总能曲尽其妙。概而言之，李白在乐府诗创作方面取得了巨大成就,清王夫之甚至赞叹说:"太白于乐府歌行,不许唐人分半席。"(《唐诗评选》)他的许多传世名篇诸如《蜀道难》《将进酒》《行路难》《梁甫吟》等皆为乐府诗。

"长相思"是一个乐府旧题,内容多写男女相思之情,据《乐府诗集》记载:"古诗曰'客从远方来,遗我一书札。上言长相思,下言久别离。'李陵诗曰:'行人难久留,各言长相思。'苏武诗曰:'生当复来归,死当长相思。'长者久远之辞,言行人久戍,寄书以遗所思也。古诗又曰:'客从远方来,遗我一端绮。文彩双鸳鸯,裁为合欢被。著以长相思,缘以结不解。'谓被中著绵以致相思绵绵之意,故曰'长相思'也。"有学者认为该诗实则寄寓了诗人追求理想不能实现之苦,决不能看作是一首单纯的情诗。李白这首诗虽沿用旧题,形式上却有许多创新,改变了过去的句式与韵脚,且一韵到底,这样就增强了诗歌的韵律感,具有更强的表现力和感染力。李白从南朝梁张率的《长相思》诗意生发开去,描写刻画思妇缠绵悱恻的相思之情,凄清而有怨苦,深沉而又含蓄。

首二句"日色欲尽花含烟,月明欲素愁不眠"交代了时间是在黄昏时分,花气袭人,月明如练,思妇望月难眠。旧题严羽评点《李太白诗集》中的这两句说:"只二语,不可画,不可赋,妙绝。""赵瑟初停凤凰柱,蜀琴欲奏鸳鸯弦"是说思妇无心鼓瑟,欲奏蜀琴,其实琴瑟、凤凰、鸳鸯,这些都是喻指夫妇,特以音乐写相思尔。另外,从思妇的这个举动也可以看出她内心的寂寞无聊之情,欲借音乐排遣消解。"此曲有意无人传,愿随春风寄燕然,忆君迢迢隔青天"三句是说思妇所奏之曲固然满含深情,奈何无人能将此番情意传递给心上人,于是思妇突发奇想,希望春风能将自己的思念之情捎到燕然山,燕然山即杭爱山,在今天的蒙古境内,在这里不一定是实指,而是泛指边塞征战之地。可是山长水阔,心上人仿佛远在天边,遥不可及。

末四句"昔日横波目,今成流泪泉。不信妾肠断,归来看取明镜前"是说思妇往日的眼睛顾盼生姿，现在好像变成了泪泉，终日泪流不止。"不信妾肠断，归来看取明镜前"这两句与武则天《如意娘》"不信比来长下泪，开箱验取石榴裙"两句有异曲同工之妙。可以看出太白这两句在某种程度上踵武前人，即便是暗合，太白也算输了。故而有学者认为这首诗当为太白早年所作，未臻极致，大致不差。

江城子·乙卯正月二十日夜记梦

[宋]苏　轼

十年生死两茫茫①，不思量②，自难忘。千里孤坟，无处话凄凉③。纵使相逢应不识④，尘满面，鬓如霜⑤。
夜来幽梦忽还乡，小轩窗⑥，正梳妆。相顾无言，惟有泪千行。料得年年肠断处，明月夜，短松冈⑦。

【注释】

① "十年"句：苏轼妻子王弗治平二年（1065年）病逝于汴京，距熙宁八年（1075年）整十年。茫茫，言生死隔离，渺茫悠远，互不相知。
② 思量：想念，相思。《敦煌曲子词·风归云遍·征夫数载》："想君薄行，更不思量，谁为传书与表妾衷肠。"
③ "千里"二句：王弗治平三年迁葬故乡四川彭山父母墓旁，与密州相隔数千里，彼此心有凄凉，均没法向对方诉说。
④ "纵使"句：谓即便我们有缘再见，而我已变得苍老憔悴恐怕你也认不出我了。唐白居易《东南行一百韵寄通州元九侍御澧州李十一舍人》："相逢应不识，满颔白髭须。"纵使，即使。北齐颜之推《颜氏家训·养生》："纵使得仙，终当有死。"应，料想理当如此。
⑤ "尘满面"二句：形容年老憔悴。
⑥ 轩窗：堂前的窗户。
⑦ "料得"三句：据唐孟棨《本事诗·征异》记载，唐开元中有五兄弟遭继母虐待，哭诉于母亲坟前。母亲自坟中出，题诗于白布巾赠丈夫，末二句云："欲知肠断处，明月照孤坟。"这几句似从此化来。肠断，形容极度悲痛，一作"断肠"。短松冈，栽种着矮松树的山岗，这里指王弗的墓地所在。

【鉴赏】

这是一首悼亡词,而以词写悼亡,则是苏轼的首创。苏轼的悼亡词与晋人潘岳的《悼亡诗》以及唐人元稹的《遣悲怀三首》皆为悼亡之作,可鼎足而三。

"江城子"是词牌名,这首词的题目是"乙卯正月二十日夜记梦"。"乙卯"是宋神宗熙宁八年,也就是公元 1075 年。这一年的正月二十日夜里,词人梦见他那已经死去十年的妻子王弗,于是便有了这首千古传诵的悼亡之词。苏轼的第一任结发妻子王弗是眉州青神(今眉山市青神县)人,乡贡进士王方之女。王弗聪慧谦谨,知书达理,十六岁嫁给苏轼,生子苏迈。可惜天命无常,治平二年(1065 年)五月王弗病逝,得年只有二十七岁。在妻子王弗死后的这十年间,苏轼因反对王安石变法屡遭贬谪,神宗熙宁八年,当时苏轼为密州知州,他梦见妻子王弗,在梦里不单抒发对亡妻的思念之情,也感叹自己这些年已经是"尘满面,鬓如霜"了。

上阕主要写对亡妻的思念。"十年生死两茫茫,不思量,自难忘"是说词人与亡妻阴阳两隔已达十年之久,渺茫悠远,彼此都不知道对方的情况,不必刻意去思念,思念之情却无时不在心头。"千里孤坟,无处话凄凉"是说妻子的坟墓远在千里之外,没有地方能诉说心底的悲伤凄凉。"纵使相逢应不识,尘满面,鬓如霜"这三句是词人的自伤自叹,词人在这十年间仕途坎坷,过得并不如意,因为反对新法,与王安石交恶,从此一生颠沛流离,各处辗转,因此才会说自己征尘满面,鬓发如霜。当然,我们也要承认,梦境从某种程度上而言,是现实的一种反映,因此词中也可以看出东坡在政治上的失意。

下阕写梦境。"夜来幽梦忽还乡,小轩窗,正梳妆。相顾无言,惟有泪千行"这几句是对梦境的描绘,在梦中词人忽然还乡,看到妻子端坐在轩窗之下,正在梳妆。这是梦境,更是对两个人刚结婚时的那些美好日子的回忆。两个人相顾无言，只有止不住的泪水滚滚流淌。两个人分别的日子太久，确实不知道话该从何说起，反而会相顾无言。正因为这种感情描写如此真实贴切，无一丝一毫的矫揉造作，才会引发无数人的内心共鸣，才会成为流传千古的绝唱。最后三句"料得年年肠断处，明月夜，短松冈"是从对方角度而言之，设想亡妻年年为怀念自己而悲伤。这样的描写就比直接刻画自己的思念之情更深一层，在词人内心深处从未接受妻子已死这个事实，词中处处都是将对方设定为人，而非亡灵。与其说这是"悼亡之作"，不如说这是一首"怀人之作"。由此也可以看出词人对亡妻的深切思念之情。

清人陈廷焯在《白雨斋词话》中称"东坡之词，纯以情胜，情之至者词亦至，只是情得其正，不似耆卿之喁喁儿女私情耳"，陈氏此语一语破的，是真知东坡者。东坡这阕《江城子》诚如唐圭璋先生所言"真情郁勃，句句沉痛"，之所以具有历久不衰的生命力和极强的艺术感染力，其根源正在于所写的是无一丝矫饰的真情，语言平淡朴实，却感人至深。

后 宫 词

[唐] 白居易

泪尽罗巾梦不成①，夜深前殿按歌声②。
红颜未老恩先断③，斜倚熏笼坐到明④。

【注释】

① 泪尽罗巾：犹泪湿罗巾。罗巾，丝制手巾。梦不成：不得成梦，即难以入睡之意。
② 按歌：按乐而歌。东晋王嘉《拾遗记·周穆王》："抚节按歌，万灵皆聚。"
③ 红颜：女子美丽的容颜，这里代指美丽的女子。
④ 熏笼：罩在熏香炉上的竹笼，可用以熏烤衣服。唐孟浩然《寒夜》："夜久灯花落，薰笼香气微。"

【鉴赏】

　　白居易比同时代的诗人更加关注妇女的生存际遇，具有相对进步的妇女观，这是难能可贵的。他有不少反映妇女问题的诗作，真切反映了当时广大妇女悲惨的生活境遇，如《井底引银瓶》《母别子》等。宫怨题材更是白居易比较擅长的题材。他的名篇《上阳白发人》即以"悯怨旷也"为主题，通过描写洛阳上阳宫的一个年老宫女的痛苦而将批判的矛头直指封建社会的最高统治者，如此深刻而又尖锐的政治讽谕诗，在唐代众多的宫怨题材诗作中也是十分罕见的。他在《上阳白发人》这首诗中不断发出"玄宗末岁初选入，入时十六今六十""未容君王得见面，已被杨妃遥侧目。妒令潜配上阳宫，一生遂向空房宿"这样的感叹。白居易还有一首《陵园妾》也是此类题材。除此之外，元和四年（809年），白居易还给唐宪宗上了一则名为《请拣放后宫内人》的奏疏。白居易无比同情并尊重那些辛苦的农妇、可怜的弃妇以及宫女，他甚至激愤地说"人生莫作妇人身，百年苦乐由他人"（《太行路》）。

这首《后宫词》大约作于元和至长庆初年。首句"泪尽罗巾梦不成"写一名宫女孤枕难眠，泪湿罗巾。次句"夜深前殿按歌声"以对比手法写前殿歌声，反衬出失宠宫女的凄凉寂寞之感。王夫之在《姜斋诗话》中尝言："以乐景写哀，以哀景写乐，一倍增其哀乐。"有了前殿歌声这个乐景的衬托，与首句的"泪尽罗巾"形成强烈的对比，确实起到了倍增其哀的艺术效果。第三句"红颜未老恩先断"写出这个宫女并非因年老色衰而失宠，红颜未老，青春正好，往日恩情，无端断绝，是这个宫女无论如何也想不明白的。最后一句"斜倚熏笼坐到明"是写这个宫女彻夜难眠，一直坐到天明，也许她早已心如死灰，也许她内心深处依然冀望得到君王的召幸，无论怎样，可知她这一夜的等待是徒劳的。末句"坐到明"恰呼应了首句之"梦不成"，全诗结构谨严，语言明快，感情真挚，自然浑成。